AF145387

Volker Dützer, geboren 1964, lebt und arbeitet im Westerwald. Die Bandbreite seiner Romane reicht vom lupenreinen Kriminalroman über Science-Thriller bis zur Horror-Kurzgeschichte.

DIE KLINIK

DU KANNST NICHT EWIG LEBEN.
ER SCHON.

VOLKER DÜTZER

Erstausgabe Juni 2025

Copyright © 2025 dp Verlag, ein Imprint der
dp DIGITAL PUBLISHERS GmbH
Made in Stuttgart with ♥
Alle Rechte vorbehalten

Die Klinik

ISBN 978-3-69090-117-8
E-Book-ISBN 978-3-69090-108-6
Hörbuch-ISBN: 978-3-69090-109-3

Copyright © 2019, dp Verlag, ein Imprint der
dp DIGITAL PUBLISHERS GmbH
Dies ist eine überarbeitete Neuausgabe des bereits 2019 bei
dp Verlag, ein Imprint der dp DIGITAL PUBLISHERS GmbH
erschienenen Titels Jenseits der Nacht (ISBN: 978-3-96087-608-3).

Copyright © 2022, dp Verlag, ein Imprint der
dp DIGITAL PUBLISHERS GmbH
Dies ist eine überarbeitete Neuausgabe des bereits 2022 bei
dp Verlag, ein Imprint der dp DIGITAL PUBLISHERS GmbH
erschienenen Titels Seeleneis (ISBN: 978-3-98637-590-4).

Covergestaltung: Buchgewand
Umschlaggestaltung: Christin Peulecke
Unter Verwendung von Abbildungen von
shutterstock.com: © s_oleg, © Ewa Studio, © Sergei Afanasev,
© Bela Zamsha
Lektorat: Birgit Förster
Satz: dp DIGITAL PUBLISHERS GmbH
Druck und Bindung: Books on Demand GmbH, Norderstedt

Für meinen ersten (inoffiziellen) Fanclub
– Dirk und Sonja

Teil 1
Stromschnellen

Birds on the roof of my mother's house
I've no stones to chase them away
Birds on the roof of my mother's house
Will sit on my roof someday

(Sting, The Lazarus Heart)

1

Lisas Job eignete sich hervorragend, um zu testen, wie lange man ohne Schlaf überleben konnte, bevor man durchdrehte. Die flirrenden Schatten, die ihr durch die Korridore der Virchow-Klinik folgten, waren keine zum Leben erwachten Fetzen der Dunkelheit, sondern Auswirkungen einer 16-Stunden-Schicht in der Notaufnahme. Ihre überreizten Nerven formten sie zu Gespenstern, die in den Eingeweiden des alten Gebäudes hausten. Vom Neid auf Licht und Lebendigkeit genährt, schienen sie jeden ihrer Schritte zu begleiten.

Die meisten ihrer Kollegen behaupteten, dass jenseits der Schwelle zwischen Leben und Tod nichts existierte. Als Unfallärztin hatte sie jedoch genug Erfahrungen mit Sterbenden gesammelt, um daran zu zweifeln. Vielleicht war der Tod doch nicht das Ende. Immer wieder hatten Patienten die letzte Grenze überschritten und waren zurückgekehrt. Danach blieben sie allein mit ihren Erlebnissen zurück, die zuweilen angsteinflößend und verstörend waren. Die meisten schwiegen, weil sie das mitleidsvolle Kopfschütteln der Ärzte fürchteten, die kühlen Erklärungen, die ihre Visionen als eine durch Sauerstoffmangel hervorgerufene Trance abtaten. Als eine Art letzte Firewall des Gehirns, mit der die Psyche die Unbegreiflichkeit der eigenen Nichtexistenz abzuwehren versuchte.

Ermutigte Lisa sie zum Reden, beschrieben sie Szenen der Operation oder Teile von Gesprächen, die im OP-Saal stattgefunden hatten. Sie hatte keine Erklärung dafür, woher die Menschen ihre Erinnerungen bezogen. Ihr Bewusstsein und damit auch ihre Sinne waren während der Narkose vorübergehend erloschen, daher konnten sie nicht wissen, was in dieser Zeit geschehen war. Und doch erinnerten sich manche von ihnen an verstörend präzise Einzelheiten.

Vor einigen Wochen hatte Lisa auf einem der Instrumentenschränke im OP-Saal 1 das Foto einer Katze versteckt. Es war nur zu erkennen, wenn man gegen alle Naturgesetze verstieß und körperlos unter der Decke schwebte. Bisher hatte es keiner der Wiederbelebten erwähnt. Waren die Nahtodberichte doch nur tröstende Bilder, die den Übergang ins Nichts erleichtern sollten?

„Frau Dr. Wegener?"

Kohlmeyers Bassstimme dröhnte von den Wänden des Korridors wider. Lisa eilte weiter, als hätte sie den Chefarzt nicht bemerkt. Er neigte zur Geschwätzigkeit, und ein Plausch unter Kollegen war das Letzte, was sie in diesem Augenblick gebrauchen konnte.

„Frau Dr. Wegener!"

Sie blieb stehen, denn selbst ein Taubstummer hätte Kohlmeyer nicht überhören können.

„Auf ein Wort", sagte er.

Lisa ballte die Fäuste in den Taschen ihres Arztkittels und drehte sich um. „Was kann ich für Sie tun, Herr Professor?"

„Alles in Ordnung?"

Sie zuckte mit den Schultern. „Ja. Alles bestens. Warum fragen Sie?"

Er blieb dicht vor ihr stehen. Kohlmeyer war kantig wie ein Bauernschrank und beinahe zwei Meter groß. Seine graublauen Augen unter den dichten Brauen musterten sie besorgt.

„Sie sehen müde aus, ein bisschen blass um die Nase."

„Das kommt vom Neonlicht. Haben Sie sonst noch etwas auf dem Herzen?"

„Sie sind eine hervorragende Ärztin, Frau Dr. Wegener."

„Danke. Ich tue, was ich kann."

„Mehr als das, scheint mir. Machen Sie für heute Schluss."

Der Piepser, der mit einer Klemme an der Brusttasche ihres Arztkittels befestigt war, meldete sich.

„Ich fürchte, der Feierabend muss noch etwas warten, ich muss in die Ambulanz. Wenn Sie mich entschuldigen?"

„Ich übernehme das. Sie sind für den Rest der Woche beurlaubt."

„Ich brauche keinen Urlaub. Ich ..."

„Keine Widerrede. Schlafen Sie sich mal richtig aus."

„Ich komme gerade aus dem Ruheraum."

Kohlmeyer stieß pfeifend den Atem aus. „Eine Stunde auf der Pritsche, was?"

„Mir reicht's."

„Mir auch. Das ist eine dienstliche Anweisung."

Sie setzte zu einer Erwiderung an, aber der Professor kam ihr zuvor.

„Sie können nicht jedes Leben retten und auch keine Wunder vollbringen. Unsere Macht ist begrenzt. Auch die Ihre."

„Das ist mir klar."

„Tatsächlich? Ich hörte von Ihren Wetten."

Verärgert presste sie die Lippen aufeinander. Woher wusste Kohlmeyer davon? Sie hatte niemandem etwas davon erzählt.

„Die Leute reden viel", sagte sie hastig.

„Machen Sie mir nichts vor. Ich weiß genau, wie Sie empfinden. Als ich ein junger Arzt war, erging es mir genauso. Legen Sie Ihre Hybris ab, oder sie wird Sie zerstören. Wenn Sie mit dem lieben Gott um jede Seele kämpfen wollen, können Sie nur verlieren."

Wütend verpasste sie einem leeren Gestellwagen einen Fußtritt. Plastiktabletts und Nierenschalen verteilten sich scheppernd auf dem Linoleumboden.

„Sie war erst neunzehn."

„Lisa! Wo bleibt Ihre Beherrschung?"

Kohlmeyer sprach stets leise und wohl moduliert. Doch nun nahm seine Stimme einen schneidenden Ton an. „Sie gehen zu oft an Ihre Grenzen – und darüber hinaus. Warum nur laden Sie ständig viel zu schwere Lasten auf Ihre schmalen Schultern?"

„Ich weiß, was ich mir zumuten kann."

„Tatsächlich? Und wenn Sie sich überschätzen? Heute haben Sie alles richtig gemacht und doch verloren. Aber irgendwann werden Sie aus Übermüdung einen Fehler begehen; in einem Moment, der alles entscheiden kann. Ich brauche Sie im Vollbesitz Ihrer Kräfte, mit einem scharfen und wachen Verstand. Eine ausgebrannte Ärztin stellt eine Gefahr für unsere Patienten dar ... und für die Klinik."

„Halten Sie mich für unprofessionell?"

„Wie würden Sie es nennen, wenn ein Mitarbeiter Ihres Teams die Decke des OP-Saals anbrüllt: Du kriegst sie nicht. Ich nehm sie dir wieder ab, du Arschloch!" Er schüttelte den Kopf. „Woher rührt nur diese Verbissenheit in Ihnen?"

„Ich bin nicht ... verbissen."

Kohlmeyer schmunzelte. „Ein Terrier, der eine Fährte aufgenommen hat, steht Ihrer Entschlossenheit in nichts nach."

„Haben Sie schon mal erlebt, wie ein Mukoviszidose-Patient erstickt, und Sie können nichts tun, um es zu verhindern?", konterte Lisa.

„Wir sind Ärzte, keine Hexenmeister. Der Tod gehört zum Leben und ..."

„Erzählen Sie das den Eltern des Mädchens."

Er nickte bedächtig. „Das werde ich tun müssen. Gehen Sie jetzt nach Hause und spannen Sie ein paar Tage aus."

„Wenn wir nur die Zeit für einen Patienten so lange anhalten könnten, bis wir ein Heilmittel gefunden hätten ...", überlegte sie. „Vielleicht werden wir irgendwann so weit sein."

Kohlmeyer schüttelte bedauernd den Kopf. „Den Tod werden wir trotzdem nicht besiegen."

„Wirklich nicht? Es gibt immer einen Weg."

„Reden Sie von van Dyk?" Sein Blick verdüsterte sich. „Er ist äußerst zielstrebig und ehrgeizig. Aber auch egozentrisch und unbeherrscht. Er hat etwas ... Diabolisches an sich, finden Sie nicht?"

„Nein, ich finde ihn sehr sympathisch", antwortete Lisa, „entschuldigen Sie mich jetzt bitte."

„Warten Sie."

Widerwillig blieb sie stehen.

„Was war vorhin in der Cafeteria los?", fragte Kohl-meyer.

„Nichts."

„Dieses Nichts hat aber eine Menge Lärm verursacht."

„Der Junge, dessen Vater gestorben ist, war wieder da."

„Ich hatte ihm Hausverbot erteilt", sagte der Professor.

„Darum forderte ich ihn auf, die Klinik zu verlassen."

Nachdenklich rieb er sich das Kinn. „Mir gefällt das nicht."

„Er braucht jemanden, den er verantwortlich machen kann. Es ist seine Art, mit dem Tod fertigzuwerden. Ich würde seine Reaktion nicht überbewerten."

„Ihr Wort in Gottes Ohr", sagte er. „Wollen Sie nicht lieber in der Klinik übernachten? Sie sehen müde aus."

„Nein, ich bin okay."

Sie wandte sich um und eilte den Korridor entlang. Ihre Schritte hallten hohl von den Wänden wider, ihr Schatten folgte ihr wie ein großer schwarzer Hund.

Gegen 22:30 Uhr trat sie aus dem Hauptportal der Klinik. Der Tag war drückend schwül gewesen, am späten Abend hatten sich kräftige Gewitter über der Stadt entladen. Am Horizont zuckten noch immer Blitze über den Nachthimmel. Im Schein der Natriumdampflampen fiel der Regen wie ein silbriger Vorhang zu Boden. Lisa sprintete über den Parkplatz zu ihrem Peugeot 207. Die Anstrengung half ihr, den Zorn aus ihrem Kopf zu vertreiben. Aber er würde wiederkommen, in einer Stunde oder morgen früh. Er war immer da und fraß jeden Tag ein Stück ihres Herzens auf. So wie Krebs und Mukoviszidose Sieger blieben, verlor Lisa den Kampf gegen die Wut in ihrem Bauch.

Woher wusste Kohlmeyer von ihren stummen Wettkämpfen mit einem Gott, den sie als erbarmungslos und kaltherzig empfand? An den sie nicht glaubte und der ihr lediglich als Sündenbock diente, wenn sie als Ärztin machtlos war? Seit Monaten trieb sie dieses nutzlose Spiel bei jedem Einsatz, bei jedem Patienten, der auf ihrem Tisch landete. Ihre Bemühungen, das Leben der Unfallopfer zu retten, verwandelten sich mehr und mehr in ein zwanghaftes Anrennen gegen einen Gegner, den sie niemals besiegen konnte. In gewisser Weise glich ihr Bestreben einem Geschicklichkeitsspiel, dessen Reiz darin lag, immer wieder zu versuchen, die Kugel ins Loch zu manövrieren. Ein Spiel, bei dem sie von vornherein wusste, dass sie verlieren würde, weil es die menschlichen Fähigkeiten überstieg.

Sie knallte die Wagentür zu, rammte den Schlüssel ins Schloss und lenkte den Wagen auf die Zufahrtsstraße. Die Scheinwerfer erzeugten gleißende Reflexe auf dem nassen Asphalt. Mit Blütenstaub vermischter Regen legte sich als schmieriger Film über die Windschutzscheibe. Lisa kniff die vor Müdigkeit brennenden Augen zusammen und trieb den Peugeot durch die Regennacht. Sie hätte bis zum Morgen in der Klinik bleiben können, aber der Ruheraum im Untergeschoss besaß den Charme einer Gefängniszelle. Das Brummen der Heizungsanlage und das Rauschen und Gluckern der Abflussrohre störten den Schlaf. Lieber nahm sie trotz ihrer Übermüdung die zwanzigminütige Fahrt nach Weilburg auf sich, wo sie eine Dachgeschosswohnung mit einem winzigen Balkon bewohnte.

Sie verließ Limburg über die B 54 Richtung Norden und beschleunigte, nachdem sie die Stadtgrenzen hinter sich gelassen hatte. Noch immer verfolgte sie das leichenblasse Gesicht des Mädchens, ihr verzweifeltes Ringen nach Luft und die Todesangst in ihren Augen ... und ihre eigene Hilflosigkeit. Ein Leben mehr, das sie verloren hatte.

Die Medizin hatte unbestreitbar enorme Fortschritte gemacht, dennoch blieb der Kampf gegen den Tod oft genug aussichtslos. Irgendwann musste sich jeder Mensch der eigenen Endlichkeit stellen.

Lisa erinnerte sich an Kohlmeyers Erwähnung von Vincent van Dyk. Er hatte den Kampf gegen den größten Feind des Menschen aufgenommen. Der Professor hatte ihr den Wissenschaftler auf der Sommerparty im Garten seines Hauses vorgestellt, einem Fest, das er alljährlich für die Mitarbeiter der Virchow-Klinik veranstaltete. Er mochte van Dyk für einen ehrgeizigen Träumer halten, der unweigerlich scheitern würde, Lisa dagegen war von ihm beeindruckt gewesen. Van Dyk war Mitte vierzig, wirkte aber zehn Jahre jünger. Er war schlank und durchtrainiert und besaß einen agilen, federnden Gang. Dazu ein Paar wacher eisgrauer Augen, dichtes blondes Haar und scharf geschnittene, asketische Gesichtszüge. Nicht nur seine äußere Erscheinung zog sie in ihren Bann, sondern auch seine Zielstrebigkeit und die Leidenschaft, mit der er seine verwegenen Ideen vertrat. Van Dyk hatte eine Vision, für die er entschlossen kämpfte. Er wusste, was er erreichen wollte, und ließ sich nicht von Nörglern und Pessimisten aufhalten.

Lisa hatte sich über ihn erkundigt. Sein Start-up-Unternehmen Kryotec hatte ein cleveres Verfahren entwickelt, mit dem Spenderorgane billig eingefroren und selbst nach einem Jahr Lagerung ohne Zellschäden wieder aufgetaut werden konnten. Damit hatte er eine medizinische Revolution ausgelöst und den Börsenwert von Kryotec ins Astronomische gesteigert. Die Kryonik gewann nicht nur in der Medizin immer mehr an Bedeutung. In den USA entwickelte sich ein völlig neuer Wirtschaftszweig. Kryonikfirmen verdienten Millionen damit, Verstorbene einzufrieren. Todkranke erhofften sich, dass die Ärzte sie eines Tages wieder zum Leben erwecken und heilen könnten, wenn Wissenschaft und Technik weit genug fortgeschritten sein würden. Ob van Dyk in diesem Geschäft mitmischte? Lisa fand die Vorstellung absurd. Andererseits ... wenn es jemandem gelingen könnte, den Tod zu besiegen, dann hieß er Vincent van Dyk.

Sie bog von der Schnellstraße ab und durchquerte ein dichtes Waldgebiet. Der Regen prasselte mit unverminderter Wucht aus dem pechschwarzen Nachthimmel und verwandelte die Landstraße in einen Tunnel aus waberndem Licht, in dem Abermillionen funkelnde Wassertropfen explodierten. Angestrengt starrte sie zwischen den hin und her pendelnden Scheibenwischern hindurch, die die Fluten kaum bändigen konnten. Der Lichttunnel lenkte ihre Gedanken unweigerlich wieder auf die Patientin, die sie nicht hatte retten können. Das Zischen der Reifen auf dem regennassen Asphalt und das fugenlose Dunkel jenseits der Scheinwerferkegel vermischten sich mit den Bildern des sterbenden Mädchens. Vielleicht, wenn sie sich mehr angestrengt hätte, wenn sie noch mehr gekämpft hätte …

Lisa tastete nach dem Päckchen mit Traubenzucker in der Mittelkonsole, erwischte aber das Handy. Sie fuhr mit dem Daumen über das Display, suchte nach dem Button für die Taschenlampe und hatte kaum einen Blick für die Straße übrig.

Unerwartet tauchte aus den Regenschleiern ein Hindernis auf, das die rechte Fahrspur zur Hälfte blockierte. Eine Hand, Hilfe suchend ausgestreckt, der flüchtige Eindruck einer schwankenden Gestalt, dann wieder Dunkelheit. Sie riss das Steuer herum. Am Armaturenbrett flammte die Traktionskontrolle auf, als der Peugeot ins Schlingern geriet. Mit einem dumpfen Knall traf der Wagen auf Widerstand, rumpelte über ein Hindernis hinweg und kam nach zweihundert Metern zum Stillstand.

Hypnotisiert starrte sie auf die pendelnden Scheibenwischer, die Hände um das Lenkrad verkrampft. Niemals zuvor war sie in einen Unfall verwickelt gewesen, ihr Beruf brachte es mit sich, dass sie stets erst erschien, wenn ein Unglück bereits geschehen war. Erschrocken stellte sie fest, dass ihr Denken angesichts des Schocks ebenso blockiert war wie das jedes anderen Verkehrsteilnehmers. Sie hatte sich für abgebrüht und routiniert gehalten. Dass sie paralysiert hinter dem Steuer hockte, unfähig, eine Entscheidung zu treffen, verstörte sie zutiefst.

Mit zitternden Fingern stellte sie den Motor ab und drückte mechanisch auf den Schalter der Warnblinkanlage. Das rhythmische gelbe Blinken verlor sich nach wenigen Metern in der Dunkelheit. Das Waldstück kurz vor Weilburg war als Unfallschwerpunkt bekannt, kein guter Ort, um nach Traubenzucker in der Mittelkonsole zu suchen.

Wovor Kohlmeyer sie gewarnt hatte, war eingetreten. Schneller und folgenreicher, als er es hätte vorausahnen können.

Lisa stieß die Fahrertür auf. Der Regen spritzte vom Asphalt auf und durchnässte ihre Jeans. Sie klappte den Deckel des Handschuhfachs auf und holte eine Taschenlampe heraus. Dann stieg sie aus und lief zu der Stelle, wo es zur Kollision gekommen war. Nach hundert Schritten stieß sie auf rote Plastiksplitter und einen abgerissenen Außenspiegel. Am Rand der Fahrbahn lag ein Motorrad, die Wucht des Aufpralls musste die Maschine von der Straße geschleudert haben. Es stank nach Benzin, offenbar war der Tank aufgerissen worden.

Aber wo war der Fahrer? Sie erinnerte sich an den dumpfen Knall und das Holpern. Krampfhaft versuchte sie, die Ereignisse zu einem Gesamtbild zusammenzusetzen, und stellte bestürzt fest, dass sie sich nicht erinnern konnte. Da war kein Motorradfahrer gewesen, nur ein verschwommener Gegenstand auf dem Asphalt, die Ahnung einer Gestalt ... die nun verschwunden war ... nur ein Trugbild ihres überreizten Verstandes.

Der Lichtstrahl schnitt durch die Dunkelheit und enthüllte eine Spur aus Plastiktrümmern und zerfetzten Metallteilen. Langsam ging sie weiter und fand den Fahrer. Er lag quer zur Fahrtrichtung auf dem Bauch. Seine Füße steckten in Motorradstiefeln, auf dem zur

Seite geneigten Kopf saß ein schwarzer Integralhelm. Der Jeansstoff seiner Hose war von der Hüfte abwärts verdreckt und zerrissen, das rechte Bein stand in einem unnatürlichen Winkel vom Körper ab. Überall war Blut, sehr viel Blut.

Lisa kniete sich neben den Verletzten, öffnete vorsichtig dessen Helmvisier und leuchtete in das bleiche Gesicht eines Jungen von höchstens neunzehn Jahren. Seine Augen waren geschlossen, ein Blutfaden rann aus seinem Mundwinkel, er atmete nicht. Sie kannte ihn, er hieß Jonah Grothe. Sie hatte sich vor einer Stunde mit ihm gestritten und ihn aus der Klinik geworfen.

2

Der Regen fiel durch das geöffnete Helmvisier und rann an den Wangen des Jungen herab. Es sah aus, als ob er weinte. Lisa verharrte in einer Schockstarre. Die Routine und die geübten Handgriffe der Notfallversorgung waren wie ausradiert, sie erinnerte sich an nichts, was sie gelernt hatte. Innerhalb einer Stunde hatte sie zwei Menschenleben ausgelöscht. Den Tod des Mädchens konnte sie widerwillig als boshaften Streich des Schicksals akzeptieren, aber nicht den Unfall, den sie aus Fahrlässigkeit, Selbstüberschätzung und Übermüdung verursacht hatte. Kohlmeyer hatte sie vor ihrer Hybris gewarnt. Zudem war sie mit dem Opfer in eine Auseinandersetzung verwickelt gewesen, die beinahe zu Handgreiflichkeiten geführt hatte. Jonah Grothe hatte als Praktikant in der Virchow-Klinik gearbeitet und Patientenakten gestohlen. Der Professor hatte auf eine Anzeige verzichtet, weil der Vater des Jungen einige Wochen zuvor nach einer Routineoperation wegen unerwarteter Komplikationen verstorben war. Jonah hatte genug durchgemacht.

Ihre eigene Zukunft wälzte sich wie eine schwarze Woge auf sie zu, so mächtig und dunkel, dass sie auf ihrem Weg alles verschlingen würde. Dass sie den Unfall aus Übermüdung verursacht hatte, war möglicherweise nicht ihr größtes Problem. Wenn die Polizei von dem Streit und Jonahs Anschuldigungen erfuhr, würde sie vielleicht sogar eine böswillige Absicht hinter dem Unfall wittern.

Lisa hatte die Opfer von rücksichtslosen Rasern nicht gezählt, die in der Notaufnahme unter ihren Händen gestorben waren. Stets hatte sie die Verursacher, die vom Unfallort flohen und sich nicht um die Folgen ihrer Gedankenlosigkeit kümmerten, scharf verurteilt. Doch plötzlich war nichts mehr wie zuvor, denn sie stand auf der anderen Seite. Sie zitterte und konnte nicht mehr klar denken, Schuldgefühle mischten sich mit der Angst vor den Konsequenzen. Sie trank so gut wie nie Alkohol, hatte aber am frühen Abend ein Aufputschmittel genommen, um die letzten Stunden ihrer hektischen und überlangen Schicht zu überstehen. Die Polizei würde ihr vermutlich eine Blutprobe entnehmen, vielleicht ein Drogenscreening machen, und Kohlmeyer würde aussagen, dass er sie vor der nächtlichen Fahrt gewarnt hatte. Dazu kam der Streit. Es ging jetzt nicht mehr nur um das Leben des Jungen. Es ging um ihre eigene Zukunft, die sie in einer einzigen Sekunde zerstört hatte. Niemand in der Virchow-Klinik konnte sich einen besseren leitenden Arzt als Kohlmeyer vorstellen, aber bei all seiner Fürsorge hatte er seine Prinzipien. Er würde sie entlassen, musste es unter Umständen sogar tun, um jeden Verdacht von seinem Haus fernzuhalten. Vielleicht würde man ihr die Approbation entziehen, es würde eine Untersuchung und ein Gerichtsverfahren geben, und am Ende ein Urteil wegen fahrlässiger Tötung. Die Folgen konnte sie noch gar nicht abschätzen.

Lisa stand auf, ihre Beine gehorchten ihr kaum. Sie hatte das Gefühl, ein anderer Mensch zu sein. Als wäre ein unbekannter Teil von ihr erwacht, der nun das Kommando übernahm und voller Panik auf den Peugeot zutaumelte, der mit eingeschalteter Warnblinkanlage am Straßenrand stand. Die fremde Stimme in ihr flüsterte, schrie und tobte und hämmerte ihr ein, dass dem Jungen nicht mehr zu helfen war. Dass sie sich selbst retten musste, ihre Karriere, ihre Zukunft. Sie erschrak zutiefst über die kriminelle Energie, die – aus Selbstschutz geboren – plötzlich in ihr aufstieg.

Die Stimme raunte ihr unentwegt zu: „Er hat zu viel Blut verloren, sein Herzschlag hat ausgesetzt. Du kannst ihm nicht mehr helfen. Rette dein eigenes, noch ungelebtes Leben. Steig in den verdammten Wagen und hau ab!"

Noch war sie allein mit dem Toten, konnte alles ungeschehen machen, wenn sie vor der Welt und sich selbst leugnete, dass sie an dem Unfall beteiligt gewesen war. Menschen erlebten so tiefe Traumata, dass ihr Unterbewusstsein die Erinnerung daran unterdrückte, um nicht den Verstand zu verlieren. Vielleicht würden die Bilder dieser Nacht irgendwann verblassen oder ganz verschwinden. Vielleicht … wenn sie nicht Lisa Wegener wäre, die mit einem unbesiegbaren, habgierigen Gott um jedes Leben stritt.

Sie hatte den Peugeot erreicht, ohne sich zu erinnern, wie sie dorthin gelangt war. Ihr Handy lag in der Mittelkonsole. Abwesend steckte sie es in die Tasche ihres Arztkittels und ging um die Front des Wagens herum. Der rechte Kotflügel war eingedrückt und mit fremden Lackspuren beschmiert. Lisa fuhr mit dem Finger über die Schrammen und hörte das Blut in ihren Ohren rauschen. Da war noch eine zweite, leisere Stimme in ihrem Kopf, die darum kämpfte, gehört zu werden. Sie war Ärztin, es war ihre Aufgabe, den Jungen zu retten. Sie dachte an das viele Blut auf dem Asphalt. Ein Laie ließ sich leicht davon täuschen und würde glauben, dass jede Hilfe zu spät kam, aber sie wusste es besser. Sie musste es versuchen, sonst waren die vergangenen fünf harten Arbeitsjahre umsonst gewesen.

Lisa hob den Kopf und blickte zu der leblosen Gestalt hinüber. Zwei grelle Lichtfinger blendeten sie, ein Wagen näherte sich mit hohem Tempo. Es war zu spät.

Wie ein Computer, der nach einem Absturz wieder hochfährt, begann ihr Verstand zu arbeiten. Der schreckliche Augenblick der Versuchung, sich der Verantwortung zu entziehen, war vorbei. Plötzlich konnte sie nicht begreifen, wie sie hatte zögern können. Doch jetzt war nicht die Zeit für eine Selbstanalyse, sondern für schnelles Handeln. Tief in ihrem Inneren wusste sie, dass der Moment des Versagens sie noch lange verfolgen würde und dass ihr Verhalten ihr eine Höllenangst einjagte. Dass sie vielleicht nie wieder als Ärztin arbeiten könnte, weil sie gezögert hatte.

Sie öffnete den Kofferraum, nahm ihre Arzttasche heraus und lief zum Unfallort zurück. Als sie dort ankam, war der Fahrer des anderen Wagens bereits ausgestiegen. Zu ihrer Überraschung stand Vincent van Dyk vor ihr.

„Lisa. Was ist passiert?"

„Ich ... ich weiß es nicht, ich kann mich nicht erinnern ... da war ein Schatten ... ein Schlag ... und dann ..."

Die Panik kehrte zurück, stärker diesmal, lähmend wie Gift. All die Jahre der Stärke schrumpften zu einem Augenblick zusammen und bedeuteten nichts mehr. Jetzt, wo sie nicht mehr allein war, hoffte sie plötzlich, dass van Dyk wusste, was zu tun war. Dass er auf wundersame Weise alles ungeschehen machen würde.

Er beugte sich über den Motorradfahrer. Lisa wurde bewusst, dass sie steif wie eine Puppe neben ihm verharrte, unfähig zu handeln.

„Helfen Sie mir", sagte van Dyk.

Sie schämte sich für ihre Schwäche. Was war nur los mit ihr? Entschlossen, ihre Selbstkontrolle zurückzugewinnen, kniete sie sich auf den Asphalt, aber van Dyk kam ihr zuvor.

„Kümmern Sie sich um die Blutung", sagte er.

„Aber ..."

„Beeilen Sie sich. Sonst verlieren wir ihn."

Er begann mit einer Herzmassage und beatmete den Bewusstlosen. Lisa streifte ein Paar Latexhandschuhe über. Mit tausendmal geübten Bewegungen, die keiner besonderen Willensanstrengung bedurften, schnitt sie den Stoff der Jeans auf. Im Oberschenkel des Jungen klaffte eine tiefe Schnittwunde, die Beinarterie war zum Glück knapp verfehlt worden. Lisa legte einen Druckverband an. Verstohlen beobachtete sie van Dyk und bemerkte einen kaum verheilten Wundschorf auf den Fingerknöcheln seiner Hand, die Verletzung hatte durch seine Anstrengungen wieder zu bluten begonnen.

Er wusste, was er zu tun hatte, und kämpfte verbissen um das Leben des Verunglückten. Sie hätte es nicht besser machen können. Dass sie Jonah Grothe kannte, verschwieg sie. Von jetzt an musste sie sehr vorsichtig sein.

Trotzdem ... ich bin schuld, wenn er stirbt, dachte sie

Van Dyk pumpte den Brustkorb des Jungen und blies ihm seinen Atem in den Mund.

„Komm schon, du schaffst das!", keuchte er.

Plötzlich verkrampfte sich Jonah unter seinen Händen und zitterte.

„Sein Herz schlägt wieder."

Er strich sich das nasse Haar aus der Stirn und sah sie triumphierend an. Lisa hatte das unheimliche Gefühl, dass er von ihrem Versagen wusste.

„Niemand wird davon erfahren", sagte er, als hätte er ihre Gedanken gelesen.

„Ich weiß nicht, was Sie meinen."

Sie konzentrierte sich auf den Bewusstlosen und untersuchte ihn rasch. Beide Beine waren gebrochen, vermutlich hatte er sich innere Verletzungen zugezogen. Sein Zustand war kritisch, aber sie konnte nichts mehr für ihn tun, bis ein Notarzt eintraf.

Sie brachten den Jungen, der noch immer ohne Bewusstsein war, in eine stabile Seitenlage. Van Dyk holte eine Decke aus seinem Wagen und breitete sie über dem Verletzten aus. Lisa rief in der Virchow-Klinik an und orderte einen Krankenwagen. Danach informierte sie die Polizei. Ruhelos wanderte sie hin und her und wartete.

Van Dyk war ihr gefolgt. „Ich sah die Panik in Ihren Augen. Sie wollten sich aus dem Staub machen."

Sie fuhr wütend herum. „Das ist nicht wahr."

„Wirklich nicht? Warum sind Sie dann zu Ihrem Wagen zurückgelaufen?"

„Ich habe mein Telefon geholt und die Arzttasche."

Van Dyk deutete auf den Jungen. „Ich bin über Jonah Grothe im Bilde, auch über Ihren Ärger mit ihm."

Lisa starrte ihn an. Wie viele wussten noch davon? Kohlmeyer sowieso, aber mit wem hatte der Junge noch darüber geredet?

„Von mir erfährt niemand etwas, auch die Polizei nicht", sagte van Dyk.

Er ging zu seinem Wagen und streifte eine Warnweste über.

„Ich habe nichts zu verbergen", rief Lisa.

„Nein, natürlich nicht", antwortete er spöttisch. „Aber vielleicht wird die Polizei das glauben. Wir sollten die Unfallstelle absichern."

Lisa biss sich auf die Unterlippe. Nicht einmal daran hatte sie gedacht. Verärgert über sich selbst lief sie zum Wagen und suchte nach dem Warndreieck. Sie riss es aus der Halterung im Kofferraum und bemühte sich vergeblich, es zusammenzustecken.

„Ich übernehme das, kümmern Sie sich um den Jungen."

Van Dyk war ihr schon wieder nachgelaufen. Wütend schüttelte sie seine Hand ab, aber schließlich gab sie auf, warf ihm das Warndreieck zu und ging zu dem Bewusstlosen hinüber. In van Dyks Gegenwart fühlte sie sich unsicher und beging einen Fehler nach dem anderen, was sie noch mehr aufbrachte. Er dagegen strahlte eine Selbstsicherheit aus, die ihr auf die Nerven ging.

Die Minuten verstrichen quälend langsam. Sie hörte seine Schritte. Er hatte das Warndreieck aufgestellt und kehrte nun zurück.

„Es gibt keine Verbindung zwischen dem Rauswurf des Jungen und dem Unfall", sagte Lisa.

„Mit ein bisschen Fantasie könnte man einen Zusammenhang konstruieren. Aber bis jetzt wissen ja nur wir beide davon. Und Kohlmeyer, aber der wird alles tun, um einen Skandal zu vermeiden. Und so wird es auch bleiben."

Sie glaubte, in seinen Worten eine versteckte Drohung zu hören, aber wahrscheinlich war sie einfach nur hysterisch. Trotzdem, was würde van Dyk mit seinem Wissen wohl anfangen?

„Wie kommt es, dass Sie keine zwei Minuten nach dem Unfall hier eingetroffen sind?", fragte sie.

„Nennen Sie es Fügung, ein Werk der Vorsehung."

„An so einen Unsinn glaube ich nicht", blaffte sie.

Blaulicht färbte die Regenschleier. Ein Notarztwagen näherte sich mit hohem Tempo und hielt an der Unfallstelle.

„Endlich", rief Lisa erleichtert.

Zwei Sanitäter und Lisas Kollege Seidel begannen, den Motorradfahrer zu untersuchen, und hoben ihn vorsichtig auf eine Trage. Ein Streifenwagen hielt am Straßenrand, zwei Polizisten stiegen aus, einer der beiden sprach Lisa an. Er schien sichtlich genervt, weil er seine Frage zweimal wiederholen musste. Fahrig berichtete sie, was geschehen war. Noch immer konnte sie nicht begreifen, warum sie den Jungen übersehen hatte.

Ein Blitzlicht flammte auf, ein Beamter fotografierte ihren Peugeot, der andere baute einen starken Strahler auf und leuchtete die Straße aus. Die Sanitäter schoben die Trage in den Krankenwagen und schlugen die Hecktüren zu. Sekunden später raste der Wagen mit heulendem Martinshorn davon. Das Geschehen um sie herum erschien ihr plötzlich so unwirklich wie ein Albtraum, aus dem es kein Erwachen gab.

Uniformierte Polizisten bewegten sich um sie herum wie wabernde Schatten, die der Regen langsam auflöste.

„Wie lange brauchen Sie noch?", fragte sie einen der Streifenpolizisten.

„Bis wir fertig sind."

„Ich muss in die Klinik", sagte sie, „alles ist besser, als hier nutzlos herumzustehen."

„Der Junge wird gut versorgt. Sie dagegen stehen unter Schock und fahren nirgendwohin", sagte der Polizist.

„Es geht mir gut."

Im Aufblitzen des Blaulichts sah sie ihr eigenes Gesicht in der Heckscheibe des Polizeiwagens. Das schemenhafte Abbild strafte ihre Behauptung Lügen. Sie sah aus wie ein Gespenst, blass und durchscheinend, die Augen vor Schreck geweitet, die nassen Haare klebten an ihrem Schädel.

„Ich werde Sie fahren", sagte van Dyk.

„Das ist nicht nötig."

„Ich denke schon. Die Polizei wird Ihren Wagen beschlagnahmen."

Sie fuhr herum. „Was? Wieso?"

Der Beamte nickte. „Der Wagen wird genau untersucht werden, um den Unfallhergang zu klären. Das dürfte auch in Ihrem Interesse sein. Außerdem brauchen wir eine Blutprobe."

„Wozu?"

„Bei Unfällen mit erheblichen Personenschäden wird der Bereitschaftsstaatsanwalt eingeschaltet. Er ordnet in der Regel eine Blutprobe an, so auch in diesem Fall."

Lisa ließ die Prozedur über sich ergehen, erlebte alles durch den Schleier des Schocks. Schließlich legte van Dyk seinen Arm um ihre Schulter und zog sie sanft fort. Sie ließ es geschehen. Es fühlte sich gut an, ihm die Führung zu überlassen. Sie konnte sich nicht erinnern, wann sie zum letzten Mal einem anderen Menschen vertraut und ihm die Kontrolle über einen Teil ihres Leben überlassen hatte, mochte er auch noch so unbedeutend sein. Mit jedem Schritt spürte sie, wie der Schock sie lähmte und von ihrem Körper Besitz ergriff. Der Wunsch, sich fallen zu lassen, wurde immer stärker. Als van Dyk ihr die Beifahrertür öffnete, wurde ihr schwindelig. Alles drehte sich um sie, ihr war kalt und sie zitterte wie in einem Fieberschub.

Er darf mich nicht so sehen. Niemand darf mich so sehen. Stumm wiederholte sie den Satz und sank in den Sitz, bevor ihre Beine unter ihr nachgaben.

„Bringen Sie mich bitte in die Virchow-Klinik", sagte sie.

Van Dyk betrachtete sie stirnrunzelnd. Lisa wusste wenig über ihn, das meiste vom Hörensagen, und das, was ihr von der Begegnung auf Kohlmeyers Gartenparty in Erinnerung geblieben war. Van Dyk war Mitte vierzig und somit etwa zwölf Jahre älter als sie. Trotzdem sah er keinen Tag älter aus als fünfunddreißig. Er war beruflich erfolgreich, klug und durchsetzungsstark und schwamm im Geld. Viele Frauen mochten ihn attraktiv finden, aber Lisa hatte bisher keinen Gedanken an ihn verschwendet. In ihrem Leben war ohnehin kein Platz für einen Mann. Fühlte sie sich wegen des Altersunterschieds in seiner Gegenwart geborgen? Weil sie unbewusst in ihm den Vater sah, der sie viel zu früh verlassen hatte? Sie musste zugeben, dass er ihr gefiel. Seine sonnengebräunte Haut bildete einen tiefen Kontrast zu seinem hellblonden Haar. Über seinen Augenbrauen wölbte sich eine markante Knochenplatte, die seinem Ausdruck Entschlossenheit verlieh. Die Augen lagen tief in den Höhlen und hatten die Farbe von schmutzigem Eis. Mit seinen scharfen Konturen und der schmalen Nase besaß er eine herbe Schönheit. Er strahlte Ruhe und Besonnenheit aus, als könne er jede Gefahr meistern, gleich wie bedrohlich sie auch sein mochte.

Van Dyk ließ den Motor an. Lisa fror trotz des warmen Luftstroms aus den Heizungsdüsen.

„Ich bin überzeugt davon, dass der Junge von Ihren Kollegen bestens versorgt werden wird", sagte er. „Was Sie jetzt brauchen, ist vor allem Ruhe."

„Ich kann jetzt nicht allein sein und die Wände anstarren. Vielleicht kann ich ja helfen."

„Sie bekommen immer, was Sie wollen, nicht wahr?", fragte van Dyk.

„Es geht um das Leben eines Menschen, nicht um das, was ich gerne hätte."

Er seufzte. „Ich schätze, ich kann Sie ohnehin nicht davon abhalten. Besser, ich fahre Sie."

Sie ließen die Halogenstrahler und das Blaulicht der Einsatzfahrzeuge hinter sich und fuhren schweigend durch die Nacht.

„Sie sind sehr engagiert und zielstrebig", sagte van Dyk nach einer Weile.

„Sie kennen mich doch überhaupt nicht. Alles, was Sie von mir wissen, ist die Tatsache, dass ich einen Menschen schwer verletzt habe, der deshalb vielleicht sterben wird."

„Kohlmeyer ist eine Plaudertasche", antwortete van Dyk. „Und er lobt Sie in den höchsten Tönen."

„Was verbindet Sie mit dem Professor?"

„Wie haben gemeinsame geschäftliche Interessen. Ich bin oft in der Virchow-Klinik. Dort bin ich Ihnen ein paarmal begegnet, aber Sie schienen mich nicht wahrzunehmen. Offenbar sind Sie so vertieft in Ihre Arbeit, dass Sie zuweilen nicht bemerken, was um Sie herum vorgeht."

„Soll das eine Anspielung auf meine Fahrlässigkeit sein?"

Er lächelte. „Aber nein. Ich meine es, wie ich es sage. Ich glaube, Sie sind mit Leib und Seele Ärztin. Ich mag es, wenn Menschen mit Leidenschaft in ihrer Arbeit aufgehen. Wenn jemand dem Jungen helfen kann, dann sind Sie es."

Lisa schloss die Augen und verdrängte die Vorstellung, dass er tatsächlich sterben könnte. Ihr Bestreben war es, Leben zu retten, nicht, es zu zerstören. Wie sollte sie mit dieser Schuld leben?

Van Dyk bog in die Zufahrt der Klinik ein und stoppte vor dem Haupteingang. Sie hatte kaum bemerkt, wie die Zeit verging.

„Ich danke Ihnen", sagte Lisa.

„Ich werde auf Sie warten."

„Das ist nicht nötig. Ich habe sowieso schon viel zu viel von Ihrer Zeit in Anspruch genommen."

Sie sprang aus dem Wagen, ohne eine Antwort abzuwarten, und lief durch den strömenden Regen auf das Hauptportal zu. Auf keinen Fall wollte sie van Dyk die Gelegenheit geben, irgendeine Form von Dank einzufordern. Der kurze Sprint half ihr, die Panik zurückzudrängen und einen klaren Kopf zu bekommen.

Lisa durchquerte die Eingangshalle und nahm den Lift in das Untergeschoss, in dem sich die Notaufnahme und die Operationssäle befanden. Von einer Krankenschwester erfuhr sie, dass Jonah bereits im OP war. Sie betrat den Waschraum und begann, sich auf einen chirurgischen Eingriff vorzubereiten. Die Tür zum Korridor öffnete sich, im Spiegel sah sie Dr. Ketz, der Schutzkleidung und Maske trug. Lisa schrubbte ihre Hände mit Desinfektionsmittel. Wenn sie doch nur das schreckliche Unglück ebenso einfach abwaschen könnte.

„Wie geht es ihm?", fragte sie.

Die Schutzmaske verbarg Ketz' Mienenspiel.

„Was tun Sie denn hier?" Seine Stimme klang dumpf durch die Maske.

„Ich werde Ihnen assistieren."

„Ganz sicher nicht. Sie sind seit über zwanzig Stunden auf den Beinen, davon zwölf im OP. Außerdem waren Sie in den Unfall verwickelt, wie ich hörte."

„Ein Grund mehr, um zu helfen."

Ketz schüttelte den Kopf. „Sie sind doch völlig durch den Wind."

„In dieser Klinik gibt es keine bessere Gefäßchirurgin."

„Ich kann verstehen, dass Sie sich verantwortlich für den Patienten fühlen. Aber Sie zittern wie ein Junkie auf kaltem Entzug", sagte Ketz.

Lisa drehte den Wasserhahn mit dem Ellenbogen zu. „Sie können mir den Zugang zum OP nicht verwehren."

„Mein Team ist komplett. Wenn Sie unbedingt warten wollen, dann tun Sie es draußen."

„Sagen Sie mir wenigstens, wie es um ihn steht."

„Sein Zustand ist kritisch. Er hat sehr viel Blut verloren und außerdem eine seltene Blutgruppe, AB negativ."

„Hatte er einen Ausweis dabei?"

„Ja. Wir bemühen uns, genügend Konserven zu besorgen. Neben den Frakturen hat er starke innere Blutungen, die wir so schnell wie möglich stoppen müssen. Und jetzt verlassen Sie bitte den OP-Bereich."

„Lassen Sie mich assistieren."

„Nein. Ich kann keine übermüdete Chirurgin gebrauchen, die im entscheidenden Moment die Nerven verliert."

Er stieß mit dem Fuß die Tür auf. Lisa fügte sich. Nun konnte sie nichts weiter tun, als zu warten.

Sie betrat das Schwesternzimmer der Intensivstation und hockte sich auf einen Stuhl. Nach dreißig Minuten überfiel sie trotz der Anspannung eine bleierne Müdigkeit. Sie verließ das Zimmer und trat auf den Gang hinaus, um sich einen Kaffee aus dem Automaten zu ziehen. Die Milchglastür zum OP-Bereich öffnete sich quietschend. Im Durchgang zum Wartebereich tauchte ein dürrer alter Mann auf. Er trug eine vom Regen durchnässte Jacke, die ebenso grau war wie sein Gesicht. Er stützte sich auf einen Gehstock und humpelte auf Ketz zu, der aus dem OP kam. Der Chirurg sprach leise auf ihn ein. Seine Worte ließen die Gestalt des Alten schrumpfen. Er schwankte und sank, von Ketz gestützt, auf einen Stuhl.

Ketz wandte sich an Lisa. „Tut mir leid. Er hatte zu viel Blut verloren. Durch die Hüftfraktur wurde die Arterie verletzt. Wir konnten ihn nicht retten." Ketz drückte ihre Schulter und eilte dann weiter in Richtung Waschraum.

Lisa starrte ins Leere, sie bemerkte den Alten nicht, bis er dicht vor ihr stand.

„Erst nahmen Sie mir meinen Sohn und jetzt meinen Enkel. Dafür werden Sie bezahlen."

Lisa erwachte aus ihrer Starre. „Ich verstehe Sie nicht."

„Sie werden bezahlen!"

Speicheltropfen des Alten trafen sie auf der Wange. Sie roch seinen schlechten Atem und sah die feinen roten Äderchen in seinen gelben Augen. Er musste mindestens neunzig sein und reichte ihr nur bis zur Schulter, entwickelte in seinem Schmerz aber ungeheure Kräfte. Er hob seinen Gehstock und begann, auf sie einzuprügeln.

„Hexe! Verfluchte Hexe!"

Lisa wich zurück. Das eisenbewehrte spitze Ende des Stocks sauste auf sie nieder und streifte ihr Ohr.

33

„Hören Sie auf!"

Der alte Mann dachte nicht daran. Er trieb sie vor sich her und schlug mit aller Kraft zu. Lisa schützte ihren Kopf mit den Armen und prallte mit dem Rücken gegen den Kaffeeautomaten. Der Alte zertrümmerte die Glasscheibe.

Plötzlich war van Dyk da. Er entwand ihm den Stock und baute sich schützend vor Lisa auf. Ketz trat auf den Gang hinaus, erfasste die Situation und rief nach Verstärkung. Zwei kräftige Pfleger brachten den Alten zum Lift.

„Wer war das?", fragte van Dyk.

„Der Großvater des Jungen", antwortete Lisa. „Sein Sohn ist vor sechs Monaten gestorben."

„Hier in der Klinik?"

Ketz nickte. „Ein Unglück kommt selten allein. Alles in Ordnung mit Ihnen?", fragte er Lisa.

„Ja, danke." Der Piepser des Chirurgen meldete sich. Er eilte in den OP-Bereich.

Lisa drehte sich zu van Dyk um. „Sie sind ja immer noch hier."

„Ich habe versprochen, auf Sie zu warten."

„Ich brauche keinen Babysitter."

„Das nicht, aber einen guten Anwalt. Ich werde Ihnen einen besorgen."

3

Jan Wolzow tastete mit geschlossenen Augen nach seinem Handy. Er stieß eine halb volle Bierflasche um, deren Inhalt sich über den MP3-Player und drei Fahndungsakten ergoss. Das Telefon schwamm auf einer Lache aus abgestandenem Weizenbier unter dem wackeligen Turm aus Kisten und Umzugskartons und jaulte dabei wie eine amerikanische Polizeisirene. Wolzow robbte von der Matratze, rutschte aus und brachte einen Bücherstapel zum Einsturz. Irgendwo zwischen Dickens und Steinbeck fischte er das Handy aus dem Durcheinander und meldete sich verschlafen.

Matuscheks Stimme quäkte aus dem Lautsprecher: „Wann schaffst du dir endlich einen Wecker an wie andere Leute auch?"

„Ich hab einen ... irgendwo."

Wolzow kniff in dem regengrauen Morgenlicht die Augen zusammen und suchte in dem Chaos nach dem Radiowecker. Er entdeckte ihn auf der Fensterbank neben der winzigen Küchenzeile. Das Display war erloschen, wahrscheinlich hatten die altersschwachen Batterien den Geist aufgegeben.

„Ich bin in zehn Minuten da."

„He, ich bin ... "

Er schaltete das Handy aus, warf es auf die Matratze und fuhr sich über die Bartstoppeln. An der Tür läutete jemand Sturm. Wolzow fluchte und öffnete. Matuschek winkte mit seinem Telefon und grinste. Seine kleinen Augen verschwanden dabei fast vollständig hinter den Fettwülsten seiner Hamsterbacken.

„Hattest du eine kurze Nacht?"

Dunkel erinnerte sich Wolzow an den gestrigen Abend. Obwohl er enge, mit Menschen vollgestopfte Räume hasste, hatte er sich dazu überreden lassen, Matuschek nach Dienstschluss in dessen Stammkneipe in der Limburger Altstadt zu begleiten. Schwammige Bilder eines Würfelspiels und eines hochprozentigen Zeugs, das sich Basaltfeuer nannte, geisterten durch seinen Kopf. Da er normalerweise keinen Alkohol trank, hatte der Schnaps eine verheerende Wirkung entfaltet. Wolzow stöhnte und rieb sich den Nacken.

Der fette Matuschek suchte sich einen Weg zwischen Kartons und abgelegter Kleidung zur Küchenzeile. Dort stellte er zwei Coffee-to-go-Becher und eine Papiertüte ab, aus der er einen Donut fischte und mit drei Bissen in seinem Mund verschwinden ließ.

„Ich sag dir, du bist zu dürr, Wolzow", sagte er schmatzend. „Deshalb verträgst du keinen Alkohol. Wenn du im Westerwald heimisch werden willst, muss sich das ändern."

„Wer behauptet, dass ich mich hier niederlassen will?"

Matuschek holte einen zweiten Donut aus der Tüte und biss genießerisch hinein. Er wischte sich ein paar Zuckerkrümel von seiner Jacke und sah sich um.

„Mensch, wie kann man in einer solchen Bude hausen? Wie lange bist du jetzt in Limburg? Ein halbes Jahr?"

„Sieben Monate und zwölf Tage."

Wolzow sammelte seine Klamotten auf, tappte ins Bad und schaufelte sich kaltes Wasser ins Gesicht. Beim Gedanken an Matuscheks Vorliebe für Donuts und Schokocroissants wurde ihm übel. Aber den Kaffee konnte er gebrauchen.

Er stöberte in dem angelaufenen Spiegelschrank nach einer Kopfschmerztablette. Dann schlüpfte er in Jeans und T-Shirt und kehrte in den Wohnbereich des kleinen Appartements zurück. Matuschek hatte recht, das Zimmer sah aus wie der Abstellraum eines Messies. Da er nie vorgehabt hatte, länger in Limburg zu bleiben, hatte er es nicht für nötig befunden, sich wirklich einzurichten. Der größte Teil seiner Habe befand sich immer noch in diversen Umzugskartons und Koffern. Viel besaß er ohnehin nicht, denn er hasste jede Form von Ballast.

Wolzow schnappte sich einen Kaffeebecher, trank einen Schluck und blickte aus dem Fenster auf den Hof hinaus. Es regnete seit Wochen, und das im August.

„He, wo ist mein Pick-up?", rief er über die Schulter.

„Der steht da, wo du ihn abgestellt hast, und verstopft die Altstadtgassen. Wir haben dich in ein Taxi gesetzt und dem Fahrer deine Adresse genannt. Er war nur schwer davon zu überzeugen, dass in diesem Gruselhaus jemand wohnt."

„Ach, tatsächlich?"

Wolzow trank einen zweiten Schluck, langsam begann er sich besser zu fühlen. Aber an die nächtliche

Taxifahrt hierher konnte er sich noch immer nicht erinnern.

Unten auf dem Hof erschien Emmy, seine Vermieterin, und spannte einen Regenschirm auf. Der Regen trommelte gleichmäßig auf das Blechdach der Mansardenwohnung über der Garage des baufälligen Gründerzeithauses. Zum Glück hatte die alte Emilia Wollbeck einen Narren an ihm gefressen und ihm das Appartement günstig überlassen. Emmy, wie er sie insgeheim nannte, hoffte wohl, in ihm nicht nur einen Mieter, sondern zugleich auch noch einen Wachmann, Gärtner und Gesellschafter gefunden zu haben. Sie fürchtete sich in dem leeren Haus, das abseits des kleinen Limburger Vororts Eschhofen in einem Waldstück lag. Außerdem war sie vom Verbrechen fasziniert und las jeden Krimi, den sie in die Finger bekam. Als sie erfuhr, dass Wolzow Polizist war, hatte sie ihn begeistert als Mieter akzeptiert.

Matuschek warf einen Blick auf seine Armbanduhr. „Herrje, wir müssen uns beeilen. Frenck hat schon zweimal angerufen."

„Er soll sich gedulden."

„Auf dem Revier sitzt ein Typ, der etwas von einem Mord und einem Unfall faselt. Du weißt doch inzwischen, wie Frenck tickt. Er hat keine Lust, sich das Gestammel anzuhören."

Wolzow trank seinen Kaffee aus. Das Aspirin begann zu wirken, er fühlte sich besser und nahm ein Croissant aus der Papiertüte, bevor Matuschek ihm nichts mehr übrig ließ.

„Ein Mord?", fragte er zwischen zwei Bissen.

„Wahrscheinlich hat der Alte nur zufällig gesehen, wie eine Nachbarin ihren Teppich entsorgt hat. Aber man kann ja nie wissen."

Wenigstens versprach die Sache ein bisschen Ablenkung. In den vergangenen Wochen hatte Wolzow nichts weiter getan, als sich Luft zuzufächeln und Akten zu sortieren. Schließlich hatte er sich von Matuschek dazu überreden lassen, mit einem Zivilfahrzeug Streife zu fahren, weil im Villenviertel ein paar Gartenzwerge gestohlen worden waren. Auf diese Weise lernte er wenigstens die Stadt kennen und entkam dem nörglerischen Frenck.

Wolzow streifte einen verblichenen Armeeparka über, der für diese Jahreszeit zu warm war, aber immerhin hielt er den Regen ab. Er verspürte keine Lust, sich mit neuen Klamotten einzudecken. Es fühlte sich zu sehr danach an, sesshaft zu werden, und das war das Letzte, was er wollte. Matuschek drängte zur Eile. Während der Fahrt nach Limburg plapperte er unentwegt. Wolzow lehnte den Kopf an die Nackenstütze, schloss die Augen und stellte seine Ohren auf Durchzug.

Matuschek rutschte in seinen Sessel, schaltete den Tischventilator ein und hielt ihn sich vor die fleischige Nase. Trotz des Dauerregens war es schwül und drückend. Von den Lorbeerbüschen vor dem Fenster stiegen Dampfschwaden auf wie in einem Dschungel. Wolzow warf seinen Parka über den Garderobenhaken, verfehlte ihn jedoch knapp.

Der alte Mann, von dem Matuschek berichtet hatte, war dürr und vertrocknet wie eine halb verhungerte Saatkrähe, sein Gesicht wurde von einer Geiernase und mürrisch herabhängenden Mundwinkeln beherrscht.

Er hockte auf dem Besucherstuhl neben den beiden Schreibtischen, die sie mit den Vorderseiten gegeneinandergeschoben hatten, und stützte sich auf einen knorrigen Gehstock. Ungeduldig beobachtete er, wie Wolzow die Spitze seiner Cowboyboots unter den Parka schob und ihn aufhob.

„Ich warte seit einer halben Stunde", krächzte der Alte.

„Gut Ding will Weile haben. Was können wir für Sie tun?", fragte Wolzow.

„Ich will, dass Sie den Mörder meines Enkels hinter Gitter bringen." Er unterstrich seine Forderung, indem er mit dem Stock auf den Boden pochte.

„Ups", machte Matuschek.

Wolzow zog sich seinen Bürostuhl heran.

„Und Sie werden mir jetzt sicher auch verraten, wer ihn umgebracht hat."

Der Alte beugte sich vor und blitzte ihn aus seinen gelben Augen an.

„Sie sollten das, was ich Ihnen zu sagen habe, ernst nehmen. Ich bin im Vollbesitz meiner geistigen Kräfte und weiß, wovon ich spreche. Ich hoffe, Sie sind gesund?"

„Glaub schon", sagte Wolzow stirnrunzelnd.

Der Besucher lehnte sich wieder zurück. „Das hoffe ich auch für Sie, andernfalls könnten Sie das nächste Opfer sein."

„Jetzt mal der Reihe nach. Sie heißen?"

„Pius Grothe."

Wolzow kritzelte den Namen auf seine Schreibtischunterlage.

„Und wer ist Ihrer Meinung nach ermordet worden?"

„Mein Enkel, Jonah Grothe."

„Welche Aussagen können Sie zum Tathergang machen?"

„Sie haben den Unfall doch aufgenommen. Aber ich sage Ihnen, es war Mord."

Matuschek tippte mit zwei Fingern eine Anfrage in seinen Computer.

„Hab ihn. Grothe, Jonah. Er meint den Verkehrsunfall auf der L 320 in der Nähe von Weilburg vergangene Nacht."

Der Alte deutete ein Nicken an.

Nun las auch Wolzow den Eintrag in der Datenbank und den Bericht der Beamten, die den Unfall aufgenommen hatten.

„Ich kann hier beim besten Willen keinen Anfangsverdacht für ein Verbrechen herauslesen", sagte er. „Wie begründen Sie Ihre Annahme?"

„Jonah war gestern Abend in der Virchow-Klinik, um sich seine Papiere zu holen."

„Papiere?"

„Er hat dort ein Praktikum absolviert und Dinge gesehen, die man vertuschen will. Es gab Streit, und sie haben ihn rausgeworfen."

„Und Sie glauben, darum musste er sterben?" Wolzow kippte seine Lehne zurück. „Ich will Ihnen ja gerne helfen, aber ein bisschen mehr müssen Sie schon auf den Tisch legen. Wenn jeder Streit tödlich enden würde, hätten wir eine Menge zu tun."

„Nicht jeder, aber dieser."

„Mit wem also hat sich Ihr Enkel gestritten?"

„Mit dieser Ärztin, Wegener heißt sie."

Grothe lehnte seinen Stock an den Schreibtisch und öffnete umständlich eine abgegriffene, braune Aktentasche. Er legte einen Stapel Computerausdrucke auf den Tisch und ein Handy.

„Jonah hat mich angerufen, bevor er losfuhr."

Er wischte über das Display und schien das Menü zu studieren. Wolzow streckte den Arm nach dem Telefon aus. Der Alte schloss seine knochigen Finger um Wolzows Hand und drängte ihn zurück. Er bemerkte überrascht, dass in dem Alten trotz seiner mageren Gestalt enorme Kraft steckte.

„Sie sollten mich nicht für senil halten", zischte er. „Ich verstehe diese Technik gut genug, um sie zu benutzen."

Matuschek verkniff sich ein Grinsen, stopfte sich ein Karamellbonbon in den Mund und beschäftigte sich wieder mit seinem Ventilator. Grothe fand die Mailbox und aktivierte sie. Eine jugendliche Stimme drang aus dem Lautsprecher.

„Wenn ich um Mitternacht nicht zu Hause bin, geh zur Polizei, Opa."

„Jonah fühlte sich bedroht. Sie hat ihn umgebracht."

„Worum ging es denn bei diesem Streit?", fragte Matuschek.

„Mein Sohn, Jonahs Vater, starb vor sechs Wochen in der Virchow-Klinik nach einer Operation. Die Ärzte hatten zuvor gesagt, es wäre ein Routineeingriff. Zwei Tage später erlag er einer Lungenembolie. Jonah war überzeugt davon, dass mehr dahintersteckte", erklärte Grothe.

„Und hatte er Beweise für seinen Verdacht?", fragte Wolzow.

Der Alte kramte in seiner Aktentasche und legte ein Bündel Computerausdrucke auf den Tisch. „Er gab mir das hier zur Aufbewahrung."

Wolzow blätterte die Seiten durch. Es waren Kopien von Patientenakten, die sich der Junge wahrscheinlich nicht auf legalem Weg beschafft hatte.

„All diese Menschen sind in dem Krankenhaus gestorben." Grothe pochte mit seinem Stock auf den Boden und löste damit bei Wolzow neue Kopfschmerzen aus.

„Also gut, ich werde mich mal in der Klinik umsehen", sagte er. „Aber versprechen Sie sich nicht zu viel davon."

„Ich weiß, was ich weiß."

„Das glaube ich Ihnen gerne, und Sie können sicher sein, dass ein Unfall mit Todesfolge sehr genau untersucht wird. Aber um Ermittlungen in einem Tötungsdelikt aufzunehmen, brauche ich einen begründeten Anfangsverdacht. Wenn wir auf eine Spur stoßen, werden wir dem nachgehen."

Der Alte hob ruckartig den Kopf. „Das ist alles?"

Wolzow zuckte mit den Schultern. „Was sollen wir Ihrer Meinung nach denn machen? Die komplette Belegschaft des Krankenhauses verhaften?" Er hielt die Ausdrucke hoch. „Kann ich die behalten?"

„Ja."

Langsam, steif wie eine Gliederpuppe, erhob sich der alte Mann. „Ich komme wieder."

„Nicht nötig, wir melden uns bei Ihnen."

Grothe stocherte mit seinem Stock in einer halb vertrockneten Birkenfeige herum. „Und geben Sie dieser

Pflanze Wasser. Sie ist auf Sie angewiesen, also kümmern Sie sich gefälligst um sie." Damit verließ er das Büro.

Matuschek schüttelte sich. „Ich krieg 'ne Gänsehaut. Der Alte ist mir unheimlich."

Wolzow nickte. „Ziemlich unangenehmer Bursche."

„Meinst du, an der Geschichte ist was dran?"

„Keine Ahnung. Aber ich hab das Gefühl, der Alte wird uns noch eine Menge Ärger machen. Frenck ist der Boss, er soll entscheiden, womit wir unsere Zeit verplempern."

Er wippte auf seinem Stuhl und blickte durch die Glasscheibe, die Frencks Büro von ihrem trennte. Der grauhaarige Kommissar saß hinter seinem Schreibtisch und tat so, als schaue er konzentriert auf seinen Bildschirm. Wolzow wusste inzwischen, dass Frenck die meiste Zeit döste und ab und zu planlos mit der Maus klickte, um den Anschein zu erwecken, als arbeite er. Auf eine merkwürdige Art verschwamm er mit dem Hintergrund. Alles an ihm war grau, das stoppelige Haar, seine von Nikotin vergilbte Haut und sein blassgraues Hemd. Wenn Wolzow sein Büro betrat, hatte er stets das Gefühl, in einen Schwarz-Weiß-Film zu geraten.

Er wandte sich seinem eigenen Bildschirm zu und las noch einmal das Protokoll der Unfallaufnahme. Jonah Grothe war nur neunzehn Jahre alt geworden. Die Unfallverursacherin hieß Lisa Wegener und arbeitete als Unfallärztin in der Virchow-Klinik. Er rieb sich die Bartstoppeln. Wenn man den vorangegangenen Streit bedachte, war das immerhin ein ungewöhnliches Zusammentreffen.

Die Kopien der Patientenakten steckten voller Fachchinesisch. Er quälte sich durch OP-Berichte und ärztliche Stellungnahmen und stutzte. Grothe hatte recht. Keiner dieser ehemaligen Patienten der Virchow-Klinik lebte noch. Alle waren während der Behandlung gestorben. Hatte der alte Mann am Ende doch keinen Unsinn dahergeredet?

Frenck schien inzwischen tatsächlich eingenickt zu sein, Matuschek klebte in seinem Sessel. Den Kopf in den Nacken gelegt, fächelte er sich Luft zu. Es war schwül und stickig im Büro, ihm fiel die Decke auf den Kopf. Es konnte nicht schaden, ein bisschen in dieser Klinik herumzuschnüffeln. Das erinnerte ihn daran, dass sein Pick-up noch in irgendeiner Altstadtgasse stand.

Er warf einen Blick auf den dösenden Matuschek. „Was hältst du davon, wenn wir uns diese Ärztin mal vornehmen?", fragte er.

Der Dicke blinzelte träge. „Ich kann Krankenhäuser nicht ausstehen."

„Dann wartest du eben im Wagen. Anschließend holen wir meinen Pick-up."

„Von mir aus."

Matuschek seufzte und stemmte sich aus seinem Stuhl hoch, Wolzow nahm seinen Parka von der Garderobe. Das war einer der wenigen Vorteile des Jobs in Limburg: Er konnte so ziemlich tun und lassen, was er wollte. Frenck zählte die Tage bis zu seiner Pensionierung, und Matuschek tippte am liebsten Berichte. Wolzow hingegen brauchte ab und zu das Gefühl, auf der Jagd zu sein.

4

Matuschek bog in die Zufahrt der Virchow-Klinik ein und stellte den Streifenwagen vor dem Haupteingang ab. Er murmelte etwas von Toilette und Kaffee und trollte sich. Wolzow wies sich an der Pforte aus und fragte nach Dr. Lisa Wegener. Die Angestellte hinter der Glasscheibe bat ihn zu warten. Die Hände in den Taschen seines Parkas vergraben, schlenderte er umher. Er mochte keine Krankenhäuser, der Geruch nach Desinfektionsmitteln, Bohnerwachs und Siechtum erzeugte ein unangenehmes Brennen in seiner Nase.

An der Längswand der Eingangshalle hingen Fotografien vom Klinikpersonal. Er suchte nach Lisa Wegener und entdeckte sie beim Team der Unfallchirurgie. Wolzow schätzte sie auf Anfang dreißig. Sie hatte ein schmales Gesicht mit gewölbten Brauen über einem Paar graugrüner Augen. Ihr dunkelblondes Haar trug sie schulterlang. Während die meisten anderen Angestellten entspannt oder gar fröhlich wirkten, schaute Lisa Wegener, als müsste man sie kitzeln, um sie zu einem Lächeln zu bewegen.

„Wie kann ich Ihnen helfen?"

Er fuhr herum. Vor ihm stand einer der größten Männer, denen er je begegnet war, eckig und schwer wie ein Panzerschrank. Seine sanfte Stimme stand in auffallendem Gegensatz zu seiner Erscheinung.

„Ich möchte Dr. Wegener sprechen."

Der Riese reichte ihm die Hand, die Wolzow vorsichtig schüttelte.

„Professor Kohlmeyer, ich bin der Leiter dieser Klinik. Frau Dr. Wegener ist nicht anwesend. Wenn Sie mit mir vorliebnehmen möchten?"

Kohlmeyer führte ihn in ein helles Büro im Erdgeschoss. Großzügige Fenster wiesen auf einen kleinen Park mit Teich und Rosenbüschen hinaus. Die mit Regen vollgesogenen Blüten hingen schwer herab.

„Nehmen Sie doch Platz. Kaffee? Oder einen Tee?", fragte Kohlmeyer.

Wolzow lehnte dankend ab und setzte sich auf einen Besucherstuhl vor dem Schreibtisch.

„Ich nehme an, es geht um den Unfall, der sich vergangene Nacht ereignet hat", sagte der Professor.

„Indirekt."

„Der Tod des Jungen hat Frau Dr. Wegener sehr mitgenommen. Ich empfahl ihr, eine Auszeit zu nehmen, bis die Sache geklärt ist."

„Mich interessiert vor allem, was davor geschah", sagte Wolzow.

Kohlmeyer schenkte sich Kaffee in eine große Tasse und nahm hinter seinem Schreibtisch Platz.

„Davor?", fragte er.

„Einer Zeugenaussage zufolge kam es etwa eine halbe Stunde vor dem Unfall zu einem heftigen Streit zwischen Frau Dr. Wegener und dem Unfallopfer."

„Davon ist mir nichts bekannt. Wo soll diese Auseinandersetzung denn stattgefunden haben?"

„Hier in der Klinik."

Kohlmeyer trank bedächtig seinen Kaffee. Wollte er Zeit gewinnen, um sich seine Antworten genau zu überlegen?

„Gegen 22:15 Uhr hatte ich eine kurze Unterredung mit Frau Dr. Wegener", sagte er, „eine Viertelstunde später hat sie die Klinik verlassen. Kurz vor elf kam es dann zu dem folgenschweren Unfall. Sie hatte also gar keine Zeit, sich zu streiten, was meinen Sie?"

„Ich weiß nicht, wie lange der Streit dauerte", antwortete Wolzow. „Vielleicht waren es nur fünf Minuten. In welchem Zustand trafen Sie Frau Dr. Wegener an? War sie nervös oder erregt?"

„Nein. Höchstens ein bisschen überarbeitet, was nicht ungewöhnlich ist nach einem Tag in der Unfallaufnahme."

„Wie lange dauerte ihre Schicht?"

„Da müsste ich nachsehen."

„Tun Sie das. Aber ich werde Frau Dr. Wegener sowieso noch persönlich befragen. Sie sind darüber informiert, dass der Tote in Ihrem Haus ein Praktikum absolviert hat?"

„Ja, das bin ich", antwortete Kohlmeyer.

„Dann können Sie mir sicher auch sagen, mit welchen Aufgaben er betraut war."

Der Professor verschränkte seine spatelförmigen Finger ineinander und lehnte sich vor. „Er wollte Krankenpfleger werden. Unsere Praktikanten durchlaufen verschiedene Stationen und verrichten alle möglichen Hilfstätigkeiten, um den Betrieb kennenzulernen."

„Und kommt es da öfter zu Streitigkeiten mit dem Klinikpersonal?"

„Nein, normalerweise nicht. Aber Jonah Grothe eckte überall an."

„Gab es einen besonderen Grund dafür?"

„Er steckte seine Nase in Dinge, die ihn nichts angingen. Ich sah eine Zeit lang darüber hinweg, weil ich Verständnis für seine belastende Situation hatte."

„Sie meinen den Tod seines Vaters?", fragte Wolzow.

„Ja. Er starb drei Tage nach einem Routineeingriff an einer Lungenembolie. So etwas passiert äußerst selten, aber es kann bei jedem Eingriff zu Komplikationen kommen."

„Jonah machte also die Klinik für den Tod seines Vaters verantwortlich?"

Der Professor nickte bedächtig. „Aber dazu bestand kein Anlass. Ich ließ ihn sogar die OP-Berichte einsehen, aber auch das überzeugte ihn nicht. Er suchte wohl einen Schuldigen und hoffte, ihn in der Belegschaft zu finden. Jonah Grothe befand sich in einer psychischen Ausnahmesituation. Ich kann mir vorstellen, dass dies vielleicht sogar zu dem Unfall führte, weil er den Kopf voll mit Verschwörungstheorien hatte. Aber das herauszufinden, ist Ihre Aufgabe."

„Deshalb bin ich hier", sagte Wolzow. „Er suchte also beharrlich nach Beweisen, um der Klinik einen Kunstfehler nachzuweisen. Stahl er deshalb Patientenakten?"

„Ah, Sie wissen es bereits. Ja, er steigerte sich in die Sache hinein. Aber es gibt kein dunkles Geheimnis in der Virchow-Klinik."

Wolzow stand auf und schob den Besucherstuhl zurück.

„Okay, das war's erst mal. Wo finde ich Frau Dr. Wegener?"

„In ihrer Wohnung vermutlich. Sie ist heute Morgen zum Dienst erschienen, aber ich habe sie nach Hause geschickt."

„Sie halten sie für labil?", fragte Wolzow.

„Keineswegs. Sie ist eine selbstbewusste, starke Persönlichkeit, die mit Stress umgehen kann, dazu eine hervorragende Unfallchirurgin – obwohl sie manchmal dazu neigt, sich zu viel Verantwortung aufzubürden. Gerade aus diesem Grund und weil sie mir als Mitarbeiterin und Kollegin wichtig ist, habe ich sie beurlaubt. Sie braucht jetzt Ruhe."

„Sie wollen nicht, dass ich ihr auf den Zahn fühle", sagte Wolzow.

„Im Gegenteil. Je schneller die Schuldfrage geklärt ist, desto besser. Ich frage mich nur, wonach Sie suchen. Es war ein tragischer Unfall, eine Verkettung unglücklicher Umstände, mehr nicht." Kohlmeyer lehnte sich in seinem Sessel zurück und verschränkte die Arme vor der Brust. „Sie glauben doch nicht etwa, dass hier eine Absicht im Spiel war? Dass Frau Dr. Wegener verhindern wollte, dass dieser Grothe die Klinik in einen Skandal hineinzieht?"

„Was denken Sie denn?"

„Dieser Verdacht ist grotesk."

Wolzow schlenderte zur Tür. „Vielleicht. Oder auch nicht. Es kam immerhin zu einer Reihe von Todesfällen in der Klinik."

„Wir liegen statistisch sehr gut im Rahmen. Die Qualität unseres Hauses unterliegt ständigen Kontrollen. Es gab niemals etwas zu beanstanden."

„Bis jetzt", sagte Wolzow.

„Wer leitet diese Untersuchung eigentlich?", fragte Kohlmeyer.

„Ich."

„Ich werde Ihren Vorgesetzten anweisen, mich auf dem Laufenden zu halten."

„Wenn's Ihnen Spaß macht."

Er verließ das Büro des Chefarztes und kehrte ins Foyer zurück. Vor den gläsernen Schiebetüren blieb er stehen und folgte einer Eingebung. Er wandte sich an die Angestellte am Informationsschalter.

„Können Sie mir sagen, wer gestern Abend hier Dienst hatte?", fragte er.

„Das war ich. Meine Arbeitszeit begann um 22 Uhr und endet gleich."

„Eine ziemlich anstrengende Schicht", sagte Wolzow.

„Normalerweise fange ich erst um Mitternacht an, bin aber für eine Kollegin eingesprungen."

„Verlassen die Mitarbeiter die Klinik durch den Haupteingang?"

„Wenn sie nicht in der Tiefgarage parken, ja."

„Auch Frau Dr. Wegener?"

Sie dachte kurz nach. „Ja."

„Daran erinnern Sie sich so genau?"

„Ja, denn ich hatte meinen Dienst kaum angetreten, als ich Lärm aus der Cafeteria hörte."

„Lärm?"

„Laute Stimmen, ein Streit anscheinend. Ich ging hin, um nachzusehen und für Ruhe zu sorgen. Es war ja schon nach zehn. Als ich durch die Glastür trat, stieß ich mit Frau Dr. Wegener zusammen. Sie hatte es sehr eilig."

„Konnten Sie erkennen, mit wem Sie sich gestritten hatte?"

„Nein, aber Frau Dr. Wegener erschien mir sehr erregt. Sie bemerkte mich kaum."

„Und dann verließ sie das Krankenhaus durch das Hauptportal?", fragte Wolzow.

„Nein, später, das war gegen 22:30 Uhr."

„Okay, danke."

Wolzow ging nach draußen und zündete sich eine Zigarette an. Es regnete noch immer. Die Sache begann, ihn zu interessieren. Als Nächstes würde er dieser Ärztin einen Besuch abstatten. Er drückte die halb gerauchte Kippe in einem Sandeimer aus und spurtete durch den Regen auf den Streifenwagen zu.

„Und was nun?", fragte Matuschek.

„Jetzt holen wir meinen Wagen. Du fährst in die Dienststelle zurück und sagst Frenck, dass ich eine Spur verfolge."

„Und was machst du?"

Wolzow grinste. „Ich geh frühstücken."

5

Das Knacken und Ächzen brechenden Eises weckte Lisa, begleitet vom Läuten einer unheimlichen Totenglocke. Mit einem leisen Schrei fuhr sie hoch und stieß gegen die Schneekugel auf dem Nachttisch. Seit ihrer Kindheit sammelte sie die Miniaturwelten, in denen die Zeit still zu stehen schien. Winzige, weiße Plastikflocken wirbelten in der klaren Flüssigkeit hoch und sanken wieder zu Boden. Vor Lisas Augen verhärteten sie sich zu einer undurchdringlichen Mauer aus Eissplittern.

Niemals zuvor war sie aus einem so lebensecht wirkenden Albtraum hochgeschreckt. Sie schloss die Augen und spürte den unwirklichen Bildern nach, Szenen voller Todesangst, in denen ein unsichtbarer Verfolger sie auf einem zugefrorenen Fluss jagte. Das Eis unter ihren Füßen brach und die Strömung zog sie in die Tiefe. Verzweifelt kratzte sie sich an dem milchigen Sargdeckel aus Eis die Fingerkuppen blutig und ertrank, nur um den Schrecken erneut zu durchleben. Der Traum erschien ihr geradezu prophetisch, obwohl sie nicht sagen konnte, warum.

Der sinnlose Tod des Jungen hatte sie wohl mehr erschüttert, als sie sich eingestehen wollte. Ihre Schuld ließ sich nicht so einfach verdrängen wie ein verlorener Kampf um das Leben eines Patienten. Sie war Ärztin und schenkte Leben, sie nahm es nicht. Darum versuchte ihr Unterbewusstsein, das schreckliche Geschehen auf den tiefen Ebenen ihrer Traumwelten zu verarbeiten.

Wieder erklang die Glocke, aber diesmal identifizierte Lisa sie als das harmlose Läuten der Türklingel.

Sie schlüpfte in eine Jogginghose und ein Sweatshirt und lief in die Diele. Als sie die Hand nach der Türklinke ausstreckte, verstummte der Gong. Sie öffnete die Wohnungstür, aber niemand war zu sehen. In dem grauen Zwielicht des regnerischen Morgens flammte die automatische Beleuchtung auf. Lisa steckte den Wohnungsschlüssel in die Hosentasche und trat auf den Treppenabsatz hinaus. Hinter ihr fiel zeitgleich mit der Haustür im Erdgeschoss die Wohnungstür ins Schloss. Sie blickte in den Treppenschacht hinunter, als ein leises Scharren sie herumfahren ließ. Bevor sie die Drehung vollendete, stieß sie jemand gegen das Geländer und drückte sie über die Brüstung.

„Fürchten Sie sich vor dem Tod? Wenn man so jung ist wie sie, ist er weit fort, nicht mehr als ein ferner Schatten am Horizont. Sie halten sich für unsterblich, was soll schon passieren, nicht wahr? Doch dann steht er plötzlich hinter Ihnen und legt seine kalten Finger um Ihren Hals. Jetzt haben Sie Angst, Frau *Dr.* Wegener. Geben Sie zu, Sie haben Angst!"

Lisa versuchte, sich zu befreien. „Lassen Sie mich los!"

Der alte Mann, der sie in der Klinik angegriffen hatte, hauchte ihr einen widerlichen Kuss auf die Wange. Er war so dicht bei ihr, dass sie die Adern in seinen gelben Augen und die trüben Pupillen sehen konnte. Unerbittlich drückte er sie weiter über das Geländer. Der Abgrund vor ihren Augen begann sich zu drehen und zog sie magisch an, sie geriet in Panik und rammte dem Alten den Ellenbogen in den Bauch. Er keuchte und spie Speicheltröpfchen auf ihre Wangen, ließ aber nicht los.

„Jonah hatte keine Angst vor dem Tod. Er war jung. Haben Sie Angst? Sagen Sie, dass Sie sich fürchten."

„Hören Sie auf! Sie sind ja verrückt!"

Sie schlug nach ihm und traf ihn am Kinn. Er zischte wütend und verstärkte den Druck. Seine Fingernägel bohrten sich in ihre Haut, und sie spürte, wie ein feiner Blutfaden an ihrer Kehle herablief. Endlich gelang es ihr, ihn abzuschütteln.

„Hauen Sie ab, oder ich rufe die Polizei!"

„Sie werden sterben, so wie mein Enkel starb."

„Verlassen Sie auf der Stelle das Haus!"

„Sterben! Schon bald!"

Lisa bemühte sich, die Tür aufzuschließen, aber sie zitterte so stark, dass sie den Schlüssel fallen ließ.

„Jonah wusste es. Er wusste alles. Und bald werde ich es auch wissen."

„Wovon reden Sie?"

Der Alte näherte sich ihr wieder. „Der Tod ist weiß wie Schnee", sagte er.

Lisa stieß ihn von sich, hob den Schlüssel auf und fummelte ihn endlich ins Schloss. Dann stürzte sie in die Wohnung und schlug die Tür hinter sich zu. Wegen Grothe musste sie etwas unternehmen. Es widerstrebte ihr, die Polizei einzuschalten, denn der alte Mann handelte aus Schmerz und Verzweiflung. Aber er hatte die Grenze zur Gewalt überschritten, und das durfte sie unter keinen Umständen tolerieren.

Die Türklingel läutete erneut, Lisa schrie vor Schreck leise auf. Glaubte Grothe wirklich, sie terrorisieren zu können? Sie musste ihm die Stirn bieten, hier und jetzt, und ihm zeigen, dass sie keine Angst vor ihm hatte. Wütend riss sie die Tür auf.

„Hauen Sie ab, oder ich sorge dafür, dass Sie in die geschlossene Psychiatrie eingewiesen werden!"

Vor ihr stand Vincent van Dyk. Er musterte sie mit einem zwiespältigen Blick, besorgt, verdutzt und zugleich leicht belustigt.

„Verzeihen Sie, wenn ich ungelegen komme", sagte er.

„Was? Oh, nein, nein. Ich meinte nicht Sie ... jemand hat an der Tür geklingelt ... und dann war da plötzlich ..."

Sie verstummte. Was stammelte sie da? Van Dyk musste sie für hysterisch halten. Verlegen fuhr sie sich durch das unfrisierte Haar und wurde sich ihrer Jogginghose und des viel zu großen Sweatshirts bewusst. Sie war nicht gerade overdressed, um Besuch zu empfangen.

„Tut mir leid, ich bin ein bisschen durcheinander. Der alte Mann war wieder da."

„Grothe? Hat er Sie bedroht?"

Sie nickte. „Er hatte sich dort in der Nische neben dem Feuerlöscher versteckt und mich angegriffen, als ich aus der Wohnung kam. Ich hatte Angst, er würde mich die Treppe hinabwerfen. Zum Glück konnte ich ihn vertreiben. Er sieht aus wie ein gebrechlicher Greis, aber er ist sehr stark – und außerdem verdammt wütend auf mich. Ich befürchtete, er wäre zurückgekommen. Sie müssten ihm eigentlich noch begegnet sein."

„Nein, ich habe niemanden gesehen."

„Aber er ist erst vor wenigen Augenblicken nach unten gegangen. Sie *müssen* ihm begegnet sein."

„Vielleicht hat er einen Hinterausgang benutzt."

Verwirrt schüttelte sie den Kopf. „Das verstehe ich nicht. Auf jeden Fall ist Grothe gefährlich. Er macht mir Angst, ich schätze, ich muss etwas gegen ihn unternehmen."

Van Dyk deutete auf die Kratzer an ihrem Hals. „Sie sollten das desinfizieren und außerdem die Polizei einschalten. Ich werde das für Sie übernehmen."

Er zog ein Smartphone aus der Innentasche seines Sakkos. Lisas Verlegenheit schlug in Ärger um. Schon wieder tauchte van Dyk in einem Moment auf, in dem sie Hilfe brauchte, und übernahm sofort die Kontrolle über die Situation.

„Sie haben ein seltsames Talent für den falschen Augenblick. Was wollen Sie schon wieder?"

Er reichte ihr eine Visitenkarte. „Die Kanzlei Kronau & Sierks vertritt mich in allen Rechtsangelegenheiten. Ich habe mir erlaubt, den Sachverhalt kurz zu schildern und einen Termin für Sie zu vereinbaren."

Sie schnappte nach der Karte. „Ich bin durchaus in der Lage, selbst zu telefonieren." Zögernd fügte sie hinzu. „Trotzdem ... danke."

Sie steckte die Visitenkarte ein und verschränkte abwehrend die Arme vor dem Körper.

„Ist noch was?"

„Ich gestehe, ich habe mir Sorgen um Sie gemacht, und wollte mich vergewissern, dass es Ihnen gut geht."

Plötzlich wurde ihr klar, dass sich auch van Dyk die Nacht um die Ohren geschlagen hatte, trotzdem sah er aus wie aus dem Ei gepellt. Leise Schuldgefühle überfielen sie, weil sie ihn so angeblafft hatte. Oder legte er es genau darauf an – ihr schlechtes Gewissen auszunutzen, um sich ihr aufzudrängen? Sie war zu misstrauisch geworden. Vielleicht meinte es van Dyk auch ehrlich und ihm lag etwas an ihr. Wenn sie sich einmauerte, würde sie es nie herausfinden.

„Entschuldigen Sie, ich war unhöflich. Die ganze Sache zerrt an meinen Nerven, erst der Unfall, und nun der verrückte alte Mann. Kommen Sie doch herein ... ich ... ich weiß nicht, ob noch Kaffee da ist", hörte sie sich sagen.

„Ich mache Ihnen einen besseren Vorschlag", sagte er. „Haben Sie schon gefrühstückt?"

„Nein."

„Ich kenne ein nettes kleines Café in der Altstadt unterhalb des Doms. Dort können wir eine Kleinigkeit essen und unsere Strategie besprechen."

Sie strich sich das Haar aus der Stirn. „Welche Strategie?"

„Wie Sie mit möglichst wenigen Blessuren aus der Sache herauskommen."

„Ich ... muss mich erst mal ... frisch machen. Außerdem sollte ich mich verarzten. Ich ..."

„Keine Widerrede. Sie haben doch Jod und Heftpflaster im Haus? Ich werde inzwischen die Polizei anrufen."

Sie bat ihn ins Wohnzimmer und verschwand im Bad. Während sie die Kratzer desinfizierte, begann sie sich zu ärgern. Einerseits mochte sie seine entschlossene Art, schnelle Entscheidungen zu treffen, anderseits hatte sie das Gefühl, dass er sie herumkommandierte.

„Lisa Wegener, du lebst schon viel zu lange allein", sagte sie sich leise. „Wenn du so weitermachst, wirst du dich in eine alte Jungfer verwandeln, die jedem männlichen Wesen misstraut."

Nachdem sie heiß geduscht hatte, fühlte sie sich besser. Sie zog eine helle Leinenhose und eine luftige Bluse an, denn trotz des regnerischen Wetters war es schwül und drückend. Mit Concealer überdeckte sie die Spuren der schlaflosen Nacht. Halbwegs mit ihrem Äußeren zufrieden, ging sie ins Wohnzimmer. Van Dyk stand vor ihrer Schneekugelsammlung.

„Faszinierend", sagte er, „eine Sammlung von Welten."

Lisa nahm eine der Kugeln in die Hand und schüttelte sie. „In ihnen ist immer alles in Ordnung. Es gibt keinen Schmerz und keinen Tod, niemand ist traurig."

Er blickte sie nachdenklich an. „Was Sie erlebt haben, ist schwer zu verkraften. Dennoch halten Sie sich bemerkenswert, Sie sind eine starke Frau, Lisa."

Sie stellte die Kugel zurück an ihren Platz. „Ich fürchte, vorhin habe ich keine so gute Figur gemacht."

„Die Polizei wird sich um Grothe kümmern", erwiderte er. „Es ist Zeit für einen Tapetenwechsel, das wird Sie auf andere Gedanken bringen."

Van Dyk behielt recht, das Frühstück im Café am Domberg lenkte sie von ihren Grübeleien ab. Während vor den Fenstern der Augusttag grau und viel zu dunkel begann, war es im Gastraum hell und freundlich. Es duftete nach frischem Kaffee, Kakao und Rührei.

„Sollten Sie nicht lieber in Ihrem Büro sitzen oder sich um Ihre Stickstofftanks kümmern?", fragte Lisa.

„Ah, Sie wissen über Kryotec Bescheid."

„Kohlmeyer erzählte mir davon. Sie haben ein neues Verfahren entwickelt, um Spenderorgane zu konservieren, nicht wahr?"

„Weit mehr als das. Ich hoffe, bald eine Schneekugelwelt erschaffen zu können."

Lisa rührte Milch in ihren Kaffee. „Das müssen Sie mir erklären."

„Sie sagten, in Ihren Miniaturwelten gibt es keinen Schmerz und kein Leid. Das Ziel meiner Forschungen ist die Konservierung vollständiger Körper."

„Sie glauben wirklich, das wäre möglich?"

„Wir werden den Tod besiegen und unsere Erben irgendwann jede Form von Leid. Ich möchte diese neue Welt kennenlernen, und die Kryonik bietet einen Weg dorthin."

Sie trank von ihrem Kaffee. „Haben Sie sich da nicht ein bisschen viel vorgenommen?"

„Ich schaffe nur die Voraussetzungen dafür."

„Indem Sie Leute einfrieren?"

„So würde ich das nicht nennen, aber es trifft den Kern der Sache. In fünfzig oder hundert Jahren wird die Wissenschaft heute noch unvorstellbare Dinge vollbringen. Ich möchte gerne daran teilhaben. Mit den Verfahren, die wir bei Kryotec entwickeln, hätte man den Jungen retten können."

Lisa schüttelte den Kopf. „Ich kenne natürlich die gängigen Methoden, sie werden seit über vierzig Jahren angewendet. Aber Sie wissen so gut wie ich, dass die Zellstrukturen beim Einfrieren zerstört werden. Niemand weiß, wie man dieses Problem beim Auftauen lösen könnte."

Van Dyk lächelte geheimnisvoll. „Die anderen kennen den Trick nicht, das stimmt."

Lisa blickte ihn spöttisch an. „Und Sie wissen, wie's geht?"

„Interessiert Sie die medizinische Forschung?"

„Ich wollte nach dem Studium in die Grundlagenforschung gehen, aber ich hatte keine Gelegenheit dazu. Irgendwann bin ich dann bei Kohlmeyer in der Ambulanz gelandet."

„Wir haben vieles gemeinsam", sagte van Dyk. „Sie retten Menschenleben, ich mache das Gleiche. Nur dauert es bei mir etwas länger. Ich könnte Ihnen eine Führung durch die Labors von Kryotec anbieten. Was halten Sie davon?"

„Ich denke darüber nach." Sie schaute eine Weile dem Regen zu. „Kohlmeyer hat mich beurlaubt. Ich fürchte, ich werde wegen dieser Geschichte meinen Job verlieren."

„Nur wir beide wissen, was geschehen ist."

„Die Polizei wird ein Drogenscreening durchführen. Ich habe Aufputschmittel genommen, um die Schicht durchzustehen."

„Ein Grund mehr, die Angelegenheit der Kanzlei Kronau zu übergeben."

„Ich bin schuld an dem Tod des Jungen, daran gibt es nichts zu rütteln."

„Ich glaube, da irren Sie sich. Das Recht ist ein sehr dehnbarer Begriff. Ihr Strafmaß wird entscheidend von Details abhängen. Vertrauen Sie den Anwälten, sie wissen, was sie zu tun haben."

„Ich will mich nicht mit advokatischen Winkelzügen freikaufen", sagte Lisa.

„Was passiert ist, lag nicht in Ihrer Absicht. Sie werden Ihre Schuldgefühle nicht los, indem Sie in selbstzerstörerischer Weise Ihr Leben in Scherben schlagen. Es war ein tragischer Unfall, den wohl niemand hätte verhindern können."

Sie trank ihren Kaffee aus. „Wie kommt es, dass ausgerechnet Sie in diesem Moment da waren?"

Er zuckte mit den Schultern. „Zufall, Schicksal. Suchen Sie sich etwas aus."

„So, wie Sie das sagen, hört sich alles ganz einfach an."

„Nein, leicht ist es niemals. Aber ich kann Ihnen eine Perspektive anbieten."

„Welche denn?"

„Kommen Sie zu uns. Arbeiten Sie bei Kryotec mit. Ich biete Ihnen ein interessantes Arbeitsfeld. Sie können mithelfen, Methoden zu entwickeln, um Leben zu retten, viele Leben."

„Ich bin keine Wissenschaftlerin."

Van Dyk lächelte. „Wenn man Kohlmeyer glauben darf, sind Sie eine exzellente Ärztin. Sie haben einen wachen Verstand und sind offen für Neues. Einfach perfekt für Kryotec. Ich werde Ihnen zeigen, wie wir arbeiten."

Er winkte der Bedienung, bezahlte die Rechnung und gab ein fürstliches Trinkgeld.

„Sie werden begeistert sein", sagte er augenzwinkernd zu Lisa.

Sie näherten sich dem Ausgang. An einem der Tische bemerkte Lisa einen Mann in ihrem Alter. Der Gegensatz zu van Dyk hätte nicht größer sein können. Die Bügelfalten an van Dyks leichter Sommerhose waren messerscharf wie Skalpelle. Er war glatt rasiert, sein hellblondes Haar sauber gestutzt und er bewegte sich mit weltmännischer Sicherheit. Seine Schuhe erzeugten ein machtvolles Geräusch auf den Bodenfliesen. Mit perfekten Manieren hielt er Lisa die Tür auf.

Der Fremde, der gerade seine Tageszeitung zusammenfaltete, erhob sich von seinem Tisch, kramte in den Taschen seiner löchrigen Jeans nach Kleingeld und warf ein paar Münzen auf den Tisch. Trotz der Schwüle trug er einen zerschlissenen Armeeparka. Auf seinen Wangen spross ein Dreitagebart und seine Haare schrien nach einem Friseurbesuch. Und er kam direkt auf sie zu.

„Frau Dr. Wegener?"

Er hielt ihr einen Polizeiausweis unter die Nase. „Jan Wolzow, Kripo Limburg. Ich hätte ein paar Fragen an Sie."

„Fragen?", kam ihr van Dyk zuvor.

„Wer sind *Sie*?", fragte Wolzow.

„Vincent van Dyk. Diesen Namen sollten Sie sich merken."

„Ich hab ein schlechtes Gedächtnis", antwortete Wolzow grinsend.

„Was wollen Sie?", fragte Lisa.

„Es geht um den Unfall vergangene Nacht."

„Der wurde doch von Ihren Kollegen aufgenommen. Sagen Sie mir lieber, wann ich mein Auto zurückbekomme."

„Sie werden benachrichtigt. Warum haben Sie uns verschwiegen, dass Sie das Unfallopfer kannten?"

„Niemand hat mich danach gefragt. Spielt das denn eine Rolle?"

„Vielleicht. Es gibt Zeugen, die einen Streit zwischen Ihnen und Jonah Grothe unmittelbar vor dem Unfall beschreiben."

„Was soll das werden?", mischte sich van Dyk ein. „Wollen Sie Frau Dr. Wegener etwa eine Tötungsabsicht unterstellen?"

„Ich will nur wissen, was passiert ist", sagte Wolzow. „Können Sie den Streit bestätigen?"

„Ich habe ihn lediglich darauf hingewiesen, dass Professor Kohlmeyer ihm Hausverbot erteilt hat", antwortete Lisa.

„Die Empfangsmitarbeiterin der Virchow-Klinik sagt etwas anderes aus. Sie spricht von einer heftigen Auseinandersetzung."

„Sie brauchen nicht zu antworten", sagte van Dyk.

„Hat Sie jemand gefragt?", sagte Wolzow.

„Sie sollten sich lieber um den Großvater des Jungen kümmern. Der Alte ist gemeingefährlich."

Wolzow zog fragend die Augenbrauen hoch.

„Er hat Frau Dr. Wegener bereits zum zweiten Mal angegriffen und diesmal auch verletzt."

„Keine Angst, das klären wir."

„Das will ich hoffen."

Van Dyk bot Lisa seinen Arm, den sie irritiert annahm.

„Von jetzt an wird Frau Dr. Wegener Ihre Fragen nur noch in der Gegenwart eines Anwalts beantworten. Einen schönen Tag noch."

„Ich kann sie auch vorladen", rief Wolzow.

„Tun Sie, was Sie nicht lassen können. Für eine Terminvergabe wenden Sie sich bitte an die Kanzlei Kronau & Sierks."

Lisa wollte etwas erwidern, aber in ihrer Kehle steckte ein klebriger Pfropfen. Sie brachte kein Wort heraus. Auf eine ungewohnte Weise war sie erleichtert, dass van Dyk alles für sie regelte ... und *wie* er es regelte, entschlossen, durchsetzungsstark, mit einer natürlichen Autorität. Es fühlte sich gut an, so, als hülle er sie in eine warme Decke. Normalerweise hätte sie niemals zugelassen, dass sich ein anderer in ihre Angelegenheiten mischte, noch dazu ein Mann, den sie kaum kannte. Aber zu ihrer eigenen Überraschung ließ sie es geschehen. Ihr war leicht schwindelig, ihre Beine verwandelten sich in Gummistempel. Eine Zeit lang hatte sie eine Gruppe von Burn-out-Patienten betreut, weil Kohlmeyer sie darum gebeten hatte und sie ihm nichts abschlagen konnte. Sie kannte die körperlichen Symptome sehr genau, die einen Zusammenbruch ankündigten. So fühlte es sich also an, wenn die Seele streikte. Ihr war, als ob ein bösartiger Troll alle Kraft aus ihr heraussaugte, bis nur noch eine Hülle übrig blieb, die lediglich laufen und atmen konnte. Wie durch einen Nebel hindurch hörte sie, dass der Polizist etwas von 16 Uhr sagte und van Dyk den Namen Kronau erwähnte. Dann stand sie plötzlich auf der Straße. Um sie herum drehte sich die Silhouette der Altstadt, sie schwitzte aus jeder Pore wie bei einem Fieberanfall.

„Lisa? Geht es Ihnen nicht gut?"

„Ich bin okay ... es ist nur ... einen Moment." Ihr wurde schwarz vor Augen.

6

Lisa konnte sich nicht daran erinnern, wie sie von dem Café zu van Dyks Wagen in der Tiefgarage am Fuß des Dombergs gelangt war. Kühle Luft streichelte ihr Gesicht und vertrieb die unerträgliche Schwüle. Sie hörte Schritte, jemand stellte ein Glas mit einer klaren Flüssigkeit vor sie hin.

Aufgeschreckt richtete sie sich auf, Leder knirschte unter ihren Händen.

„Wo bin ich?"

Van Dyk lächelte. „In meinem bescheidenen Zuhause. Sie waren ein bisschen weggetreten. Bei diesem Tropenwetter spielt der Kreislauf schnell verrückt. Sie sollten darauf achten, viel zu trinken."

Sie fuhr sich mit der Hand über die Augen und warf einen Blick auf ihre Armbanduhr. Es war Viertel vor zwölf. An die vergangenen anderthalb Stunden erinnerte sie sich nur bruchstückhaft.

„Das ... das ist mir noch nie passiert. Wie bin ich hierhergelangt?"

„Kein Grund zur Beunruhigung. Ich habe mir erlaubt, Sie ins Haus zu tragen."

Sie griff nach dem Glas und trank. Das eiskalte Wasser belebte sie.

„Ich danke Ihnen für Ihre Hilfe, aber ich will nicht noch mehr von Ihrer Zeit in Anspruch nehmen." Lisa erhob sich von der Ledercouch, auf der sie offenbar die letzte Stunde verbracht hatte. Erleichtert stellte sie fest, dass sie sich besser fühlte.

„Dr. Kronau wird Sie um Viertel vor vier abholen und zum Kommissariat begleiten", sagte van Dyk. „Ich habe bereits alles arrangiert."

Der Polizist! Hätte van Dyk den Termin nicht erwähnt, hätte sie die Vorladung völlig vergessen.

„Ich brauche keinen Anwalt."

„Sind Sie sicher?"

„Ja."

„Ich habe den Jungen nicht absichtlich überfahren. Danke für Ihr Angebot, aber ich komme allein klar."

Meinte sie das wirklich? Alles in ihr schrie danach, es van Dyk zu überlassen, die Dinge zu regeln. Andererseits fürchtete sie sich davor. Seit ihrem dreizehnten Lebensjahr war sie ohne fremde Hilfe klargekommen, und das würde sie auch diesmal. Für die Gerichtsverhandlung würde sie einen Rechtsbeistand brauchen, aber den würde sie sich selbst besorgen. Sie schloss die Augen, lehnte den Kopf an die Polster und genoss die erfrischende Kühle. Nur einen kurzen Augenblick.

„Wie fühlen Sie sich?", fragte van Dyk.

Müde, dachte sie. „Gut", antwortete sie.

Sie blickte sich um. Das große Wohnzimmer war geschmackvoll eingerichtet, die Längswand raumhoch verglast. Dahinter erstreckte sich ein Garten, in dem üppige Bougainvillea und Azaleen blühten. Im Talgrund hinter dem gepflegten Grundstück glitzerte das blaue Band der Lahn. Die Wege und Rasenflächen schienen in der gleichen Weise angelegt worden zu sein wie das Haus – kühl, exakt uns streng geometrisch.

Ein breiter Rundbogen trennte den Wohnraum von einem Durchgang ab, der zu einer achteckigen Eingangshalle führte, in der man hätte Tennis spielen können. In ihrem Zentrum plätscherte ein großer Springbrunnen. Wasser benetzte eine raffiniert beleuchtete Skulptur aus Kristallglas. Sie symbolisierte eine Schneeflocke, das Firmenlogo von Kryotec.

Und diesen Palast nannte van Dyk bescheiden? Das Haus musste ein Vermögen gekostet haben. Selbst Kohlmeyer lebte dagegen in einer Hütte.

Dennoch mochte sie das Haus nicht. Es wirkte steril und künstlich. Es gab keine Farben, nur schwarze Türrahmen, kalkweiße Wände und einen spiegelglatten Marmorboden. Nun, es brauchte sie nicht zu kümmern. Sie würde es ohnehin nie mehr betreten.

„Wenn Sie mir ein Taxi rufen, bin ich in ein paar Minuten verschwunden. Ich habe Ihnen schon viel zu viel Ärger bereitet", sagte sie.

„Sie fallen mir nicht zur Last, Lisa. Ganz und gar nicht."

Er betrachtete sie eine Weile schmunzelnd. Lisa begann sich zu ärgern. Sie kam sich vor wie ein Kind, das etwas angestellt hatte. Schließlich schien er nachzugeben.

„Wie Sie wollen. Ich werde Sie zu Ihrer Wohnung fahren. Vielleicht war es ein Fehler, Sie hierherzubringen. Aber es erschien mir am besten. Sie waren ein bisschen ... verwirrt."

Sie antwortete nicht und durchquerte die Halle. Auf der anderen Seite lag eine Art Windfang und dahinter die Haustür. Sie versuchte sie zu öffnen, aber sie war verschlossen.

„Warten Sie."

Er eilte ihr nach und zog eine Codekarte durch den Leseschlitz eines elektronischen Bedienfelds.

„Alles in diesem Haus funktioniert nur auf meinen Befehl ... oder auf Ihren, wenn Sie es wünschen. Es ist ein Wunderwerk der modernen Technik. Wenn Sie es erst näher kennen, werden Sie begeistert sein."

Die Orientierungslosigkeit, die sie überwunden geglaubt hatte, kehrte zurück, stürzte sie in eine alles verschlingende Dunkelheit und mündete in einem Panikanfall. Lisa hatte nie zuvor etwas Vergleichbares erlebt. Sie hatte das Gefühl, als ob das seltsame Haus, das aussah, als hätte ein Riese mit Bauklötzen gewürfelt, sie nicht gehen lassen wollte. Von der Halle zweigten mehrere Korridore ab, die sich in den schneeweißen Wänden wie drohende schwarze Mäuler öffneten, um sie zu verschlucken. Das Haus weckte in ihr die irrationale Angst, beobachtet zu werden. Vielleicht trog sie ihr Gefühl ja auch gar nicht. Van Dyks Faible für Elektronik hatte ihn womöglich dazu getrieben, versteckte Kameras und Sensoren zu installieren, die jeden seiner Wünsche sofort erfüllten.

In dem Bedienfeld erklang ein Piepton, die Haustür summte und sprang einen Spalt auf. Lisa stürzte ins Freie und schnappte nach Luft. Falls van Dyk ihre Panik spürte, ließ er sich nichts anmerken. Er plauderte über ein Sicherheitssystem, das er selbst entworfen hatte und das sich noch in der Testphase befand, aber sie hörte ihm nicht zu.

Er wendete den schwarzen Porsche Cayenne, den er in der Einfahrt vor dem Haus geparkt hatte, stieg aus und öffnete ihr die Beifahrertür. Sie stiegen ein, dann steuerte er den Wagen auf die Straße. Lisa warf einen Blick auf das Haus. Was sie im Innern vermutet hatte, bestätigte sich auch von außen. Die hypermoderne Villa bestand aus Würfeln und Kuben, die an ein Gemälde von Piet Mondrian erinnerten. Es war ein fremdartiger, kalter Entwurf, der ihr Unbehagen bereitete.

Die Fahrt zu ihrer Wohnung dauerte zwanzig Minuten und verlief größtenteils schweigend. Lisa war ganz damit beschäftigt, ihre immer wieder aufbrodelnde Panik niederzuringen. Nie zuvor hatte sie eine so unbestimmte Furcht und Kraftlosigkeit empfunden. Dass ihr Körper nicht mehr richtig funktionierte und sich ihrer Kontrolle entzog, schürte die unterschwellige Angst noch. Ihr Leben geriet aus den Fugen und es schien nichts zu geben, was sie dagegen tun konnte.

Kurz darauf stand sie allein in ihrer Wohnung. Vage erinnerte sie sich daran, dass van Dyk sie zum Essen eingeladen und sie zugesagt hatte, obwohl sie sich gar nicht dazu in der Lage fühlte.

Seit sie vor vier Jahren in der Virchow-Klinik ihren Dienst angetreten hatte, war sie nicht einen Tag krank gewesen. Kohlmeyer hatte mehr als einmal Bemerkungen über ihre eiserne Gesundheit und ihr Stehvermögen gemacht. Beides war plötzlich nicht mehr vorhanden. Die Schuld an dem Tod des Jungen zog ihr den Boden unter den Füßen weg.

Sie ging ins Bad und durchsuchte den Spiegelschrank über dem Waschbecken. Neben dem starken Schlafmittel Zopiclon, das sie ab und zu nahm, stieß sie auf ein Aufputschmittel. In der angebrochenen Packung steckten nur noch drei Tabletten. Erst jetzt wurde ihr klar, wie viele von den Dingern sie in letzter Zeit genommen hatte. Abends konnte sie oft ohne chemische Hilfe nicht mehr abschalten, und am Morgen brauchte sie eine Starthilfe, um bei einem neuen Wettlauf gegen den Tod antreten zu können. Nach kurzem Zögern schluckte sie eine weitere Pille und spülte sie mit einem Schluck Wasser hinunter. Sie befand sich in einer Ausnahmesituation, also redete sie sich ein, dass sie auch zu außergewöhnlichen Mitteln greifen durfte.

Sie schloss den Spiegelschrank, studierte ihr blasses Gesicht, die flackernden Augen und die dunklen Ringe darunter und wusste, dass sie sich etwas vormachte. Sie begann, die Kontrolle zu verlieren; über ihren Medikamentenkonsum und ihr Leben.

Zwei Stunden später stieg sie vor der Polizeidirektion aus einem Taxi. Sie war sich nicht mehr sicher, welche Uhrzeit der Polizist ihr genannt hatte und ob van Dyk etwas anderes arrangiert hatte. Der Anwalt, den er engagieren wollte, hatte sich bisher nicht gemeldet. Sie würde die Angelegenheit ohnehin allein regeln, van Dyk hatte sich bereits viel zu sehr in ihr Leben gedrängt.

Über seine Motive rätselte sie noch immer. Vielleicht wollte er sie mit seinem Einfluss und seinem Auftreten beeindrucken, vielleicht ihr aber auch nur helfen, weil er ein aufrichtiges Interesse an ihr hatte.

Der endlose Regen legte eine Pause ein, als sie die Stufen zum Polizeirevier hinaufstieg. Der Himmel zog sich langsam mit einem Wolkengespinst zu, ein neues Gewitter kündigte sich an. Es war drückend schwül.

Stumpfes Sonnenlicht spiegelte sich in den Fensterscheiben und erzeugte gleißende Reflexe. Lisa wandte die Augen ab.

Im Schlagschatten einer Toreinfahrt auf der anderen Straßenseite bemerkte sie eine rasche Bewegung. Ihr Herz schlug schneller. Seit der Auseinandersetzung mit dem alten Grothe hatte ihre nervöse Gereiztheit eine neue Stufe erreicht. Selbst das Wechselspiel von Licht und Schatten erschreckte sie inzwischen. Ein Keil aus Sonnenlicht wanderte über den dampfenden Asphalt und kroch in den düsteren Torweg. Das faltige Gesicht des alten Mannes tauchte aus dem Dunkel auf. Er starrte sie an, bemerkte dann aber, dass sie ihn gesehen hatte, und zog sich wieder in die Schatten des Torwegs zurück. Das flirrende Sonnenlicht, der vom erhitzten Straßenteer aufsteigende Wassernebel und die bodenlose Dunkelheit der Toreinfahrt vermischten sich zu einem surrealen Bild.

Sie fuhr mit den Fingerspitzen an ihrem Hals entlang. Die Kratzer pochten und schmerzten und erinnerten sie an die Gefahr, die von dem alten Mann ausging. Der Verlust seines Enkels schien ihn um den Verstand gebracht zu haben. Vielleicht sah er keinen Sinn mehr in seinem Dasein, das sich ohnehin dem Ende entgegenneigte, und hatte beschlossen, die Rache zu seinem einzigen Lebensinhalt zu machen. Er würde sie nicht mehr in Ruhe lassen, würde sie verfolgen und quälen, bis er am Ziel war. Aber was war sein Ziel? Wollte er ihr Angst einjagen, sie in den Wahnsinn treiben? Oder die Schuldgefühle nutzen, die sie plagten, um sie zu einer Verzweiflungstat oder einem Geständnis zu treiben?

Hatte Jonah tatsächlich Hinweise darauf gefunden, dass in Kohlmeyers Klinik nicht alles korrekt zuging?

Sie drehte sich um, drückte einen Flügel der Eingangstür auf und betrat das Foyer. Ihr Herz schlug schmerzhaft gegen ihre Rippen, das Blut rauschte in ihren Ohren. Sie hatte sich für stark gehalten, für eine Persönlichkeit, die jedes Problem allein löste, aber sie hatte nicht mit der Angst gerechnet. Sie kam unerwartet, aber so heftig, dass sie nicht mehr klar denken konnte.

Zerstreut erklärte sie dem Beamten hinter dem Schalter, dass sie erwartet wurde, und nannte ihm ihren Namen. Kurz darauf erschien Wolzow. Er trug löchrige Jeans und ein kariertes Holzfällerhemd, dessen Ärmel er hochgekrempelt hatte, und begrüßte sie mit Handschlag.

„Er ist wieder da, er verfolgt mich", sagte sie.

„Wer? Der alte Grothe?"

Sie nickte heftig. „Er steht auf der anderen Straßenseite in der Toreinfahrt."

„Warten Sie hier."

Wolzow lief nach draußen. Lisa sah, wie er die Straße überquerte und in dem Torweg verschwand. Nach drei Minuten tauchte er wieder auf und kam zurück.

„Haben Sie ihn erwischt?", fragte sie.

„Nein. Sind Sie sicher, dass er dort stand? In dem Hof gibt es keinen zweiten Ausgang."

„Er war da. Grothe hat mich schon in der Unfallnacht angegriffen, und heute Morgen hat er mir vor meiner Wohnung aufgelauert."

„Okay, kommen Sie erst mal in mein Büro."

Er führte sie an einer Glasfront vorbei, hinter der mehrere Büros lagen, und bat sie in den letzten Raum. Zwei Schreibtische waren mit den Kopfseiten gegeneinandergeschoben worden, in einer Ecke fristete eine halb vertrocknete Birkenfeige in einem Tontopf ihr Dasein. Es war heiß und stickig. Ein altersschwacher Ventilator sollte dazu dienen, den Mief zu vertreiben. Einer der Plastikflügel war verbogen und schlug rhythmisch gegen das Gittergehäuse.

„Tut mir leid, aber die Klimaanlage ist ausgefallen", sagte Wolzow. „Wer wusste von Ihrem Termin hier im Präsidium?"

„Niemand außer van Dyk. Der alte Mann ist gefährlich, vielleicht verrückt."

„Ich teile Ihre Einschätzung. Er war hier und verhielt sich ziemlich aggressiv. Wir kümmern uns um ihn."

Wolzow blätterte in einem Stapel Computerausdrucke und zog einen dünnen, blauen Pappordner aus dem Durcheinander auf seinem Schreibtisch hervor. Jemand hatte mit ungelenken Buchstaben *Jonah Grothe* auf den Deckel geschrieben.

„Wann kann ich meinen Wagen wiederhaben?", fragte Lisa.

Wolzow studierte die Akte. „Weiß ich nicht. Wenn die Spurensicherung mit ihm fertig ist."

„Warum dauert das so lange?"

Er blickte auf. „August ist Ferienzeit, die meisten Kollegen haben Urlaub. Sie wollten mir etwas über den Streit erzählen, den Sie mit Jonah Grothe hatten."

Ein dumpfer Kopfschmerz breitete sich in ihren Schläfen aus. „Es gab keinen Streit."

„Sondern?"

„Meine Schicht war zu Ende. Ich wollte die Klinik gerade durch den Haupteingang verlassen, als ich hörte, dass sich zwei Männer in der Halle lautstark stritten. Einer davon war Jonah, ich erkannte seine Stimme."

„Und Sie haben nicht nachgesehen?"

„Nein. Ich war müde und wollte nach einer langen Schicht nur noch nach Hause."

„Haben Sie die zweite Stimme erkannt?"

„Nein."

„Aber sie gehörte einem Mann?"

„Ja, ich bin ganz sicher."

Wieder blätterte Wolzow in der Akte. Er lehnte sich zurück und schaukelte in seinem Sessel, der ein nervtötendes Quietschen erzeugte. Der Alte in der Toreinfahrt, der flappende Ventilator, die Hitze … jede Kleinigkeit versetzte sie in Stress, alle Filter waren ausgefallen.

„Frau Dr. Wegener?"

„Was?" Sie hatte nicht bemerkt, dass Wolzow eine Frage gestellt hatte. „Könnte ich … ein Glas Wasser bekommen?"

„Klar." Er stand auf, ging zu einem mit Aufklebern geschmückten Kühlschrank und füllte ein Wasserglas aus einer Plastikflasche.

„Bitte."

Lisa nippte an dem kalten Wasser und kühlte ihre Stirn mit dem Glas.

„Alles okay?", fragte Wolzow. „Es ist ziemlich heiß heute."

„Danke. Alles in Ordnung."

„Eine Zeugin hat den Streit anders beschrieben. Sie sprach von einer Männer- und einer Frauenstimme", sagte er.

„Als ich ins Foyer kam, rempelte Jonah mich an. Er beschimpfte mich und stieß mich zur Seite. Ich beschwerte mich über sein Verhalten, vielleicht hat die Zeugin das als Streit interpretiert."

„Was wollte er denn in der Virchow-Klinik?"

„Das kann ich nur vermuten. Sein Vater war in der Klinik behandelt worden. Eine Operation war nötig – eigentlich eine Routinesache, aber es gab Komplikationen bei der Narkose. Er starb wenige Tage später an einer Lungenembolie."

„Kommt das oft vor?"

„Nein, natürlich nicht. Aber das Risiko einer Embolie besteht immer."

„Und Jonah glaubte, dass mehr dahintersteckte? Ein Kunstfehler, den die Ärzte verheimlichten?"

Lisa nickte. „Der Verdacht erwies sich als haltlos, aber er steigerte sich immer mehr in diese Vorstellung hinein, bis er sogar Patientenakten stahl."

„Diese hier", stellte Wolzow fest. „Das sind eine ganze Menge Todesfälle, finden Sie nicht?"

„Es mag Ihnen so erscheinen, aber gemessen an der Zahl der behandelten Patienten liegen wir in der Virchow-Klinik unter dem Durchschnitt. Jeder Todesfall wird eingehend untersucht. Es gab niemals Beanstandungen. Wir sind Ärzte, keine Wunderheiler. Unsere Kunst ist begrenzt."

Er nahm den blauen Pappordner in die Hand. „Ich mache Ihnen keinen Vorwurf deswegen. Kann sein, dass der Junge einfach einen Schuldigen suchte."

„Sehr wahrscheinlich sogar."

„Und gegen 22:30 Uhr verließen Sie die Klinik?"

„Ja."

Wolzow stellte ihr eine Menge Fragen zum Unfall, wiederholte manche von ihnen mehrmals oder kehrte zu schon gestellten Fragen zurück. Lisa begann, sich in Widersprüche zu verwickeln.

„Worauf wollen Sie eigentlich hinaus?", fragte sie gereizt.

„Ich mach nur meinen Job. So, wie Sie den Ihren machen. Sagten Sie nicht, dass Sie sehr genau hinschauen, wenn in Ihrer Klinik ein Patient stirbt?"

Lisa rieb sich die Nasenwurzel. „Ich habe Ihnen alles mitgeteilt, was ich weiß. Was stört Sie denn noch?"

„Das Ergebnis Ihres Bluttests."

„Ich trinke niemals Alkohol."

„Den haben wir auch nicht gefunden, aber Ephedrin. Ich brauche Ihnen nicht zu erklären, dass das Mittel aufputschende Wirkung hat."

„Ich habe es eingenommen, weil mir eine Erkältung auf die Bronchien geschlagen ist."

„Mmh. Dann ist da noch die Tatsache, dass Grothe kurz vor seinem Tod auf dem Handy seines Großvaters eine Nachricht hinterließ." Er spielte die Mailbox des Mobiltelefons ab. „Offenbar fühlte er sich bedroht."

„Sie haben eben selbst gesagt, dass er sich vermutlich in einen Wahn hineingesteigert hat."

„Mancher Wahn hat sich schon als Wahrheit entpuppt. Vielleicht hat die Virchow-Klinik ja etwas zu verbergen, etwas, das mit den Todesfällen zu tun hat und das der Junge ans Licht bringen wollte."

„Das ist absurd. Sie haben nicht den geringsten Beweis für Ihre Anschuldigungen. Und Sie werden auch keinen finden, weil ..."

„... weil?"

„Weil es nichts zu verbergen gibt. Wollen Sie tatsächlich behaupten, ich hätte ihn absichtlich überfahren?"

Was sie für eine Routinebefragung gehalten hatte, entwickelte sich immer mehr zu einem Albtraum. Wolzows Vorwürfe waren völlig abwegig. Er konnte ihr doch nicht ernsthaft eine Mordabsicht unterstellen. Aber genau das schien er zu beabsichtigen. Wahrscheinlich war er einer von diesen rechthaberischen Typen, die nicht aufhören konnten, in einer Wunde herumzustochern.

„Ich habe hier den Obduktionsbericht und ein Gutachten über den Unfallverlauf. Erwähnten Sie nicht, dass Sie Grothe überfahren haben, weil er bereits am Boden lag und sie ihn zu spät gesehen haben?"

„Ja. So war es."

„Wie erklären Sie sich dann, dass der Junge zum Zeitpunkt des Unfalls gestanden hat? Die Verletzungen lassen keinen anderen Schluss zu."

Lisa antwortete nicht. Sie hätte van Dyks Angebot annehmen sollen. Jede weitere unbedachte Antwort konnte ihr schaden. Aus dieser Geschichte würde sie ohne Hilfe nicht herauskommen.

„Ich weiß es nicht. Warum hätte ... ich ihn ... umbringen sollen?"

„Um zu verhindern, dass er aussagt."

„Das ist absurd."

Wolzow lehnte sich in seinem Sessel zurück.

„Kann sein."

Der Albtraum verdichtete sich und nahm Gestalt an. Plötzlich wurde ihr bewusst, dass sie auf der Kante des

Besucherstuhls hockte wie eine überführte Missetäterin. Sie versuchte, sich zu entspannen und das mit ihrer Körperhaltung zum Ausdruck zu bringen.

„War das alles, was Sie vorzubringen haben?", fragte sie.

„Im Augenblick – ja."

Sie stand auf, ihre Beine zitterten, alles drehte sich. Ihr Kreislauf spielte wieder verrückt. „Was ist mit Grothe?"

„Ich sagte bereits, wir kümmern uns um ihn."

„Was geschieht nun?"

„Wenn Sie uns etwas mitzuteilen haben, sollten Sie das jetzt tun, Frau Dr. Wegener."

Sie schüttelte den Kopf. „Das habe ich nicht. Wenn Sie noch Fragen haben, wenden Sie sich an die Kanzlei Kronau & ..."

„Kronau & Sierks, ist mir bekannt. Auf Wiedersehen."

Gehetzt verließ sie das Büro. Als sie auf die Straße trat, brannte die Sonne heiß vom Himmel. Sie sah sich nach dem alten Mann um, konnte ihn aber nirgendwo entdecken. Wahrscheinlich hatte Wolzow ihn verscheucht.

Da sie damit gerechnet hatte, ihren Peugeot bald zurückzuerhalten, hatte sie keinen Wagen gemietet, sie war also weiterhin auf öffentliche Verkehrsmittel angewiesen. Sie verspürte keine Lust, in der brütenden Hitze vor der Polizeidirektion auf ein Taxi zu warten, und entschloss sich, zum Busbahnhof am anderen Lahnufer zu laufen, der einen Kilometer südlich lag. Obwohl sie sich besser fühlte, nachdem sie Wolzows stickiges Büro verlassen hatte, lähmte sie noch immer eine bleierne Kraftlosigkeit. Trotzig marschierte sie

Richtung Süden. Auf keinen Fall würde sie zulassen, dass eine Paranoia die Kontrolle über ihr Handeln übernahm.

Nach fünfhundert Metern wusste sie, dass ihre Entscheidung falsch gewesen war. Die lärmende pulsierende Stadt, der hektische Verkehr und die flirrende Luft über dem aufgeheizten Asphalt verschwammen vor ihren Augen. Ihre Zunge klebte am Gaumen, ihr war schwindelig. Wolzows bohrende Fragen schwirrten in ihrem Kopf umher wie Hummeln, die die Hitze aufstachelte.

Ja, es waren mehrere Patienten gestorben, was auch ihr merkwürdig vorgekommen war. Kohlmeyer hatte ausweichend auf ihr Nachhaken reagiert und ihr schließlich indirekt zu verstehen gegeben, dass er kein Aufsehen wünschte. Die Hygienestandards der Virchow-Klinik waren vor einigen Jahren in die Schlagzeilen geraten, seitdem achtete die Klinikleitung peinlich genau auf deren Einhaltung. Das konnte also nicht die Ursache für die seltsame Sterbewelle gewesen sein, die ebenso plötzlich abgeebbt war, wie sie begonnen hatte. Sie hatte die Patientenakten verglichen, um nach einem Muster zu suchen, und war zu dem Schluss gekommen, dass der Zufall seine Hand im Spiel gehabt hatte. Und wenn doch mehr dahintersteckte? Eine Affäre, von der sie keine Kenntnis hatte, in die sie aber nun durch den Tod des Jungen verstrickt worden war? Oder war sie ein Bauernopfer? Aber wozu?

Das Dröhnen einer Lastwagenhupe schreckte sie aus ihren Grübeleien auf. Ein mit Holzstämmen beladener Sattelschlepper raste so dicht an ihr vorbei, dass der

Sog sie beinahe von den Beinen riss. Ohne auf den Verkehr zu achten, hatte sie den Gehweg verlassen, um die Straße zu überqueren. Sie befand sich auf einer Verkehrsinsel zwischen zwei Fahrspuren, der Fahrer des Lasters hatte ihr offenbar in letzter Sekunde ausweichen können. Regenwasser spritzte aus Pfützen auf und benetzte ihre Hosenbeine. Die Luft flirrte von Abgasen und aufsteigendem Wasserdampf.

Auf der anderen Straßenseite, im Schatten der überdachten Haltestelle, wartete der alte Mann. Er stand regungslos zwischen den Bussen, stützte sich auf seinen Gehstock und starrte sie an. Sein Mund verzerrte sich zu einem boshaften Lächeln, er nickte, als wisse er genau, was in ihr vorging und dass der nächste Fehltritt ihr letzter sein würde.

Zorn verdrängte die Schuldgefühle und die unterschwellige Furcht. Lisa rannte über die Straße auf den Alten zu.

„Hauen Sie ab! Lassen Sie mich in Ruhe! Es war ein Unfall, nichts weiter! Ein Unfall, begreifen Sie das nicht?"

Lisa wich einem Taxi aus, der Fahrer hupte aufgebracht und beschimpfte sie. Sie achtete nur noch auf den alten Mann. Hatte er Wolzow mit der absurden Handynachricht aufgehetzt?

Ein anfahrender Bus nahm ihr die Sicht. Als er in die Straße einbog, war der Alte verschwunden. Lisa drehte sich im Kreis. Plötzlich sah sie ihn, er betrat die schattige Bahnhofshalle. Sie eilte ihm nach, würde ihn zur Rede stellen, hier und jetzt, und ihm klarmachen, dass sie keine Angst vor ihm hatte. Dass seine lächerlichen

Versuche, sie einzuschüchtern, sinnlos waren. Dann würde er endlich aufgeben.

Lisa rannte los. Bremsen quietschten, jemand rief eine Warnung, dann traf sie ein heftiger Stoß am Kopf. Menschen redeten aufgeregt durcheinander, das faltige Gesicht mit den gelben Augen tauchte über ihr auf. Der Alte lächelte zufrieden.

7

„Sie sind ein Unglücksrabe, Wolzow. Und Sie ziehen Ärger an wie Aas die Fliegen." Bernd Frenck wischte sich den Schweiß von der Stirn und trank glucksend aus einer Wasserflasche. „Warum verbeißen Sie sich so in diese Geschichte?"

„Ich mach nur meinen Job. Ich gehe Hinweisen nach."

„Ich hab gehört, was Ihrer Frau passiert ist. Verkehrsunfall mit Todesfolge. Der Verursacher wurde nie ermittelt, richtig?"

„Die Leute reden zu viel."

Frenck stützte sich ächzend auf den Armlehnen ab. „Was man von Ihnen nicht gerade behaupten kann. Sie sind seit einem halben Jahr in Limburg. Und alles, was ich über Sie weiß, habe ich aus Ihrer Personalakte."

„Was interessiert Sie denn so brennend?"

Wolzow schob mit der Fußspitze die gläserne Verbindungstür zu seinem Büro zu. Matuschek gab vor, zu dösen, aber er spitzte bereits die Ohren.

„Ich bin nicht besonders neugierig", sagte Frenck, „aber ich mag es, wenn mein Laden gut läuft."

Am besten von selbst, dachte Wolzow. Umso weniger Arbeit bleibt an dir hängen.

„Sie sind ein guter Polizist", fuhr Frenck fort, „aber Sie scheinen in Ihrer eigenen Seifenblase zu leben, aus der nichts nach außen dringt."

„Ich mag nun mal Seifenblasen."

„In den letzten vier Jahren haben Sie sich drei Mal versetzen lassen."

„Ist ja nicht verboten."

Frenck ließ sich wieder in den Sessel zurückfallen und fummelte an dem Ventilator herum.

„Stimmt das mit Ihrer Frau?"

„Ja. Aber reden wir lieber über Grothe. In der Virchow-Klinik stinkt es zum Himmel."

„Die Sache mit Ihrer Frau ... Vielleicht sollten Sie sich mal mit unserem Polizeipsychologen unterhalten. Sie fressen da was in sich rein, und das könnte Ihre Ermittlungsarbeit behindern."

„Kein Bedarf, danke. Mir geht's gut. Jetzt würde ich mir gerne mal den alten Grothe vornehmen."

„Sie und Ihre Verschwörungstheorien. Hauen Sie schon ab und suchen Sie diesen verrückten alten Mann. Verfluchte Hitze, die halbe Stadt dreht durch. Aber Matuschek bleibt hier."

„Wollte ich gerade vorschlagen."

Matuschek klebte in seinem Sessel, unter seinen Achseln zeichneten sich tellergroße Schweißflecken ab. Seine Hand lag auf der Computermaus, aber er schien eingenickt zu sein.

Wolzow verließ das Revier, bevor Frenck es sich anders überlegte. Er liebte es, allein zu arbeiten, und verspürte nicht die geringste Lust, den trägen Matuschek hinter sich herzuschleifen. Vor einer Viertelstunde hatte ihn die Meldung erreicht, dass Lisa Wegener vor einen Bus gelaufen war. Ein Sanitäter hatte dem Streifenpolizisten, der den Unfall aufgenommen hatte, mitgeteilt, dass sie sich von einem alten Mann bedroht gefühlt hatte. Grothe schien endgültig die Kontrolle über sich zu verlieren.

Er fuhr zu der Adresse, unter der Pius Grothe gemeldet war, traf den Alten aber nicht an. Drei Stockwerke höher im selben Mietshaus lebte auch die Mutter des Jungen. Wolzow wies sich aus und fragte nach dem alten Mann.

Helga Grothe bat ihn herein. „Kann ich Ihnen einen Kaffee anbieten?"

„Immer."

„Ich weiß nicht, wo Pius sich gerade herumtreibt", sagte sie, „und es interessiert mich auch nicht besonders. Hat er wieder etwas angestellt?"

„Möglicherweise. Sie scheinen kein gutes Verhältnis zu Ihrem Schwiegervater zu haben", erwiderte Wolzow.

„Sie wissen, dass mein Mann vor einem Vierteljahr an den Folgen einer Operation gestorben ist?", fragte sie.

„Ja."

„Pius kennt nur noch ein Thema. Er beschäftigt sich von morgens bis abends damit, Beweise dafür zu sammeln, dass die Klinik einen Behandlungsfehler vertuscht."

„Ihr Sohn scheint auch dieser Meinung gewesen zu sein."

Sie nahm die Kanne aus der Kaffeemaschine und hielt sie unter den Wasserhahn.

„Jonah hat der Verlust seines Vaters schwer getroffen. Er hat zu dieser Zeit gerade ein Praktikum in der Virchow-Klinik absolviert. Er war es auch, der Rainer tot aufgefunden hat."

„Das muss ihm einen Schock versetzt haben", sagte Wolzow.

„Ja, das hat es." Helga Grothe füllte Wasser in die Maschine. „Jede Hilfe kam zu spät."

„Sie glauben nicht, dass mehr dahintersteckt?"

„Nein. Und wenn es so wäre, macht es meinen Mann auch nicht wieder lebendig. Unglücke geschehen, Menschen sterben. Das gehört zum Leben, wir müssen es akzeptieren."

Vor Wolzows Augen tauchten Bilder auf – ein zerdrückter Haufen Blech, der kaum mehr als Auto erkennbar war, die Konturen eines menschlichen Körpers unter einem grünen Laken in der Pathologie und Manuelas totenbleiches Gesicht. Es fiel ihm schwer, in die Wirklichkeit zurückzukehren. Aus weiter Ferne hörte er die Stimme von Helga Grothe.

„Jonah und sein Großvater hatten schon immer ein enges Verhältnis, und durch Rainers Tod rückten sie noch enger zusammen. Ich ahnte, dass es eine unheilvolle Verbindung war."

„Jonah hat Patientenakten gestohlen", sagte Wolzow.

„Pius hat ihn dazu angestiftet. Er gab einfach keine Ruhe und hat den Jungen ganz verrückt gemacht." Sie schaltete die Kaffeemaschine ein. „Jonah könnte noch leben, wenn sein Großvater ihn nicht immer wieder dazu angestachelt hätte, nach Beweisen zu suchen, die es nicht gibt. Stecken Sie ihn am besten in die Klapsmühle, bevor er noch ernsthaften Schaden anrichtet."

„Ich fürchte, das hat er schon. Er hat eine Ärztin der Klinik bedroht und angegriffen."

„Ist sie verletzt?"

„Sie wurde ins Krankenhaus eingeliefert, mehr weiß ich noch nicht. Zeugen haben ihn in der Nähe gesehen. Ich muss der Sache nachgehen."

„Ich weiß wirklich nicht, wo er sich herumtreibt. Wenn ich es wüsste, würde ich es Ihnen verraten. Er sollte mir helfen, Jonahs Beerdigung zu organisieren, aber er lebt nur noch für seine Wahnvorstellungen."

„Immerhin kam es in der Klinik zu einer Reihe von Todesfällen", sagte Wolzow. „Ich habe die OP-Berichte an die Gerichtsmedizin weitergeleitet. Wenn es einen versteckten Hinweis auf Unregelmäßigkeiten gibt, werden unsere Experten ihn finden. Ich werde Sie auf dem Laufenden halten." Er reichte ihr eine Visitenkarte. „Und melden Sie sich bitte, wenn Ihr Schwiegervater wieder auftaucht."

Wolzow kehrte zu seinem Wagen zurück und kämpfte sich durch die Rushhour. Er rief Matuschek an, der sich den Bericht des Streifenpolizisten besorgt hatte. Der bestätigte die Aussage des Sanitäters. Zeugen hatten gesehen, dass Lisa Wegener kopflos durch den dichten Verkehr gelaufen war. Einen alten Mann, der sie verfolgt oder gestoßen hatte, beschrieb allerdings niemand.

Gegen 17 Uhr stellte Wolzow seinen Ford Ranger vor dem Haupteingang der Virchow-Klinik ab. Er erkundigte sich nach Lisa Wegener und wurde kurz darauf von Professor Kohlmeyer begrüßt. Der Riese stapfte energisch auf ihn zu und streckte ihm seine Pranke entgegen.

„Haben Sie den verrückten alten Mann verhaftet?"

„Dazu muss ich ihn erst einmal finden. Wie geht es Frau Dr. Wegener?"

„Sie hat großes Glück gehabt. Den Zusammenstoß mit einem Bus überlebt man normalerweise nicht. Lisa hat eine Gehirnerschütterung und steht unter Schock. Aber Gott sei Dank ist nichts passiert, was wir nicht reparieren können." Er wiegte besorgt den Kopf. „Aber ihre Psyche bereitet mir Sorgen. Ich erkenne sie nicht mehr wieder. Diese schreckliche Geschichte hat sie völlig aus der Bahn geworfen."

„Kann ich mit ihr sprechen?"

„Wenn Sie's kurz machen. Sie braucht Ruhe."

Kohlmeyer führte ihn zu einem Krankenzimmer im Erdgeschoss. Lisa Wegener war nicht allein. Der Mann, der sie am Morgen im Café begleitet hatte, saß neben ihrem Bett. Als Wolzow den Raum betrat, stand er auf.

„Haben Sie diesen Grothe endlich aus dem Verkehr gezogen?"

„Sie können bei der Staatsanwaltschaft eine einstweilige Verfügung beantragen, dass er sich Frau Dr. Wegener nicht mehr nähern darf."

„Sie haben also nichts unternommen?"

„Wir arbeiten daran. Und dazu muss ich Frau Dr. Wegener einige Fragen stellen."

„... die sie im Augenblick nicht beantworten wird. Sie sehen doch, was Sie mit Ihrer letzten Befragung angerichtet haben", sagte van Dyk.

„Wie wär's, wenn Sie mal die Klappe halten und die Entscheidung ihr überlassen würden?"

„Professor Kohlmeyer, würden Sie diesem übereifrigen Polizisten bitte erklären, dass Lisa Ruhe braucht?"

„Ich stimme Herrn van Dyk zu. Fassen Sie sich bitte kurz."

Wolzow trat unbeirrt an das Bett. „Frau Dr. Wegener?"

Sie wandte das Gesicht ab und schirmte es mit der Hand ab. „Was wollen Sie denn noch? Verschonen Sie mich mit Ihren Fragen."

Van Dyk öffnete die Tür. „Raus jetzt."

Wolzow zuckte mit den Schultern. „Ich kann Sie nicht zu einer Aussage zwingen. Allerdings wäre sie hilfreich gewesen, um Grothe festzunageln. Wie Sie wollen."

Er verließ das Krankenzimmer und stieß auf dem Gang mit einer Krankenschwester zusammen, die ein fahrbares EKG-Messgerät schob. Sie warf ihm einen gereizten Blick zu und verschwand im Zimmer. Wolzow blockierte die Tür mit der Schuhspitze und lauschte. Kohlmeyer und van Dyk unterhielten sich leise, als wäre Lisa Wegener gar nicht anwesend.

„Ich werde sie in meinem Haus unterbringen. Dort kann ich mich um sie kümmern, außerdem ist sie vor Grothe sicher."

„Ein guter Vorschlag", antwortete Kohlmeyer. „Was meinen Sie, Lisa?"

„Sie ist einverstanden", sagte van Dyk.

8

Die Tage verflogen. Aus Tagen wurden Wochen. Lisa verlor ihr Zeitgefühl. Die Prellungen und Schürfwunden, die sie sich bei dem Zusammenstoß mit dem Bus zugezogen hatte, heilten. Kohlmeyer hatte ihr wiederholt bestätigt, dass sie großes Glück gehabt hatte. Der brütend heiße Tag im August hätte ihr letzter sein können. Ihre Seele allerdings blieb wund und schmerzte.

Der alte Grothe verschwand aus ihrem Leben. Die Klinik verschwand aus ihrem Leben, die Welt schrumpfte zusammen auf van Dyks seltsames Haus.

Vincent umsorgte sie. Er war da, wenn sie ihn brauchte, er hörte zu, tröstete, regelte, managte und liebkoste. Er war Retter, Freund, Beschützer, Koch, Chauffeur und Kummerkasten. Er ließ sie an seinem Leben teilhaben, zeigte ihr seine Firma und weckte in ihr die gleiche Begeisterung, die er für seine Forschungen auf dem Gebiet der Kryonik empfand. Gemeinsam würden sie den Tod besiegen. Nicht morgen oder übermorgen, aber irgendwann. Lisa hatte bald das Gefühl, niemals ein anderes Leben geführt zu haben.

An einem warmen, sonnigen Abend Ende September wurde Vincent ihr Liebhaber und endgültig der Pol, um den sich ihr Leben drehte. Das Tal der Schatten und Depression, durch das sie wanderte, füllte sich langsam mit Licht. Sie blühte auf.

Er lud sie auf seine Segeljacht ein, ein hypermodernes, perfekt ausgestattetes, schwimmendes Liebeslager, auf dem sie zwei sorglose Wochen auf dem Ijsselmeer verbrachten. Er schenkte ihr Schneekugeln. Große, kleine, runde und eckige, Kugeln mit Fröschen und solche mit Pinguinen, andere mit rotbackigen Kindern, die Schlitten fuhren, und Dioramen mit Eisbären und Schneemännern. Sie symbolisierten bald nicht nur mehr die heile Welt, die Lisa sich seit ihrer Kindheit erträumt hatte und die doch eine Illusion geblieben war, sondern auch Vincents sexuelles Verlangen nach ihr. Wenn er mit ihr schlafen wollte, ließ er es in den Kugeln, die einen großzügigen Platz in ihrem Schlafzimmer einnahmen, schneien. Und es schneite oft. Vincent war perfekt; der perfekte Mann, der perfekte Gesellschafter und der perfekte Liebhaber. Was er tat, vollendete er mit einer Sicherheit, die Lisa anfangs entzückte, später jedoch beunruhigte. Weil alles eine Spur *zu* perfekt war. Sie schalt sich eine Närrin, weil sie das Haar in der Suppe suchte, das es nicht gab. Alles war schließlich großartig.

Der Tag der Gerichtsverhandlung kam. Vincent war da. Sie brauchte sich um nichts zu kümmern, denn er tat alles für sie. Er besprach die Verteidigungsstrategie mit Kronau und stoppte Wolzows Ermittlungen. Er besorgte ihr einen Therapeuten, der sich darum bemühte, dass sie nicht in die Grube zurückfiel, aus der sie gerade geklettert war. Sie mochte den fetten Dr. Kerkhoff nicht und erkannte keinen Fortschritt in den Therapiestunden, aber Vincent zuliebe machte sie weiter. Außerdem attestierte Kerkhoff ihr Verhandlungsunfähigkeit, sie musste nicht vor Gericht erscheinen. Lisa war es gewohnt, keiner Konfrontation aus dem Weg zu gehen, und lehnte seine Unterstützung in diesem Punkt zunächst ab. Sie wollte sich ihrer Schuld stellen und die Strafe akzeptieren. Vincent überredete sie jedoch, den Rat des Therapeuten anzunehmen. So gab sie schließlich nach, weil sie spürte, dass die Kraftlosigkeit der vergangenen Wochen zurückkehrte, sobald sie Widerstand leistete. Erschrocken wurde ihr bewusst, dass die geringste Auseinandersetzung sie noch immer überforderte. Also ließ sie alles geschehen, was Vincent plante.

Das Urteil fiel vergleichsweise milde aus. Lisa musste sich wegen fahrlässiger Tötung verantworten und kam mit einer Geldstrafe davon. Wolzows Versuche, ihr eine Absicht zu unterstellen, scheiterten. Die schwachen Indizien, die er gesammelt hatte, wischte Kronau von der Anklagebank. Lisa war frei.

Doch wenige Tage nach der Verhandlung traf sie ein Rückschlag. Kohlmeyer entließ sie und gab als Grund den Missbrauch von Aufputschmitteln an. Lisa setzte sich nicht zur Wehr. Sie hatte die Kraft verloren, Streitigkeiten siegreich zu Ende zu führen, daran änderte auch das abschließende Urteil nichts. Insgeheim wusste sie, dass sie der anstrengenden Arbeit in der Unfallchirurgie nicht mehr gewachsen sein würde, und akzeptierte Kohlmeyers Entschluss stillschweigend. Dass sie einen Menschen getötet hatte, wenn auch unbeabsichtigt, veränderte ihr Wesen.

Vincent indessen ließ nicht zu, dass sie die Virchow-Klinik vermisste. Er band sie in seine Forschungen zur Kryonik ein und übertrug ihr immer neue Projekte, die sie forderten und ablenkten. Die neue Arbeit vermittelte ihr das Gefühl, einen Teil ihrer Schuld abtragen und Leben retten zu können. Die Erinnerungen an den Unfall in der Regennacht und Jonahs verzweifelten Großvater verblassten, nur das Gesicht des Jungen nicht. Es tauchte in ihren Träumen auf und vermischte sich mit Bildern von Wasser und Eis, deren Bedeutung sie sich nicht erklären konnte, die sie in ihrer Klarheit aber zu Tode ängstigten, weil sie ihr geradezu prophetisch erschienen. Sie sprach jedoch mit niemandem darüber, auch mit Kerkhoff nicht.

Am 13. November heiratete Lisa Vincent van Dyk. Am Tag zuvor hatte er sie gebeten, ihn auf eine Geschäftsreise nach Hamburg zu begleiten. Sie stiegen im Westin Hotel ab, genossen den Panoramablick über den Hafen, besuchten ein Konzert in der Elbphilharmonie und aßen im Hotelrestaurant zu Abend. Vincent, der ein Faible für außergewöhnliche Architektur besaß, begeisterte sich für das luxuriöse Ambiente. Er inszenierte einen Heiratsantrag, den er offenbar lange und perfekt geplant hatte. Lisa nahm ihn an, schwindelig, glücklich und zugleich argwöhnisch nach dem Riss in ihrem neuen Leben suchend. Sie fand ihn nicht. Alles war *perfekt*.

Am nächsten Morgen flogen sie von Hamburg nach Schweden und landeten auf dem Kiruna Airport. Die Trauung fand in einer Kapelle aus Eis statt. Lisas Eltern lebten nicht mehr, enge Verwandte hatte sie keine. Über Vincents Familie wusste sie nichts, er sprach nicht darüber und wich ihren Fragen aus. Es störte sie nicht. Sie heiratete schließlich ihn, nicht seine Verwandtschaft.

Die Tage zogen wie ein Champagnerrausch an Lisa vorüber. Über dem Bett, in dem sie sich liebten, wölbte sich ein Baldachin aus Eis.

Als jedoch der erste graue Schimmer des Tageslichts in das Zimmer kroch, kehrte der Albtraum zurück. Lisa schreckte mit einem leisen Schrei aus dem Schlaf. Vincent lag auf der Seite und schlief. Sein asketisches Gesicht wirkte friedlich, die scharfen Linien entlang seiner Mundwinkel entspannt und weniger ausgeprägt als im Wachzustand. Lisas Herz schlug heftig gegen ihre Rippen. Ihre Zukunft war ihr so rein und klar erschienen wie das Eis, das sie umgab. Aber unter dem Eis lauerte etwas. Während sie langsam begann, zu vergessen, erwachte es.

Am 16. November kehrten sie nach Deutschland zurück. Mit jedem Kilometer, den sie sich Limburg näherten, wurde Vincent schweigsamer. Lisa kannte ihn inzwischen gut genug, um dem keine Bedeutung beizumessen. Immer wieder durchlebte er Phasen, in denen sich sein Blick nach innen richtete. In seinem Drang zur Perfektion neigte er zu Grübeleien und Selbstzweifeln, die erst endeten, wenn er ein Problem, das ihn beschäftigte, gelöst hatte. Dann erwachte er zum Leben wie ein Geysir, der unerwartet ausbricht, und arbeitete euphorisch ohne Zeichen von Ermüdung. Die meisten Menschen in seinem Umfeld konnten seinem Tempo dann nicht folgen. Er ließ sie, ohne zu zögern, zurück, wahrscheinlich bemerkte er es nicht einmal. Das Wort, das seinen Charakter am besten beschrieb, benutzte er selbst häufig: extrem.

Als sein Porsche Cayenne die Straße über dem Lahntal entlangrollte, an deren Ende die kubistische Villa lag, war es bereits dunkel. Es hatte zu regnen begonnen, von Westen fegte ein stürmischer Wind über die Höhen des südlichen Westerwalds. Über dem Horizont flackerte Wetterleuchten auf. Vincent stoppte den Wagen vor der Einfahrt und wartete. Ein Sensor erkannte den Cayenne und setzte den Mechanismus in Gang, der das Tor zur Seite fuhr. Eine Bronzeplastik, die das Logo von Kryotec darstellte, glitt vorüber.

„Entschuldige meine gedrückte Stimmung", sagte Vincent. „Nolte hat mich heute Mittag angerufen, es gibt Probleme mit dem Lazarus-Projekt." Er lächelte. „Ich befürchte, der Alltag hält mich bereits wieder gefangen, bevor ich überhaupt einen Fuß in die Firma gesetzt habe."

„Das Projekt ist dein Kind. Wenn ein Kind in Schwierigkeiten steckt, machen sich die Eltern Sorgen. Das ist ganz normal. Hat Nolte gesagt, um was es geht?"

„Nicht genau. Und das macht mich verrückt."

„Sei nicht so streng mit dir."

Er lenkte den Wagen in die Garage, die sich ebenfalls automatisch öffnete. „Nein, mein Verhalten ist unverzeihlich. Dieser Abend gehört uns, sonst niemandem."

Lisa stieg aus und folgte ihm durch einen Korridor im Kellergeschoss zu einer Wendeltreppe, die nach oben in die Eingangshalle führte. Vor einer Panzerglastür blieb er kurz stehen und kontrollierte die Anzeigen eines Bedienfelds, bis er zufrieden war. Die Anlage piepte bestätigend.

Lisa schauderte bei dem Gedanken an seine neueste Errungenschaft. Er liebte technische Spielereien aller Art. Wie sie inzwischen wusste, hatte er die Villa bis ins

Detail selbst entworfen. Das Haus war ein Wunderwerk modernster Technik, ausgestattet mit Bewegungsmeldern und elektronischen Sensoren für Temperatur, Luftfeuchtigkeit und Geräten, die die einströmende Außenluft filterten. Auch alle Fenster und Zugänge wurden von einer zentralen Computereinheit geregelt, niemand konnte das Anwesen ohne gültige Codekarte betreten.

In der Kammer hinter der Panzerglastür befand sich ein sargähnlicher Behälter. Er diente dazu, Vincents Körper im Fall eines jähen Todes unverzüglich herabzukühlen, um ihn vor Gewebezerfall zu schützen, der unweigerlich mit dem Ableben einsetzen würde. Wie jede Kleinigkeit in seinem Leben, hatte er auch seinen Tod minutiös geplant und genaue Anweisungen hinterlassen, was zu geschehen hatte.

Binnen einer Stunde, nachdem sein Herz ausgesetzt hatte, würde ein Team aus Ärzten, speziell geschulten Bestattern und Mitarbeitern seiner Firma die Villa stürmen und seinen in Eis gepackten Leichnam entführen. Da Vincent sich beruflich mit den Möglichkeiten der Kryonik beschäftigte, war es nicht verwunderlich, dass er sich auch privat mit dem Thema auseinandersetzte.

Seinen Plan jedoch, den eigenen Tod zu überlisten, hielt Lisa für undurchführbar. Mochte er einen noch so brillanten Verstand besitzen, er würde es niemals bewerkstelligen, sein Bewusstsein und seinen Körper für die Ewigkeit zu konservieren. Die Vorstellung, den gesamten Organismus zum Zeitpunkt des Todes einzufrieren und eines fernen Tages wiederbeleben zu können, erschien ihr absurd. Seine irrationale Furcht trieb dunkle Blüten.

Vincent war vierundvierzig und – obwohl zwölf Jahre älter als sie – zu jung, um in jeder Stunde seines Lebens an den Tod zu denken. Bis zu dem Tag, an dem er die Kühlkammer hatte installieren lassen, hatte Lisa seine intensive Beschäftigung mit den Möglichkeiten, seinen Körper nach dem Tod zu konservieren, für eine vorübergehende Marotte gehalten. Vincent war genial, aber sein Interesse an einer Sache oft nur von kurzer Dauer. Schnell wendete er sich einer neuen Aufgabe zu, wenn er ein Problem gelöst hatte. Sein hyperaktives Gehirn brauchte unentwegt Beschäftigung, je komplizierter, umso anregender. Eine Ausnahme bildete die Kryonik – die Wissenschaft von der Konservierung einzelner Organe oder ganzer Körper. Sie war zu einer Obsession geworden. Lisa beruhigte sich damit, dass jeder Mann ein Hobby brauchte. Andere restaurierten Oldtimer oder spielten im Keller mit einer Modelleisenbahn, Vincent betrieb eben eine Kältekammer.

Er schien zufrieden, warf noch einen prüfenden Blick durch die Glastür und stieg die Wendeltreppe zur Halle hinauf. Auf halber Höhe blieb er stehen und lauschte.

„Warte hier."

Lisa sah ihn fragend an.

„Ich habe ein Geräusch gehört. Jemand ist im Haus", flüsterte er.

Ohne eine Antwort abzuwarten, schlich er lautlos im Schutz der Dunkelheit nach oben. Manchmal platzte Vincent geradezu vor verrückten Einfällen, die er sofort in die Tat umsetzen wollte, und er besaß ein feines Gespür für die Stimmungen anderer und hypersensible Sinne.

Das Haus beherbergte eine Sammlung kostbarer Kunstgegenstände, Gemälde und Skulpturen, die Diebe anlockten. Aber an der von ihm selbst entwickelten Sicherheitstechnik sollte eigentlich jeder Einbrecher scheitern.

Lisa stieg langsam höher, bis sie die Eingangshalle einsehen konnte. Ein schwacher Schimmer übergoss die überdimensionale Schneeflocke aus Kristallglas, das Logo von Kryotec, mit flackerndem Licht. Der Lichtschein wurde heller, er schien aus den Wänden zu fließen wie Eis, das in allen Regenbogenfarben schimmerte. Sie betrat die Halle. Hunderte LED-Lichter, die warmen Kerzenschein imitierten, erhellten die Dunkelheit. Entlang der geschwungenen Freitreppe wiesen sie Lisa den Weg nach oben und lockten sie an. Langsam stieg sie die Stufen hinauf und wusste, dass er ihr als seiner frischgebackenen Ehefrau einen unvergesslichen Empfang bereiten würde. Es gab keinen Einbrecher, er hatte das angebliche Geräusch nur als Vorwand benutzt, um seine Vorbereitungen abzuschließen. Hatte er Hilfe gehabt? Eher nicht, denn er hasste Einmischung jeder Art und würde die Planung dieser einzigartigen Nacht keinem anderen überlassen.

Lisa betrat die Empore und näherte sich der Schlafzimmertür. Der Raum dahinter glich einem Meer aus sanften Lichtern. Vincent füllte zwei Sektkelche aus einer Champagnerflasche. Er war nackt, wie Gott ihn geschaffen hatte. Ihre Schneekugelsammlung, die enorm gewachsen war, schimmerte in allen Regenbogenfarben. In den meisten Kugeln schneite es. Wie hatte er das in der kurzen Zeit geschafft? Immer wieder überraschte er sie mit Dingen, die sie für undurchführbar gehalten hatte. Er dagegen liebte es, das Unmögliche wahr werden zu lassen. Er wandte sich ihr zu und reichte ihr einen der Sektkelche.

Aus der Ferne rumpelte ein Donnergrollen heran, vor dem kreisrunden Fenster am Ende der Galerie spaltete ein Blitz den Nachthimmel. Ohne Vorwarnung setzte der Regen ein. War er vorher nur als leises Flüstern auf dem Dach zu hören gewesen, prasselte er jetzt mit brachialer Gewalt auf das Haus nieder. Vincent sagte etwas, aber seine Worte gingen in dem Lärm unter. Ein zweiter Blitzschlag zuckte durch die Nacht, dann fiel der Strom aus. Schlagartig waren sie von Dunkelheit umgeben. Nicht nur im Haus, sondern auch außerhalb herrschte Finsternis, dicht und undurchdringlich wie schwarze Ölfarbe.

Sie hörte Vincent leise fluchen. Er konnte es nicht ertragen, wenn jemand seine Pläne durchkreuzte, ob Mensch, Gott oder Naturgewalt war ihm gleichgültig. Er duldete es nicht.

Ein ohrenbetäubendes Hupen dröhnte durch das finstere Haus. Aus dem bis zum Keller offenen Treppenschacht drang ein rhythmisches rotes Blinken herauf. Lisa streckte die Arme aus und tastete umher. Sie hörte ein Klirren, ein Rumpeln, dann begann Vincent wie ein Wahnsinniger zu toben. Er schrie und verfluchte Himmel und Hölle.

Ihre Augen gewöhnten sich langsam an die absolute Dunkelheit. Das rote Licht enthüllte im Rhythmus des Warnsignals Konturen und Schatten. Wieder klirrte Glas, diesmal härter und lauter. Etwas berührte sie an der Schulter und stieß sie zur Seite. Sie roch Vincents Rasierwasser und prallte mit dem Rücken gegen das

Regal mit der Schneekugelsammlung. Glaskugeln fielen von den Brettern und zerbrachen klirrend auf den Bodenfliesen. Sie hörte das Geräusch nackter Füße auf der Treppe, Vincent rannte nach unten. Offenbar war das Warnsignal von der Elektronik der Kühlkammer ausgelöst worden, als das Gewitter die Stromversorgung unterbrochen hatte. Das Hupen und das blinkende Licht wurden schwächer, die Notbatterie der Alarmanlage erschöpfte sich.

„Ein Fehler! Ein Fehler in meinem System!"

Vincents Stimme kippte über, er schien völlig die Kontrolle über sich verloren zu haben.

Lisa tastete sich auf die Empore hinaus und stieß gegen die Brüstung. Vor dem Fenster am Ende der Galerie tobte das nächtliche Gewitter. Ein Donnerschlag ließ das Haus erzittern, der Regen trommelte wie verrückt auf das Dach über ihr.

Aus dem Treppenschacht drangen laute Hammerschläge und Vincents Fluchen. Plötzlich gingen sämtliche Lampen im Haus gleichzeitig an und tauchten jede Einzelheit in grelles Licht. Lisa schirmte ihre Augen mit der Hand ab und senkte den Blick. Auf den blütenweißen Marmorfliesen der Galerie leuchteten hellrote Flecken und zogen sich als blutige Spur die Stufen hinab in die Halle.

„Vincent?"

Er antwortete nicht. Vielleicht konnte er sie nicht hören, das Haus war erfüllt vom Trommeln des Regens.

„Bist du verletzt?", rief sie lauter.

Der Strom fiel wieder aus, aber durch das Panoramafenster am Ende der Empore drang der gelbe Lichtschein einer Straßenlaterne. Wenige Sekunde später flammten auch die Lichter im Haus wieder auf. Lisa wandte sich zum Schlafzimmer um. Das raumhohe Regal mit den Schneekugeln war umgestürzt, Kugeln lagen zerbrochen auf dem Boden. In die Glasscherben mischte sich Blut. Offenbar hatte Vincent in seiner Raserei das Regal umgeworfen und sich an den Scherben verletzt. Lisa lief die Freitreppe bis ins Kellergeschoss hinunter. Die Tür zur Kühlkammer stand offen. Die Trümmer der Kontrolltafel bedeckten den Boden des Korridors.

Vincent stand in der Kammer, sein nackter Körper war schweißbedeckt, sein Brustkorb hob und senkte sich, als hätte er einen Marathonlauf hinter sich gebracht. Er starrte sie aus seinen tief liegenden Augen an, ein Vorschlaghammer rutschte aus seiner kraftlosen Hand und fiel zwischen weitere Trümmer, die mit Blut besudelt waren. Er stand in einer kleinen Lache aus Blut, die er gar nicht zu bemerken schien.

„Es ... hat ... nicht funktioniert", stammelte er.

Lisa bemühte sich, den schrecklichen Anblick zu verarbeiten. „Das macht doch nichts. Du wirst es reparieren", sagte sie. Ihre Lippen waren blutleer, ihr Herz hämmerte schmerzhaft gegen ihre Rippen. Vor ihr stand ein Wahnsinniger.

„Es ... macht ... nichts?"

Er ging einen Schritt auf sie zu und zog eine Blutspur hinter sich her. Unwillkürlich wich sie in den Korridor zurück.

„Es ... MUSS FUNKTIONIEREN!"

Seine Augen flackerten, er zitterte, als stünde er unter Strom.

„Du bist verletzt", sagte Lisa.

Er bemerkte es noch immer nicht und setzte einen Fuß vor den anderen wie ein ferngesteuerter Zombie.

„Diese Kammer wird den Tod besiegen. *Ich* werde ihn besiegen. Und ich dulde kein Versagen. Wenn ich sterbe, MUSS diese Kammer funktionieren." Er schloss die Augen, massierte seine Schläfen und schwankte. „Ich brauche ein Notstromaggregat, am besten einen Dieselgenerator ... nein, zwei, die voneinander getrennt arbeiten. Sie müssen von der Stromversorgung unabhängig sein, also brauche ich eine externe Energiequelle. Eine Automatik muss die Generatoren sofort in Gang setzen, wenn das Stromnetz zusammenbricht. Ich muss Nolte anrufen."

Er schob Lisa zur Seite und lief nach oben.

„Vincent, es ist weit nach Mitternacht. Du kannst das Problem morgen früh mit ihm besprechen."

Er blieb stehen, drehte sich um und starrte sie mit weit aufgerissenen Augen an, als sähe er sie zum ersten Mal. Er zitterte noch immer.

„Vincent?"

Sie streckte vorsichtig die Hand nach ihm aus und entfernte Glassplitter aus seinem Haar. Der Grund für seine Raserei und die Zerstörungswut standen ihr plötzlich klar vor Augen: Er war halb verrückt vor Angst. Sein manisches Bestreben, den Tod zu überlisten, entsprang einer krankhaften, übersteigerten Furcht, die weit über das hinausging, was normale Menschen empfanden. Wie alles an ihm war auch diese Angst extrem.

Sie fuhr durch sein Haar. „Du wirst nicht sterben. Nicht heute Nacht und auch nicht morgen oder in einem Jahr."

Seine Starre schien sich zu lösen, er blickte an sich herab und sah das Blut, das zwischen seinen Zehen hervorquoll.

„Ich verblute! Lisa, hilf mir, ich verblute!" Sein Verstand begann augenblicklich wieder auf Hochtouren zu arbeiten.

„Im Kofferraum des Porsche liegt ein Verbandskasten, in den beiden Badezimmern ebenfalls. Du musst die Wunde reinigen und desinfizieren. Du musst ..."

„Vincent!"

Sie nahm seinen Kopf in beide Hände. „Beruhige dich. Du wirst *nicht* sterben. Ich kümmere mich um dich, hast du das verstanden?"

Er nickte, fahrig und zitternd.

„Gut. Stütz dich auf mich."

Sie schleppte ihn die Treppe hinauf ins Bad im Erdgeschoss. Dort versorgte sie die Schnittwunden in den Fußsohlen. Sie bluteten heftig, waren aber nicht tief. Vincent saß verkrampft und kreidebleich auf dem Wannenrand und ließ alles mit sich geschehen.

„Du solltest dich eine Zeit lang schonen", sagte sie. „Aber du kannst ja auch von zu Hause aus arbeiten."

„Die Kammer. Ich muss mich um den Fehler kümmern." Er sah auf. „Bis das System perfekt läuft, wirst du meine Augen und meine Ohren sein. Ich brauche dich, Lisa."

Sie wandte sich ab, weil sie die Angst in seinem Blick nicht ertragen konnte. Nein, nicht nur Angst. Da war noch etwas anderes, tiefer Liegendes. Etwas in Vincents Seele, ein Unterton in seiner Stimme, der lauter wurde und keinen Widerspruch duldete. Sie wusste plötzlich, dass die Heirat ein Fehler gewesen war.

9

Jan Wolzow spürte weder den Regen noch die Kälte, die der Nordwind mit sich führte. Nur selten erreichte ein Gefühl sein versteinertes Herz, die meisten Empfindungen drangen kaum unter seine Haut und wenn, dann perlten sie von dem Eisklumpen in seiner Brust ab wie Wasser von einem Lotusblatt.

Er wusste nicht mehr, wie oft er die Unfallstelle in den vergangenen Wochen abgesucht hatte. Einem fast neurotischen Zwang folgend, tat er es immer wieder, ohne die Spur zu finden, auf die er seit drei Jahren hoffte. Die Blutflecken auf dem Asphalt hatte der Regen längst fortgewaschen. Ab und zu entdeckte er den Glassplitter einer Scheinwerferabdeckung am Straßenrand, sonst nichts. Limburg war eine Sackgasse, so wie die anderen Orte, in die er sich geschlichen hatte. Er dachte ans Weiterziehen, seine Sachen hatte er ohnehin noch immer nicht ausgepackt, lebte nach wie vor aus Umzugskartons und einem zerkratzten Lederkoffer.

Er kickte einen Kieselstein über die Straße und sah zu, wie dieser zweimal hochsprang und dann in einer Pfütze liegen blieb. Nein, es hatte keinen Sinn mehr, weiterzumachen. Limburg war die letzte Station auf seiner Liste. Wenn er hier nicht fand, wonach er suchte, würde er niemals die Wahrheit erfahren. Und nichts deutete darauf hin, dass dies noch geschehen würde.

Aus seinem Handy drang eine klagende Gitarrenmelodie von Gary Moore. Wolzow meldete sich, es war Frenck.

„Wo zum Henker stecken Sie, Wolzow?"

„Ich gehe einer Spur nach."

„Die Sie nicht zufällig auf der B 54 zu finden hoffen? Mensch Wolzow, die Sache wurde vor Gericht verhandelt und ist längst abgeschlossen. Auf Ihrem Schreibtisch liegt ein Haufen Arbeit, der höher ist als der Limburger Dom. Wäre es zu viel verlangt, wenn Sie mal einen Blick darauf werfen würden?"

„Bin schon unterwegs."

Er beendete das Gespräch. Mit Frenck zu diskutieren hatte er sich schon vor Monaten abgewöhnt. Sie hatten einen Deal abgeschlossen, mit dem eigentlich beide zufrieden waren. Frenck döste seiner nahen Pensionierung entgegen und Wolzow hielt ihm die Arbeit vom Leib. Dafür würde er Frencks Posten erben. An und für sich kein schlechter Handel, aber Wolzow verspürte nicht die geringste Lust, in der Domstadt an der Lahn hängen zu bleiben. Sein Problem war nur, dass er keine Ahnung hatte, was er stattdessen mit seinem Leben anfangen sollte. Wenn seine Suche hier endete, würde er seinen Lebensinhalt verlieren.

Er überquerte die Landstraße und blickte sich noch einmal um. Nasser Asphalt, vom ersten Frost niedergedrücktes, dürres Gras und kahle Bäume. Was hatte er erwartet? Dass das Arschloch, hinter dem er her war, eine deutliche Spur für ihn hinterlassen hatte? Er schüttelte den Kopf über seinen eigenen Starrsinn, stieg in den Ford Ranger und fuhr zurück nach Limburg.

Frenck erwartete ihn bereits. Er zog gerade eine Akte aus einem der Stapel auf Wolzows Schreibtisch und brachte damit den Turm zum Einsturz. Matuschek schreckte aus seinem Büroschlaf auf und rieb sich die Augen.

„Ah, Wolzow. Beehren Sie uns auch einmal wieder?", knurrte Frenck.

„Was gibt es denn so Dringendes?"

Er warf den feuchten Parka über einen Garderobenhaken und ließ sich in seinen Sessel fallen.

Der alternde Kommissar sah heute noch farbloser aus als gewöhnlich. Matuschek stemmte sich ächzend aus seinem Stuhl hoch und schlurfte auf den Gang hinaus, um sich den nächsten Kaffee aus dem Automaten zu ziehen. Er soff das Zeug wie Wasser.

Frenck wartete, bis Matuschek um die Ecke gebogen war, und holte einen abgegriffenen Aktendeckel aus seinem Büro. Dann schob er hinter sich die Bürotür mit der Hacke zu und warf die Akte auf Wolzows Tisch.

„Ist das der Grund, warum Sie immer wieder nach spätestens sechs Monaten um eine Versetzung bitten?"

Wolzow nahm die ihm vertraute Aktenkopie und schloss sie in seinem Schreibtisch ein.

„Das ist meine Privatsache."

„Wenn Sie bei mir Ihre Zeit damit vertrödeln, dann nicht. Wie wär's, wenn Sie mir mal ein paar Dinge erklären würden? Die Sache mit Ihrer Frau zum Beispiel."

„Wozu soll das gut sein?"

Frenck beugte sich vor und stützte sich mit den Händen auf dem Schreibtisch ab.

„Im Februar werde ich dreiundsechzig. Ich kann nur vorzeitig in Pension gehen, wenn ich meinen Nachfolger eingearbeitet habe. Wenn Sie also vorhaben, weiterzuziehen, will ich das wissen."

Wolzow rieb sich die Nasenwurzel mit Daumen und Zeigefinger. „Nein, hab ich nicht vor. Ich schätze, meine Reise ist hier zu Ende."

Frenck setzte sich auf die Tischkante. „Mensch Wolzow. Sie reden hier mit allen nur das Nötigste, niemand weiß, was Sie außerhalb des Büros machen. Sie sind der schlecht gelaunteste Misanthrop, der mit je begegnet ist. Meinen Sie nicht, Sie sollten mir mal Ihr Herz ausschütten?"

„Nein." Wolzow schaltete seinen Monitor ein.

„Also gut. Dann fange ich eben an", sagte Frenck. „Ihre Frau wurde am 5. April 2015 Opfer eines Verkehrsunfalls mit Fahrerflucht. Der Verursacher wurde nie ermittelt."

„So steht's im Polizeibericht."

„Und was steht zwischen den Zeilen?"

Wolzow zuckte mit den Schultern. „Nichts."

„Nichts?", wiederholte Frenck. „Verraten Sie mir wenigstens, warum Sie damals eine Obduktion angeordnet haben? Witterten Sie ein Verbrechen? So wie Sie Dr. Wegener verdächtigten, den Jungen absichtlich überfahren zu haben? Kann es sein, dass Sie einem Gespenst nachjagen?"

„Ja, kann sein."

Frenck warf einen Blick auf den leeren Korridor vor der Glastür. „Sie haben noch drei Minuten, bis Matuschek wieder da ist. Und Sie wollen doch sicher nicht, dass diese Tratschtante Zeuge Ihrer Lebensbeichte wird, oder?"

Wolzow stierte auf den Monitor und seufzte.

„Ja, ich hatte den begründeten Verdacht, dass Manuela ermordet worden ist. Aber ich konnte es nie beweisen."

„Deshalb die Obduktion?"

„Ja. Aber das Ergebnis war nicht das, was ich erhofft hatte."

„Sondern?"

„Sie hatte kurz vor ihrem Tod Geschlechtsverkehr."

Frenck stieß zischend die Luft durch die Schneidezähne. „Dumm gelaufen. Sie hatte eine Affäre, von der Sie ohne die Obduktion nie erfahren hätten, was?"

„Richtig."

„Wie kamen Sie auf die Idee, dass es kein Unfall war?", fragte Frenck.

„Intuition. Ich spürte, dass sie mir etwas verheimlichte. Das nennt man wohl Bulleninstinkt. Sie wissen, was ich meine."

„Mmh. Und darum streifen Sie wie ein ruheloser Kater durch das Land. Sie suchen nach dem Kerl, weil Sie glauben, er hat sie umgebracht."

„Ich weiß nicht, ob es Absicht war. Möglich wäre es, und ich will es wissen. Verstehen Sie das?"

„Ja, versteh ich."

Wolzow verschränkte die Arme hinter dem Nacken und lehnte sich zurück.

„Ich habe Manuelas Leben durchleuchtet, das Leben, das sie führte, bevor ich sie kennenlernte. So machen wir es immer, nicht wahr? Wir durchwühlen die Vergangenheit und das Privatleben der Opfer und Verdächtigen, bis wir auf etwas stoßen, das uns misstrauisch macht. Sie lebte in fünf verschiedenen Städten, die ich alle abgeklappert habe."

„Was erhoffen Sie sich davon?"

„Ich will nachvollziehen, wo und wie sie gelebt hat, wen sie getroffen und gekannt hat, will an den Orten sein, an denen sie gewesen war."

„Weil Sie nicht den Ansatz einer Spur haben", sagte Frenck.

„Nicht ganz. Durch das Sperma, das bei der Obduktion gefunden wurde, habe ich die DNA. Ich brauche nur den passenden Mann dazu."

„Haben Sie sich deshalb so in den Tod des Jungen verbissen?"

„Vielleicht. Starrsinn kann blind machen."

Matuschek kehrte mit einem großen Becher Kaffee zurück und steuerte die Bürotür an.

„Immerhin sehen Sie's ein", sagte Frenck. „Danke, dass Sie mir alles erzählt haben. War doch gar nicht so schwer, oder?"

Schwerer, als du glaubst, dachte Wolzow.

„Irgendwas ist faul in dieser Klinik", sagte er, „der alte Mann hat sich die Geschichte nicht aus seinen Gichtfingern gesogen."

„Die Gerichtsmedizin hat die Todesfälle anhand der OP-Berichte untersucht und nichts Verdächtiges gefunden."

„Ja, ich weiß."

„Grothe suchte einen Schuldigen, jemand, den er für den Tod seines Enkels verantwortlich machen kann."

„Und die Nachricht auf der Mailbox?"

Frenck schüttelte den Kopf. „Das kann alles und nichts bedeuten."

„Es bleibt eine seltsame Geschichte", sagte Wolzow nachdenklich.

„Limburg ist also Ihre letzte Station?", fragte Frenck.

„Sieht so aus, als wäre ich hier gestrandet."

„Ich geb Ihnen einen guten Rat", sagte Frenck. „Lassen Sie die Toten ruhen."

Matuschek drückte die Tür mit dem Ellenbogen auf. Er balancierte den Kaffeebecher und einen Aktenordner.

„Dahinten liegt noch das Zeug des armen Jungen", sagte er. „Einer von uns muss es der Mutter bringen."

„Wenn Sie schon darüber gestolpert sind, können Sie das gleich übernehmen", sagte Frenck.

Wolzow schob seinen Sessel zurück und schnappte sich den Parka, den er zu jeder Jahreszeit trug.

„Ich mach das."

Matuschek nippte erleichtert an seinem Kaffee.

„Denken Sie an meinen Rat", rief Frenck Wolzow nach.

Im Abstellraum neben dem Kaffeeautomaten stieß Wolzow auf zwei Plastiktüten. Sie enthielten die zerfetzte, mit eingetrocknetem Blut befleckte Motorradkombi, Lederhandschuhe und einen schwarzen Integralhelm. Wolzow steckte die Kombi in die Tüte zurück. Jonahs Mutter hatte mit Sicherheit keine Verwendung dafür. Sein Blick fiel auf den Motorradhelm, er nahm ihn in die Hand und untersuchte ihn. Der Junge war an inneren Blutungen infolge einer Beckenfraktur gestorben. Warum befanden sich an der Außenseite des Helmvisiers Blutschlieren? Der zerkratzte Kunststoff war außerdem gerissen, so, als ob er einen heftigen Schlag hätte abfangen müssen. Davon hatte nichts im Obduktionsbericht gestanden. Waren Helm und Kombi überhaupt untersucht worden oder hatten sie die ganze Zeit über hier gelegen? Sein Schnüffelinstinkt erwachte. Er trug die Plastiktüten zu seinem Wagen. Matuschek döste und Frenck bohrte geistesabwesend in der Nase. Mit Beginn des Winters schienen sämtliche Verbrecher im Großraum Limburg die Lust am Einbrechen, Vergewaltigen und Morden verloren zu haben.

Wolzow trat aus dem Hauptportal, warf die Tüten auf den Beifahrersitz und stieg in seinen Pick-up. Aus dem bleigrauen Himmel fiel stetiger Regen, als er auf die A 3 auffuhr. Frenck würde in diesem Moment pünktlich Feierabend machen. Nun, da er sicher war, dass Wolzow sich nicht aus dem Staub machen würde, war ihm gleichgültig, womit er seine Zeit verbrachte. Wolzow hatte einen guten Draht zu Professor Klemm, dem Chef des pathologischen Instituts in Mainz. Und er wusste auch schon, wie er Klemm dazu überreden konnte, zusätzliche DNA-Abgleiche und Blutprobenbestimmungen vorzunehmen.

10

3 Wochen später, 3. Dezember

Es war nur ein leeres Haus, aber es jagte Lisa Angst ein. Das Gefühl, in dem Labyrinth aus ineinander verschachtelten Ebenen, Korridoren und Zimmern beobachtet zu werden, ließ sich nicht vertreiben. Das Haus schien hinter ihrem Rücken zum Leben zu erwachen und jeden ihrer Schritte mit boshaften Blicken zu verfolgen. Drehte sie sich um, blieb die Ahnung einer Bewegung oder eines Schattens, der in den Wänden versickerte. Es war erst später Nachmittag, aber die Dunkelheit floss zäh wie Teer durch die Fenster.

Zu Beginn ihrer noch frischen Ehe hatte Lisa Vincents geniale technische Spielereien noch staunend bewundert, aber inzwischen hasste sie das Haus. Es schien immer mehr die Kontrolle zu übernehmen, als besitze es einen eigenen, niederträchtigen Willen. Es wusste, woher Lisa kam und wohin sie zu gehen beabsichtigte. Vor wenigen Tagen war ihr klar geworden, dass dahinter ein cleverer Algorithmus steckte, der aufgrund ihrer Bewegungsmuster ihre Absichten erriet und ihre Gewohnheiten mittlerweile besser kannte als sie selbst. Jeder Fleck wurde von Bewegungsmeldern überwacht, die dafür sorgten, dass ihre Schritte automatisch ins bestmögliche Licht getaucht wurden. Als Nebeneffekt entstand der Eindruck von Bewegung, wo es keine gab.

Lisa redete sich ein, dass es nur die ungewohnte Stille war, die sie ängstigte. Die vergangenen Wochen hatte sie fast ununterbrochen an Vincents Seite verbracht. Nun war sie zum ersten Mal allein in der Villa, Vincent war unterwegs zu einer Tagung, auf der er seine neuesten Forschungsansätze präsentieren wollte.

Sie fragte sich, warum er sie diesmal nicht mitgenommen hatte, und grübelte darüber, wann sie die Veränderung in seinem Wesen zum ersten Mal bemerkt hatte.

Lange hatte sie es nicht wahrhaben wollen, aber natürlich hatte es in der Nacht begonnen, in der sie dieses Haus als Lisa van Dyk betreten hatte. Vincents unbegreiflicher Wutanfall wegen der versagenden Technik und die hysterische Angst vor einer lächerlichen Verletzung hatten ihr einen Blick auf Facetten seines Wesens gewährt, die ihr unbekannt gewesen waren. Er hatte den Vorfall nie wieder erwähnt, und Lisa hatte ihn nicht mehr darauf angesprochen.

Doch die Maske der Perfektion, die er trug, hatte Risse bekommen. Dahinter war ein zutiefst angstgestörter, hypochondrisch veranlagter Psychopath zum Vorschein gekommen. Dass sie diese dunkle Seite gesehen hatte, brachte sie möglicherweise sogar in Gefahr. Egomanische Charaktere konnten den Anschein von Normalität nur durch ihr falsches Selbstbild aufrechterhalten. Gelang es einem anderen Menschen, einen Blick auf das psychotische Monster hinter der Maske zu werfen, bedeutete das den Zusammenbruch der Selbsttäuschung. In extremen Fällen löste diese Erkenntnis exzessive Gewalt aus. Lisa schauderte bei dem Gedanken daran, *wie* extrem Vincent war – in allem, was er tat und dachte – und welche Konsequenzen ihre Entdeckung haben mochte.

Sie berührte die kalte Balustrade auf der Empore. Nein, sie brauchte das Haus nicht zu fürchten, es war nur ein totes Gebilde aus Stein und Glas. Die wahre Gefahr lauerte in Vincents dunklem Wesen; das Haus, dem er seinen Charakter aufgezwungen hatte, symbolisierte lediglich seine Anwesenheit.

Es war ein Fehler gewesen, ihn zu heiraten; ein Fehler, den sie nur damit erklären konnte, dass sie sich in einer psychischen Ausnahmesituation befunden hatte. Vincent hatte ihr einen Ausweg aufgezeigt, aber dieser Weg hatte sich als Sackgasse erwiesen. Als ein Irrtum, den sie so schnell wie möglich ungeschehen machen musste. Aber er würde niemals zulassen, dass sie sich von ihm trennte. Die Ärztin Lisa Wegener war das Bollwerk gegen die Todesangst, die ihn beherrschte. Er klammerte sich an sie wie ein Ertrinkender an einen löchrigen Rettungsring, und er würde sie beide in die Tiefe ziehen, wenn sie sich nicht von ihm löste. War dies die Bedeutung des immer wiederkehrenden, hellseherisch anmutenden Traums, in dem die Strömung eines reißenden Flusses sie unter das Eis zog?

Vincents empfindliche Psyche schwankte zwischen Wahnsinn und Genie, und seine dunkle Seite gewann immer mehr die Oberhand. Er hatte keine Partnerin gesucht, keine Frau an seiner Seite, die er lieben konnte und von der er geliebt wurde. Nein, er hatte sie aus einem anderen Grund geheiratet. Ob er den Plan schon gefasst hatte, bevor er sie kennenlernte, war einerlei. Er war ein angstgestörter Hypochonder, der eine Ärztin brauchte, die über seinen Gesundheitszustand wachte.

Ihm musste schnell klar geworden sein, dass sie die perfekte Dienerin war – eine gut ausgebildete Ärztin, die sofort zur Stelle war, wenn ihn ein Zipperlein plagte, das sich in seiner wahnhaften Vorstellung als Keimzelle eines Tumors oder einer tödlich verlaufenden Krankheit entpuppen könnte.

Warum hatte er keine Betreuerin eingestellt? Er war reich genug, um sich ein ganzes Ärzteteam leisten zu können. Aber die Antwort auf diese Frage war leicht und erschreckend zugleich: Vincent war ein Einzelgänger, Freundschaften und Geselligkeit waren ihm fremd. Sie war der einzige Mensch, dessen Nähe er dauerhaft ertrug.

Ihr war klar, dass sie eine Entscheidung treffen musste, und zwar so schnell wie möglich. Die vergangenen Wochen hatten mehr als deutlich gezeigt, wozu er fähig war und wie ihr zukünftiges Leben an seiner Seite aussehen würde. Furcht war die stärkste Triebkraft des menschlichen Geistes, und Vincent fürchtete nichts so sehr wie Krankheit und Tod. Von allen archaischen Ängsten waren sie vielleicht die mächtigsten.

Sie hatte nie erfahren, warum ihn eine so panische Angst heimsuchte, vorzeitig sterben zu müssen, und sie wagte auch nicht, danach zu fragen. Das Thema war tabu und verdeutlichte seine innere Zerrissenheit. Einerseits beschäftigte er sich jeden Tag beruflich mit dem Tod, anderseits verdrängte er ihn.

Auch Lisa war sich bewusst, dass ihr Leben unweigerlich enden würde, es war ein Schicksal, dem niemand entging. Jeder Mensch fand seinen individuellen Weg, sein Leben zu gestalten, ohne sich jeden Augenblick mit dem Unvorstellbaren auseinandersetzen zu müssen:

der eigenen Nichtexistenz. Vincent dagegen brachten diese Gedanken an den Rand des Wahnsinns. Er war in keiner Weise religiös, sondern ein nüchtern denkender Wissenschaftler, der sich auf Erkenntnisse und Beweise stützte. Trotzdem schien er davon überzeugt zu sein, dass etwas auf der anderen Seite auf ihn lauerte, etwas Unaussprechliches, dem er unter allen Umständen entkommen wollte. Er schluckte Vitamine und Substanzen, die möglicherweise den Alterungsprozess hinauszögerten. Er trieb Sport – natürlich in exzessivem Maße –, ernährte sich nach einem strengen Diätplan und forderte von ihr jeden Monat einen kompletten Check-up. Und er kontrollierte jeden Abend sklavisch die Funktion der unheimlichen Kühlkammer im Keller, die seinen Zerfall aufschieben sollte, bis ein Team von Kryotec eintraf. Hoffte er tatsächlich, eines fernen Tages wieder zum Leben erweckt zu werden?

Lisa kam Vincents Lieblingsargument in den Sinn: „Wenn ich nichts unternehme, sterbe ich, und dieser Zustand wird ewig andauern. Aber wenn die Chance auf eine erfolgreiche Wiederbelebung auch nur bei einem Prozent liegt, lohnt sich jede Investition."

Mit geschlossenen Augen, eine Hand an der Balustrade, ging sie die Empore entlang, die wie ein Sims um die Halle herumführte. Die Vorstellung, ihm ins Gesicht zu schreien, dass er sich in einen egomanischen, kontrollsüchtigen Mistkerl verwandelt hatte, den sie nicht länger ertrug, erregte und ängstigte sie zugleich. Seit Tagen lief dieser Film in ihrem Kopf wie eine Endlosschleife ab, ohne dass sie den Mut gefunden hatte, ihn Realität werden zu lassen. Ihr fehlte die Kraft, ihn umzusetzen, und das erschreckte sie beinahe mehr als alles andere. Von der selbstbewussten Unfallchirurgin, die mit Gott um jedes Leben kämpfte, war nur ein blasser Schatten geblieben. Ein Schatten, der durch das leere Haus flatterte und Angst vor dem Licht der Wahrheit hatte.

Vincent hatte das Trauma, das sie nach dem Tod des Jungen durchlebte, geschickt für seine Zwecke genutzt. Sein Auftreten als Beschützer, der ihr jedes Hindernis aus dem Weg räumte und ihr Zeit verschaffte, ihre Schuldgefühle zu verarbeiten, waren Teil eines perfiden Plans gewesen, dessen war sie sich inzwischen sicher. Aber weil sie sich hatte treiben lassen wie eine Holzpuppe auf einem von Stromschnellen aufgewühlten Fluss, hatte sie ihm in die Hände gespielt. Sie hatte keine Kraft geschöpft, sondern den letzten Rest Entschlossenheit verloren, sich aus dem Kokon zu befreien, in den Vincent sie gesperrt hatte. Sie besaß keine eigene Wohnung mehr und keinen Job, keinen Mut und keine Perspektive.

Das Trommeln des Regens war zu einem Flüstern abgeebbt. Unter ihm verbarg sich ein fremdes Geräusch, weit entfernt und kaum wahrnehmbar. Ein Wispern, kaum lauter als ein nächtlicher Windhauch. Nein, sie irrte sich nicht, sie war nicht allein im Haus.

Sie lehnte sich über die Balustrade und wartete darauf, dass sich das Flüstern wiederholte. Lautlos streifte sie die Flipflops von den Füßen und schlich barfuß die Empore entlang zu dem runden Aussichtsfenster. Wenn sie die Nase an die Scheibe quetschte und die Augen verdrehte, konnte sie den Hof und den Teil der Einfahrt überblicken, in dem Vincent gewöhnlich seinen Porsche abstellte. Aber der Platz war leer. Wenn er wirklich zurückgekommen war, weil er etwas vergessen hatte, hätte er sich außerdem nicht wie ein Dieb ins Haus geschlichen.

Lisa kehrte um und ging auf die Tür zum Schlafzimmer zu. Sie war müde und überreizt und begann offenbar Dinge zu hören, die nicht existierten. Seit Wochen hatte sie kaum eine Nacht durchgeschlafen. Die Tage sorgten für Ablenkung, aber in den Nächten kreisten ihre Gedanken um Jonah. Immer wieder durchlebte sie die Sekunden vor dem Aufprall und fragte sich, ob sie den Zusammenstoß nicht doch hätte verhindern können.

Licht floss aus versteckten Strahlern, als sie das Zimmer betrat. Eine kaum wahrnehmbare Bewegung irritierte sie – dort, wo es keine geben sollte. Auf dem Regal rechts von ihr standen, ordentlich aufgereiht, Dutzende von Schneekugeln. In einer der Kugeln schneite es. Lisa starrte auf die langsam zu Boden rieselnden Kunststoffflocken. Eine Schneegestöberwelt stand eine Winzigkeit versetzt zu den Nachbarkugeln. Jemand hatte sie vor Kurzem angefasst, geschüttelt und dann an ihren Platz zurückgestellt. Aber er hatte nicht Vincents extremen Ordnungssinn besessen, sonst hätte er auf die perfekte Anordnung geachtet. Er konnte es also nicht gewesen sein, zumal sein Wagen vor einer Stunde in die Nacht eingetaucht war und Dutzende Kilometer entfernt von hier über die Autobahn Richtung Dortmund raste. Morgen Mittag würde er dort einen Vortrag über Kryonik halten. Da er jedes Detail akribisch plante, hatte er auch seinen Zeitplan exakt festgelegt und war bereits in der Nacht losgefahren, um allen eventuellen Verzögerungen begegnen zu können. Er würde erst in drei Tagen zurückkommen.

Die letzten Flocken segelten zu Boden. Es konnte kein Zufall sein, dass ausgerechnet diese Kugel bewegt worden war. Sie war ein Geschenk von Vincent zu ihrer Hochzeit gewesen.

Ohne Vorwarnung hallte ein ohrenbetäubendes Hupen durch das Haus und endete nach wenigen Sekunden abrupt. Es war das Warnsignal der Kühlkammersteuerung, dass der Strom ausgefallen war. Lisa lief auf die Empore hinaus, im selben Augenblick spielte die sicher geglaubte, perfekte Elektronik verrückt. Strahler blitzten auf wie Minisonnen und verglühten, überall im Haus flammten Lampen auf und verloschen wieder. Aus den Lüftungsschlitzen in der Decke über der Empore drang eiskalte Luft, nur um sich im nächsten Moment in einen heißen Wüstenwind zu verwandeln. Die zentrale Steuereinheit in der Nische neben dem Windfang piepte nervtötend, Lisa sah den flackernden Widerschein hektisch blinkender Anzeigen und Störmeldungen. Dann fiel unvermittelt der Strom aus.

Die plötzliche Stille jagte ihr mehr Angst ein als der Höllenlärm. Die Dunkelheit legte sich wie ein schwarzer Schleier vor ihre Augen, schärfte aber zugleich ihre restlichen Sinne. Sie streckte die Arme aus und tastete umher, bis sie die Balustrade unter ihren Fingerspitzen spürte. In das leise Flüstern des Regens mischte sich unverkennbar das Geräusch von Schritten. Es schien von überall her zu kommen, mal näherte es sich, dann entfernte es sich wieder. Dies war eine weitere, merkwürdige Eigenschaft des Hauses. Der Schall bewegte sich auf unberechenbaren Wegen durch die verwinkelten

Gänge. Oft war es unmöglich, einen Laut richtig zu lokalisieren.

„Ist da jemand?" Ihre Stimme verlor sich in den Tiefen der Eingangshalle. „Vincent? Bist du das?"

War er zurückgekommen, weil er etwas Wichtiges vergessen hatte? Nein, er vergaß nichts. In seinem Leben gab es keine unvorhergesehenen Ereignisse.

„Vince?"

Die Schritte verstummten, als wäre der Eindringling stehen geblieben, doch dann setzte er seinen Weg fort.

Lisas Nackenhaare stellten sich auf. Ein kalter Lufthauch strich über ihr Gesicht. *So musste es sich anfühlen, wenn ein Geist durch einen hindurchgeht,* dachte sie.

Sie wandte sich nach links. Das Fenster am Ende der Empore stand offen, nasskalte Luft strömte herein. Das Schlurfen und Schleifen leiser Schritte in der Halle hörte auf. Lisa verharrte auf der Stelle und zählte die Sekunden. Da Vincent Vorsorge gegen alle erdenklichen Gefahren und Unwägbarkeiten traf, brauchte sie nichts weiter zu tun, als zu warten, bis das Notstromaggregat ansprang und elektrisches Licht die Dunkelheit vertrieb. Aber diesmal war kein Gewitter die Ursache. Nie zuvor hatte die gesamte Elektronik ohne erkennbaren Grund versagt. Wäre Vincent hier, würde er einen erneuten Tobsuchtsanfall erleiden, weil der Computer es wagte, sich seinem Willen zu widersetzen.

Alle Muskeln angespannt, wartete sie darauf, dass der Generator endlich startete. Ein herkömmlicher Einbrecher könnte die hypermodernen Sicherheitseinrichtungen niemals überwinden, es sei denn ... er hatte zuvor sämtliche Stromverbindungen gekappt. Ob Vincent das nicht vorausgesehen hatte?

Wenn es kein Dieb auf der Suche nach Kunstgegenständen war – die es im Haus zur Genüge gab –, wer hatte dann Grund dazu, in die Villa einzudringen? Lisa brauchte nicht lange darüber nachzudenken ... die schlurfenden Schritte, das Schleifen und das schwere Atmen ... es gab nur einen Menschen, der sie abgrundtief hasste: der alte Grothe! Wusste er, dass sie an diesem Wochenende allein war? Hatte er geduldig auf diesen Zeitpunkt gewartet, um in der Abgeschiedenheit des Hauses seine Rachefantasien wahr werden zu lassen? Aber war er auch in der Lage, die Sicherheitselektronik zu überwinden?

Endlich drang ein Brummen aus dem Treppenschacht herauf. Die Notbeleuchtung tauchte die Empore in gelbes Licht. Einen Wimpernschlag lang glaubte Lisa, in einem der von der Eingangshalle abzweigenden Korridore eine Bewegung wahrzunehmen.

„Vincent?" Niemand antwortete ihr.

„Ist da jemand?"

Sie ärgerte sich, dass ihre Stimme vor Angst zitterte und dass eine so harmlose Sache wie ein Stromausfall sie in Panik versetzte. Entschlossen, dem Spuk ein Ende zu bereiten, ging sie auf die Treppe zu. Auf halber Höhe blieb sie stehen. Die noch immer hilflos blinkenden Anzeigen der Haussteuerung schälten die Umrisse einer Gestalt aus dem Dunkel. Grothe?

Erst jetzt bemerkte Lisa die Kälte in der Eingangshalle. Die Schiebetüren, die auf die Terrasse hinauswiesen, standen offen, ebenso die Haustür.

Der Unbekannte trat durch den Rundbogen, der in die Halle führte.

„Tut mir leid, dass ich so hereinplatze, aber die Tür stand offen."

Die Hände in den Taschen seines blassgrünen Parkas verborgen, stand Wolzow in der Halle.

Lisa stieß den angehaltenen Atem aus. „Was wollen Sie? Sie haben mich zu Tode erschreckt."

„Ich sah das Licht. Das Haus sah von außen aus wie ein ausgeflippter Weihnachtsbaum."

Lisa ging die Treppe hinunter und bemühte sich, die Terrassentüren von Hand zu schließen. „In diesem verdammten Haus wird sogar die Klospülung von einem Computer gesteuert. Und der hat heute nicht gerade seinen besten Tag." Endlich rastete das Schloss der Schiebetür ein. „Was wollen Sie? Mir wieder einen Mord anhängen?", fragte sie.

„Ich mach nur meinen Job."

„Und der führt Sie hierher?"

„Ja. Ich dachte mir, es würde Sie interessieren, dass ich neue Erkenntnisse zum Tod von Jonah Grothe habe."

Er zog ein Blatt Papier aus der Seitentasche seines Parkas und entfaltete es.

„Was ist das?", fragte Lisa misstrauisch.

„Das Ergebnis eines DNA-Abgleichs zwischen den Spuren, die wir am Unfallort sichergestellt haben, und der Blutprobe, die Ihnen entnommen wurde."

„Wozu soll das gut sein?"

„Die Untersuchungen zum Unfallhergang konzentrierten sich auf Ihren Wagen und das Motorrad. Der Helm des Jungen und seine Motorradkombi lagen die ganze Zeit in der Asservatenkammer. Ich wollte die Sachen seiner Mutter zurückgeben, aber etwas machte mich misstrauisch."

„Sie fangen also schon wieder an."

„Vielleicht sollten Sie erst mal zuhören. An der Außenseite des Helmvisiers befanden sich Blutspuren. Ich habe sie mit Ihrer Blutprobe vergleichen lassen."

„Und was kam dabei heraus?"

„Sie stimmen nicht überein."

„Natürlich nicht. Ich habe mich bei dem Unfall nicht verletzt."

Er nickte. „So steht's auch im Bericht. Aber sie passen auch nicht zu Jonah Grothe. Können Sie mir erklären, warum wir es plötzlich mit drei verschiedenen Spuren zu tun haben?"

Lisa suchte Halt am Treppengeländer. Sie fühlte den Boden unter ihren Füßen wanken.

„Das bedeutet ja ..."

„Das bedeutet, dass noch jemand in den Unfall verwickelt war."

„Aber wie kann das sein?"

„Genau das will ich herausfinden. Die Unfallrekonstruktion durch die Dekra-Experten hat ergeben, dass Grothe stand, als das Fahrzeug ihn erwischte."

„Darüber sprachen wir doch bereits."

Wolzow faltete das Blatt zusammen. „Sie sagten aus, Sie hätten ihn nicht bemerkt. Ich fange an, Ihnen zu glauben. Möglicherweise konnten Sie ihn gar nicht sehen, weil ihn zuvor bereits jemand überfahren hatte."

„Sie meinen, es könnte sich schon vorher ein Unfall ereignet haben?"

„Genau das meine ich. Vielleicht war der Junge benommen und orientierungslos. Er lag auf der Straße, Sie konnten ihm gar nicht ausweichen."

„Aber dann hat der Unbekannte Fahrerflucht begangen."

„Sieht so aus. Da der Fall abgeschlossen ist, wurde die Maschine des Jungen freigegeben. Inzwischen ist sie längst in der Schrottpresse gelandet. Wir haben also keine Möglichkeit mehr, nach fremden Lackspuren zu suchen."

„Warum ist das nicht früher gemacht worden?", fragte Lisa.

„Niemand hat in Betracht gezogen, dass noch ein Dritter beteiligt war. Die Sachlage war eigentlich klar", antwortete Wolzow.

„Warum erzählen Sie mir das alles?"

„Ich war in der Virchow-Klinik. Dort sagte man mir, dass Sie nicht mehr als Ärztin arbeiten. Es war nicht schwer, herauszufinden, dass Sie van Dyk geheiratet haben."

„Was geht Sie das an?"

„Damit fertigzuwerden, einen Menschen getötet zu haben, ist nicht leicht. Ich kenne Kollegen, die daran zerbrochen sind."

„Ich habe den Jungen nicht absichtlich überfahren."

„Das macht es nicht unbedingt einfacher. Vielleicht hilft es Ihnen, dass ich Zweifel an der bisherigen Unfalltheorie habe. Aus dem Obduktionsbericht geht hervor, dass er gestanden haben muss, als ihn ein Fahrzeug erwischte. Sie aber behaupten, ihn nicht gesehen zu haben. Irgendetwas stimmt hier nicht."

„Was werden Sie jetzt unternehmen?", fragte sie.

„Ich werde nach dem Fahrer suchen, die Werkstätten in der Umgebung abklappern. Vielleicht hat er den Schaden an seinem eigenen Wagen reparieren lassen. Allerdings habe ich wenig Hoffnung, ihn nach all der Zeit noch zu finden."

„Danke ... dass Sie mir das erzählt haben."

Wolzow warf einen prüfenden Blick durch die Halle. „Und sonst ... ist alles in Ordnung?"

„Da war jemand im Haus ... bevor Sie kamen", sagte sie, „vielleicht war es der alte Mann."

„Grothe? Hat er Sie wieder belästigt?"

„Nein, nicht mehr, seit ich hier lebe."

„Ich werde trotzdem mal mit ihm reden."

„Danke."

Wolzow verließ das Haus. Lisa schloss die Tür hinter ihm und überprüfte sämtliche Zugänge zum Haus. Die Haussteuerung arbeitete wieder fehlerfrei. Bevor sie gegen drei Uhr in einen unruhigen Schlaf fiel, beschloss sie, die Unfallstelle aufzusuchen. Seit jener Nacht war sie nicht mehr dort gewesen. Vielleicht stieß sie ja auf einen Hinweis, den die Polizei übersehen hatte; irgendetwas, das erklären könnte, was wirklich passiert war.

11

Lisa erwachte beim ersten Tageslicht. Alle Rollläden im Haus waren mit einer elektronischen Steuerung, Helligkeitssensoren und einer Zeitschaltuhr verbunden. Doch wie die restliche Haustechnik funktionierten sie nicht. Es war eiskalt im Schlafzimmer, im angrenzenden Bad dagegen herrschte tropische Hitze. Vincent würde vor Wut schäumen.

Zerschlagen von der ruhelosen Nacht stand sie auf, ging in die Küche hinunter und kochte Kaffee. Sie checkte die Mailbox ihres Handys und fand eine Nachricht von Vincent. Er würde früher als beabsichtigt zurückkehren. Wahrscheinlich würde er umgehend auf einem kompletten Gesundheitscheck bestehen, in der Erwartung, sich in der Kongresshalle mit einem tödlichen Virus infiziert zu haben.

Damit blieb ihr weniger Zeit als gedacht, zum ersten Mal seit jener verhängnisvollen Nacht zur Unfallstelle zu fahren. Insgeheim hoffte sie, die Konfrontation würde ihre verschütteten Erinnerungen an den Moment des Zusammenpralls wachrufen, aber sie hatte ihr Vorhaben immer wieder aufgeschoben. Vielleicht würden ihre Schuldgefühle verblassen, wenn sie es schaffte, sich an dem Ort aufzuhalten, an dem der Junge gestorben war. Im Grunde war ihr Plan nichts weiter als eine Portion Küchenpsychologie, gepaart mit morbider Neugier. Vincent hätte es ihr ohnehin nicht erlaubt und als Grund ihre psychische Labilität genannt. In letzter Zeit hegte sie den Verdacht, dass er sie mit Ausflüchten und erfundenen Gefahren ans Haus binden wollte. Während der Kaffee durch die Maschine lief, überlegte sie, wann sie die Villa zuletzt ohne seine Begleitung verlassen hatte. Erschrocken stellte sie fest, dass sie sich nicht daran erinnerte.

Eine halbe Stunde später verließ sie in ihrem Cabrio das Grundstück. Das automatische Garagentor musste sie mühsam von Hand öffnen, es funktionierte ebenso wenig wie das tonnenschwere Bronzetor, das sich in der Nacht selbstständig zur Seite bewegt hatte. War der alte Grothe doch im Haus gewesen? Offenbar hatte jeder ungehindert Zutritt gehabt, auch Wolzow war einfach durch die offene Eingangstür hereinspaziert.

Nach zwanzig Minuten näherte sie sich der Unfallstelle. Mit schweißnassen Händen umklammerte sie das Lenkrad. Ein innerer Zwang zog sie förmlich an, so, wie es einen Mörder an den Tatort zurückzieht. Sie stellte den Peugeot in der Einmündung eines Wirtschaftswegs ab. Der Regen der vergangenen Wochen legte eine Pause ein, der Himmel hing voll mit bleigrauen Wolken, die sich wie stumpfe Schieferplatten übereinandertürmten. Lisa lief einen halben Kilometer die Straße entlang und blieb dann stehen. Sie war sich sicher gewesen, die Stelle blind wiederzufinden, doch der Film, der jede Nacht in ihrer Fantasie ablief, hatte mit der Wirklichkeit wenig zu tun. Auf der linken Seite begrenzte ein Buchenwald die schnurgerade verlaufende Straße, rechts erstreckten sich Felder und Wiesen bis zum Horizont. Zögernd ging sie weiter, bis sie eine Rechtskurve erreichte. Plötzlich war sie sicher, dass es hinter dieser Kurve passiert war. Vor ihren Augen flammten die Bilder der Unfallnacht auf. Sie sah deutlich die Maschine auf dem Asphalt liegen und daneben eine leblose Gestalt.

Auf dem rauen Straßenbelag waren noch immer Schleifspuren zu sehen, die abgerissene Blechstücke in den weichen Teer gefräst hatten, zwei Begrenzungspfosten fehlten. Ohne genau zu wissen, wonach sie suchte, schlitterte sie den grasbewachsenen Hang hinab. Im Graben stieß sie auf Splitter eines zerbrochenen Rücklichts und schwarze Plastikteile, vielleicht von der Verkleidung des Motorrads. Von ihrem Peugeot konnten sie nicht stammen, denn die einzigen Beschädigungen an ihrem Wagen waren ein paar Schrammen und eine Beule am rechten Kotflügel gewesen. Einer der fehlenden Begrenzungspfosten lag im Straßengraben, sie schob ihn mit der Fußspitze zur Seite. Darunter kam ein markantes Kunststoffteil zum Vorschein, das zum Kühlergrill eines großen Wagens gehört haben mochte, vielleicht eines SUVs. Lisa hob es auf und drehte das etwa zehn Zentimeter große, flache Stück in der Hand. Hatte Wolzow recht? Hatte ein unbekannter Dritter den Unfall verursacht und dann Fahrerflucht begangen?

Mit der Schuhspitze stocherte sie in den Plastikfragmenten herum. Was sie zunächst für ein weiteres Trümmerteil hielt, entpuppte sich als Smartphone mit schwarzem Gehäuse. Es schien intakt zu sein, ließ sich aber nicht einschalten, weil der Akku leer war. Lisa presste das Telefon an ihre Brust, als könne sie damit ihren Herzschlag bändigen. Handys gaben eine Unmenge Daten ihres Besitzers preis – Bewegungsprofile,

Verbindungsnachweise und Timelines –, und sie wusste, wer dazu in der Lage war, sie auszulesen: Wolzow.

12

Vincent kehrte gegen 18 Uhr zurück.

„Die Anlage arbeitet fehlerlos. Einfach perfekt. Du hast dich getäuscht. Niemand kann in diese Festung eindringen. Das ist völlig ausgeschlossen."

Vincent klappte den Deckel des Bedienfeldes zu und wischte mit einem Lappen über die polierte Stahlplatte. Argwöhnisch suchte er nach einem Fettfleck, den er bei der Berührung hinterlassen haben könnte.

Lisa wandte sich ab. Es hatte keinen Zweck, mit ihm zu diskutieren. Er hatte nur wenige Sekunden die Anzeigen studiert, das System neu gestartet und weigerte sich, einen Techniker hinzuzuziehen. Er wusste es besser, wie immer. Trotzdem erstaunte sie seine gelassene Reaktion, der befürchtete Zornesausbruch blieb aus. Er lächelte und liebkoste den schwarzen Kasten in der Nische des Windfangs beinahe wie eine Geliebte. Offenbar wollte er vor ihr nicht zugeben, dass das System störanfällig war. Schließlich hatte er es selbst entworfen und Vincent van Dyk machte keine Fehler.

Hatte er das Haus gerade tatsächlich eine Festung genannt? Lisa kam der Verdacht, dass er keinen Eindringling fürchtete, sondern verhindern wollte, dass jemand ausbrach. Jemand, der im Haus lebte. Sie.

Stattdessen ließ er sich über das *unnütze Geschwätz* seiner Fachkollegen aus.

„Diese Dummköpfe haben mich gelangweilt", sagte er, „darum bin ich früher abgereist als geplant."

Lisa glaubte ihm aufs Wort. Er war hochintelligent und eilte den meisten Menschen mit seinen Gedanken weit voraus. Langeweile fürchtete er beinahe so sehr wie eine schwere Erkrankung, denn sie ließ ihm Zeit, über sein Leben und sein unvermeidliches Ende nachzudenken.

„Ich will, dass du zu Kerkhoff gehst", sagte er, „heute noch."

„Ein Elektriker wäre hilfreicher."

„Du bist verängstigt", sagte er stirnrunzelnd. „Aber du musst damit aufhören."

„Womit?"

„Lass die Vergangenheit los, der alte Grothe ist seit Wochen nicht aufgetaucht. Er wird nicht riskieren, gegen die einstweilige Verfügung zu verstoßen. Verschaff dir Ablenkung. Du wirst sehen, dass ich recht habe. Wie weit bist du mit deinem Fachartikel?"

„Ich ... hab noch gar nicht angefangen."

Er sah sie tadelnd an. Sie hasste den teils mitleidigen, teils strafenden Blick, der auch einem trotzigen Kind gelten mochte, das nicht akzeptieren will, dass es den Osterhasen nicht gibt. Wie hatte sie sich so täuschen können? Und warum hatte Vincent sich in der kurzen Zeit so drastisch verändert? Nein, er hatte sich nicht verändert, sondern ihr einen Mann vorgespielt, der er nicht war.

„Ein Artikel in *Nature* oder *Science* könnte Kryotec weiter nach vorn bringen", sagte er, „du kannst gut mit Worten umgehen. Warum verschwendest du deine Zeit damit, Geister zu jagen?"

Sie verschränkte die Arme vor der Brust und lehnte sich an den Rundbogen der Eingangshalle.

„Ich jage keine Geister. Jemand war im Haus."

„Das ist völlig unmöglich."

Sie hätte ihm nichts von den Ereignissen der vergangenen Nacht erzählen sollen, aber er hatte sofort das Terminal überprüft und sie ausgefragt, bis sie ihm alles berichtet hatte. Nur Wolzows Besuch hatte sie nicht erwähnt.

„Ich hätte dich nicht allein lassen sollen, verzeih mir", sagte er versöhnlich. „Ein so großes Haus kann bedrohlich wirken, besonders in der Nacht."

Er kehrte in die Halle zurück. In ihrem Zentrum ragte die scheußliche Plastik empor, die sein ganzer Stolz war.

„Ich habe mir wohl kaum eingebildet, dass die komplette Elektronik verrücktspielt", sagte sie.

Er lachte, leise und überheblich. Früher hatte dieses Lachen sie fasziniert, sie hatte es als Zeichen von Stärke gedeutet. Heute verabscheute sie es.

Er umrundete die Skulptur, streifte sein Jackett ab und stieg die Freitreppe hinauf.

„Warum hast du nicht die Polizei gerufen, wenn du so sicher warst? Stattdessen hast du die Kommode vor die Schlafzimmertür gezerrt und den Teppichboden ruiniert. Paranoia ist eine ernsthafte Erkrankung, die durch Stress ausgelöst werden kann. Ich brauche dich im Vollbesitz deiner Kräfte, Lisa. Dich und deinen wachen Verstand."

Er blieb auf halber Höhe stehen und drehte sich um, den Kopf leicht abgewandt. Bildete sie es sich nur ein, oder vermied er es, sie anzusehen, seit er zurückgekehrt war? Er benahm sich wie Vincent, bewegte und drückte sich aus wie Vincent. Dennoch beschlich sie das unheimliche Gefühl, dass ein Fremder vor ihr stand. Verlor sie wirklich den Verstand?

„Ruf Kerkhoff an", sagte er. „Er soll sofort einen Termin frei machen. Wenn er sich rausredet, spreche ich mit ihm."

Wieder behandelte er sie wie ein Kind, das nichts richtig machte. Sie war wütend, verzichtete aber auf eine Antwort. Es hatte keinen Sinn, er würde so lange auf sie einreden, bis sich alles in ihrem Kopf drehte und sie nur noch schlafen wollte. Aber Kerkhoff? Sie mochte den fetten Therapeuten nicht. Er schwitzte stark, und sein Schweiß hatte einen scharfen, durchdringenden Geruch, der ihr Übelkeit verursachte.

Vincent schnippte ungeduldig mit den Fingern und kehrte nach unten zurück. „Ich mach's lieber gleich selbst."

„Glaubst du, ich bin nicht in der Lage dazu?"

Er trat vor sie hin und fasste sie bei den Schultern.

„Du weißt, wie sehr ich dich liebe, Lisa. Ich sorge mich um dich, das ist alles. Es wird Zeit, dass du diese dumme Sache endlich aufarbeitest. Kerkhoff ist ein guter Therapeut, sonst würde ich dich nicht dorthin schicken."

„Er ist ein Landarzt, der zum Psychotherapeuten umgeschult hat, weil ihm das Arbeitspensum in seiner Hausarztpraxis zu hoch war."

Er ließ sie los, zog sein Smartphone aus der Hosentasche und wählte eine Nummer.

Lisa starrte auf das Handy. Wem gehörte das Telefon, das sie an der Unfallstelle gefunden hatte? Sie war sofort nach Limburg zur Polizeidirektion gefahren. Wolzow hatte versprochen, sich zu melden, wenn er den Besitzer ermittelt hatte.

„Natürlich will ich dich zu nichts zwingen", sagte er, „wenn du mit ihm nicht zurechtkommst, suchen wir einen anderen Therapeuten. Für dich ist mir das Beste gerade gut genug."

Und dann schickte er sie zu seinem Busenfreund? Sie hatte nie verstanden, was die beiden ungleichen Männer verband. Jeden Mittwochabend spielten sie im Arbeitszimmer Schach. Vincent liebte das Strategiespiel und selbstverständlich gewann er jede Partie. Andernfalls hätte er nicht gespielt. Warum Kerkhoff die Besuche auf sich nahm, wusste sie nicht, auch nicht, was Vincent an ihm fand. Sie hielt den fetten Doktor für nicht besonders eloquent, auf jeden Fall war er kein ebenbürtiger Gesprächspartner für einen Mann wie Vincent.

„Nein, es ist schon okay."

Sie gab nach, weil sie keinen Streit wollte. Schon der Gedanke an eine endlose Auseinandersetzung lähmte sie. Sie hatte keine Lust, mit ihm über die Vor- und Nachteile verschiedener Psychotherapien zu diskutieren. Lieber hörte sie sich eine Stunde lang Kerkhoffs Gequatsche an.

Vincent steckte sein Handy ein. „Er wird dich in einer halben Stunde empfangen. Ich werde dich fahren."

„Nein, das ist nicht nötig. Ich gehe zu Fuß. Es ist ja nicht weit. Die frische Luft wird mir guttun."

Er betrachtete sie abschätzend, als ob er daran zweifelte, dass sie den Weg zur Praxis finden würde. Bevor er sie davon abhalten konnte, streifte sie ihre gefütterte Winterjacke über und machte sich auf den Weg.

Obwohl es im Behandlungszimmer kühl war, tupfte sich Dr. Rolf Kerkhoff immer wieder die Stirn ab. Auf seinen feisten Wangen glühten rote Flecken, seine Lippen glänzten fettig. Er wickelte ein Schokobonbon aus dem Zellophanpapier und stopfte es sich in seinen kleinen rosa Mund. Es war das dritte innerhalb von zwanzig Minuten.

„Stört es Sie, wenn ich eine Kleinigkeit esse?", fragte er schmatzend.

Lisa schüttelte stumm den Kopf, obwohl es sie anwiderte.

„Ich brauche ab und zu etwas Süßes, mein Blutzuckerspiegel sinkt ungewöhnlich schnell ab", erklärte er und bot ihr von dem Konfekt an. Lisa lehnte dankend ab.

„Wo waren wir stehen geblieben?", fragte er.

Wo wir immer stehen bleiben, dachte Lisa, bei dem Jungen.

„Es fällt Ihnen noch immer schwer, seinen Namen auszusprechen, nicht wahr?"

„Ja."

„Versuchen Sie es", ermutigte er sie.

Lisa zögerte eine Minute, dann sagte sie: „Jonah. Er hieß Jonah."

„Haben Sie über meinen Vorschlag nachgedacht?

Ja, das hatte sie. Kerkhoff wollte sie hypnotisieren und ihr Unterbewusstsein an den Tag des Unfalls zurückführen, aber sie hatte bisher abgelehnt.

„Ich bin noch immer der Meinung, dass dies eine gute Methode ist, um Ihre verschüttete Erinnerung an den entscheidenden Moment zu wecken. Die Ungewissheit würde sie nicht länger quälen.

„Ich bin schuld an seinem Tod, reicht das nicht?"

„Es wäre ein Anfang", sagte er. „Vincent macht sich große Sorgen um Sie. Tun Sie's ihm zuliebe. Erzählen Sie mir, was sich vergangene Nacht zugetragen hat."

Lisa sprang erregt auf. „Vincent, Vincent, Vincent. Es geht immer nur um ihn. Wenn Sie schon alles wissen, warum fragen Sie überhaupt noch danach? Er hat Ihnen doch sowieso schon alles berichtet. Wann hat er angerufen? Während ich zu Ihnen unterwegs war?"

Kerkhoff lächelte. Seine Schweinsäuglein verschwanden beinahe hinter den Fettwülsten seiner Wangen.

„Sie wissen doch, wie er ist. Er möchte stets der Erste sein. Diesmal liegt er sicher richtig, denn über die beeindruckende Technik im Haus weiß er bestens Bescheid. Er hat sie ja selbst entwickelt. Was steckt wohl hinter Ihrem Gefühl, dass Sie nicht allein waren? Was meinen Sie?"

Sie wanderte umher und schlang die Arme um ihren Körper. Die Dämmerung kam früh, die Dunkelheit sickerte kalt durch das Fenster.

„Es war nicht nur ein Gefühl. Da war jemand", beharrte sie. Vielleicht war es der alte Mann. Ich habe Ihnen doch von ihm erzählt, von seinem Hass und seinen Angriffen."

„Vincent hat ein seltsames Haus gebaut, finden Sie nicht auch? Manchmal glaubt man, Bewegungen wahrzunehmen, wo keine sind. Es liegt am Spiel von Licht und Schatten."

„Ich habe mir das nicht eingebildet", beharrte Lisa.

„Sie wissen, dass alles, über das wir hier reden, unter uns bleibt."

Lisa zog spöttisch eine Augenbraue hoch. „Und *Vincent?*"

„Auch er erfährt nichts davon. Dazu bin ich verpflichtet. Sagen Sie mir, Lisa, kommt es öfter vor, dass Sie Dinge sehen oder hören, die nicht da sind?"

„Nein, das ist doch Unsinn."

Sie wandte sich ab und ging ruhelos auf und ab. In letzter Zeit glaubte sie oft, dass Vincent sich verändert hatte, nicht nur an der Oberfläche. Es schien viel tiefer zu gehen, so, als ob sein Körper noch derselbe, aber seine Seele, sein Wesen vollkommen verwandelt wäre. Aber sie bemerkte es nur gelegentlich. Es war, als gäbe es ihn zweimal.

„Hat er das behauptet? Dass ich unter Halluzinationen leide?", fragte sie.

„Nein."

„Sein Misstrauen, seine übersteigerte Angst vor Einbrechern ... das ist doch krank. Genauso wie seine Furcht vor Krankheiten und vorzeitigem Tod." Sie fuhr herum. „*Ihn* sollten Sie behandeln. Warum versuchen Sie nicht ihn von einer Therapie zu überzeugen?"

Kerkhoff nickte. „Ich gebe Ihnen recht. Vincent ist außergewöhnlich. Er ist hochbegabt, intelligent und hypersensibel. Solche Charaktere werden oft von Zwangshandlungen bestimmt. Es ist sozusagen der Preis, den sie für ihre Einzigartigkeit zahlen. Aber Vincent überredet man nicht zu irgendetwas. Er entschließt sich selbst dazu. Man bringt ihm auch nichts bei, er lernt." Sein Sessel knarzte, als er sich zurücklehnte. „Bisher haben seine Marotten Sie nicht gestört, Lisa."

„Finden Sie nicht auch, dass er sich in letzter Zeit verändert hat?", fragte sie.

„Verändert? Wie meinen Sie das?"

„Sie kennen ihn fast so gut wie ich, oder?"

Kerkhoff legte den Kopf schief, eine Fettwulst schob sich über den Kragen seines Hemds.

„Wahrscheinlich", antwortete er. „Mir ist nichts aufgefallen."

„Ich weiß nicht. Er scheint derselbe zu sein, aber manchmal ... ist er es nicht." Sie fuhr sich mit der Hand über die Augen. „Aber sicher bilde ich mir auch das nur ein."

Es hatte keinen Zweck. Je mehr sie preisgab, desto eher würde Kerkhoff sie für verrückt halten.

„Haben Sie das Gefühl, dass sich Menschen in Ihrer Umgebung verändern?", fragte er.

Wer denn?, dachte Lisa. Ihr wurde bewusst, wie isoliert sie inzwischen lebte. Es war ein schleichender Prozess gewesen, den sie nicht bemerkt hatte, bis es zu spät war.

„Nein", sagte sie.

„Lisa, ich will offen zu Ihnen sein. Sie stehen unter großem Stress. Ihr schlechter Schlaf, das Gefühl, verfolgt zu werden, dass sich Menschen in Ihrer Umgebung verändern, und die Eindrücke der vergangenen Nacht sind eindeutige Hinweise darauf. Sie sollten Ihren angespannten Zustand als Warnung nehmen. Aus den Schuldgefühlen kann sich eine Erschöpfungsdepression entwickeln."

„Ich bin Ärztin, haben Sie das vergessen?"

„Ärzte sind schlechte Patienten. Sie wissen alles besser und sind unbelehrbar."

Sie kehrte zu ihrem Sessel zurück, setzte sich widerwillig und sah auf die Uhr. Die Therapiestunde war beinahe um.

Sein Kugelschreiber klickte. „Ich werde Ihnen ein Beruhigungsmittel verschreiben."

„Ich nehme keine Psychopharmaka."

Sobald sie die Praxis verlassen hatte, würde Kerkhoff als Erstes Vincent anrufen, der dann die korrekte Einnahme des Mittels überwachen würde. Sie fühlte sich einsam und ausgeliefert.

„Es ist nur ein leichtes Beruhigungsmittel. Als Medizinerin können Sie das selbst am besten einschätzen." Er reichte ihr das Rezept. „Rufen Sie mich an, wenn Sie Hilfe brauchen. Jederzeit."

„Danke."

„Wir sollten unsere Gespräche unbedingt fortsetzen."

„Bis jetzt habe ich nicht den Eindruck, dass es mir geholfen hat", sagte Lisa.

„Geben Sie sich Zeit. Und denken Sie daran: Vincent liebt Sie. Er meint es gut mit Ihnen."

Lisa verließ Kerkhoffs Praxis und machte sich auf den Rückweg. Als sie das verschachtelte Haus über dem Lahntal erreichte, schien es bereits zu dämmern, doch dafür war es viel zu früh. Die Regenwolken hingen schwer wie nasse Stahlplatten am Himmel und sperrten das Licht aus. Bald würde es dunkel sein.

Eine halbe Stunde später durchquerte sie den Windfang und betrat die Halle. Wie ein rauchgrauer Schleier sickerte das trübe Tageslicht durch die großen Fenster und das achteckige, zentrale Oberlicht. Das Wasser des Brunnens plätscherte und malte flackernde Lichtreflexe auf die Kryotec-Skulptur. Nie war ihr das Haus so farblos vorgekommen, die strengen geometrischen Formen so kalt.

Die Schiebetür zum Wohnbereich stand offen. Lisa ging hinüber und fand das Wohnzimmer leer vor, ebenso das Arbeitszimmer. Wahrscheinlich war Vincent im Keller und inspizierte seine verfluchte Kühlkammer. Sie fühlte sich erschöpft und spürte eine diffuse Unruhe. Es war die Erkenntnis, dass sie an einem Wendepunkt angelangt war. Sie musste eine Entscheidung treffen. Bald. Aber nicht jetzt.

Sie ging nach oben, setzte sich auf das Bett und ließ ihre Blicke über die Schneekugelsammlung schweifen. In einer Kugel schneite es. Es war das Diorama mit dem winzigen Liebespaar, das auf einer Eisfläche Pirouetten drehte. Er trug einen blauen Schal und eine Winterjacke, das Mädchen eine Wollmütze. Der rotbackige Junge hielt die Hand seiner Partnerin und wirbelte sie übermütig herum. Wenn man die Kugel schüttelte, tanzte das Paar im Kreis. Vincent hatte ihr die Kugel zur Hochzeit geschenkt. Lisa verfolgte den Fall der Plastikflocken. Sie hasste ihr Leben und dieses Haus.

„Du bist zurück. Wie schön."

Sie löste den Blick von der Schneekugel. Vincent stand im Durchgang zum Badezimmer. Er war nackt bis auf ein Handtuch, das er um seine Hüften geschlungen hatte. Warme Luftschwaden zogen aus dem Bad herein, es roch nach Sandelholz und seinem Rasierwasser. Obwohl er mit seinen fünfundvierzig Jahren fast vierzehn Jahre älter war als Lisa, war er noch immer ein attraktiver Mann. Dank seines exzessiven Sportprogramms und eines straffen Ernährungsplans hatte er kein Gramm zu viel auf den Rippen. Sein dunkelblondes Haar war von einzelnen grauen Strähnen durchzogen, die er regelmäßig tönen ließ.

„Es hat lange nicht geschneit", sagte er. „Ich habe dich vernachlässigt, weil die Arbeit mich nicht loslässt."

Er lächelte und kam näher. Plötzlich wirkte er nicht mehr wie ein Fremder, sondern wie der Mann, den sie geheiratet hatte, weil sie geglaubt hatte, ihn zu lieben. Und weil sie ihn auf eine natürliche Weise anziehend fand. Auch jetzt konnte sie sich seiner Aura nicht entziehen. Manche Frauen mochten keinen Sex und betrachteten ihn als reine Pflichterfüllung, als eine Sache, die zwar nicht unangenehm, aber auch nicht so berauschend war, wie alle behaupteten. Sie musste zugeben, dass die körperliche Liebe einer der Gründe gewesen war, warum sie Vincent geheiratet hatte. Der Sex mit ihm war großartig, prickelnd, erregend und ein Spiel mit dem Feuer. Und sie wünschte sich in diesem Moment, mehr als alles andere, sich fallenzulassen. Es würde so sein wie früher, und Vincent würde alles tun, um sie glücklich zu machen.

„Ich weiß doch, wie wichtig dir deine Arbeit ist", sagte sie.

Auf seinem nackten, rasierten Oberkörper perlten Wassertropfen. Sie versuchte, sich der aufsteigenden Lust zu verweigern, aber das Leben war schließlich nicht dazu da, jeder Vergnügung zu widersagen.

„Nein, ich *habe* dich vernachlässigt. Das wurde mir während der Tagung klar, und ich wollte das so schnell wie möglich ändern. Darum bin ich zurückgekommen."

Er ging auf sie zu und streifte das Handtuch von seinen Hüften. Dann beugte er sich über sie und küsste sie auf den Nacken und den Hals. Lisa schloss die Augen und genoss die Liebkosung. Warum konnte es nicht mehr so sein wie früher?

Sie schlang die Arme um ihn, sog den herben Duft seiner Haut ein und zog ihn zu sich aufs Bett. Anders, als er es normalerweise tat, nahm er sie hastig, ausgehungert. Die stoische Präzision, mit der er sie zu stimulieren begann, hatte ihr Verlangen stets gesteigert. Es gehörte zum Spiel. Er tat es bewusst, weil er wusste, dass sie das Warten verrückt machte. Während Vincent in allem, was er tat, kühl und zielgerichtet agierte, ließ er anschließend seiner Leidenschaft beim Sex hemmungslos freien Lauf.

Lisa wehrte sich nicht, sondern beteiligte sich an dem Spiel und spürte plötzlich, wie sehr sie sich nach ihm gesehnt hatte.

Entgegen seiner Gewohnheit hielt er nicht lange durch, vielleicht aufgrund ihrer langen Abstinenz. Er nahm sie heftig, fast gierig, und Lisa ließ es geschehen. Wie hatte sie annehmen können, dass unter der glatten Haut dieses Mannes ein unheimliches Wesen steckte, das ihr Übles wollte?

Vincent stöhnte, verkrampfte sich und kam zum Höhepunkt. Lisa fuhr mit ihren Fingern durch sein dichtes Haar und öffnete die Augen. In seiner linken Pupille entdeckte sie einen dreieckigen, vernarbten Fleck, der ihr niemals zuvor aufgefallen war.

Er zuckte und vergrub sein Gesicht in ihrem Haar. Die erschreckende Vision war vorüber. Vincent wälzte sich von ihr herunter und drehte sich schwer atmend neben ihr auf den Rücken.

Lisa starrte an die Decke und sah noch immer die dreieckige Narbe auf der Netzhaut. Ihr war plötzlich übel. Sie hatte nie zuvor solche Angst verspürt, den Verstand zu verlieren.

13

Fünf Tage später gelangte Lisa zu der Überzeugung, dass Kerkhoffs Einschätzung zutraf. Sie sah und hörte zeitweise Dinge, die nicht existierten, obwohl sie keine unsichtbaren nächtlichen Besucher mehr aus dem Schlaf rissen. Doch all die subtilen Veränderungen, die sie an Vincent beobachtet hatte, waren wieder verschwunden wie ein Spuk zum Ende der Geisterstunde. Er bewegte sich wie Vincent, redete wie er und roch wie er. Er ließ sich regelmäßig von ihr den Blutdruck messen, schluckte seine Vitaminpillen und absolvierte sein Trainingsprogramm, sofern ihm seine Forschungen Zeit dafür ließen. Von früh bis spät arbeitete er wie besessen entweder im Kryotec-Labor oder in seinem Arbeitszimmer in der Villa. Jeden Abend um 21:45 Uhr überprüfte er die Funktionstüchtigkeit der Kühlkammer im Keller und ging dann zu Bett. Seinen plötzlichen Ausbruch sexuellen Verlangens schien er völlig vergessen zu haben. Es blieb bei dem einen Mal, dass sie sich geliebt hatten.

Lisa hatte ihren Entschluss, ihn so schnell wie möglich zu verlassen, vorerst verschoben. Sie redete sich ein, dass ihre Ehe eine Chance verdiente. Der wahre Grund war jedoch ihre eigene Kraftlosigkeit. Sie hatte ganz einfach verlernt, eine Entscheidung zu treffen und in die Tat umzusetzen.

Ihre Hoffnung auf Besserung erfüllte sich indessen nicht. Stattdessen bemerkte sie, dass er heimlich kontrollierte, ob sie das Beruhigungsmittel auch nahm, das Kerkhoff ihr verschrieben hatte. Jeden Morgen spülte sie eine der Tabletten in die Toilette. Die Ratten in der Kanalisation mussten inzwischen high sein.

Am späten Nachmittag meldete sich Jan Wolzow auf Lisas Handy.

„Können Sie reden?", fragte er.

„Wie meinen Sie das?"

„Ich habe Neuigkeiten. Und die sollten Sie vorerst für sich behalten."

Lisa trat unter den Rundbogen, der den Wohnbereich von der Eingangshalle trennte. Von hier aus zweigte ein kurzer Flur ab, der zu Vincents Arbeitszimmer führte. Die Tür stand halb offen, ein Lichtkeil fiel in den Korridor.

„Warten Sie eine Sekunde", sagte Lisa leise.

Sie schlüpfte in eine warme Jacke, durchquerte den Wintergarten mit seinen tropischen Farnen und exotischen Blüten und aktivierte die elektronische Steuerung der Tür zum Garten.

„Was haben Sie herausgefunden?", fragte sie gespannt.

„Wir kennen den Besitzer des Smartphones. Die Nummer gehört Vincent van Dyk. Das Bewegungsprofil und die Timeline belegen, dass er am Unfallort war, und zwar eine halbe Stunde bevor Sie den Jungen überfahren haben."

Lisas Gedanken rasten. War er deshalb unmittelbar nach dem Unfall wie aus dem Nichts aufgetaucht?

Wolzow sprach aus, was sie befürchtete: „Er hat Jonah über den Haufen gefahren und dann angehalten. Vermutlich hielt er den Jungen für tot, geriet in Panik und flüchtete. Als er den Verlust des Smartphones bemerkte, hatte er keine andere Wahl, er musste zur Unfallstelle zurück."

Lisa schloss die Augen, ihr Herz raste. Vincent hatte sofort die Chance erkannt, sich reinzuwaschen. Sie war nichts weiter als ein Bauernopfer.

„Es könnte auch anders abgelaufen sein", sagte sie.

„Möglich, aber unwahrscheinlich, für so etwas habe ich einen Riecher. Aber wir können die Wahrheit herausfinden. Und dazu brauche ich Ihre Hilfe."

Sollte sie wirklich den Mann ans Messer liefern, der sie aus dem schwarzen Loch gerettet hatte, in das sie gestürzt war? Doch sie konnte es nicht leugnen, alles ergab nun einen Sinn: sein selbstloses Verhalten, die Bereitschaft, sich um alles zu kümmern und ihr einen Anwalt zu besorgen.

„Was soll ich tun?", fragte sie.

„Ich brauche eine DNA-Probe Ihres Mannes."

„Sie wollen sie mit den Blutspuren am Helmvisier vergleichen", sagte sie heiser. Ihre Kehle war vor Entsetzen staubtrocken. Sie lebte mit einem Mörder unter einem Dach.

„Ich weiß, dass ich viel von Ihnen verlange. Aber ich schätze, Sie brennen darauf, endlich die Wahrheit zu erfahren."

„Ja, das will ich."

„Ich kann auch den offiziellen Weg gehen", sagte Wolzow, „aber dann wird van Dyk ein Heer von Anwälten aufbieten. Sie werden tausend Gründe finden, um zu verhindern, dass der Fall noch einmal aufgerollt wird."

Lisa blickte durch die Glastür in den Wintergarten. Die Tür zum Arbeitszimmer wurde geöffnet.

„Ich kann jetzt nicht weg."

„Er lässt Sie nicht, hab ich recht?"

Sie suchte nach einer Ausrede und schämte sich. Wie hatte sie nur die Kontrolle über ihr Leben verlieren können?

„Kommen Sie um Viertel vor zehn", flüsterte sie. „Warten Sie in der Seitenstraße unterhalb des Hauses. Ich werde einen Spaziergang machen, um frische Luft zu schnappen. Dann gebe ich Ihnen die Probe." Sie legte auf.

Vincent hielt sich wie eine intelligente Maschine an seinen Tagesablauf. Wie jeden Abend um diese Zeit überprüfte er die verfluchte Kühlkammer im Keller. Es war die einzige Viertelstunde des Tages, in der sie sich unbeobachtet fühlte.

Lisa schlüpfte ins Haus, zog die Jacke aus und zupfte an den Blättern eines Rhododendrons. Aus dem Augenwinkel beobachtete sie Vincent. Offenbar wich er von seinem normalen Tagesplan ab und wollte unerwartet das Haus verlassen. Er trug eine schwarze Firmenjacke mit der gelben Kryotec-Aufschrift und tippte eine Nachricht in sein Smartphone.

Lisa ging in die Halle hinüber. „Du gehst noch mal weg?", fragte sie.

„Ich habe einen Termin wegen des Geländes in Bad Ems. Du weißt schon, unser Projekt mit dem alten Sanatorium. Nolte hat angerufen, die Sache lässt sich nicht aufschieben."

„Wann wirst du zurück sein?"

„Ich weiß es nicht. Warte nicht auf mich. Es kann spät werden."

Er drängte sich an ihr vorbei. Einen Augenblick war sie ihm ganz nah. Sie suchte in seinem Auge nach der dreieckigen Narbe, aber sie war nicht da. Vielleicht war es nur eine Reflexion in ihrer eigenen Netzhaut gewesen. Oder sie wurde verrückt. Was geschah als Nächstes? Würde sie die Stimme des toten Jungen in ihrem Kopf hören?

Vincent eilte die Treppe zum Untergeschoss hinunter. Lisa hörte, wie er die Tür zur Garage öffnete. Kurz darauf stieß die Alarmanlage eine Folge von Pieptönen aus, und der schwarze Cayenne rollte am Fenster zum Hof vorbei. Früher wäre er nicht ohne sie gefahren, hätte niemals Geheimnisse vor ihr gehabt. Er hatte sie an seinem Leben teilhaben lassen, an seiner Arbeit und seiner Begeisterung, mit der er seine Forschungen vorantrieb. Nun wusste sie nicht mehr, womit er seinen Tag verbrachte, ob er im Labor von Kryotec arbeitete oder sich mit anderen Frauen traf. Hatte er wirklich Jonah Grothe überfahren und ihr die Schuld in die Schuhe geschoben? Plötzlich musste sie an die Hartnäckigkeit des Jungen denken, an seine bohrenden Fragen und seine Überzeugung, dass in der Klinik Todesfälle vertuscht wurden. Sie hatte seine Verdächtigungen als absurde Verschwörungstheorien abgetan. Und wenn Vincent hinter alldem steckte? Sie dachte an seine Tobsuchtsanfälle und an die unkontrollierte Wut, die aus ihm hervorbrach, wenn Dinge nicht so liefen, wie er es geplant hatte ... oder wenn Menschen sich ihm in den Weg stellten. Band er sie deshalb nicht mehr in seine Arbeit bei Kryotec ein? Befürchtete er, sie könnte eine Verbindung zur Virchow-Klinik entdecken, von der sie niemals erfahren sollte?

Es war kurz nach fünf. Bis zu dem Treffen mit Wolzow war noch genug Zeit. Sie schlüpfte in eine dunkelblaue Kapuzenjacke, lief in die Garage hinunter und stieg in ihren Peugeot. Kurz darauf fegte der Wagen die Auffahrt entlang und passierte das schwere Bronzetor. Lisa stoppte und dachte nach. Vincent hatte davon gesprochen, das verfallene Sanatorium in Bad Ems mit neuem Leben füllen zu wollen. Aber er hatte nicht gesagt, ob er in die Zentrale von Kryotec im Osten von Limburg fahren wollte oder nach Bad Ems, um Probleme zu klären, die sich nur vor Ort lösen ließen. Sie entschied sich für die Kurstadt an der Lahn und fuhr nach Süden.

Als sie in Bad Ems ankam, verschwand gerade der letzte Streifen der Dämmerung über dem Horizont. Das Asklepios-Sanatorium lag über den schroffen Hügeln rings um die Stadt, eingebettet in eine kleine Talmulde. Die Gebäude standen seit vielen Jahren leer, Vincent hatte das Gelände für einen Spottpreis erworben, um dort die erste Kryonik-Anlage Europas zu bauen. Zahlungsfreudige Kunden würden dort ihre Körper für die Ewigkeit konservieren lassen können, in der Hoffnung, dass die Krankheiten, an denen sie starben, in einer fernen Zukunft geheilt werden konnten. Doch Kryotec besaß weder eine Baugenehmigung noch die Erlaubnis zur Lagerung von tiefgekühlten Leichen. Das deutsche Bestattungsrecht ließ ein solches Vorgehen nicht zu. Aber Gesetze und Regeln kümmerten ihn nicht. Wenn er einen Plan gefasst hatte, würde er auch einen Weg finden, sein Vorhaben zu realisieren. Das Sanatorium in seinen ursprünglichen Zustand zurückzuversetzen, würde ein Vermögen verschlingen. Aber wenn es Vincent gelang, die alte Pracht der Bäderarchitektur mit ihren stuckverzierten Decken und luftigen Sprossenfenstern wiederherzustellen, würde er Kunden aus der ganzen Welt anlocken.

Sie steuerte den Peugeot langsam an dem verrosteten Eisentor vorbei. Vincents Porsche parkte unter den ausladenden Zweigen einer Buche hinter dem Zaun, der das Gelände umgab. Zweihundert Meter weiter stellte Lisa ihren Wagen auf dem Grundstück einer alten Gießerei ab und näherte sich dem Sanatorium zu Fuß. Sie war nur einmal dort gewesen, als Vincent sich hier mit Mathias Nolte getroffen hatte, dem wissenschaftlichen Leiter von Kryotec.

Lisa schlüpfte durch den Spalt zwischen den Torflügeln und hielt sich im Schatten der Alleebäume, die die Zufahrt säumten. In der ehemaligen Eingangshalle tropfte Regenwasser durch Löcher im Glasdach, es roch modrig. Aus dem Gewirr der lichtlosen Korridore und Fluchten drangen leise Stimmen. Lisa folgte ihnen und betrat einen Raum, in dem eine verrostete Behandlungsliege und mit Schimmel überzogene Glasvitrinen und Schränke standen. Sie kniff die Augen zusammen, um sich besser orientieren zu können, denn das schwindende Tageslicht fand kaum einen Weg in die Ruine.

Lisa presste sich an die mit Rissen und Löchern durchzogene Wand zum Nebenraum und hielt den Atem an. Eine der Stimmen gehörte Vincent, die andere erschien ihr fremd und vertraut zugleich. Die beiden

Männer redeten erregt aufeinander ein, aber noch konnte sie nicht verstehen, worum es bei dem Streit ging. Sie wagte sich vorsichtig vor und spähte durch einen Riss in der Mauer.

Ein Feuerzeug klickte. Die Flamme beleuchtete Vincents asketisches Gesicht. Ungläubig beobachtete Lisa, wie er den Rauch inhalierte. Es schien eine Menge zu geben, was sie nicht über ihn wusste.

Der Mann, der ihm gegenüberstand, war ebenso groß wie er und trug die gleiche schwarze Jacke mit dem Kryotec-Emblem. Er wandte ihr den Rücken zu, fuchtelte mit den Armen herum und steigerte sich in einen Wutanfall hinein. Die Stimmen der Männer wurden von den kahlen Wänden dumpf reflektiert und verfremdet. Lisa verstand inzwischen genug von der Unterhaltung, um zu begreifen, dass es um Geld ging, und zwar um eine ganze Menge.

Vincent warf die Kippe auf den staubigen Betonboden und trat sie mit der Schuhspitze aus. Mit einer einladenden Geste komplimentierte er den Besucher tiefer in die Anlage hinein. Der Fremde ging auf einen Durchgang in der Rückwand des Raums zu. Plötzlich schnippte Vincent mit dem Daumen die Schutzkappe von der Nadel einer Injektionsspritze. Bevor der zweite Mann ganz in der Öffnung verschwand, rammte Vincent ihm die Spritze in den Nacken. Der Unbekannte schrie auf und fasste sich an den Hals. Vincent umschlang blitzschnell dessen Kehle und drückte ihn zu Boden. Eine Weile rangen sie stumm miteinander, dann erschlaffte der Fremde und fiel mit dem Gesicht in den Staub.

Lisa schreckte entsetzt zurück und stieß gegen einen rostigen Eimer, der ein hohles Scharren erzeugte. Er taumelte und fand scheppernd sein Gleichgewicht wieder.

„Was war das?" Das war die Stimme von Nolte.

Jemand schnaufte und stieß keuchend den Atem aus. „Wahrscheinlich 'ne Ratte. Ich hab hier welche gesehen, die waren groß wie Katzen." Das war Kerkhoff.

Lisa verharrte regungslos in der Dunkelheit. Ein Lichtstrahl fiel durch den Spalt in der Mauer auf Lisa. Der Widerschein der Lampe warf ein schwaches Licht auf Vincents Gesicht und erzeugte groteske Schatten. Seine Gestalt verbarg sie vor den anderen beiden Männern. Er blickte Lisa an, musste sie erkannt haben, doch er reagierte nicht und schaltete stattdessen die Lampe aus.

„Ja, wahrscheinlich hast du recht", sagte er, „nur eine Ratte. Wir sollten Köder auslegen."

„Wir dürfen keine Zeit verlieren. Er muss sofort ins Labor", drängte Nolte.

Lisa war unfähig, sich zu rühren, und beobachtete das Geschehen. Kerkhoff kniete sich ächzend neben den Mann auf dem Boden, injizierte ihm ein Mittel in die Armvene und blickte dann auf seine Armbanduhr.

Nach drei Minuten sagte Nolte: „Okay, das reicht."

Der Doktor zog ein Stethoskop aus seiner Manteltasche und hörte den Brustkorb des Fremden ab.

„Sein Herz schlägt nicht mehr. Die Atmung hat ausgesetzt. Exitus."

„Schafft ihn fort. Beeilt euch. Er muss so schnell wie möglich in den Tank", sagte Nolte.

„Hilf mir lieber. Der Kerl ist genauso schwer wie du", fluchte Kerkhoff.

Vincent lachte. „Kein Wunder."

Nolte packte die Beine des Toten und hob ihn an. Er und Kerkhoff trugen ihn in das Labyrinth des alten Sanatoriums hinein.

Vincent blieb allein zurück. „Ich fahre nach Limburg."

„Was willst du dort? Deine Frau pennt doch sowieso längst", rief Kerkhoff.

„Eben nicht. Irgendwas stimmt nicht mit ihr. Oder das Zeug, das du ihr verschrieben hast, ist zu schwach."

„Das haut einen Elefanten um."

„Gib ihr beim nächsten Mal etwas Stärkeres. Ihr wisst, was ihr zu tun habt."

Lisa schlich aus dem Gebäude und kehrte zu ihrem Wagen zurück. Ihr Herz hämmerte so heftig gegen ihre Rippen, dass sie befürchtete, das Pochen würde wie ein Echolot durch die Gänge hallen und ihre Flucht verraten. Als sie das Gelände verlassen hatte, rannte sie, als wären alle Teufel der Hölle hinter ihr her. Was auch immer in den Labors von Kryotec vor sich ging, es hatte nichts mehr mit Forschung und Wissenschaft zu tun, sondern mit Mord. Vincent würde Mittel und Wege finden, sie zum Schweigen zu bringen, er hatte gerade bewiesen, dass er dazu fähig war. Sicher, auf eine kranke Weise war er abhängig von ihr, aber würde er sie auch noch verschonen, wenn er damit rechnen musste, dass sie ihn ins Gefängnis bringen konnte? Denn durch ihr Wissen waren die Karten neu verteilt worden. Nun hielt sie einen Trumpf in der Hand, der ihm gefährlich werden konnte.

Hektisch fummelte sie den Zündschlüssel ins Schloss und raste über leere Straßen nach Limburg zurück. Sie musste verschwinden, so schnell wie möglich. Und er durfte sie niemals finden.

14

Vincent ging kaum je ein Risiko ein, wenn er hinter dem Steuer eines Wagens saß, und hielt sich sklavisch an jede Geschwindigkeitsbegrenzung. Sein selbstsüchtiges Ego hätte eigentlich auf einen aggressiven Fahrer schließen lassen können, aber das war er nicht. Zu sehr fürchtete er sich vor einem tödlichen Verkehrsunfall.

Während ihrer Fahrt nach Limburg keimte in Lisa ein schrecklicher Verdacht. Der Unbekannte, den Vincent kaltblütig getötet hatte, war nicht sein erstes Opfer gewesen. Gerade weil er ein so vorsichtiger Autofahrer war, hätte er Jonah niemals aus Leichtsinn oder Raserei überfahren. Das ließ nur den Schluss zu, dass er ihn ermordet hatte, weil der Junge etwas ans Licht zerren wollte, das Vincent schwer belasten würde.

Das Entsetzen über ihre Entdeckung durchbrach endlich ihre Tatenlosigkeit. Wenn sie jetzt nicht handelte, würde sie das nächste Opfer sein. Lisa raste nach Limburg wie eine Selbstmordkandidatin, trotzdem betrug ihr Vorsprung wahrscheinlich nur wenige Minuten. Mehrmals versuchte sie, Wolzow zu kontaktieren, aber sie erreichte nur seine Mailbox.

Sie ließ den Peugeot auf der Straße stehen und rannte ins Haus. Hastig stopfte sie ein paar Kleidungsstücke in eine Reisetasche. Dazu ihre Kreditkarten, ihr Handy und 5000 Euro Bargeld – Vincents eiserne Reserve, die er mit Klebeband hinter der Heizung im Badezimmer befestigt hatte. Gott allein wusste, was ihn dazu trieb, in allen Lebensbereichen auf doppelte und dreifache Sicherheit zu achten. Lisa war vor drei Wochen auf das Geldbündel gestoßen, vermutlich gab es mehrere Verstecke im Haus verteilt.

Sie blickte sich im Schlafzimmer um. Hatte sie an alles gedacht? Wenn sie Zeit mit unwichtigen Dingen vertrödelte, konnte das ihr Todesurteil sein. Wenn Vincent sie mit der Tasche in der Hand erwischte, würde er sie totschlagen. Nicht nur, dass sie Zeuge seines Verbrechens geworden war, er würde auch niemals zulassen, dass sie es wagte, sich ihm zu entziehen.

Niemand durchkreuzte ungestraft seine Pläne, auch seine eigene Ehefrau nicht. Lisa hatte erlebt, wie er mit ehemaligen Geschäftspartnern umgegangen war, die sich von ihm abgewendet hatten. Sie wagte es nicht, sich auszumalen, wie seine Rache aussehen würde, wenn er erfuhr, dass sie ihn eines Gewaltverbrechens bezichtigte. Sie musste untertauchen, sich auflösen, als hätte sie nie existiert. Ein Unterfangen, das nahezu aussichtslos erschien, wenn man Vincent van Dyk zum Feind hatte. Ob Wolzow ihr helfen würde?

Lisa warf einen letzten Blick auf die Schneekugelsammlung, griff nach ihrer Lieblingskugel mit dem kleinen Eisbären und steckte sie ein. Dann schulterte sie die Reisetasche, in der sich nun ihre ganze Habe befand. Sie wagte sich auf die Empore hinaus und warf einen Blick hinab in die Eingangshalle. Aus dem Treppenschacht drang das leise Brummen des Kühlaggregats herauf.

Sie lief die Stufen der Bogentreppe hinab, durchquerte die Halle und drückte die Klinke der Eingangstür. Sie bewegte sich nicht. Sie versuchte es noch einmal, aber die Tür blieb verschlossen. Das war unmöglich! Vor wenigen Minuten hatte sie selbst aufgeschlossen, um ins Haus zu gelangen.

Hastig wandte sie sich zu der Nische um, in der sich die Steuerung der Haustechnik befand. Ein rotes LED-Licht funkelte sie höhnisch an.

„Du gehst noch weg?"

Vincent stand in der Halle und spießte die Tasche über ihrer Schulter mit seinen Blicken auf. Sein Gesicht lag im Halbdunkel. Sie konnte den Ausdruck seiner Augen nicht deuten, kannte ihn jedoch gut genug, um die Wut zu spüren, die in ihm brodelte. Er spannte jede Muskelfaser an wie ein Puma vor dem tödlichen Angriff.

Langsam wich sie zur Eingangstür zurück und tastete hinter ihrem Rücken instinktiv nach der Klinke.

Er lachte leise.

„Habe ich vergessen zu erwähnen, dass ich das Sicherheitssystem neu konfiguriert habe? Ich kann die Steuerung nun von meinem Smartphone aus bedienen, egal, wo ich gerade bin."

Lisa strich sich nervös eine Haarsträhne hinter das Ohr.

„Vince, ich weiß, dass es nicht einfach für dich werden wird. Aber ich glaube, es ist das Beste für mich, für uns ...", sagte sie. „... ich ... werde dich verlassen."

Er machte zwei rasche Schritte auf den Rundbogen zu, der die Halle vom Windfang trennte. „Ich habe dir befohlen, im Haus zu bleiben. Nun siehst du, was passiert, wenn du heimlich durch die Nacht schleichst."

„Was ... hast du getan?"

„Nichts, was dich beunruhigen müsste. Ein Experiment ... nichts weiter."

Er trat ins Licht und war ihr jetzt so nahe, dass sie seinen Atem auf ihrer Haut spürte. Sie suchte in seinen grauen Augen nach der Narbe in der Iris. Sie war da. Wieder da. Aber Vincent war fort. Unter der Hülle, die wie Vincent van Dyk aussah, steckte etwas anderes, ein noch dunkleres Wesen, das ihr völlig unbekannt war und ihr eine Höllenangst einjagte. Welchen Experimenten ging er in seinem Frankensteinlabor nach?

„Du hast Glück gehabt", sagte er. „Nolte und Kerkhoff haben dich nicht bemerkt."

Sie schüttelte den Kopf. „Ich kann nicht weiter mit dir zusammenleben, mit einem, einem ...“

„Mit einem Mörder? Das wolltest du doch sagen, nicht wahr?" Er lachte. „Keine Angst, wenn alles nach Plan verläuft, erhält unser Proband eine zweite Chance." Er runzelte nachdenklich die Stirn. „Wenn ich es für richtig halte", fügte er hinzu.

„Nicht ich bin krank, Vincent. Du bist es."

„Krank? Krank, sagst du?" Sein Lächeln verschwand. „Vielleicht war es doch ein Fehler, dich zu Kerkhoff zu schicken. Geh jetzt ins Schlafzimmer", sagte er kalt. „Wir reden morgen weiter. Ich muss arbeiten."

Begriff er wirklich nicht, dass sie es ernst meinte? Oder verdrängte er wie immer Wahrheiten, die nicht in seine Pläne passten?

„Du kannst mich nicht daran hindern, zu gehen", sagte sie. „Öffne jetzt diese verdammte Tür."

„Die Welt dort draußen ist schlecht, Lisa. So viel kann dir passieren ... an jedem Tag, in jeder Minute, immer dann, wenn du nicht damit rechnest. Ein Unglück, ein Überfall ... die Menschen sind böse. Wer wird dich beschützen, wenn ich nicht da bin?"

„Du kannst nicht jeden umbringen, der dir im Weg steht."

Er lächelte, als hätte sie einen harmlosen Scherz gemacht. „Aber das mache ich die ganze Zeit, Lisa."

„Du brauchst mich, ohne mich wirst du dich verloren fühlen wie ein kleines Kind."

„Geh jetzt hinauf. Wenn ich fertig bin, machen wir uns einen schönen Abend. Nur du und ich. Was hältst du davon? Das wird wundervoll. Wir könnten es uns gemütlich machen und alte Filme ansehen, so wie früher. Und dann ... werden wir uns lieben."

Wenn sie die Demütige spielte, vorgab, das Spiel verloren zu haben, ergab sich vielleicht noch eine Chance zur Flucht. Langsam näherte sie sich dem Fuß der Treppe.

„Trödle nicht herum. Geh jetzt hinauf."

Vincent ging auf den Durchgang zu, der zum Wohnbereich und zu seinem Arbeitszimmer führte. Offenbar war er in seiner Hybris davon überzeugt, dass sie ihm nicht entkommen konnte.

Lisa wartete, bis er außer Sicht war, und schlich dann zur Haussteuerung in der Nische des Windfangs. Mit zitternden Fingern rief sie das Menü für die Verriegelung der Zugänge auf und deaktivierte es, doch die Eingangstür ließ sich noch immer nicht öffnen. Sie kehrte in die Halle zurück, um es an den Terrassentüren zu versuchen. Die Leuchtdioden blinkten rot, der Weg in den Garten war frei. Doch bevor sie die Halle durchquert hatte, tauchte Vincent auf.

„Hältst du mich wirklich für so einfältig?" Er zog sein Smartphone aus der Innentasche seines Sakkos und schaltete den Alarm ab. „Du wirst lernen müssen, mir zu gehorchen."

Lisa schätzte die Entfernung zur Terrassentür ab und rannte los. Sie schaffte es, die Glastür aufzuschieben, aber bevor sie ins Freie schlüpfen konnte, war Vincent hinter ihr.

Sie schwang die Reisetasche wie eine Keule und wehrte seinen Angriff ab. Er stolperte zurück und prallte gegen die Kryotec-Skulptur, von der klirrend Stücke abbrachen. Wasser schwappte aus dem Becken, das die Plastik umgab, und klatschte auf den Marmorboden. Lisa quetschte sich durch den Spalt nach draußen und zerrte an der Schiebetür, bis diese widerstrebend einrastete.

Der Regen fiel so dicht wie schwarzes Licht zur Erde, binnen weniger Augenblicke war sie völlig durchnässt. Am hinteren Rand des Gartens führten steile Stufen zwischen den künstlich angelegten Felsen nach unten zu einem Bootsschuppen, der am Ufer der Lahn stand.

Der Regen stürzte wie eine Sintflut herab, ringsum explodierten Millionen winziger Wasserbomben. Im Licht vereinzelter Solarleuchten, die von der Stromversorgung unabhängig waren, schien es, als ob der sauber gestutzte Rasen kochte. Es war eine absurde Situation. Sie befand sich in ihrem eigenen Garten zwischen Hortensien und Bougainvillea, die sie selbst gepflanzt hatte, und floh vor dem Mann, den sie zu lieben geglaubt hatte.

Im Laufen warf sie einen Blick zurück. Vincent zwängte sich durch den Spalt der Terrassentür nach draußen. Ihr blieb nur der lebensgefährliche Abstieg zwischen den moosbewachsenen Felsen hindurch über ausgetretene, glitschige Steinstufen. Gelegenheiten genug, um sich den Hals zu brechen.

Sie rannte quer über die Wiese auf den Abgrund zu. Irgendwo vor ihr musste die Treppe sein.

„Lisa! Bleib stehen! Du kannst mir nicht entkommen!"

Vincent war dicht hinter ihr, wahrscheinlich nicht mehr als drei oder vier Meter entfernt. Eine mit einem Bewegungsmelder ausgerüstete Solarlampe flammte auf und enthüllte sein vor Wut verzerrtes Gesicht. Er drehte sich suchend im Kreis und stampfte mit den Füßen auf die regennasse Erde, wie ein wütendes Kind, das sein Lieblingsspielzeug verloren hat.

„Lisa! Komm sofort zurück!"

Die allgegenwärtige Angst, die ihn beherrschte, gewann die Kontrolle über ihn und machte ihn unberechenbar. Die Furcht, es könnte ihr tatsächlich gelingen, ihn zu verlassen, hatte ihn zum Äußersten getrieben und machte ihn zugleich angreifbar. Er schien plötzlich zu begreifen, dass er nicht mehr Herr der Lage war, ein Zustand, der ihm unerträglich war.

„Ich werde dich finden, egal, wo du dich versteckst!"

Sie wischte sich das Wasser aus den Augen und suchte den Weg zwischen den Findlingen hinab zum Seeufer. Die steile Treppe bildete eine Art Hohlweg, der zum Flussufer hinunterführte. Unterhalb eines kleinen Waldstücks verlief ein Wanderweg an der Lahn entlang, auf dem sie in weniger als zehn Minuten die Stadt erreichen konnte.

Mehr als einmal glitt sie auf den Stufen aus, die schwere Reisetasche brachte sie aus der Balance. Als sie die Hälfte des Abstiegs geschafft hatte, explodierte ein scharfer Schmerz zwischen ihren Schulterblättern. Sie taumelte und schrie auf.

„Bleib stehen, du Miststück!"

Steine prasselten wie Gewehrkugeln rings um sie auf die Felsen. In hilfloser Wut schleuderte Vincent blind faustgroße Basaltbrocken den Abhang hinab, denn er konnte ihre Position in der Dunkelheit nur erahnen.

Sie warf sich den Trageriemen der Tasche über die Schulter und nahm die letzten Stufen in Angriff. Winzige Funken sprühten in der Finsternis auf, wo die Kiesel auf Felsen prallten. Einer der Steine traf Lisa hinter dem Ohr. Sie verlor für Sekundenbruchteile die Besinnung, stieß mit dem Rücken gegen das wackelige Holzgeländer und durchbrach es. Felsen rasten an ihr vorbei, die im Gewitterregen wie nasses Leder glitzerten, dann war da plötzlich ein stechender Schmerz und Dunkelheit.

15

Lisa hörte Stimmen, weit entfernt und doch nah bei ihr, verzerrt und unwirklich wie Traumbilder. Vincent redete auf sie ein, nicht mehr wütend und aggressiv, sondern ängstlich und weinerlich wie ein Kind, das begreift, dass es sein Spielzeug zerbrochen hat. Wortfetzen zogen vorbei, zerschnitten und in Stücke gehackt; Lichter, die rhythmisch über ihr aufblitzten und wieder erloschen, andere Stimmen, die miteinander stritten, dazwischen immer wieder Dunkelheit, dann ein Himmel, der sich schwarz wie Kohle über ihr wölbte. Es war kalt und nass. Sie fror. Wasser rauschte schäumend an ihr vorüber und riss sie mit, fort von der Hand, die sich ihr entgegenstreckte. Die Strömung zog sie unter das Eis. Panisch kratzte sie sich an der milchigen, kalten Decke die Fingerspitzen blutig. Der Drang, zu atmen, wurde übermächtig, bis sie reflexartig Wasser schluckte.

Dann kam die Dunkelheit, die Schmerzen waren verschwunden. Die Zeit stand still, bis bernsteinfarbenes Licht sie umgab, nicht mehr kalt und gleißend wie ein zugefrorener See, sondern warm und weich. Sie blinzelte, dämmerte eine Weile dahin und öffnete dann die Augen.

Angestrengt versuchte sie, sich zu erinnern. Der Nebel vor ihren Augen klarte auf, das Zimmer war ihr vertraut. Sie lag in ihrem Bett in der Villa. War tatsächlich alles nur ein böser Traum gewesen? Die Bilder der rei-ßenden Stromschnellen, die sie unter das Eis zogen, waren noch frisch und klar und erschienen ihr auf unheimliche Weise prophetisch.

Sie hob den Arm und fuhr sich über die Augen, als könne sie damit die Gespenster vertreiben, die in ihrem Kopf tobten. Aus ihrem Handrücken ragte eine Injektionsnadel. Ein durchsichtiger Schlauch, in dem eine farblose Flüssigkeit gluckerte, wand sich von der Nadel zu einem Plastikbeutel an einem Infusionsständer. Sie reckte den Hals, um besser sehen zu können, aber mit der Anstrengung kehrten die Schmerzen zurück. Sie biss die Zähne zusammen und bewegte probeweise ihre Glieder. Die Bettdecke verrutschte und gab ihren linken Fuß frei. Das Gelenk und die Wade steckten in einem klobigen Verband, aus dem seitlich zwei Plastikschienen ragten.

Langsam kehrte die Erinnerung zurück. Vincent, die Regennacht, die Felsen. Zumindest schien sie den Sturz überlebt zu haben, auch wenn sie kaum den Kopf bewegen konnte, ohne ein Schwindelgefühl und stechende Schmerzen hervorzurufen.

Die Tür zur Empore, die um die Eingangshalle lief, stand einen Spalt offen. Leise Stimmen drangen aus dem Erdgeschoss herauf. Eine davon gehörte unverkennbar Vincent, offenbar hatte er seine Selbstsicherheit wiedergefunden, denn er redete scharf und bestimmend auf einen zweiten Mann ein.

„Es wäre besser, du hättest sie in der Klinik gelassen."

„Du wirst dich um sie kümmern", antwortete Vincent.

„Ich kann sie nicht ununterbrochen überwachen. Meine Patienten …"

„… werden sich für eine Weile einen anderen Therapeuten suchen müssen. Wir waren uns einig. Du hast eine medizinische Ausbildung, das genügt."

„Einig? Ich hätte mich nie auf die Sache einlassen sollen. Mein Gott, Vincent. Du hast sie fast umgebracht."

„Sie wird es überstehen."

„Was hast du vor? Du kannst sie doch nicht einsperren. Sie wird reden."

„Lass das meine Sorge sein."

Eine Tür fiel ins Schloss, die Stimmen wurden leiser und verstummten.

Lisa schlug die Decke zur Seite und setzte sich vorsichtig auf die Bettkante. Das Zimmer drehte sich um sie wie ein Kettenkarussell.

Neben dem Infusionsständer stand die Reisetasche, noch immer fertig gepackt für die Flucht. Hatten ihre Chancen, das Haus verlassen zu können, bereits vorher schlecht gestanden, so waren sie nun gegen null gesunken. Der Versuch, sich hochzustemmen und den verletzten Fuß zu belasten, brachte sie an den Rand einer Ohnmacht.

Vorsichtig zog sie an dem Plastikschlauch. Der Infusionsständer schob die Tasche vor sich her, bis sie in Reichweite von Lisas Armen war. Sie bückte sich, was einen neuen Schwindelanfall auslöste, und öffnete den Reißverschluss. In einer Seitentasche steckte das Smartphone. Ihr blieb nur noch eine Möglichkeit, diesem Gefängnis zu entkommen. Wolzow!

Sie zog die Tasche zu sich heran und suchte nach ihrem Handy. Ein Lichtkeil fiel von der Empore in das

Zimmer. Kerkhoff schob die Tür auf, blickte sie tadelnd an und nahm ihr das Telefon ab. Dann regulierte er die Zufuhr der Infusion, und kurz darauf versank die Welt wieder in Bedeutungslosigkeit.

16

Die Scheibenwischer von Wolzows Pick-up glitten in einem hypnotischen Rhythmus über die Frontscheibe. Seit einer Stunde fuhr er ziellos über regennasse Straßen. Ab und zu warf er einen Blick auf den Ausdruck der DNA-Analyse, die ihm Professor Klemm, der Leiter der Pathologie in Mainz, geschickt hatte. Wolzow hatte den Bericht vier Mal intensiv gelesen und wusste noch immer nicht genau, wie er ihn deuten sollte.

Gleichgültig gegenüber der Unruhe, die seinen Besitzer erfasst hatte, rollte der Ford Ranger durch Pfützen und ablaufendes Wasser, das im Schein der Neonreklamen wie flüssiges Licht emporspritzte. In den Regenschleiern tauchte das eisblaue Emblem von Kryotec auf. Überrascht stellte Wolzow fest, dass sein Unterbewusstsein ihn zu van Dyks Firma geführt hatte.

Er fuhr bis zum Ende der Straße, wendete und fuhr zurück durch das Schachbrettmuster des Industriegeländes im Osten von Limburg. Seine Aufmerksamkeit richtete sich auf Ereignisse, die weit in der Vergangenheit lagen und völlig unerwartet nun wieder seinen Weg kreuzten. Drei Jahre lang hatte er nach der Wahrheit gesucht, zuletzt nahezu ohne Hoffnung, sie noch zu finden. Nun, wo sie neben ihm auf den Beifahrersitz lag, war er sich nicht mehr sicher, was er damit anfangen sollte. In solchen Momenten voller Ratlosigkeit mochte er es, durch die Nacht zu fahren und seine Gedanken sich selbst zu überlassen. Sein Handy war ausgeschaltet, und er genoss die Stille und Einsamkeit der leeren Straßen.

Er hatte Frenck nicht belogen, Limburg war die letzte Station auf seiner Reise. Achtunddreißig Monate lang hatte er Manuelas Lebensweg rekonstruiert, einen Weg, der sie schließlich zu ihm geführt hatte. Jede wichtige Entscheidung, die sie getroffen hatte, kannte er inzwischen, ebenso die Menschen, denen sie begegnet war und mit denen sie in irgendeiner Form Beziehungen eingegangen war. Nur den Unbekannten, der ihren Tod verursacht hatte – ob absichtlich oder aus Fahrlässigkeit –, hatte er nicht gefunden. Er wusste nicht einmal, ob der Mann, mit dem sie kurz vor ihrem Tod geschlafen hatte, auch ihr Mörder war. Er ging vorerst davon aus, weil diese Verbindung seine einzige Spur war. Er kannte weder den Namen ihres Liebhabers, noch wusste er, wie er aussah. Aber er besaß seine DNA.

Nun wurde ihm auch klar, warum er sich vor Klemms Bericht gefürchtet hatte. Seine Suche würde hier enden. Mit ein bisschen Glück würde er den Scheißkerl dingfest machen und die Wahrheit aus ihm herausholen. Die Wahrheit ... Wolzow fragte sich plötzlich, ob er überhaupt noch daran interessiert war. Vielleicht hatte Frenck recht, und er sollte die Toten ruhen lassen. Schon die Obduktion von Manuela hatte er gegen Widerstände durchgeboxt. Sie hatte ihm eine Wahrheit offenbart, auf die er gerne verzichtet hätte. Und was kam danach? Die Suche nach dem Unbekannten hatte die letzten drei Jahre seines Lebens bestimmt. Wolzow wusste nicht, wie es weitergehen sollte. Ihm fehlte jedes Ziel.

Er verdrängte die düsteren Gedanken und konzentrierte sich auf das Ergebnis des DNA-Vergleichs. Er war nun einmal Polizist. Polizisten stocherten so lange im Dreck, bis sie ein paar Ratten aufgestöbert hatten. Das war sein Job. Wie passte Klemms Bericht zu den Ereignissen der vergangenen Wochen? Hatte er überhaupt einen Bezug dazu?

Aus einem Bauchgefühl heraus hatte er den Professor gebeten, das Blut am Helmvisier von Jonah Grothe mit dem Sperma des Unbekannten zu vergleichen, der Manuela überfahren hatte, und dabei einen Volltreffer gelandet. Die DNA stimmte überein, es handelte sich um denselben Mann. Und dieser Mann hieß wahrscheinlich Vincent van Dyk.

Die Digitaluhr auf dem Armaturenbrett sprang auf 21:25 Uhr. Wolzow hatte seine Ungeduld kaum zügeln können. Hätte er van Dyk sofort mit dem Ergebnis konfrontiert, wäre der gewarnt gewesen. Van Dyk war gefährlich, er verfügte über Macht, Einfluss und mehr Geld, als sich Wolzow vorzustellen vermochte. Zwar zeigte das Bewegungsprofil seines Smartphones, das er am Unfallort gewesen war, aber um die Sache wasserdicht zu machen, musste Wolzow auch beweisen, dass das Blut am Visier von van Dyk stammte. Erst dann könnte er ihn in die Mangel nehmen und sich langsam in die Vergangenheit vorarbeiten. Er brauchte diese DNA-Probe. Und die würde van Dyk zu verhindern wissen, wenn er den langwierigen, offiziellen Weg ging. Sein Verdacht allein würde vermutlich nicht ausreichen, um den Staatsanwalt davon zu überzeugen, die

Ermittlungen wieder aufzunehmen. Niemand legte sich mit Typen wie van Dyk an, wenn er nicht ein Blatt voller Trümpfe in der Hand hielt.

Wolzow fuhr aus der Stadt hinaus nach Westen. Gegen Viertel vor zehn stellte er den Ford Ranger unter dem schützenden Dach einer Kiefer ab. Von der Einmündung der Seitenstraße aus hatte er einen guten Blick auf van Dyks merkwürdiges Haus aus Kuben und Würfeln. In einem der oberen Fenster brannte Licht. Wolzow schloss die Augen und verdrängte die Vorstellung, dass er vermutlich bald dem Mörder seiner Frau gegenüberstehen würde. Am liebsten würde er van Dyk überrumpeln, ihn an einen Stuhl fesseln und die Wahrheit aus ihm herausprügeln. Drei Jahre hatte er sich in Geduld geübt und musste es weiterhin tun, sonst würde er kurz vor dem Ziel scheitern.

Während er auf Lisa wartete, hatte er genug Zeit, um sich den Schmerz, die Verzweiflung und die unbeantworteten Fragen ins Gedächtnis zu rufen. Warum hatte Manuela ihn betrogen? Warum hatte sie sterben müssen? War Lisa Wegener nur ein weiteres Opfer von van Dyk? Er sah gut aus, hatte perfekte Manieren und strahlte Selbstsicherheit, Intelligenz und Reichtum aus. Aber das allein konnte nicht ausgereicht haben, um Manuela zu verführen. Van Dyk schien ein hohes Maß an manipulativem Können zu besitzen. Sonst hätte er eine selbstbewusste Frau wie Lisa Wegener nicht innerhalb weniger Wochen so vollständig von sich abhängig machen können, dass sie sich nicht mehr traute, ohne seine Erlaubnis das Haus zu verlassen.

Die Zeit verstrich, aber Lisa erschien nicht. Wolzow stieg aus, überquerte die Straße und drückte auf den

Knopf der Gegensprechanlage. Er handelte rein intuitiv, irgendetwas würde ihm schon einfallen, um van Dyk in eine Falle zu locken. Wolzow hatte Geduld. Ohne sie hätte er nicht überlebt.

„Wer ist da?" Eine spröde Männerstimme tönte aus dem Lautsprecher.

„Herr van Dyk?"

„Wer will das wissen?"

„Wolzow, Kripo Limburg. Würden Sie bitte die Tür öffnen?"

„Wenn Sie mir erklären, was Sie am späten Abend von mir wollen."

„Lassen Sie mich herein und Sie werden es erfahren."

„Hat das nicht Zeit bis morgen?"

„Nein."

„Warten Sie einen Moment."

Nach drei Minuten sprang die Pforte auf. Wolzow folgte dem gewundenen Kiesweg, der im Abstand von zwei Metern von Solarleuchten erhellt wurde. Jede Lampe war mit einem Bewegungsmelder ausgerüstet. Die Villa selbst wurde von einem Dutzend Punktstrahlern erleuchtet, die keinen Raum für Verstecke oder Schatten ließen.

Van Dyk erwartete ihn im Portikus der Eingangstür. Trotz der späten Stunde trug er ein blütenweißes Hemd, eine anthrazitfarbene Anzughose und elegante schwarze Slipper, als erwarte er noch Gäste.

„Sie hätten sich für mich nicht in Schale werfen müssen", sagte Wolzow.

„Sie überschätzen Ihre Bedeutung. Kann ich Ihren Ausweis sehen?", entgegnete van Dyk.

„Klar."

Wolzow klopfte die Taschen seines Parkas ab und hielt ihm den Dienstausweis unter die Nase.

„Na, klingelt es?", fragte Wolzow. „Wir sind uns schon mal begegnet. Schon vergessen?"

„Ich vergesse niemals etwas."

Van Dyk gab ihm den Ausweis zurück. Dann trat er zur Seite und warf einen missbilligenden Blick auf Wolzows durchnässten Parka.

„Säubern Sie bitte Ihre ...", er suchte offenbar nach dem richtigen Ausdruck, „... Schuhe."

Wolzow trampelte ein paarmal mit seinen abgelaufenen Turnschuhen auf der Fußmatte herum, bis van Dyk zufrieden schien. Dann betrat er die Eingangshalle, die dem Foyer eines Theaters alle Ehre gemacht hätte. Von der Schneeflocken-Skulptur im Zentrum waren große Teile abgebrochen.

„Was kann ich für Sie tun, Herr Wolzow?"

„Ich muss Ihre Frau sprechen. Ich habe noch ein paar Fragen zu dem Unfallhergang."

„Die Sache ist doch längst ausgestanden. Muss ich Sie daran erinnern, dass es ein Gerichtsurteil gibt?"

„Ich habe neue Erkenntnisse. Ich schätze, das dürfte Ihre Frau interessieren."

Van Dyk verschränkte die Arme vor der Brust und baute sich abwehrend vor einer geschwungenen Treppe auf, die ins Obergeschoss führte.

„Sie schläft. Ich möchte sie nur ungern wecken."

Wolzow tippte mit der Schuhspitze ein Bruchstück der Skulptur an, das auf dem Marmorboden lag.

„Das hatte ich nicht erwartet. Wo ich mein Kommen doch angekündigt habe."

„Mir gegenüber hat sie nichts davon erwähnt."

„Ach, hat sie nicht? Oder hätte ich *Sie* vorher um Erlaubnis fragen sollen?"

Van Dyk starrte ihn kalt an. Er schien sich nur mühsam zu beherrschen. Vielleicht sollte ich ihn noch ein bisschen provozieren, dachte Wolzow.

Plötzlich schien sich van Dyk zu entspannen. Offenbar hatte er sich für eine andere Strategie als die direkte Konfrontation entschieden.

„Nun, wie dem auch sei, es ist gut, dass Sie hier sind", sagte er, „ich will Strafanzeige stellen."

Wolzow zog fragend eine Augenbraue hoch.

„Gegen den alten Grothe. Ich hatte gehofft, er hätte sich endlich mit dem Tod seines Enkels abgefunden und die Strafe, die man Lisa auferlegt hat, als Sühne akzeptiert. Er war hier. Heute Abend. Genauer gesagt vor etwa zwei Stunden."

„Was ist passiert?"

„Er hat meine Frau attackiert und verletzt."

„Sie wollen ernsthaft behaupten, ein alter klappriger Mann wäre in diese ... Festung eingedrungen, ohne dass Sie es bemerkt hätten?"

„Sie hören mir nicht zu, Herr Kommissar. Ich sagte nicht, dass er Lisa *im* Haus angegriffen hat. Kommen Sie bitte mit."

Van Dyk ging zur rückwärtigen Wand der Halle, von der aus zwei gläserne Schiebetüren in den Garten hinausführten. Er schob die Tür auf. Nasskalter Wind fegte in die Halle.

„Meine Frau glaubte, bemerkt zu haben, wie sich jemand an der Tür zu schaffen machte, ein schemenhaftes Gesicht in der Dunkelheit. Ich war im Untergeschoss und hörte sie schreien, seit Grothes Nachstellungen ist sie sehr verängstigt. Ich hörte, wie sie seinen Namen rief." Er runzelte nachdenklich die Stirn. „Ich glaube, sie sagte so etwas wie: ‚Grothe! Er ist wieder da.' Ich lief sofort nach oben und fand die Terrassentür offen vor. Lisa war verschwunden."

„Wann genau ereignete sich der Vorfall?"

„Es war kurz nach sechs."

„Ich denke, es ist am besten, wenn ich selbst mit Ihrer Frau spreche", sagte Wolzow.

„Ich halte das für keine gute Idee."

Überrascht blickte Wolzow auf. Auf der Empore stand ein zweiter Mann. Er trug Kniebundhosen und eine Wildlederjacke mit Hirschhornknöpfen. Schnaufend kam er die Treppe herab, was ihm angesichts seiner Leibesfülle schwerfiel. Er trug eine abgestoßene braune Arzttasche, und um seinen fleischigen Hals baumelte ein Stethoskop.

Er reichte ihm die Hand. „Dr. Kerkhoff. Sie sind von der Polizei? Vincent wollte sie gerade anrufen." Der Doktor hatte einen schlaffen Händedruck und feuchte Finger. Als ob man eine Kröte streicheln würde. „Vincent rief mich an und sagte, dass etwas mit Lisa passiert sei. Natürlich kam ich sofort. Wir suchten den Garten ab und fanden sie am Fuß der Felsen."

„Welche Felsen?"

„Warten Sie."

Van Dyk verschwand durch einen Rundbogen, kehrte mit einer Taschenlampe zurück und führte Wolzow in den weitläufigen Garten. Auch hier säumten Solarleuchten mit Bewegungsmeldern die Wege. Vor der südlichen Grenze des Grundstücks blieb er stehen und leuchtete in die Tiefe.

„Seien Sie vorsichtig. Es geht steil hinab. Die Stufen sind tückisch glatt."

Wolzow nahm die Lampe und trat an den Rand des Abgrunds. Terrassenförmig aufeinandergeschichtete Felsblöcke fielen bis zum Flussufer zwanzig Meter unter ihm ab. Dazwischen führten ausgetretene Steinstufen hinab. Die Natur hatte einen der Felsen auf halber Höhe der Treppe wie einen Tisch geformt. In einer flachen Mulde hatte sich eine rötliche Flüssigkeit gesammelt – vom Regenwasser verdünntes Blut.

Wolzow hörte ein Schnaufen hinter sich und drehte sich um. Der fette Kerkhoff war ihm gefolgt. Er hechelte wie ein Köter in der Hundstagssonne und wischte sich trotz des eiskalten Regens fortwährend den Schweiß von der Stirn.

„Wo war Grothe?"

„Ich weiß es nicht", sagte van Dyk. „Wahrscheinlich hat er Lisa hinuntergestoßen und ist dann geflohen. Der Weg zwischen den Felsen hinauf ist die einzige Möglichkeit, das Grundstück unbemerkt zu betreten. Alle anderen Zugänge sind elektronisch gesichert."

„Warum dieser nicht?", fragte Wolzow.

„Die Sensoren am Fuß der Treppe sind defekt. Der Dauerregen ist in das Gehäuse eingedrungen und hat einen Kurzschluss verursacht. Ich bin noch nicht dazu gekommen, den Schaden zu beheben. Ein bedauerliches Versäumnis. Ich bin erleichtert, dass nicht mehr passiert ist."

Wolzow stieg die Stufen hinab und schaute sich den Felsen aus der Nähe an. Stimmte die Geschichte? Der alte Grothe hatte mehr als einmal seine Bereitschaft bewiesen, sich zu rächen. Noch im Gerichtssaal hatte er wirre Drohungen ausgestoßen und behauptet, alle steckten unter einer Decke und er würde der Wahrheit zu ihrem Recht verhelfen.

Und wenn der alte Mann unschuldig war? Lisa hatte in der Virchow-Klinik eng mit Kohlmeyer zusammengearbeitet. Hatte sie etwas herausgefunden, das van Dyk gefährlich werden konnte?

Das Licht der Taschenlampe huschte über dessen asketisches Gesicht. Die Hände in den Hosentaschen vergraben, stand er über ihm am Rand des Abgrunds. War er zu einem eiskalten Mord fähig? Oder hatte er schon öfter getötet? War er der Mann, der Manuela auf dem Gewissen hatte? Wolzow betrachtete ihn genauer. Wenn er sich Sorgen um seine Frau machte, so ließ er es sich nicht anmerken. Die ganze Angelegenheit schien ihm eher lästig zu sein.

Kerkhoff stand in auffallendem Kontrast zu ihm. Er war fett wie ein Nilpferd und von ungesunder, blasser Gesichtsfarbe. Hektische rote Flecke leuchteten auf seinen Hamsterbacken. Er zappelte aufgeregt herum, als laufe er über glühende Kohlen. Es war fast mit Händen zu greifen, dass hier etwas nicht stimmte.

„Wie geht es Ihrer Patientin denn?"

Kerkhoff stieß pfeifend den Atem aus. „Sie hat großes Glück gehabt, außer einem angebrochenen Fußgelenk und ein paar Prellungen fehlt ihr nichts. Aber wir wollten natürlich ganz sichergehen, dass keine inneren Verletzungen vorliegen. Ich riet Vincent, einen Krankenwagen zu rufen, aber er war so in Sorge, dass er Lisa selbst in die Virchow-Klinik brachte."

„Ich verlange von Ihnen, dass Sie endlich etwas gegen diesen verrückten alten Mann unternehmen", sagte van Dyk.

„Das werde ich machen", antwortete Wolzow. „Und nun möchte ich mit Ihrer Frau sprechen."

„Ich habe ihr ein Beruhigungsmittel verabreicht", sagte Kerkhoff. „Sie schläft. Diese schreckliche Geschichte hat sie sehr mitgenommen."

„Davon will ich mich selbst überzeugen. Nach Ihnen."

Van Dyk seufzte. „Wenn es unbedingt sein muss. Kommen Sie bitte mit." Er ging voraus, mit dem fetten Doktor im Schlepptau.

Das Schlafzimmer war von bernsteinfarbenem, indirektem Licht erfüllt. Lisa van Dyk lag in ihrem Bett und schien tatsächlich zu schlafen. Sie wies mehrere Schürfwunden und Kratzer an den Armen und im Gesicht auf, aus einer Nadel in ihrem linken Handgelenk schlängelte sich ein Schlauch zu einem Infusionsständer. An einer Wand des Zimmers befand sich ein Regal mit einer ansehnlichen Sammlung von Schneekugeln. Ihm fiel nichts Ungewöhnliches auf, keine Anzeichen für einen Streit oder Spuren von Handgreiflichkeiten, die hastig beseitigt worden waren. Bei oberflächlicher Betrachtung passten ihre Verletzungen zu den Beschreibungen der beiden Männer. Er drehte sich zu ihnen um. Van Dyk und der Doktor standen auf der Empore vor der Zimmertür und unterhielten sich leise.

Einem plötzlichen Impuls folgend kritzelte Wolzow „Rufen Sie mich an!" auf eine Visitenkarte und steckte sie in den Ärmel von Lisas Nachthemd.

Rechts führte eine Tür zu einem großen Badezimmer. Dort würde er genügend Dinge für einen DNA-Abgleich finden – einen Kamm oder eine Zahnbürste. Er sah noch einmal zur Empore hinüber, van Dyk redete auf den Doktor ein, der heftig den Kopf schüttelte, was seine Hamsterbacken in wilde Schwingungen versetzte. Das Risiko war zu groß, er konnte nicht ungesehen im Bad verschwinden und es wieder verlassen, ohne dass die beiden Wind davon bekamen. Er entschied sich trotzdem dafür, aber in diesem Augenblick drehte sich van Dyk um und kam auf ihn zu.

„Zufrieden?", fragte er.

„Im Augenblick schon."

„Dann wünsche ich Ihnen noch einen schönen Abend."

Er komplimentierte Wolzow die Treppe hinunter in die Halle.

„Warum haben Sie Ihre Frau eigentlich nicht im Krankenhaus gelassen?", fragte Wolzow. „Dort ist sie doch sicher besser aufgehoben. Was meinen Sie, Dr. Kerkhoff?"

„Lisas Verletzungen sind nicht lebensbedrohlich. Sie braucht lediglich Ruhe." Mit einem Seitenblick auf Kerkhoff fuhr er fort: „Rolf und ich sind seit vielen Jahren befreundet. Lisa ist bei ihm in besten Händen. Ich vertraue ihm."

Wolzow schlenderte zur Eingangstür.

„Sagen Sie, van Dyk ... wo waren Sie eigentlich an dem Abend, als Jonah Grothe starb?"

„Ich hatte einen Termin bei Professor Kohlmeyer, der gegen 21:45 Uhr endete."

„Und anschließend?"

„Bin ich nach Hause gefahren."

„Der Weg von der Klinik zu Ihrem Haus führt doch an der Unfallstelle vorbei, nicht wahr?"

Er zuckte mit den Schultern. „Es ist nicht verboten, diese Straße zu benutzen."

„Nein, aber Jungs über den Haufen zu fahren und Fahrerflucht zu begehen."

„Worauf wollen Sie hinaus, Herr Kommissar? Wittern Sie schon wieder ein Verbrechen?"

„Hauptkommissar." Wolzow kniff die Lippen zusammen und legte den Kopf schief. „Und Sie haben nichts bemerkt, als Sie die Stelle passierten?"

„Was denn? Muss ich Sie daran erinnern, dass der Unfall noch gar nicht stattgefunden hatte?", sagte van Dyk gelassen.

„Ja, so war es. Aber ich frage mich, wieso wir Ihr Handy am Unfallort gefunden haben. Aus Ihrem Bewegungsprofil lässt sich ersehen, dass Sie die Stelle um kurz vor zehn passiert haben. Aber wenn Sie nicht angehalten haben, wie kommt dann Ihr Telefon dorthin?"

Van Dyk lächelte. „Ich schätze, das kann ich erklären. Ich verspürte ein dringendes menschliches Bedürfnis. Dabei muss ich das Handy verloren haben, denn ich bemerkte sein Fehlen kurz darauf. Ich fuhr zurück, um es zu suchen. Aus diesem Grund war ich auch so schnell am Unfallort, um Lisa zu helfen."

Wolzow nickte. „Klingt einleuchtend."

„Das ist es auch", sagte van Dyk. „Haben Sie sonst noch Fragen?"

„Ja. Sie treffen sich mit Lisa Wegener am Unfallort, als wären sie verabredet, und ein paar Wochen später heiraten sie. Seltsame Geschichte, finden Sie nicht?"

„Nein. Menschen verlieben sich und sie heiraten. Was soll daran sonderbar sein?"

Wolzow blickte sich in der achteckigen Halle um, in die sein Appartement zwanzigmal hineinpassen würde. „Leben Sie schon immer in Limburg?"

„Warum fragen Sie mich das?"

Er zuckte mit den Schultern. „Reine Neugier. Berufskrankheit, wenn Sie so wollen. Sind Sie hier geboren?"

„Ja."

„Und Sie haben niemals woanders gelebt? In Hannover zum Beispiel?"

„Und wenn Sie mich noch so oft fragen, die Antwort lautet: Nein."

Wolzow beäugte die zerbrochene Kristallskulptur. „Was ist denn mit Ihrer Schneeflocke passiert?"

„Ein Missgeschick meiner Putzfrau. Ich habe sie entlassen – falls Sie das auch interessiert."

„Ich arbeite nicht für die Steuerfahndung", sagte Wolzow.

„Haben Sie noch *wichtige* Fragen?"

„Im Augenblick nicht. Also dann – gute Nacht."

An der Eingangstür blieb er noch einmal stehen.

„Ich behalte Sie im Auge, van Dyk."

„Wenn's Ihnen Spaß macht. Wann erhalte ich mein Smartphone zurück?"

„Wenn die KTU es freigibt."

Wolzow kehrte zu seinem Pick-up zurück. Plötzlich war er sicher, dass er den Mann gefunden hatte, nach dem er suchte. Und dass alles miteinander zusammenhing.

17

10. Dezember

Der Morgen war grau und wolkenverhangen, das alte Jahr lag im Sterben. Jeder neue Tag schien mehr kämpfen zu müssen als der vorherige, um die Nacht zu verdrängen. Wolzow rollte sich von seiner Matratze und durchquerte barfuß das Appartement, um Kaffee zu kochen. Im Zwielicht der Morgendämmerung schimmerte das kahle Geäst der Buchen und Eichen im Park rings um das alte Haus wie schwarzes Glas. Ein stürmischer Wind trieb welkes Laub vor sich her und raschelte in den immergrünen Lorbeerbüschen, als ob sie lebendig wären.

Wolzow gähnte und wartete, bis der Kaffee durch die Maschine gelaufen war. Er goss einen Rest Milch in eine Tasse und sah aus dem Fenster. Seine Vermieterin tauchte unter dem Vordach des Eingangs auf und trug einen Plastiksack zu den Mülltonnen. Er zog sich hastig zurück. Wenn sie ihn bemerkte, würde sie fünf Minuten später heraufkommen und ihm selbst gebackenen, staubtrockenen Sandkuchen anbieten oder ihn gar zum Frühstück einladen. Wolzow hasste nichts mehr, als seinen Tag in der Gesellschaft anderer Menschen zu beginnen.

Mindestens dreimal in der Woche erkundigte sich die alte Dame, ob er mit dem Appartement mit renovierungsbedürftigem Bad – so hatte die Zeitungsannonce gelautet – zufrieden war. Bei ihren Besuchen donnerte sie sich auf, als wäre sie nicht Anfang achtzig, sondern fünfzig Jahre jünger. In ihrer Vorstellung war die Zeit offensichtlich stehen geblieben, denn sie schien sich immer noch für unwiderstehlich zu halten.

Wolzow zahlte für seine Bleibe einen Spottpreis, und Emmy war begeistert, einen Kriminalbeamten als Mieter gefunden zu haben. Sie behauptete, sich in dem großen Herrenhaus mit dem unübersichtlichen Garten zu fürchten.

Er nippte an seinem Kaffee. Irgendetwas lief komplett schief in seinem Leben. Es ähnelte mehr einem Hindernislauf als einer zielgerichteten Linie. Er besaß nicht mehr, als auf die Ladefläche seines Pick-ups passte, und redete sich ein, mit leichtem Gepäck durchs Leben zu reisen. Doch in Wirklichkeit ließ er sich treiben, seit Manuela tot war. Sein einziger Lebensinhalt bestand darin, ihren Mörder zu suchen.

Und wenn er ihn gefunden hatte? Was würde er machen, wenn er ihn überführt hatte? Frenck glaubte, ihm einen unschätzbaren Dienst zu erweisen, indem er ihm seinen Schreibtischposten vermachte. Aber Wolzow hatte überhaupt kein Interesse an diesem Erbe. Er hatte Frenck versprechen müssen, in Limburg sesshaft zu werden und seine Nachfolge anzutreten. Also hatte er beim Vorstellungsgespräch ganz einfach gelogen. Er hatte niemals vorgehabt, länger in der Stadt zu bleiben.

Er kippte den Rest Kaffee in die Spüle, schaltete die Maschine aus und ging ins Bad.

Eine knappe Stunde später begegnete er Frenck auf dem Weg ins Büro. Der alternde Kommissar sah im düsteren Dezemberlicht noch farbloser aus als gewöhnlich. Zudem war er gereizt und mürrisch.

„Kommen Sie oder gehen Sie, Wolzow?"

„Wollte nur mal Guten Tag sagen."

„Wohin so eilig?"

„Zum alten Grothe. Er hat wieder für Unruhe gesorgt."

„Immer noch die Geschichte mit seinem Enkel?", fragte Frenck.

„Ich fürchte, ja."

„Klären Sie das rasch. Matuschek hat sich krankgemeldet. Ich brauche Sie hier."

Wolzow suchte in dem Chaos auf seinem Schreibtisch nach seinem Notizbuch. Irgendwo hatte er Grothes Adresse notiert.

„Beeilen Sie sich", knurrte Frenck. „Ich hab gleich einen Termin, und ich will, dass das Büro besetzt ist."

„Mach ich."

Kurz darauf stellte Wolzow den Ford Ranger vor der Mietskaserne in einem Limburger Vorort ab. Der alte Mann öffnete erst, nachdem Wolzow vier Mal geklingelt und hartnäckig geklopft hatte. Grothes Wangen waren eingefallen, seine Haut grau, es schien, als ob er in den vergangenen Wochen rasend schnell gealtert wäre. Die Vorstellung, er besäße die Energie, um eine junge, agile Frau zu verfolgen und schwer zu verletzen, erschien Wolzow abwegig.

Der Alte hatte die Kette vorgelegt und blinzelte durch den Türspalt.

„Was wollen Sie?"

„Können Sie sich das nicht denken?", fragte Wolzow.

Grothe schüttelte müde den Kopf.

„Wo waren Sie gestern Abend gegen 18 Uhr?"

„In meiner Wohnung."

„Gibt es Zeugen dafür?"

„Meine Schwiegertochter. Es ging mir nicht gut, das Herz macht mir zu schaffen. Sie rief unseren Hausarzt, der kurz nach sechs hier war."

Wolzow suchte in den Taschen seines Parkas nach dem Notizbuch. „Name und Adresse des Arztes?"

Grothe nannte ihm beides. „Was wollen Sie mir denn diesmal anhängen?"

„Ich überprüfe lediglich, wo Sie sich gestern gegen sechs aufgehalten haben. Lisa van Dyk wurde in ihrem Haus angegriffen und beinahe umgebracht."

Der Alte kniff seine gelben Augen zusammen und hustete. „Ich habe ihr nichts getan. Gehen Sie jetzt."

Er knallte die Tür zu. Nachdenklich kehrte Wolzow zu seinem Wagen zurück. Wenn Grothes Angaben stimmten, hatte er ein Alibi. Wolzow hatte van Dyks Geschichte ohnehin nicht geglaubt, sie war zu konstruiert und glatt. Es wurde Zeit, dass er sich intensiver mit ihm beschäftigte, vor allem brauchte er dringend eine DNA-Probe.

Zwanzig Minuten später betrat er das Sprechzimmer von Dr. Schneider. Grothes Hausarzt bestätigte seinen Hausbesuch am Abend zuvor. Der Alte war raus aus der Geschichte. Wolzow fuhr zur Dienststelle zurück.

Frencks Stuhl war leer, dafür fläzte sich Matuschek in seinem Sessel. Auf dem Tisch lag eine Tüte mit Pfefferminzbonbons, ein sicheres Zeichen, dass er eine Mordsfahne bekämpfte. Daran war er also erkrankt: Er litt unter einem ausgewachsenen Kater.

„Frenck sagte, du hättest dich krankgemeldet", begrüßte Wolzow ihn.

„Mir geht's schon besser." Er hüstelte gekünstelt. „Ist nur 'ne Erkältung."

Wolzow fuhr seinen PC hoch und durchsuchte die Polizeidatenbanken nach Vincent van Dyk, fand aber keinen Eintrag. Er war nie straffällig geworden, wenn man von einer Geschwindigkeitsübertretung absah, die mit einem dreimonatigen Fahrverbot geahndet worden war. Er gab den Firmennamen Kryotec in eine Suchmaschine ein und stieß auf die Homepage des Unternehmens. Kryotec war eine relativ neue Firma. Van Dyk hatte sie vor sechs Jahren gegründet, innerhalb kurzer Zeit Investoren gefunden und das Start-up erfolgreich an der Börse platziert. Kern der Geschäfte war die Kühlung und der Transport von Spenderorganen. Van Dyk hatte ein neues Verfahren entwickelt, um Organe einzufrieren und ohne Zellschäden wieder aufzutauen. Dazu bot er den Service an, Körperteile zu lagern und jederzeit für Transplantationen zur Verfügung zu stellen. Ein Link führte Wolzow zu einem Tochterunternehmen von Kryotec, das ein Angebot der besonderen Art machte: die Konservierung von Toten. Wolzow hatte das Einfrieren von Leichen bisher für Science-Fiction gehalten, aber offenbar war die Wissenschaft weiter, als er sich hatte vorstellen können. Sitz des Subunternehmens war Baltimore in den USA. Nach einer Weile fand er einen einleuchtenden Grund dafür: Die Lagerung tiefgefrorener Körper war nach deutschem Bestattungsrecht verboten. Deshalb war Kryotec auf diesem Geschäftsfeld in die USA ausgewichen.

Er dachte an die massive, elektronisch gesicherte Tür im Keller von van Dyks Villa. Hatte van Dyk seine eigene Konservierung bereits vorbereitet?

Nachdenklich wippte er auf seinem Stuhl vor und zurück. Das Thema begann, ihn zu interessieren. Er suchte in der Adressliste seines Handys nach der Nummer von Professor Klemm. Der leitende Arzt der Pathologie in Mainz war ihm noch einen kleinen Gefallen schuldig, außerdem war er einer der klügsten Köpfe, die Wolzow kannte. Wenn jemand über den Stand der Kryonik Bescheid wusste, dann war es Klemm. Er vereinbarte ein Treffen für den Nachmittag.

Als Nächstes beschäftigte er sich mit van Dyks Umfeld und der Anwaltskanzlei Kronau & Sierks. Sie war im Impressum der Homepage von Kryotec aufgeführt und betreute van Dyk geschäftlich wie privat. Die Kanzlei war auf Steuerrecht spezialisiert und konnte mit einer Reihe namhafter Kunden aufwarten. Wolzow fragte sich zur Abteilung für Wirtschaftskriminalität bei der ZKI in Koblenz durch. Offenbar waren Kronau & Sierks sauber, zumindest war nie gegen sie ermittelt worden. Wenn sie das Geld ihrer potenten Klienten in Steuerparadiese verschoben, so waren sie nie erwischt worden.

Dann nahm er sich den fetten Kerkhoff vor. Diesmal wurde er sofort fündig.

„Treffer", murmelte er.

Kerkhoff hatte eine Praxis für Allgemeinmedizin in Limburg betrieben, die er vor zwei Jahren aufgegeben hatte. Seitdem arbeitete er als Heilpraktiker für Psychotherapie. Kurz zuvor war gegen ihn wegen Abrechnungsbetrug ermittelt, die Untersuchungen dann aber ergebnislos eingestellt worden. Auch Kerkhoff war Mandant von Kronau & Sierks. Ob van Dyk die Rechnung bezahlt hatte?

Wolzow schaltete den Computer aus. „Ich bin mal kurz weg."

„Frenck hat gesagt, du sollst hierbleiben", maulte Matuschek.

„Du schaffst das schon allein."

Gegen Mittag betrat Wolzow die Virchow-Klinik in Limburg und erkundigte sich nach dem diensthabenden Arzt der Notaufnahme.

Dr. Steglitz war ein schlaksiger Mediziner Anfang dreißig. Steglitz hatte bereits eine Stirnglatze, und seine Ohren standen wie zwei Rhabarberblätter vom Kopf ab. Er empfing Wolzow in einem Büro, in dem es kaum Platz für zwei Stühle und einen Tisch gab. Wolzow wies sich aus und räumte einen Stapel Patientenakten von einem Plastikstuhl, um sich setzen zu können.

„Wie kann ich Ihnen helfen?", fragte Steglitz.

„Vorgestern Abend wurde in Ihrer Klinik eine junge Frau eingeliefert. Ihr Name ist Lisa van Dyk. Erinnern Sie sich?"

„Wie könnte ich das vergessen?", antwortete Steglitz säuerlich. „Ein anstrengender Fall."

„Sie war also schwer verletzt?"

„Das sind vertrauliche Patienteninformationen."

Wolzow fischte seinen Dienstausweis aus dem Parka. „Nicht mehr. Welcher Art waren ihre Verletzungen?"

„Schürfwunden, Prellungen und eine Gehirnerschütterung, die sie sich bei einem Sturz zugezogen hatte, außerdem ein angebrochenes Fußgelenk. Anstrengend war ihr Mann, der sie nicht aus den Augen ließ und mein ganzes Team verrückt machte."

„Sie wies also typische Sturzverletzungen auf?"

Steglitz nickte bestätigend.

„Könnte sie sich die Verletzungen auch auf andere Weise zugezogen haben? Indem jemand sie verprügelt hat?"

„Meiner Erfahrung nach eher nicht, nein."

„War sonst etwas ungewöhnlich?"

Steglitz stieß schnaubend die Luft durch die Nase und zupfte an seinem Rhabarberohr. „Das Verhalten ihres Mannes war nervtötend, aber das war zu erwarten."

„Inwiefern?"

„Van Dyk ist kein Unbekannter in der Klinik. Er betreut ein Forschungsprojekt, bei dem es um die Konservierung von Spenderorganen geht. Er gerät regelmäßig in Rage, wenn er nicht bekommt, was er will. Ich hätte seine Frau gerne eine Nacht zur Beobachtung hierbehalten, aber er war strikt dagegen, beschwerte sich sogar bei Professor Kohlmeyer, unserem Klinikleiter. Die beiden arbeiten zusammen an dem Projekt, das ich erwähnte."

„Und van Dyk nahm seine Frau wieder mit?"

„Gegen meinen Rat, ja. Aber Kohlmeyer segnete das Vorgehen ab."

Gab es einen Grund, warum er seine Frau nicht in der Klinik lassen wollte?"

„Wenn es einen gab, hat er ihn mir nicht verraten. Van Dyk ist ... na ja, ziemlich exzentrisch. Wenn Sie mich fragen, ist er krankhaft eifersüchtig. Ich habe gehört, sie darf keinen Schritt ohne ihn gehen."

„Und sie lässt das mit sich machen?"

„Kaum zu glauben, nicht wahr?" Er schüttelte den Kopf. „Aber der Unfall hat sie völlig aus der Bahn geworfen."

„Reden Sie von Jonah Grothe?"

„Ja. Und plötzlich ist van Dyk ins Spiel gekommen. Er regelt alles, kümmert sich um alles ... und schirmt Lisa ab wie ein Kettenhund."

„Sie meinen, er hat ihre Lage ausgenutzt, um eine Beziehung mit ihr anzufangen?"

„Um sie ins Bett zu kriegen, ja. Wenn van Dyk sich etwas in den Kopf setzt, dann erreicht er sein Ziel auch, koste es, was es wolle. Ob andere dabei auf der Strecke bleiben, kümmert ihn nicht."

„Sie scheinen ihn nicht besonders zu mögen", sagte Wolzow.

„Wenn Sie mich fragen, ging Lisa ihm auf den Leim. Er machte sie von sich abhängig. Als hätte er sie ausgehöhlt und ihr Inneres mit sich selbst ausgefüllt."

„Hört sich an, als wären *Sie* eifersüchtig auf *ihn*."

„Ich bin ein paarmal mit Lisa ausgegangen und habe mir gewisse Hoffnungen gemacht, das stimmt. Aber gegen van Dyk hatte ich keine Chance. Ich mag Lisa und bin der Meinung, dass er ihr nicht guttut. Sie hat sich sehr verändert." Er zuckte mit den Schultern. „Nun, es war ihre Entscheidung, ihn zu heiraten. Es steht mir nicht zu, sie zu kritisieren."

„Nach einer Liebesheirat hört sich das jedenfalls nicht an", sagte Wolzow.

„Von seiner Seite aus sicher nicht. Van Dyk weiß gar nicht, was Liebe ist. Für ihn zählt nur, jedes Spiel zu gewinnen."

„Er betrachtet Lisa lediglich als Spielerei?"

„Meiner Meinung nach hat er sie nur geheiratet, damit sie die Krankenschwester für ihn spielt. Er hat erkannt, dass sie bereit ist, anderen bis zur Selbstaufgabe zu helfen, und diesen Umstand für sich ausgenutzt. Er ist ein egomanischer Hypochonder."

Steglitz begann, die Patientenakten auf seinem chaotischen Schreibtisch zu ordnen. „Ich habe schon viel zu viel geplappert. Immerhin muss ich zugeben, dass van Dyk ein brillanter Wissenschaftler ist. Die Virchow-Klinik hat ihm viel zu verdanken."

Wolzow stand auf und schob seinen Stuhl zurück. „Danke. Sie haben mir sehr geholfen." An der Tür blieb er noch einmal stehen. „Sie erwähnten, dass es van Dyk wichtig ist, etwas zu besitzen. Was würde wohl passieren, wenn er sein Eigentum wieder verlieren würde? Wenn seine Frau sich von ihm abwenden würde?"

Steglitz blickte auf. Das Neonlicht blitzte in seinen Brillengläsern auf.

„Darüber will ich gar nicht nachdenken."

„Wäre er dazu fähig, ihr Gewalt anzutun, um zu verhindern, dass sie ihn verlässt?"

„Man verlässt Vincent van Dyk nicht, er entlässt die anderen. Niederlagen akzeptiert er nicht."

Wolzow bedankte sich noch einmal und fuhr dann weiter nach Mainz ins Pathologische Institut. Das Bild, das er Stück für Stück von van Dyk zusammensetzte, wurde langsam deutlicher. Es war das Porträt eines angstgesteuerten Mannes, der zu cholerischen Wutausbrüchen neigte und sich nur mühsam unter Kontrolle halten konnte. Wolzow ahnte, dass bald Schlimmeres passieren würde.

18

„Kryonik? Seit wann interessieren Sie sich denn für diesen Blödsinn?"

Professor Werner Klemm schob seinen *Kunden* in ein Kühlfach und verschloss sorgfältig die Tür.

Wolzow grinste. „Er wird Ihnen schon nicht davonlaufen."

„Das kann man nie wissen. Letzte Woche hatte Dr. Tott eine Frau auf seinem Tisch, die sich als quicklebendig entpuppte. Er hat sich fast zu Tode erschreckt."

„Sachen gibt's." Wolzow schüttelte den Kopf. „Aber Sie scheinen nicht viel davon zu halten, Leute einzufrieren."

„Nein. Falls Sie damit liebäugeln, rate ich Ihnen ab. Werfen Sie Ihr Geld nicht aus dem Fenster!"

„Immerhin hat Vincent van Dyk damit ein Vermögen gemacht."

„Da gibt's schon noch ein paar Unterschiede." Klemm zog die buschigen Brauen zusammen. „Aber mit Feinheiten halten Sie sich ja nie lange auf, Wolzow."

„Lassen Sie mich nicht unwissend sterben, Professor. Ich bin ein gelehriger Schüler."

Klemm versenkte die Hände in den Taschen seines Kittels und lehnte sich an einen der Obduktionstische.

„Wenn ein Patient ein Spenderorgan braucht und ein passendes Organ zur Verfügung steht, ist Eile geboten. Es wird dem Verstorbenen entnommen, man packt es in Eis und transportiert es so schnell wie möglich zum Empfänger. Van Dyk hat ein geniales Verfahren entwickelt, um Organe so lange zu konservieren, bis sie gebraucht werden. Wie ich hörte, hat er ein richtiges Ersatzteillager angelegt. Der Bedarf ist riesig, und er betreibt inzwischen einen regen Organhandel. Es wundert mich also nicht, dass er gutes Geld verdient."

„Warum ist es so wichtig, die Spenderorgane zu kühlen?", fragte Wolzow.

„Das Gewebe zersetzt sich, wenn es nicht mehr durchblutet wird. Zellen sterben ab und können nicht regeneriert werden. Die Kühlung verlängert die Haltbarkeit. Aus dem gleichen Grund packen Sie Hackfleisch in den Kühlschrank. Damit es nicht so schnell vergammelt."

„Warum sind Sie dieser Entwicklung denn so abgeneigt?"

Klemm schüttelte den Kopf. „Das bin ich nicht. Aber Kryonik verbindet man im Allgemeinen mit etwas anderem."

„Sie meinen das Einfrieren von Toten", stellte Wolzow fest. Das war genau der Punkt, der ihn interessierte.

„Man nennt es Vitrifikation", erklärte Klemm. „Bei diesem Prozess wird den Zellen Wasser entzogen und durch eine zellschützende Flüssigkeit ersetzt, eine Art Frostschutzmittel. Und genau das ist der Haken. Die Chemikalien sollen verhindern, dass durch Gefrierprozesse die Zellstruktur des Gewebes zerstört wird. Das gelingt aber nicht immer vollständig, schon gar nicht bei so einem komplexen und empfindlichen Organ wie dem Gehirn."

„Und was ist mit diesen Verrückten, die sich nach ihrem Tod einfrieren lassen?"

„Die ersten Freiwilligen unterzogen sich in den 60er-Jahren des letzten Jahrhunderts dieser Prozedur. Seitdem hat sich die Technik weiterentwickelt, aber noch niemand hat je versucht, einen Menschen wieder aufzutauen. Meines Wissens auch van Dyk nicht, zumindest nicht offiziell. Und er dürfte wohl kaum die Erlaubnis bekommen, mit Menschen herumzuexperimentieren, die an der Schwelle des Todes stehen."

„Wozu soll das Ganze überhaupt gut sein?", fragte Wolzow.

„Die Betroffenen hoffen, dass die Medizin in ein paar hundert Jahren solche Fortschritte gemacht hat, dass es möglich ist, die Krankheiten, an denen sie gestorben sind, zu heilen, und den Alterungsprozess umzukehren. Sie träumen vom ewigen Leben. Manche lassen nur ihre Köpfe einfrieren, andere den kompletten Körper."

„Nur die Köpfe?"

Klemm zuckte mit den Schultern. „Ihnen geht es lediglich um den Erhalt des Gehirns. Sie glauben, dass die Wissenschaft der Zukunft ihre Erinnerungen und Gefühle, alles, was ihre Persönlichkeit ausmacht, auf einen neuen Körper oder vielleicht einen Cyborg übertragen kann."

„Das klingt verrückt."

„Meinen Sie? Es gibt Menschen, die überzeugt davon sind, dass es eines Tages gelingen wird. Van Dyk ist einer von ihnen."

„Und er lagert ... Tote ein?"

„Nein. Das Aufbewahren von Toten, auch wenn sie auf die Temperatur von flüssigem Stickstoff herabgekühlt wurden, ist in Deutschland verboten. Wer so etwas machen will, muss in die USA ausweichen. Dort ist es erlaubt."

Wolzow dachte an das Subunternehmen, das van Dyk in den USA gegründet hatte.

„Ich kann mir nicht vorstellen, dass so etwas funktionieren kann", sagte er. „Tot ist tot."

„So einfach ist das nicht. Haben Sie sich je mit dem Prozess des Sterbens beschäftigt?"

„Meine Arbeit beginnt erst, wenn alles vorbei ist."

Klemm lachte. „Hört sich nach einem ähnlichen Job wie meinem an. Es ist ein allmählicher Vorgang. Man kann nur schwer bestimmen, wann jemand wirklich tot ist. Allgemein gehen wir Mediziner davon aus, dass mit dem Aussetzen der Hirntätigkeit der endgültige, unumkehrbare Tod eintritt. Aber auch danach laufen chemische Umwandlungen und biologische Prozesse ab. Die Organe stellen ihre Funktion nach und nach ein, erste Zellen sterben ab. Die Anhänger der Kryonik behaupten ja nicht, dass sie Tote einfrieren, sondern Menschen im letzten Stadium des Lebens. Je schneller ein Körper nach dem Hirntod herabgekühlt und präpariert wird, desto größer schätzt man die Chancen ein, ihn eines Tages wieder auftauen zu können. Man friert also den Todkranken ein, *bevor* die Zersetzung des Gewebes beginnt. Das führt zu jeder Menge juristischer Spitzfindigkeiten, da es sich hier eigentlich um Sterbehilfe handelt. Nur kann man den Konservierten streng genommen nicht als tot bezeichnen. Es ist ein Zwischenstadium."

„Was kostet denn so eine Prozedur?", fragte Wolzow.

„Um die 25.000 Euro, hab ich gehört. Fachgerechte Lagerung im Stickstofftank inklusive."

„Und das macht van Dyk anders?"

„Keine Ahnung. Das ist sein Betriebsgeheimnis."

„Was wissen Sie sonst noch über ihn?"

„Nicht viel, nur das, was man so hört. Aber das reicht aus, um einen Bogen um ihn zu machen", antwortete Klemm. „Er hat Medizin, Biologie und Informatik studiert. Ein echtes Allroundgenie und ein Selfmademillionär und zugleich ein egomanisches und rücksichtsloses Arschloch. Es heißt, er habe seinen Partner, mit dem er Kryotec gegründet hat, eiskalt aus der Firma gedrängt. Angeblich ist van Dyk ein aggressiver Hypochonder, der seine krankhafte Angst vor dem Tod nur in den Griff bekommt, indem er andere Menschen kontrolliert und unterdrückt. Ein Psychopath, wenn Sie mich fragen."

„Interessant", sagte Wolzow. „Eine ähnliche Einschätzung seines Charakters habe ich heute schon mal gehört. Für seine Forschungen braucht er doch sicher jede Menge Leichen oder besser noch Lebende, die kurz vor ihrem Ende stehen. Woher nimmt er seine Probanden?"

Klemm zuckte mit den Schultern. „Mit Tierversuchen lässt sich eine Menge erreichen. Aber woher sollte er Frischverstorbene nehmen?"

„Aus der Pathologie zum Beispiel."

„Noch so eine Bemerkung, und ich stecke Sie in eine meiner Kühlboxen. Hier kommt keiner lebend rein und nur wieder raus, um auf dem Friedhof zu landen. Dafür verbürge ich mich."

Wolzow dachte an die gestohlenen Patientenakten. „In einem Krankenhaus sterben andauernd Leute", sagte er, „vor allem in der Virchow-Klinik in Limburg."

„Wenn Verstorbene verschwinden, würde das sofort auffallen."

„Sie müssen ja nicht gleich verschwinden."

„Das kapier ich nicht", brummte Klemm.

„Ich muss noch darüber nachdenken." Wolzow war plötzlich sicher, auf der richtigen Spur zu sein. Ihm fehlten nur noch wenige Puzzleteile.

Er verließ die Pathologie mit einem Prickeln im Nacken. Wenn Klemms Beschreibung von van Dyks Charakter zutraf, schwebte Lisa in großer Gefahr.

„Man verlässt van Dyk nicht, er entlässt die anderen." Das waren die Worte des jungen Arztes in der Virchow-Klinik gewesen. Wolzow war nun sicher, dass nicht Grothe für Lisas Zustand verantwortlich war. Sie hatte versucht, aus dem Gefängnis zu entkommen, das van Dyk für sie errichtet hatte, und einen hohen Preis für ihren verzweifelten Mut bezahlt. Den nächsten Fluchtversuch würde sie vielleicht nicht überleben.

19

Lisa hatte das Gefühl, in einem Fass voll Sirup zu stecken. Ihre Kehle war staubtrocken, ein herb-süßlicher Geschmack klebte auf ihrer Zunge, der sie an eine verfaulte Banane erinnerte. Ab und zu hatte sie klare Momente, aber meistens dämmerte sie in einem zeitlosen Zustand des Vergessens dahin, der jäh endete. Sie schlug die Augen auf und wünschte sich sofort den Schlaf zurück. Der Schmerz war überall. Er klopfte und pulsierte in ihr wie ein lebendiges Wesen, das sich in ihrem geschundenen Körper eingenistet hatte.

Sie lag noch immer in ihrem Bett. Die Übergardine war zugezogen, ließ aber einen Spalt des Fensters frei. Die indirekte Beleuchtung hinter dem Sims unter der Zimmerdecke tauchte das Schlafzimmer in gedämpftes Licht. Draußen herrschte Dunkelheit. Entweder war die Nacht angebrochen, oder es war früher Morgen. Sie hatte jedes Zeitgefühl verloren und keine Vorstellung davon, wie lange sie bewusstlos gewesen war. Stunden, Tage oder Wochen? Nur langsam kehrte die Erinnerung zurück – Vincent, außer sich vor Wut, der Sturz und die Dunkelheit und dann ... nichts mehr.

Sie biss die Zähne zusammen, drehte sich auf die Seite und warf einen Blick auf die Digitalanzeige des Radioweckers. Es war 21:18 Uhr. Die Ziffern verschwammen vor ihren Augen und stellten sich wieder scharf. Eine

Weile zerfaserten ihre Gedanken wie vom Wind zerzauste Wolkenfetzen, dann klarte sich ihr Verstand. Etwas stimmte nicht mit der Zeit. Der Blick auf die Datumsanzeige löste einen Adrenalinschub in ihr aus. Heute war der 10. Dezember. Sie hatte über vierundzwanzig Stunden geschlafen!

Der Schlauch, der in der Nadel in ihrem Handrücken steckte, klapperte leise an dem Infusionsständer neben dem Bett. Träge begriff sie, was geschehen war. Jemand hatte ihr ein Betäubungsmittels verabreicht, und sie brauchte nicht lange darüber nachzudenken, wer es gewesen war: Kerkhoff. Aus einem Grund, den sie nicht kannte, ließ er sich von Vincent herumkommandieren wie ein Leibeigener. Irgendwann würde sie herausfinden, was die beiden Männer verband. Auf dem Nachttisch lag der Beweis für Kerkhoffs Nibelungentreue: eine angebrochene Packung des Narkotikums Propofol und zwei leere Infusionsbeutel.

Ihr verschleierter Blick wanderte zu dem Plastikbeutel am Infusionsständer. Er war zerknittert wie eine zerdrückte Coladose. Kerkhoff hatte es offenbar versäumt, ihn rechtzeitig gegen einen neuen auszutauschen, und die Wirkung des Narkotikums hatte nachgelassen. Was hatte Vincent vor? Er konnte sie doch nicht ewig in einem Dämmerzustand halten, abgesehen davon, dass er so keinen Nutzen von ihr hatte.

Sie riss das Pflaster von ihrem Handrücken und entfernte die Injektionsnadel. Dabei fiel ein Stück Papier aus dem Ärmel ihres Nachthemdes. Sie griff danach und versuchte angestrengt die Schrift zu entziffern. Es war Wolzows Visitenkarte. Er war also hier gewesen!

Welche Geschichte hatte Vincent ihm aufgetischt? Offenbar hatte er Erfolg gehabt, denn sonst wäre Wolzow nicht unverrichteter Dinge wieder gegangen. Sie hatte selbst erlebt, wie hartnäckig er sein konnte, wenn er einem Verdacht nachging. Die Angst kehrte zurück und verdrängte den Propofolnebel in ihrem Kopf. Dass Vincent den Polizisten ausgetrickst hatte, bedeutete, dass sie in großer Gefahr schwebte. Sein Erfolg würde ihn in seinem Wahn, sie besitzen zu können wie eins seiner wertvollen Sammlerstücke, nur bestätigen. Es wurde Zeit zu verschwinden, bevor er Kerkhoffs Versäumnis bemerkte.

Immer schneller klarte sich ihr Verstand. Sie wusste, dass der Körper das Narkosemittel rasch abbaute, wenn die Zufuhr gestoppt worden war. Propofol war inzwischen das Narkotikum der ersten Wahl bei Operationen, manche Ärzte benutzten es privat als Schlafmittel. Allerdings machte es rasch abhängig. Eine Überdosierung führte zu Atemlähmung und damit unweigerlich zum Tod. Der Popstar Michael Jackson war das prominenteste Opfer des Medikaments.

Nach einigen Versuchen schaffte Lisa es, sich auf die Bettkante zu setzen, und unterdrückte ein Stöhnen. Vom Kopf bis zu den Zehen gab es keine Stelle, die nicht schmerzte. Mit der Routine einer erfahrenen Ärztin untersuchte sie ihren mit Schürfwunden und Prellungen übersäten Körper. Bis auf den geschienten linken Fuß hatte sie sich keine ernsthaften Verletzungen zugezogen. Ob das Gelenk gebrochen oder nur verstaucht war, konnte sie ohne Röntgenaufnahme nicht feststellen.

Die Anzeige des Weckers sprang auf 21:40. Vincent war todsicher auf dem Weg in den Keller, um seine

Kühlkammer zu inspizieren. Ihr blieben fünf Minuten, um Kerkhoffs Versäumnis auszunutzen – viel zu wenig Zeit, um unbemerkt zu entkommen. Das Propofol brachte sie auf den rettenden Einfall. Vielleicht gelang es ihr damit, Vincent vorübergehend auszuschalten.

Vorsichtig versuchte sie, das verletzte Fußgelenk zu belasten, und unterdrückte einen Schrei. An einen normalen Bewegungsablauf war nicht zu denken. Trotzdem reifte ein Plan in ihr, dessen Gelingen allein von Vincents Gewohnheiten abhing. Wenn sie es schaffte, die Garage zu erreichen, hätte sie eine Chance. Der Peugeot hatte eine Automatikschaltung, sie brauchte ihren linken Fuß also nicht, um die Kupplung zu treten.

Hastig streifte sie ein Sweatshirt über und stellte fest, dass der geschiente Fuß nicht in eine Jeans passte. Also schlüpfte sie in eine Jogginghose und einen Sportschuh mit weicher Sohle. Die Tasche, die noch Abend zuvor neben dem Bett gestanden hatte, war verschwunden. Sie besaß weder Kreditkarten noch Bargeld, um unterzutauchen. Ihre einzige Chance war Wolzow.

Leise öffnete sie die Tür zur Empore einen Spalt und lauschte. Aus dem Wohnzimmer im Erdgeschoss fiel ein Streifen Licht in die Eingangshalle. Flüchtig registrierte sie die zerbrochene Kryotec-Skulptur tief unter ihr. Die Scherben waren noch immer nicht entfernt worden.

Vincent ging pünktlich gegen Viertel vor zehn hinunter in den Keller. Lisa wartete, bis seine Schritte leiser wurden und sie das Zischen der sich entriegelnden Tür hörte. Nun blieben ihr nur noch wenige Minuten. Das Spiel von gestern Nacht wiederholte sich. Nur standen ihre Chancen diesmal bedeutend schlechter.

Sie steckte das Fläschchen Propofol in die Hosentasche, stützte sich mit beiden Händen auf dem Handlauf der Empore ab und hüpfte die Stufen hinab. Im Erdgeschoss angekommen, humpelte sie auf das Wohnzimmer zu. Nach wenigen Metern blieb sie am Saum eines Teppichs hängen, stolperte und schlug bäuchlings auf den Marmorboden. Der Schmerz in ihrem verletzten Fußgelenk brachte sie an den Rand einer Ohnmacht, ihr Herz raste wie eine aus dem Takt geratene Standuhr. Die Ampulle mit dem Narkosemittel fiel klirrend auf den Boden und rollte auf den Durchgang zum Wohnraum zu. Lisa hielt den Atem an und lauschte. Vincent schien das Geräusch nicht bemerkt zu haben. Zu ihrem Glück war das Fläschchen nicht zerbrochen.

Sie robbte vorwärts und stieß sich mit dem rechten Fuß ab, bis sich ihre Hand wieder um die Ampulle schloss. Dann zog sie sich an einem der Ledersessel hoch, hinkte zum Couchtisch und ruhte sich eine Minute aus. Ein Lächeln huschte über ihr Gesicht, Vincent hielt sich an seine Gewohnheiten. Auf dem Glastisch stand ein Glas mit Wodka auf Eis.

Sie schraubte den Verschluss ab und kippte die farblose Flüssigkeit in das Wodkaglas. Wenn ihn der süßliche Geschmack misstrauisch machen würde, war es für ihn bereits zu spät. Das Propofol wirkte in Sekunden, hielt jedoch auch nur einige Minuten lang an. Üblicherweise wurde es intravenös verabreicht. Sie hatte keine Ahnung, welche Menge erforderlich war, um einen erwachsenen Mann zu betäuben, der das Zeug oral zu sich nahm. Eine Überdosis konnte schnell zu Atemlähmung und Herzstillstand führen, aber ihr blieb keine Wahl. Vincent war zäh und würde es schon überleben.

Sie warf die leere Ampulle in den Blumenkübel neben dem Fenster und stützte sich schwer auf die Rückenlehne der Couch, die frei im Raum stand. Im Keller schlug eine Tür zu, der Klingelton von Vincents Handy schallte durch die Eingangshalle. Er meldete sich, seine Stimme klang ärgerlich und gereizt. Schon durchquerte er die Halle und näherte sich dem Wohnzimmer.

Lisa sah sich verzweifelt nach einem Versteck um. Schließlich ließ sie sich hinter der Couch platt auf den Boden fallen und spähte unter dem Möbel hindurch.

Vincent betrat das Zimmer. Offenbar telefonierte er mit Kerkhoff, denn er nannte mehrmals dessen Vornamen. Erregt lief er auf und ab, beschimpfte ihn als Feigling und drohte ihm. Er stand kurz vor einem seiner gefürchteten Zornesausbrüche, und das spielte ihr in die Hände.

Wenn er vor Wut kaum noch klar denken konnte, vergaß er seine ständige Angst davor, seinen Körper fahrlässig zu schädigen, und wandte sich dem Alkohol zu. Es kam vor, dass er in diesem Zustand seinen abendlichen Drink in einem Zug hinunterstürzte. Sie hatte nie verstanden, warum Vincent trotz seiner krankhaften Sorge um seine Gesundheit Alkohol trank. Sie hatte ihn darauf angesprochen, aber wie stets, wenn er sein widersprüchliches Handeln zu rechtfertigen versuchte, erging er sich in verwickelten Argumentationen und reagierte aggressiv, wenn sie ihn auf sein Ausflüchte hinwies.

Noch immer redete er auf Kerkhoff ein.

„Hör auf zu jammern. Du wirst tun, was ich dir sage ... Nein, der Bulle hat gar nichts gemerkt ... Muss ich dich daran erinnern, wie tief du in der Sache drinsteckst?"

Mit jedem Augenblick wuchs die Gefahr, dass er sie entdeckte. Lisa sah seine schwarzen Slipper, sah, wie er das Handy auf den Tisch legte, und hörte ihn trinken. Plötzlich ließ er das Glas fallen. Ein Eiswürfel fiel unter die Couch und landete vor ihrer Nasenspitze.

„Verdammt ... was isss dasss ... mir isss schwinndellig ... allesss dreht ..."

Vincents Hand tauchte über der Rückenlehne auf, dann auch sein Gesicht. Er glotzte sie aus glasigen Augen an und schien zu begreifen.

„Du ... verfluchtes ... Biessst."

Er streckte die Hand nach ihr aus, aber sein Griff ging ins Leere. Kraftlos rutschte er auf den Boden. Lisa hörte ein Plumpsen wie von einem nassen Sack, dann herrschte Stille.

Hatte Kerkhoff die letzten Worte gehört? Lisa kroch hinter der Couch hervor. Er lag zwischen Glastisch und Ledercouch auf dem Fußboden. Seine Augen waren geschlossen, er atmete flach und regelmäßig. Sie konnte schwer einschätzen, wie lange die Wirkung des Betäubungsmittels anhalten würde, denn dies waren nicht die kontrollierten Bedingungen eines Operationssaals. Im besten Fall blieben ihr noch zehn Minuten, um zu verschwinden; Zeit genug, die Reisetasche zu suchen, in der ihre Papiere und das Bargeld steckten.

Sie humpelte durch die Halle und durchsuchte die Räume im Erdgeschoss, Vincents Arbeitszimmer, Küche, Bad und den Hauswirtschaftsraum. Kurz darauf sank sie erschöpft auf die unterste Stufe der Treppe.

Ihre Muskeln zitterten und verkrampften sich, weil ihr rechtes Bein das ganze Körpergewicht tragen musste. Ihr blieb keine andere Wahl, sie musste noch einmal ins Obergeschoss. Dazu probierte sie eine neue Technik aus. Sie stieß sich mit Armen und dem gesunden Bein von der Stufe ab und schob sich rückwärts die Stufen hinauf. Als sie die Empore erreicht hatte, klebte das Sweatshirt schweißnass an ihrem Rücken, ihr war schwindelig und übel von der Anstrengung. Sie zog sich an der Balustrade hoch und schleppte sich weiter. Schließlich fand sie die Tasche neben dem Sessel vor dem großen Fenster. Dies war Vincents Lieblingsplatz, wenn er ungestört nachdenken wollte.

Alles war noch da – Geld, Handy und Kleidung. Lisa schlang sich den Trageriemen über die Schulter und machte sich auf den Weg nach unten. Seit Vincent das Propofol geschluckt hatte, waren bereits mehr als zehn Minuten vergangen. Ihr blieb kaum noch Zeit, um zwei Treppen zu überwinden und in die Garage zu gelangen.

Sie dachte daran, ihm eine weitere Dosis zu verabreichen, aber ihr fehlte eine Spritze, um ihm das Mittel zu injizieren. Den Infusionsständer nach unten zu schaffen, den Beutel zu wechseln und ihm die Nadel in den Handrücken zu rammen, dauerte zu lange. Sie musste damit rechnen, dass er jeden Moment zu sich kam.

Auf die gleiche Weise, wie sie nach oben gelangt war, überwand sie die Stufen in umgekehrter Richtung und erreichte die Halle. Ihr Blick fiel durch die offene Doppeltür ins angrenzende Wohnzimmer. Vincent lag reglos vor der Couch. Eigentlich hätte er bereits zu sich kommen müssen. Sie sollte verschwinden, solange sie die Gelegenheit dazu hatte, aber sein blasses, asketisches Gesicht zog sie magisch an. Sie hatte diesen Mann einmal geliebt, sie wollte frei sein, aber deshalb nicht zur Mörderin werden.

Lisa beugte sich über ihn und stutzte. Sie hatte Dutzende Menschen sterben sehen und erkannte den Tod, wenn sie ihm begegnete. Nein, sie irrte sich nicht. Sein Brustkorb hob und senkte sich nicht mehr, er atmete nicht. Vergeblich tastete sie nach seinem Pulsschlag. Sie hatte ihren Ehemann umgebracht.

20

Vincent war tot, daran bestand kein Zweifel. Atmung und Herzschlag hatten ausgesetzt. Ende, das war's.

Lisas eigener Puls dagegen raste wie ein überhitztes Uhrwerk. Sie hatte ihn umgebracht. Sie war eine Gattenmörderin. War es juristisch gesehen ein Mord, den sie begangen hatte? Oder ein Totschlag? Immerhin hatte sie ihm das Propofol vorsätzlich in den Wodka geschüttet, auch wenn sie ihn nur hatte betäuben wollen, nicht gleich umbringen.

Oder fiel ihre Tat unter Selbstverteidigung? Schließlich hatte er sie zuvor unter Drogen gesetzt. Aber konnte sie das beweisen? Und wenn nicht, wie lange ging man für einen Mord ins Gefängnis? Lebenslang? Ihre Gedanken drehten sich immer schneller im Kreis, bis Lisa sie zum Stillstand zwang. Sie füllte ihren Kopf mit einem einzigen Wort: Stopp, stopp, stopp, und konzentrierte sich auf Vincent.

Wie lange er wohl schon tot war? Wann hatte das Herz aufgehört zu schlagen? Bevor sie ins Schlafzimmer hinaufgehumpelt war, hatte er noch gelebt.

Ihr Blick fiel auf die offene Tür zum Arbeitszimmer. Unter dem Schreibtisch stand ein orangefarbener Kasten mit einem weißen Kreuz – ein Defibrillator. Das war eine von Vincents hypochondrischen Macken gewesen. Im Haus verteilt gab es mindestens vier von den Dingern, außerdem Notfallknöpfe, die mit der

Virchow-Klinik verbunden waren, und anderen Schnickschnack. Keine seiner elektronischen Spielereien hatte ihm geholfen, als es darauf ankam.

Lisa starrte wie hypnotisiert auf den Defibrillator. Natürlich wusste sie, wie sie ihn einsetzen musste. Aber vermutlich war es zu spät, nach zwanzig Sekunden ohne Sauerstoffzufuhr erlosch die elektrische Aktivität des Gehirns. Nach drei Minuten traten erste Zellschäden auf, nach zehn war eine Rückkehr von den Toten definitiv unmöglich. Wie lange hatte sie gebraucht, um nach der Tasche zu suchen? Wahrscheinlich zu lange, um ihn wiederbeleben zu können.

Das ihr vertraute Gesicht wirkte im Tod seltsam friedlich, so entspannt, wie er im Leben nie gewesen war. Wieder blickte sie zum Defibrillator hinüber. Je länger sie zögerte, desto unwahrscheinlicher wurde eine erfolgreiche Reanimierung.

„Es ist eine Chance", flüsterte eine Stimme in ihrem Kopf, „die Chance, auf die du gewartet hast."

Aber es würde eine Untersuchung geben, Vincent war kerngesund gewesen. Die Polizei würde schnell herausfinden, dass er an einer Überdosis Propofol gestorben war. Es gab tausend Spuren, die sie beseitigen musste. Irgendein Detail würde sie übersehen, jeder Mörder tat das, so hieß es jedenfalls. Sie musste sich eine Geschichte zurechtlegen und dabei bleiben. Ihre Aussage musste Hand und Fuß haben, sie durfte sich nicht widersprechen. Sie musste, musste, musste ... nein, das würde sie nicht durchstehen.

Lisa erinnerte sich an ein Interview für einen lokalen Fernsehsender, bei dem sie Vincent vertreten hatte. Sie sollte lediglich fünf Sätze in der richtigen Reihenfolge lächelnd in eine Kamera sprechen. Nach einer halben Stunde war sie immer nervöser geworden und wollte aufgeben. Schließlich hatten die Leute vom Fernsehen den Text auf eine große Papptafel geschrieben, von der sie nur abzulesen brauchte. Und auch das hatte sie noch viermal vermasselt.

Vincent hatte ihr immer wieder eingeschärft, was im Falle seines unerwarteten Ablebens zu tun sei. Nicht nur ihr hatte er genaue Anweisungen hinterlassen, sondern auch Kerkhoff, seinem Anwalt und dem Spezialteam von Kryotec. Aber wenn die Polizei zu seinem Tod offizielle Ermittlungen aufnehmen würde, käme es unweigerlich zu einer Obduktion. Damit würden seine Träume von einem Wiedererwachen in ferner Zukunft zerplatzen wie eine Seifenblase. Wenn der Pathologe mit ihm fertig war, würde Vincent aussehen wie eine ausgenommene Weihnachtsgans.

Die Leichenschau würde Fragen nach der Todesursache und der Überdosierung aufwerfen, endlose Verhöre, an deren Ende sie zusammenbrechen und gestehen würde.

„Eine Chance, eine Chance, eine Chance ...", wisperte die Stimme.

Ja, eine Chance, wenn sie es klug anstellte.

Wenn ein Arzt Herzversagen als Todesursache auf dem Totenschein notierte, würde sich die Polizei gar nicht einschalten ... ein Arzt, der keine Frage stellte und vielleicht sogar von Vincents Tod profitierte. Kerkhoff!

Lisa vermutete, dass Vincent sich den Therapeuten durch irgendeine Schweinerei gewogen gemacht hatte, so wie er es mit den meisten seiner Mitmenschen getan hatte. Ihr kam ein schrecklicher Verdacht. Sie durchsuchte seine Taschen, bis sie die Codekarte gefunden hatte, mit der sich die Fächer seines Schreibtischs öffnen ließen, zog sich an der Couchlehne hoch und humpelte ins Arbeitszimmer.

Sie zog die Karte durch den Schlitz, die Leuchtdiode wechselte von Rot nach Grün. Hektisch durchwühlte sie die Schubladen und fand ihren Verdacht bestätigt. Die unterste Lade war vollgestopft mit Medikamenten – Sedativa, Schlaf- und Beruhigungsmittel, Antidepressiva und Aufputschmittel; außerdem Vitamintabletten und Substanzen, von denen die Werbung versprach, sie würden verjüngend und lebensverlängernd wirken. Daneben lag ein in Klarsichtfolie eingeschweißter Dosierungsplan. Akribisch hatte Vincent Uhrzeiten und Einnahme der Mittel notiert. Zusammen bildeten sie eine Mixtur, die auch ohne die zusätzliche Dosis Propofol lebensgefährlich war. Kerkhoff musste ihm das Zeug besorgt haben. Vermutlich hatte Vincent ihm seine Freundschaft nur vorgespielt und ihn mit irgendeiner Schweinerei erpresst.

Er hatte ihr stets versichert, dass er sich an den von ihr verordneten Arzneiplan hielt. Er enthielt nicht mehr als einen Blutdrucksenker und ein leichtes Mittel gegen Gicht, um seine erhöhten Harnsäurewerte zu senken. Er hatte gewusst, dass Lisa ihm den Cocktail, den sein Schreibtisch offenbarte, aus gutem Grund verweigert hätte. Offenbar hatte ihn sein hypochondrischer Wahn in eine Tablettenabhängigkeit getrieben. Hatte er sie ständig in seiner Nähe haben wollen, weil er insgeheim befürchtete, wegen seines Tablettenkonsums jederzeit umzukippen?

Der Fund der Medikamente änderte alles, und sie konnte ihn für sich nutzen. Lisa fasste einen Plan. Um ihn umzusetzen, hinkte sie in den Hauswirtschaftsraum neben der Diele. Dort klemmte sie sich einen Besen unter die Achsel und benutzte ihn als provisorische Krücke. Zumindest vergrößerte sie auf diese Weise ihre Bewegungsfreiheit. Sie humpelte auf die Treppe zu und schaffte es, ins Schlafzimmer zu gelangen. Ihr verletztes Fußgelenk pochte und hämmerte von der Überlastung, sie schwitzte wie eine Malariakranke.

Sie nahm die letzte Flasche Propofol an sich und rutschte ungelenk in die Eingangshalle hinab. Mit einem Zipfel ihres Sweatshirts befreite sie die Ampulle von Fingerabdrücken und platzierte sie im Schreibtisch, den sie anschließend sorgfältig wieder verriegelte. Das Narkosemittel war für ihren Plan wie geschaffen. Es war leicht zu besorgen und wurde häufig missbraucht, denn es wirkte nicht nur entspannend, sondern auch euphorisierend und sexuell stimulierend. Aber wie bei jedem Medikament kam es auf die Dosierung an. Und ausgerechnet die Handhabung von Propofol war eine riskante Angelegenheit, die man erfahrenen Anästhesisten überlassen sollte.

Ihre nächste Aufgabe war weitaus schwieriger, wenn nicht gar unmöglich in ihrem geschwächten Zustand. Sie musste Vincents Leiche in die Kühlkammer schaffen. Da ihr linkes Bein nicht zu gebrauchen war, konnte sie ihn nicht einfach unter den Schultern packen und in den Keller schleifen.

Wieder wurde sie im Hauswirtschaftsraum fündig. In einem Winkel stieß sie auf zwei Möbelrollbretter mit je vier stabilen Stahlrollen. Lisa kippte ein Bügelbrett um, legte es über die beiden Möbelroller und befestigte es mit einem zähen Gewebeklebeband. Nun besaß sie ein primitives Gefährt. Sie schwang sich auf das Brett und benutzte den Besen als eine Art Paddel, mit dem sie sich vom Boden abstieß. Auf diese skurrile Weise durchquerte sie die Eingangshalle und stieß die Tür zum Bad im Erdgeschoss auf.

Sie schluckte zwei Novalgin gegen die Schmerzen. In einer halben Stunde würde der Mistkerl kalt und steif in seiner verdammten Kühlkammer liegen. Morgen früh würde sie voller Besorgnis Wolzow anrufen. Er würde sie in ihrem Bett finden – verletzt, halb verdurstet und unfähig, das Erdgeschoss zu erreichen. Ganz zu schweigen davon, dass sie in der Lage sein könnte, einen Mord zu begehen und anschließend zu vertuschen. Vincent würde einen überraschenden Herztod gestorben sein – dahingerafft durch Medikamentenmissbrauch und tiefgefroren wie ein Stück Kabeljau.

Wiederum benutzte sie ihr wackeliges Gefährt, um den Weg zum Wohnzimmer zurückzulegen. Dort ruhte sie sich einige Minuten lang aus und schaffte es, Vincent auf seine Totenbahre zu bugsieren. Das Novalgin half, die Schmerzen zu verringern, konnte ihr aber keine zusätzliche Kraft verleihen. Sie zitterte vor Anstrengung, die dämliche Kryotec-Skulptur drehte sich vor ihren Augen. Nur mühsam widerstand sie der Versuchung, das scheußliche Ding vollends in Stücke zu schlagen. Bald würde sie alle Zeit der Welt haben, die Erinnerung an Vincent auszulöschen. Zeit ... und Geld. Als seine Ehefrau würde sie sein Millionenvermögen erben, die Firma und das Haus; genug, um bis ans Ende ihrer Tage sorglos zu leben. Vorausgesetzt, niemand kam je dahinter, dass sie ihn umgebracht hatte. Und dafür würde sie sorgen.

Lisa versetzte der Roll-Bügelbrett-Kombination einen Stoß und trieb Vincent vor sich her durch die Halle auf die Kellertreppe zu. Ratlos lehnte sie sich an die Balustrade und dachte darüber nach, wie sie ihn die Stufen hinabschaffen sollte. Ihr war von dem starken Schmerzmittel übel, eine Weile dämmerte sie dahin und drohte das Bewusstsein zu verlieren. Doch schnell schreckte sie wieder hoch. Sie lag hier mir einem vermutlich gebrochenen Fußgelenk und der Leiche ihres Mannes, den sie mit einer Überdosis Narkosemittel ins Jenseits geschickt hatte. Es gab kein Zurück mehr, irgendwie musste sie ihn in die Kühlkammer schaffen.

Stirnrunzelnd betrachtete sie das Bügelbrett, bis ihr eine Idee kam. Mit demselben Klebeband, das sie benutzt hatte, um die Möbelrollen zu befestigen, fixierte sie Vincent auf dem Brett. Im Hauswirtschaftsraum fand sie außerdem eine Wäscheleine. Sie schlang sie um Vincents Achseln und begann, die Leiche langsam die Stufen hinabzulassen. Das dünne Seil schnitt tief in ihre Haut. Sie keuchte und war einer Ohnmacht nahe, als die grausige Fracht im Keller angekommen war.

Auf dieselbe Weise, auf die sie den Toten vom Wohnzimmer hierhergeschafft hatte, schleppte sie ihn vor die Kühlkammer. Die massive Panzerglastür ließ sich mit der Codekarte öffnen. Lisa gab dem Brett einen Stoß, knotete die Wäscheleine auf und kippte Vincent auf den Boden. Dann schob sie das Bügelbrett und die Möbelroller in den Korridor hinaus und schloss die Tür zur Kammer. Die Leiche lag, halb auf die Seite gedreht, auf dem Boden. Ganz so, als hätte Vincent plötzlich das Bewusstsein verloren.

Lisa studierte die Anzeigen der Kontrolltafel neben der Tür. Vincent hatte ihr die Funktionsweise einmal im Monat ins Gedächtnis zurückgerufen. Es war seine regelmäßige Lehrstunde in Sachen Kryonik. Eines musste man ihm lassen. Was er anfasste, machte er perfekt. Er hatte an jedes Detail gedacht, nur nicht daran, dass sie ihn umbringen würde.

Sie programmierte einen Testlauf, wie Vincent ihn einmal in der Woche durchführte. Die Temperatur in der Kühlkammer würde nun in einer Viertelstunde auf exakt zwei Grad Celsius sinken. Eigentlich war der Kältesarg, der wie eine hypermoderne Sonnenbank anmutete, für diese Aufgabe gedacht. Aber da er in allem, was er tat, doppelte Sicherheiten eingebaut hatte, ließ sich auch der komplette Raum herabkühlen. Selbst für den Fall, dass Lisa sich nicht mehr an die Bedienung der Steuerung erinnerte, hatte er vorgesorgt. An der Wand neben der Kontrolltafel hing eine Anweisung, in welcher Reihenfolge die Tasten zu drücken waren.

„Mach's gut, du Scheusal", murmelte Lisa. „Wir sehen uns in der Hölle wieder."

Zwanzig Minuten später hatte sie die Utensilien, die sie für ihren mörderischen Plan verwendet hatte, wieder im Hauswirtschaftsraum verstaut. Zu Tode erschöpft sank sie auf ihr Bett und schluckte ein leichtes Schlafmittel. Ihr Kopf hatte kaum das Kissen berührt, als sie auch schon einschlief.

Eine Stunde später weckten sie Geräusche im Haus.

21

Das Poltern riss Lisa aus einem bizarren Traum. Ein tiefgefrorener Vincent stakste steifbeinig auf sie zu und streckte besitzergreifend die Arme aus. Sein Gesicht schimmerte blauweiß, über seinen toten Augen lag eine milchige Eisschicht.

Sie brauchte endlose Minuten, um schlaftrunken den Albtraum und die Wirkung der Schlaftabletten zu vertreiben. Das Geräusch wiederholte sich, es war keine Einbildung, sondern real. Jemand trampelte auf der Treppe in der Eingangshalle herum und schleifte einen schweren Gegenstand über die Stufen. Träumte sie noch immer? Vincent war tot. Tot und eingeschlossen in seiner albernen Kühlkammer. Aber niemand außer ihm konnte das Haus betreten oder verlassen, es sei denn, er besaß einen Schlüssel und den Zahlencode, um die Alarmanlage zu überwinden.

Aber sie irrte sich nicht. Männerstimmen schallten von den Wänden der Halle wider, Schritte näherten sich, die Deckenbeleuchtung über der Empore flammte auf, Kerkhoffs feistes Gesicht tauchte in der Tür auf.

„Wa ... was machen Sie hier? Raus aus meinem Schlafzimmer!"

Lisa schlug die Bettdecke zurück und versuchte ungeschickt, aus dem Bett zu klettern. Sie fühlte sich, als wäre sie mit einem Bus zusammengestoßen. Die Prellungen an Schulter und Rücken taten höllisch weh, ihr linkes Fußgelenk pochte und schickte Schmerzwellen durch das Bein.

Kerkhoff holte pfeifend Luft. „Was ist passiert?"

Es geht los. Du musst deine Rolle spielen. Es darf nichts schiefgehen.

„Wie passiert ... was ...?"

„Bei Kryotec ging ein Notruf ein."

„Was für ein Notruf?"

„Vincents Sensorarmband hat Alarm geschlagen."

Das Armband! Das verdammte Ding hatte sie völlig vergessen. Es maß in regelmäßigen Abständen seine Vitalwerte und sandte die Daten an Kryotec. Wenn sein Herzschlag aussetzte, lief automatisch ein Notfallplan an. Ein Team wurde alarmiert und peilte den Sender an. So konnten sie jederzeit Vincents Position orten, für den Fall, dass ihn unerwartet an einem unbekannten Ort der Tod ereilte. Das Team würde so schnell wie möglich Maßnahmen einleiten, um seinen Körper zu kühlen und für die weitere Behandlung vorzubereiten. Denn vom Zeitpunkt seines Todes an begann die Zeit gegen ihn zu arbeiten – Zellstrukturen zersetzten sich, Gewebe wurde unwiederbringlich zerstört.

Kerkhoff beobachtete misstrauisch ihre Bemühungen, aufzustehen. Sein Blick heftete sich auf das Pflaster an ihrem Handgelenk, wo sie den Zugang entfernt hatte, aber er fragte nicht danach.

„Bleiben Sie liegen, Lisa. Sie sind verletzt und brauchen Ruhe. Was ist mit Vincent geschehen?"

Sie schüttelte den Kopf. „Ich weiß es nicht. Ich habe geschlafen und ..."

Vom Keller drang das Zischen der luftdicht verschlossenen Kammertür herauf. Jemand eilte die Stufen hinauf und betrat die Empore. Es war Matthias Nolte, der medizinische Leiter von Kryotec. Er presste ernst die Lippen zusammen und nickte Kerkhoff zu. Lisas Gedanken rasten. Sie durfte keinen Fehler machen, musste die Ahnungslose spielen.

„Frau van Dyk", Noltes Brillengläser funkelten in dem künstlichen Licht, „Ihr Mann ..."

„Was ist mit ihm?" Wieder versuchte sie, aufzustehen. „So helfen Sie mir doch, verdammt." Ihre Angst war nicht gespielt, sie war einer Panik nahe. Hatte Vincents verfluchter Hang zur Perfektion ihr einen Strich durch die Rechnung gemacht? Wenn das Schwein wegen dieses dämlichen Notfallarmbands überlebt hatte ...

Kerkhoff eilte ihr zu Hilfe und stützte sie.

„Vincent", setzte Nolte neu an, „ist tot."

„Tot? Das ... das kann nicht sein."

Der Doktor nickte. „Ich fürchte, es ist so. Er liegt in der Kühlkammer. Wir wissen nicht, was passiert ist ... und hatten gehofft, dass Sie ..."

„Nein, Ich habe ein Beruhigungsmittel genommen und geschlafen, bis mich der Lärm im Haus geweckt hat."

Sie sah Kerkhoff an, der wissen musste, dass sie log. Er wandte den Blick ab und schwieg, schließlich steckte er selbst bis zum Hals in einem Sumpf aus Nötigung, Freiheitsberaubung und Mord. Ob er ahnte, dass sie wusste, was sich in dem alten Sanatorium ereignet hatte?

Plötzlich war ihr klar, was die beiden geplant hatten. Kerkhoff hatte sie in einem Dämmerzustand gehalten, damit Vincent Zeit gewann, die Villa ausbruchsicher zu machen.

„Sie wissen also nicht, was passiert ist?", fragte Nolte ungeduldig.

„Ich nehme an, Vincent hat, wie jeden Abend, die Funktion der Kühlkammer kontrolliert." Sie sah wieder Kerkhoff an. „Vielleicht ist er ohnmächtig geworden von all den Medikamenten, die Sie ihm verschrieben haben."

„Ich weiß nicht, wovon Sie reden. Lisa, Sie müssen sich ausruhen. Der Schock ..."

„Sie wissen genau, was ich meine. Die Polizei wird sich brennend für das Zeug interessieren, das Vincent geschluckt hat. Ich jedenfalls habe ihm den Medikamentencocktail nicht besorgt, den ich in seinem Schreibtisch gefunden habe."

Kerkhoff schwitzte und fuhr sich mit einem Taschentuch über den Hals, auf seinen Wangen tanzten hektische rote Flecken.

„Seit wann wissen Sie davon?"

Ich weiß noch viel mehr, als du denkst, Fettsack, dachte Lisa. Es tat gut, dieses Spiel zu spielen. Als ob das Leben in ihren Körper und ihre Seele zurückströmte, frisch und kraftvoll. Sie hatte Vincent nicht umbringen wollen, aber seit er tot war, fühlte sie sich befreit, ein ungeheurer Druck fiel von ihr ab.

„Seit gestern Abend", sagte sie. „Was geschieht hier? Was tun all die Leute im Haus?"

„Wir bereiten Vincent zur Vitrifikation vor", erklärte Nolte. „Seine Körpertemperatur ist auf fünfzehn Grad gesunken. Wir bringen ihn ins Institut und beginnen so schnell wie möglich mit dem Austausch des Blutes durch ein spezielles Frostschutzmittel. Sie kennen das Prozedere ja."

Im Keller sprang ein Generator an. Ein erneutes Poltern drang herauf. Lisa humpelte auf die Empore und blickte in die Eingangshalle hinab. Mitarbeiter des Teams transportierten Boxen mit frischem Eis ins Haus. Darin verpackt, würde Vincent seine letzte Reise antreten, von der es keine Wiederkehr gab. Auch wenn er gehofft hatte, zurückzukehren, war dies nur die wahnhafte Ausgeburt seines kranken Verstandes. Niemand kehrte von den Toten zurück. Auch die Vitrifikation konnte nicht mehr rückgängig machen, dass in seinem Gehirn wenige Minuten nach dem Tod Zellgewebe abgestorben war.

„Ich will ihn sehen", sagte Lisa.

„In Ihrem ... äh ... Zustand halte ich das für keine gute Idee", sagte Nolte. „Sie entschuldigen mich, ich muss mich um mein Team kümmern." Er eilte die Treppe hinab und ließ sie mit Kerkhoff allein.

„Was sind Sie ihm schuldig?", fragte Lisa.

„Ich weiß nicht, was Sie meinen", sagte Kerkhoff.

„Sie haben es verdammt eilig, Vincent in ein Fass mit flüssigem Stickstoff zu stecken."

„Sie wissen, dass Eile geboten ist", antwortete Kerkhoff. „Uns allen sollte daran gelegen sein, Aufsehen zu vermeiden." Er musterte sie abschätzend. „Vor allem durch eine polizeiliche Untersuchung, nicht wahr?"

„Ich habe nichts zu verbergen. Wie steht es mit Ihnen?"

Kerkhoff trat dicht an Lisa heran. Ihr wurde übel von dem Schweißgeruch, den er verströmte.

„Ich schätze, wir sitzen im selben Boot, Lisa. Aber während Sie allein rudern müssen, unterstützt mich eine Mannschaft." Er deutete in die Halle hinunter. „Nolte tanzt nach meiner Pfeife. Und all die fleißigen Bienchen da unten ebenso."

Sie umklammerte die Balustrade, bis ihre Fingerknöchel weiß wurden, und schloss einen Moment die Augen. Es würde bald vorbei sein. Wenn Vincent für das Einfrieren vorbereitet war, konnte kein Pathologe der Welt mehr seine Todesursache feststellen.

22

Jan Wolzow stellte seinen Pick-up vor van Dyks Villa ab. Das Bronzetor stand offen, rings um das Haus erleuchteten LED-Strahler den Eingang und den Hof vor der Garage. In der Einfahrt parkten mehrere Fahrzeuge und ein blau-weiß lackierter Lieferwagen. Zwei Männer in Overalls schleppten Kisten und schoben Sackkarren mit Plastiktonnen ins Haus, auf denen das Schneeflockenlogo von Kryotec klebte. Wolzow stieg aus dem Wagen, schlüpfte durch das Tor und näherte sich der Haustür. Niemand beachtete ihn.

Er betrat die große, bis zum Dach offene Halle und sah sich um. Aus dem Keller drangen das Brummen eines Generators herauf und die Stimmen von Männern, die erregt miteinander diskutierten. Er blickte zur Galerie hinauf, Lisa van Dyk lehnte an der Balustrade. Sie war blass und hielt sich krumm, offensichtlich litt sie starke Schmerzen, die wohl von ihrem Sturz herrührten. Neben ihr stand der fette Kerkhoff und redete auf sie ein.

Wolzow ging nach oben. Als der Arzt ihn kommen sah, murmelte er eine Entschuldigung und watschelte an ihm vorbei nach unten. Das ganze Haus war in heller Aufregung.

Aus der Nähe betrachtet, sah Lisa van Dyk noch elender aus. Sie war totenbleich, ihre Augen flackerten fiebrig. Fahrig strich sie sich eine Haarsträhne aus der Stirn.

„Sie schon wieder! Sie haben das seltene Talent, immer im falschen Moment aufzutauchen", sagte sie.

„Wir hatten gestern Abend eine Verabredung."

„Die ich leider nicht einhalten konnte."

Er musterte sie abschätzend. Sie trug einen Bademantel, der ihren Halsansatz freigab. Die Folgen ihres Sturzes waren deutlich sichtbar. Über ihrem Schlüsselbein leuchtete ein großer Bluterguss, ihr linker Wangenknochen wies eine Schürfwunde auf und hatte sich gelbblau verfärbt.

„Er hat Sie ja ganz schön zugerichtet", sagte Wolzow.

Sie starrte mit glasigen Augen ins Leere, als müsse sie seine Feststellung mühsam verarbeiten. Nach einer Weile sagte sie: „Der alte Mann ist gefährlich. Er hat mich fast umgebracht. Wann werden Sie endlich etwas gegen ihn unternehmen?"

„Sie behaupten also, dass Pius Grothe gestern Abend in Ihren Garten eingedrungen ist und Sie angegriffen hat?"

„Hat Ihnen das Vincent erzählt?"

„Mich interessiert vor allem Ihre Version."

Sie schien zu zögern, nickte aber dann. „Er muss vom Flussufer zwischen den Felsen heraufgestiegen sein. Ich erwischte ihn, als er sich ins Haus schleichen wollte."

Sie strich die widerspenstige Strähne über das Ohr und schwankte leicht.

„Tatsächlich? Dieses Haus ist eine Festung. Wie hätte er hineingelangen sollen?"

„Ich weiß es nicht, er hat es zumindest versucht."

Sie fuhr sich mir der Hand über die Augen und schwankte.

„Haben Sie getrunken?", fragte Wolzow.

Widerstrebend löste sie ihren Blick von der Hektik im Haus. „Ich habe ein starkes Schmerzmittel eingenommen, um schlafen zu können. Das gelang mir auch ... bis der Lärm mich weckte."

„Da haben Sie sich eine hübsche Geschichte zurechtgelegt", sagte er.

„Wollen Sie mir unterstellen, dass ich lüge?"

„Grothe hat ein Alibi für die fragliche Zeit. Am besten klären wir diese Angelegenheit zu dritt, weil ich keine Lust habe, mich zu wiederholen. Ich möchte Ihren Mann sprechen", sagte er.

Ihre Lippen zitterten. Sie klammerte sich krampfhaft an die Brüstung. „Ich fürchte, das wird nicht möglich sein. Mein Mann ist tot."

„Tot?"

„Ja. Tot." Ihr Mundwinkel zuckte nervös.

„Wie ist das passiert?"

„Ich weiß es nicht."

„Warum haben Sie nicht die Polizei gerufen?"

„Ich weiß es selbst erst seit ein paar Minuten."

Wolzow deutete auf das Treiben in der Halle. „Was tun all diese Leute hier?"

„Das sind Mitarbeiter von Kryotec, der Firma meines Mannes. Er hat für den Fall seines Ablebens genaue Anweisungen hinterlassen."

„Welche Anweisungen? Wo ist die Leiche?"

Sie deutete mit dem Kinn über die Balustrade. „Im Keller."

Wolzow eilte die Stufen hinab und fand die geheimnisvolle Panzerglastür im Untergeschoss offen. In der Mitte des etwa drei mal vier Meter großen, mit elektronischen Geräten ausgestatteten Raums waren zwei der Männer damit beschäftigt, van Dyk in eine sargähnliche Kiste zu heben. Sie trugen blaue Overalls mit dem Schneeflockenlogo. An der Längswand stand ein Ding, das wie eine futuristische Sonnenbank aussah.

„Was zum Teufel tun Sie da?", fragte Wolzow.

Ein Mann in einem anthrazitfarbenen Anzug drehte sich zu ihm. „Wer sind Sie? Was wollen Sie hier?"

Wolzow zog seinen Dienstausweis aus der Tasche seines Parkas. „Und Sie sind?"

„Heiner Sierks, Kanzlei Sierks & Kronau. Ich vertrete die Rechte von Herrn van Dyk."

„Okay. Sie und alle anderen verlassen augenblicklich diesen Raum."

„Ich wüsste nicht, aus welchem Grund."

„Dies ist möglicherweise ein Tatort. Sie vernichten wichtige Spuren."

„Tatort? Spuren?" Sierks lachte. „Es gibt hier kein Verbrechen aufzuklären." Er schaut sich suchend um. „Dr. Kerkhoff? Würden Sie diesem übereifrigen Kriminalkommissar bitte darlegen, dass er seine Zeit verschwendet?"

Der Doktor wischte sich trotz der kalten Luft in der Kammer mit einem Taschentuch über den Nacken. Sein Gesicht war krebsrot.

„Herr van Dyk starb augenscheinlich infolge eines unglücklichen Zusammentreffens", sagte er. „Bei der

Inspektion der Kühlkammer verlor er offenbar das Bewusstsein und erfror."

„Was für eine Kühlkammer?", fragte Wolzow. „Meinen Sie dieses ... Ding hier?"

„Es war der Wunsch von Herr van Dyk, dass seine sterbliche Hülle unmittelbar nach seinem Tod einem kryonischen Verfahren unterzogen wird, das er selbst entwickelt hat.

Wolzow zog sein Handy aus der Tasche und trat auf den Korridor hinaus, weil er in der Kammer keinen Empfang hatte. Er forderte die Spurensicherung an und versuchte, Dr. Klemm aus dem Bett zu klingeln. Aber der Pathologe meldete sich nicht. Währenddessen war das Team von Kryotec damit beschäftigt, van Dyk in Eis zu packen.

„Hören Sie sofort auf damit", sagte Wolzow.

Niemand beachtete ihn.

Er wandte sich an den Anwalt. „Würden Sie diesen Leuten freundlicherweise erklären, dass sie sich strafbar machen, wenn sie meine Ermittlungen behindern?" Langsam hatte er genug von diesem skurrilen Zirkus.

„Ich bin damit beauftragt, die Ausführungen des letzten Wunsches von Herrn van Dyk zu überwachen, und Sie werden mich nicht daran hindern", sagte Sierks.

„Die Leiche ist sichergestellt. Es besteht der Anfangsverdacht eines Verbrechens, und jetzt folgen Sie gefälligst meinen Anweisungen." Er packte Sierks an der Schulter und schob ihn aus der Kammer.

Der dürre kleine Anwalt kniff die Augen zusammen und schüttelte Wolzows Hand ab. „Ich mache Sie darauf aufmerksam, dass hohe Schadensersatzforderungen auf Sie zukommen, für den Fall, dass der Körper von Vincent van Dyk nicht der Behandlung unterzogen wird, die der Verstorbene vorgesehen hat."

„Damit kann ich leben. Alle raus jetzt aus diesem Horrorkabinett."

Das Team von Kryotec und der fette Kerkhoff fügten sich und gingen nach oben. Wolzow schloss die Panzerglastür. Langsam schmolzen die Eiswürfel um die Leiche. Er stieg die Treppe ins Obergeschoss hinauf. Lisa van Dyk saß in einem von zwei Sesseln, die am Ende der Galerie vor einem raumhohen, kreisrunden Fenster standen. Sie schien zu schlafen. Als sie seine Schritte hörte, öffnete sie die Augen.

„Sie zerstören den Lebenstraum meines Mannes", sagte sie.

„Ihr Mann ist tot, Frau van Dyk."

„Niemand stirbt augenblicklich. Vincent wusste, wie man den Prozess aufhält und irgendwann vielleicht umkehren kann. Ihre Sturheit nimmt ihm diese Möglichkeit. Dafür werden Sie sich verantworten müssen."

Umkehren? Glaubte sie etwa auch an diesen Auftauquatsch? Waren denn alle in diesem Haus verrückt geworden?

„Es ist nun mal mein Job, den Leuten auf die Nerven zu gehen", sagte er.

„Niemand hat Sie gerufen."

„Nach dem, was gestern passiert ist, machte ich mir Sorgen – offenbar zu Recht. Da Sie nicht ansprechbar waren, wollte ich Ihre Version der Geschichte hören."

„Das haben Sie nun."

Wolzow setzte sich in den freien Sessel.

„Okay, fangen wir noch mal ganz vorn an. Vor vierundzwanzig Stunden sind Sie Opfer eines Mordanschlags geworden, der um ein Haar erfolgreich gewesen ist. Der alte Grothe war's nicht, denn er hat ein Alibi. Ihr Mann bringt Sie in die Virchow-Klinik, und nachdem er weiß, dass Ihre Verletzungen nicht lebensbedrohend sind, nimmt er Sie wieder mit und sperrt Sie im Haus ein. Und nun liegt er tot im Keller. Ein merkwürdiges Zusammentreffen, finden Sie nicht?“

„Er hat mich nicht eingesperrt. Vincent war der einzige Mensch, der mir beistand, als es mir dreckig ging. Warum also sollte ich ihn umbringen?“

„Ich weiß es nicht. Haben Sie es getan?“

Sie lachte trocken. „Nein. Wie hätte ich das denn anstellen sollen? Kerkhoff hat mich so mit Schmerz- und Beruhigungsmitteln vollgepumpt, dass ich erst wach geworden bin, als diese Trampel in unser Haus gestürmt sind.“

„Sagen Sie mir, was passiert ist. Van Dyk kann Ihnen nichts mehr anhaben. Selbst wenn Sie für seinen Tod verantwortlich sein sollten, sind Sie deshalb noch keine Mörderin. Wenn er Sie hier festgehalten hat, könnte ein Richter die Tat als Notwehr einstufen.“

Jemand rief seinen Namen.

Wolzow stand auf und trat an die Balustrade. Drei Mitglieder der Spurensicherung betraten die Halle. Sie schleppten die ihm wohlbekannten silbernen Alukoffer und trugen ihre weißen Schutzanzüge.

Lohmann legte den Kopf in den Nacken. „Wonach suchen wir?“

„Nach allem, was darauf schließen lässt, dass Vincent van Dyk ermordet wurde.“

„Das wird 'ne lange Nacht. Das Haus ist groß."

„Fangt im Keller an."

„Was soll das? Was machen die da unten?", fragte Lisa.

Wolzow wandte sich um. „Sie suchen nach Spuren."

„Was für Spuren?"

„Nach Hinweisen darauf, ob hier ein Verbrechen vorliegt."

„Dr. Kerkhoff hat eine natürliche Todesursache festgestellt. Reicht Ihnen das nicht?"

„Nein. Nicht nach dem, was zuvor geschehen ist. Haben Sie eine Vorstellung, wie viele Morde unentdeckt bleiben, weil der Hausarzt eine nachlässige Totenschau vornimmt?"

„Dr. Kerkhoff ist nicht unser Hausarzt."

„Genau genommen arbeitet er überhaupt nicht mehr als Arzt", sagte Wolzow.

„Trotzdem kann er wohl noch feststellen, ob jemand tot ist."

„Wir warten auf den Obduktionsbericht."

„Sie wollen Vincent aufschneiden? Sind Sie verrückt geworden? Er hat genaue Anweisungen hinterlassen, was nach seinem Tod mit seinem Körper zu geschehen hat."

„Wenn ein Anfangsverdacht vorliegt, dass Ihr Mann auf gewaltsame Weise ums Leben gekommen ist, hat eine polizeiliche Untersuchung Vorrang vor dem Wunsch, sich einfrieren zu lassen. Tut mir leid." Er blickte sich um. „Ein seltsames Haus ist das."

„Finden Sie?"

„Alles ist elektronisch geregelt – sämtliche Zugänge zentral steuerbar ... wie in einem Gefängnis ..."

„Es gibt viel Sachen von Wert im Haus, Kunstgegenstände und Sammlerstücke. Vincent hatte Angst vor
Einbrechern. Außerdem liebte er elektronische Spielereien."

„Für mich sieht es eher so aus, als ob er verhindern
wollte, dass jemand ausbricht. Sie zum Beispiel."

„Das ist doch Unsinn. Sehe ich so aus, als ob ich mich
einsperren ließe?"

„Ich war in der Virchow-Klinik und habe mich mit Dr.
Steglitz unterhalten", sagte Wolzow.

Lisa lächelte schief. „Steglitz war mal verknallt in
mich. Sie sollten sein Gerede nicht allzu ernst nehmen."

„Wenn Sie mir nicht sagen, was passiert ist, muss ich
mir die Geschichte zusammenreimen. Wie wäre es damit? In der Virchow-Klinik kommt es zu einer Reihe
von ungewöhnlichen Todesfällen. Jonah Grothe stößt
während seines Praktikums zufällig auf eine Spur und
droht, Sie alle hochgehen zu lassen – van Dyk, Kohlmeyer und Sie. Was wollte er? Geld? Oder drohte er mit
der Polizei? Ich weiß es noch nicht. Auf jeden Fall wird
er kurz darauf überfahren. Offenbar nicht von Ihnen,
sondern von van Dyk. Zunächst verfolgt er den Jungen,
stellt ihn zur Rede und bedroht ihn. Es kommt zum
Streit. Jonah wehrt sich mit dem Motorradhelm, den er
in der Hand hält – daher rühren van Dyks Blutspuren
auf dem Visier. Er flieht vor van Dyk, der ihn kaltblütig
über den Haufen fährt. Dummerweise verliert der sein
Handy am Tatort, er muss zurück, es suchen … und
trifft auf Sie. Muss ich weiter ausholen?"

Lisa antwortete nicht.

„Ich weiß, warum Sie sich nicht an den Zusammenprall erinnern können", fuhr er fort, „es gab ihn nicht.

Der Junge lag auf der Straße, als Sie ihn überfahren haben. Er trug eine schwarze Lederkombi, es regnete, die Sicht war schlecht, Sie konnten ihn nicht rechtzeitig entdecken. Van Dyk muss seine Chance sofort erkannt haben. Er hat Ihnen die Schuld am Tod des Jungen in die Schuhe geschoben. Anschließend war er noch so dreist, Ihre psychische Ausnahmesituation auszunutzen und den heldenhaften Beschützer zu spielen, bis Sie sich in ihn verknallten."

„Hören Sie auf. Sie wissen gar nichts."

„Ich weiß eine ganze Menge. Zum Beispiel, dass van Dyk ein egomanischer Hypochonder war, der Sie nur geheiratet hat, weil er eine Ärztin brauchte, die ihm rund um die Uhr zu Diensten war."

Sie sah ihn an. „Ist Ihnen Liebe ein Begriff?"

„Ja, ist es. Und die war bei ihm garantiert nicht im Spiel. Aber van Dyk trieb es zu weit. Seine wahnhafte Angst steigerte sich so sehr, dass er sie nicht mehr aus dem Haus ließ, hab ich recht? Sie sahen keinen Ausweg mehr und versuchten, ihm zu entkommen. Aber das konnte er natürlich nicht zulassen. Leider verunglückten Sie bei Ihrer überhasteten Flucht. Van Dyk geriet in Panik – er brauchte Sie ja lebend – und rief Kerkhoff an. Aber der riet dazu, Sie umgehend in ein Krankenhaus zu bringen. Dann nutzte van Dyk die Chance, um ..."

„Hören Sie auf! Das ist krank!" Sie war aufgesprungen, ihre Wangen glühten fiebrig in dem zornesbleichen Gesicht. „So war es nicht", fuhr sie ruhiger fort.

Wolzow wartete. Er hatte sie fast so weit, dass sie ein Geständnis ablegen würde.

„Okay, vielleicht wussten Sie tatsächlich nicht, was in der Klinik vor sich geht. Aber gestern Abend haben Sie es erfahren, und van Dyk hat es bemerkt. Er musste befürchten, dass Sie Ihr Wissen als Druckmittel einsetzen würden. Hat er gedroht, Sie aus dem Weg zu räumen? Ihnen war klar, dass Sie wegmussten, so schnell wie möglich. Haben Sie den Moment abgepasst, in dem er die Kühlkammer betrat, und die Tür hinter ihm verriegelt? Wie haben Sie es gemacht?"

Sie presste die Lippen aufeinander und schwieg.

„Hat es sich so zugetragen, Frau van Dyk?"

Sie rieb sich die Nasenwurzel. „Nein. Und von irgendwelchen vertuschten Behandlungsfehlern in der Virchow-Klinik weiß ich auch nichts."

„Dann sagen Sie mir, was geschehen ist. Warum wollen Sie nicht darüber sprechen? Sie schützen mit Sicherheit die falschen Leute. Kohlmeyer hat Sie bereits fallen gelassen."

Sie humpelte die Empore entlang. „Ich muss Ihnen etwas zeigen." Sie blieb stehen und drehte sich um. „Wenn Sie mir schon auf die Nerven gehen, helfen Sie mir gefälligst auch die Treppe hinab."

Sie schlang ihren Arm um seinen Nacken und stützte sich auf ihn. Wolzow roch den angenehmen Duft ihres Haars und spürte ihren Körper dicht an seinem. Ihre Hüfte stieß bei jedem Schritt an seine. Setzte sie ihre Reize gezielt ein, um ihn auf ihre Seite zu ziehen, oder war sie tatsächlich aufgrund ihrer Verletzungen gar nicht in der Lage gewesen, einen Mord zu begehen?

Sie steuerten auf das Schlafzimmer zu. Dort durchsuchte sie die Taschen einer Jeans, die über einer Stuhllehne hing. Wolzow bemerkte einen Infusionsständer neben dem Bett.

Lisa zeigte ihm eine Art Codekarte. „Das werden wir brauchen."

Er half ihr in das Arbeitszimmer im Erdgeschoss. Sie nahm hinter dem Schreibtisch Platz und zog die Karte durch ein Lesegerät an der Seite des Tisches. Erstaunt bemerkte Wolzow das nachträglich angebrachte, aufwendige elektronische Schloss. Eine Leuchtdiode blinkte auf und der Mechanismus wurde entriegelt. Sie zog die unterste Schublade auf.

„Das habe ich heute Abend entdeckt."

In der Lade fand eine halbe Apotheke Platz, hauptsächlich Antidepressiva, Einschlafhilfen, Angsthemmer und Aufputschmittel. „Sie haben recht, es ist kein Geheimnis, dass mein Mann ein Hypochonder war. Ich kümmerte mich um seinen Medikamentenplan – ein Blutdrucksenker, Vitamintabletten und ein paar Nahrungsergänzungsmittel, nichts Gravierendes. Er war übervorsichtig, was seine Gesundheit anging, aber das störte mich nicht weiter. Jeder von uns hat seine Marotten. Aber dass er dieses Zeug hier zusätzlich schluckte, wusste ich nicht. Alles zusammen hat ihn umgebracht. Sie werden ihn ja ohnehin obduzieren lassen und dann meine Aussage bestätigt finden."

„Wenn Sie die Wahrheit sagen, liegt das auch in Ihrem Interesse." Er nahm ein Glasfläschchen aus der Lade. „Propofol. Ist das nicht das Zeug, mit dem sich Michael Jackson abgeschossen hat?"

„Ja, genau das ist es. Vincent hatte in letzter Zeit Schwierigkeiten, abzuschalten und durchzuschlafen. Also verschrieb ich ihm Zopiclon, das ist ein starkes Schlafmittel. Wenn er ohne mein Wissen zusätzlich das Propofol eingenommen hat, besteht eine hohe Wahrscheinlichkeit, dass er sich damit versehentlich umgebracht hat. Vincent hat diese dämliche Kühlkammer jeden Abend kontrolliert. Vermutlich hat er all das Zeug geschluckt und dann trieb ihn sein Kontrollzwang dazu, im Keller noch einmal nach dem Rechten zu sehen, bevor er schlafen ging. Ich habe von alledem natürlich nichts bemerkt, denn ich schlief tief und fest ... und ich ahnte auch nichts von seiner Medikamentensucht."

Wolzow stellte das Fläschchen zurück. „Okay, das hört sich erstmal logisch an."

„Es ist die Wahrheit. Wie lange wird Ihr Spurensicherungsteam brauchen, bis es alles auf den Kopf gestellt hat und sich meine Aussage bestätigt?"

„Ich verspreche Ihnen, wir tun alles, um Sie nicht mehr als nötig zu belästigen. Es ist ..."

„Ich weiß, ich weiß, es ist Ihr Job."

Kerkhoff steckte den Kopf ins Arbeitszimmer und warf Wolzow einen grimmigen Blick zu.

„Sie sind ja immer noch da. Frau van Dyk braucht Ruhe. Ich kann eine Befragung nicht länger gutheißen." Er lief um den Schreibtisch herum. „Kommen Sie, Lisa. Ich bringe Sie hinauf."

„Ich muss Sie alle bitten, sich zur Verfügung zu halten", sagte Wolzow.

„Tun Sie, was Sie wollen, aber lassen Sie uns jetzt in Ruhe."

Auf den Doktor gestützt, humpelte Lisa in die Eingangshalle. Wolzow sah zu, wie sie zur Empore hinaufstiegen. Ein toter neurotischer Kontrollfreak, ein Arzt, der keiner war, und dazwischen eine Frau, die sich bedroht fühlte und die ihre letzte Chance vielleicht in einer Verzweiflungstat gesehen hatte. Und ein sehr seltsames Haus, in dem er das Gefühl hatte, dass die Wände Augen hatten. Fast hätte sie ihn von ihrer Geschichte überzeugt. Aber jetzt war er sicher, auf der richtigen Spur zu sein. Er würde die Klinik auseinandernehmen, jeden einzelnen Todesfall untersuchen und die Leichen exhumieren lassen. Er würde nicht aufhören, bis er wusste, was hinter all dem steckte.

23

Der Morgen des 13. Dezembers brachte den ersten Frost. Eine hauchdünne Schicht Pulverschnee hatte sich über das Land gelegt. Der Parkplatz vor der Polizeidienststelle in Limburg war leer bis auf einen weißen Ford Ranger. Bis zum offiziellen Dienstbeginn dauerte es noch eine halbe Stunde.

Jan Wolzow saß, in seinen grünen Armeeparka gehüllt, hinter seinem Schreibtisch und starrte auf die blinkende Anzeige seines Posteingangs.

Gestern war van Dyk in der Mainzer Pathologie obduziert worden. Wolzow hatte Klemm gebeten, eine DNA-Analyse vorzunehmen und sie mit der Spermaprobe zu vergleichen, die nach Manuelas tödlichem Unfall vor drei Jahren untersucht worden war.

Seit fast zwei Stunden wartete er auf Klemms Bericht. Langsam bewegte er die Maus auf die Meldung und öffnete seinen E-Mail-Account. Professor Klemm hatte zwei PDF-Dokumente an seine kurze Nachricht angehängt. Das erste beinhaltete den Obduktionsbericht, das zweite das Ergebnis des DNA-Abgleichs. Wolzow druckte beide Dokumente aus und zog sie aus dem Druckerschacht. So verschaffte er sich noch einen Augenblick Zeit, bevor er unwiderruflich die Wahrheit erfahren würde.

Das Quietschen der Außentür lenkte ihn ab. Frenck kam den Korridor entlang und betrat sein Büro. Im kalten Neonlicht sah seine Haut teigig und grau aus, wie alles an ihm. Wie immer trug er eine graue Stoffhose und einen dunkelgrauen Pullunder über einem ausgeblichenen Hemd. Er schien mieser Laune zu sein, denn er knallte seine Aktentasche auf den Schreibtisch und zog mürrisch seinen Mantel aus.

Wolzow drehte den Stapel Ausdrucke um und überflog das erste Blatt mit dem Briefkopf des pathologischen Instituts.

Die Analyse war positiv, beide DNA-Proben stimmten überein. Vincent van Dyk hatte vor drei Jahren Sex mit Manuela gehabt und sie vermutlich wenig später mit seinem Wagen von der Straße abgedrängt. Daraufhin war sie mit hundert Stundenkilometern gegen einen Brückenpfeiler gerast. Der Motorblock ihres Ford Fiesta war durch den Aufprall in den Innenraum gedrückt worden und hatte ihren Oberkörper zerquetscht.

Wolzow zerknüllte den Ausdruck und presste ihn in seiner Faust zusammen. Warum musste dieses Arschloch ausgerechnet jetzt verrecken? So viele Fragen blieben ungeklärt, nun würde er nie erfahren, warum Manuela ihn betrogen hatte und was in jener Nacht wirklich geschehen war.

Ein Schatten fiel auf sein Gesicht. Er hatte nicht einmal bemerkt, wie Frenck in sein Büro gestürmt war.

„Mensch Wolzow, können Sie nicht mal irgendwas still und leise erledigen? Jedes Fettnäpfchen, in das Sie Ihre Quadratlatschen setzen, spritzt so hoch, dass der Dreck an der Nase des Polizeipräsidenten kleben bleibt.

Warum in Gottes Namen mussten Sie einen solchen Wirbel veranstalten?"

Müde hob Wolzow den Kopf. Alles in ihm fühlte sich taub an.

„Wovon reden Sie überhaupt?", fragte er.

„Von Ihrer Aktion im Haus von van Dyk natürlich!"

„Ich hab nur meinen Job erledigt."

„Nur Ihren Job? Van Dyk hat sich selbst abgeschossen, konnten Sie es nicht dabei bewenden lassen? Stattdessen setzen Sie seine Witwe unter Druck, bequatschen den Staatsanwalt so lange, bis er einer Obduktion zustimmt, und beantragen acht Exhumierungen. Und das alles, ohne mich zu informieren."

„Sie waren nicht zu erreichen. Als Ihr designierter Nachfolger wollte ich Ihnen die Arbeit ersparen. Wie lief denn übrigens die Beratung bei der Pensionskasse?"

Frenck atmete heftig ein und aus. „Mann, haben Sie überhaupt eine Ahnung, was Sie da angerichtet haben?"

Wolzow warf den Papierball in den Mülleimer. „Ja."

„Wohl kaum", schnaubte Frenck. „Der Polizeipräsident rief mich höchstpersönlich an und teilte mir mit, dass van Dyk auf Klemms Seziertisch gelandet ist."

„Es gibt Hinweise darauf, dass er das Propofol nicht freiwillig genommen hat. Und ich habe das Gefühl, dass seine Frau dahintersteckt."

„Und weil Ihr Nacken kribbelt, schrecken Sie die Ärzteschaft der Virchow-Klinik auf, stehlen Professor Klemm die Zeit und kehren in van Dyks Haus das Oberste zuunterst? Und nebenbei verdächtigen Sie auch noch seine Frau, ihn umgebracht zu haben." Frenck holte rasselnd Luft. „Sind Sie noch zu retten?"

„Ich sah Grund genug, nachzuhaken." Er griff nach dem Ausdruck des Obduktionsberichts. „Was schreibt Klemm denn?"

Frenck schnappte ihm den Bericht weg. „Finger weg!"

„Darf ich wenigstens fragen, ob sich mein Verdacht erhärtet hat?"

„Halten Sie die Klappe."

Der alte Kommissar überflog die Zeilen.

„Van Dyk ist an Herzversagen gestorben", sagte er dann, „hervorgerufen durch eine Überdosis Propofol in Verbindung mit Medikamentenmissbrauch."

„Aber es ist nicht geklärt, ob er die Mittel selbst eingenommen hat."

„Klemm hat keine Einstiche von Injektionsnadeln gefunden."

„Sie könnte ihm das Propofol in den Kaffee gekippt haben", sagte Wolzow.

„Das können Sie nicht beweisen. Was hat Ihnen diese Frau eigentlich getan? Erst unterstellen Sie ihr eine Tötungsabsicht, was den Motorradfahrer betrifft, und nun soll sie ihren Mann umgebracht haben."

„In der Virchow-Klinik stinkt es. Ich will wissen, was dort vor sich geht."

Frenck stöhnte. „Wegen der Fantastereien eines Jungen und eines alten Mannes beantragen Sie acht Exhumierungen? Ich will davon nichts mehr hören."

Wolzow lehnte sich zurück und verschränkte die Arme vor der Brust. „Warum regen Sie sich eigentlich so auf? Geben Sie van Dyks Leiche frei, damit er beerdigt werden kann, und alles hat seine Ordnung. Niemand soll uns nachsagen, wir hätten aus Nachlässigkeit ein Verbrechen übersehen."

„Genau das werde ich tun." Er ließ sich kraftlos in Matuscheks Sessel fallen. „Sie sind ein guter Polizist, Wolzow, aber Diplomatie ist nicht gerade Ihre Stärke. Wenn Sie sich nicht so verbissen in die alte Geschichte mit Ihrer Frau vergraben und sich mal mit den Menschen in Ihrem Umfeld beschäftigt hätten, hätte Sie zumindest eine Ahnung von den Limburger Netzwerken und Seilschaften." Er seufzte. „Warum sind Sie nicht zuerst zu mir gekommen? Nein, Sie mussten die Sache mit van Dyk an die große Glocke hängen. Die ist jetzt beim Polizeipräsidenten gelandet, und der ist – dreimal dürfen Sie raten – ein Kunde von Kryotec."

„Was meinen Sie damit?"

„Unser geschätzter Herr Präsident beabsichtigt, sich nach seinem Ableben einfrieren zu lassen. Er hat ja auch das nötige Kleingeld dazu."

Wolzow zuckte mit den Schultern. „Von mir aus kann er sich auch ausstopfen lassen."

„Halten Sie die Klappe und hören Sie zu. Durch Ihre Aktion haben Sie verhindert, dass van Dyks Körper konserviert werden kann, weil ihn Klemm ausgenommen hat wie eine Weihnachtsgans. Ein neugieriger Reporter hat davon Wind bekommen, dass van Dyk möglicherweise ermordet worden ist, und eine Riesenschlagzeile in den Morgenzeitungen platziert. Die Aktien von Kryotec sind daraufhin in den Keller gerauscht. Der Polizeipräsident hält einen erklecklichen Anteil an van Dyks Firma. Durch Sie hat er nicht nur einen Haufen Geld verloren. Wenn Kryotec pleitegeht, schwindet auch seine Aussicht, sich einfrieren zu lassen. Und ich kann hier keine ruhige Kugel mehr schieben. Haben Sie das kapiert?"

Frenck schob ihm die Rhein-Zeitung hin.

Wolzow überflog die Schlagzeile und warf die Zeitung auf den Tisch. „Wissen Sie was? Ich habe die Schnauze voll. Ich kündige."

„Wie lange wollen Sie denn noch als ruheloser Rächer durch das Land ziehen?" Frenck schüttelte den Kopf. „Sie nehmen jetzt Urlaub und warten, bis sich die Wogen geglättet haben. Ich versuche inzwischen, zu retten, was zu retten ist."

„So viel Einsatz. Wie soll ich Ihnen nur danken?"

„Vorsicht, Wolzow. Ich bemühe mich gerade, Ihren Arsch zu retten. Und dafür bleiben Sie hier kleben, bis ich in Pension gehe. Was Sie danach anstellen, ist mir egal."

Frenck blies die Backen auf und fuhr sich durch seine graue Igelfrisur. „Aber lassen Sie endlich die Finger von der Geschichte, sonst kann Ihnen nicht mal der Innenminister helfen. Sie halten jetzt die Füße still, bis Sie von mir andere Anweisungen erhalten. Ist das klar?"

Wolzow warf den Pathologiebericht auf Frencks überfüllten Schreibtisch. „Völlig klar."

Teil 2

Das Lazarus-Projekt

Don't pay the ferryman
Don't even fix a price
Don't pay the ferryman
Until he gets you to the other side

(Chris de Burgh, Don't pay the ferryman)

24

Wolzow konnte nicht kochen, aber er liebte Bier und mexikanisches Essen. Das Einzige, was er am Herd zustande brachte, waren Burritos. Also saß er in seinem Appartement über Emmys Garage, trank Bier und aß Burritos. Aß Burritos und trank Bier. Nach einer Woche konnte er keine Burritos mehr sehen und war auf dem besten Weg, Alkoholiker zu werden.

Kurz vor Weihnachten war Wolzow zur Dienststelle gefahren, aber Frenck hatte ihn angefaucht, er solle ihm nicht auf die Nerven gehen. Seitdem hatte sich der alte Kommissar noch nicht gemeldet.

Drei Tage vor Silvester war Schnee gefallen. Der Himmel hing voll mit schweren grauen Wolken. Die kurzen, düsteren Wintertage drückten Wolzows Stimmung auf einen neuen Tiefpunkt hinab, zumal sich Manuelas Todestag am 6. Januar zum dritten Mal jährte.

Also schlug er seine Zeit tot und bemühte sich, der alten Emmy aus dem Weg zu gehen, die ihn mit der Reparatur von Dachrinnen und quietschenden Türen beschäftigte. Gelangweilt kramte er in den Umzugskartons und stieß auf seine Fotoausrüstung. Auf eine schräge Weise knipste er alles, was ihm vor die Linse kam. Sein Lieblingsmotiv waren alte Menschen. Vielleicht faszinierten sie ihn, weil ihre Gesichter nicht mehr glatt und leer waren, sondern die Geschichten eines ganzen Lebens erzählten, die sich tief in ihre Haut gegraben hatten.

Die vergangenen Tage hatte er damit verbracht, Informationen über Vincent van Dyk zusammenzutragen. Die unbeantworteten Fragen quälten ihn, er wollte wissen, wie und wo sich seine Wege mit denen von Manuela gekreuzt hatten. Doch er fand absolut nichts.

Am 2. Januar stieß er auf eine Spur, die alles, was er herausgefunden hatte, infrage stellte. Vincent van Dyk hatte am 6. Januar 2016 in München einen Vortrag über die neuen Möglichkeiten der Kryonik gehalten. In einem Internetforum fand er einen Artikel der Münchner Abendzeitung. Van Dyk hatte an jenem Abend einen Wissenschaftspreis entgegengenommen, ein Bild zeigte ihn bei der Preisverleihung. Wolzow hatte sich zum Vorstand der Stiftung durchgefragt, die den Preis ausgelobt hatte, und die Bestätigung erhalten, dass van Dyk an Manuelas Todestag in München gewesen war. Da er nicht an zwei Orten gleichzeitig sein konnte, war er also auch nicht für Manuelas Tod verantwortlich. Seine Theorie war zusammengebrochen. Aber wie passte das mit der Übereinstimmung der DNA-Spuren zusammen?

Der Morgen des 8. Januar sollte ihn dann endlich aus seiner erzwungenen Lethargie reißen. Er stand am Fenster, trank Kaffee und schaute den Schneeflocken zu, die lautlos zur Erde schwebten, als sein Handy klingelte. Es war Frenck.

„Sie sind der Letzte, mit dem ich gerechnet habe", begrüßte er den alten Kommissar, „sagen Sie bloß, Sie vermissen mich."

„Geben Sie nicht mir die Schuld an Ihrer beschissenen Lage", sagte Frenck.

„Wie ist denn meine Lage?"

„Sie langweilen sich zu Tode."

„Es gibt schmerzvollere Arten zu sterben."

„Wenn Sie endlich Ihren halsstarrigen Stolz runterschlucken und ein paar Leuten in den Hintern kriechen würden, könnten Sie längst wieder ermitteln."

„Kein Interesse."

„Das dachte ich mir. Deshalb hab ich den Gang nach Canossa für Sie erledigt. Sie dürfen Ihren Urlaub beenden und mir ein bisschen unter die Arme greifen."

„Wenn Sie sich so ins Zeug legen, müssen Sie ganz schön verzweifelt sein. Was wollen Sie?"

„Wie ich schon sagte, ich könnte ein bisschen Unterstützung gebrauchen."

„Sie arbeiten an einem Fall und kommen nicht weiter."

„Ja, verdammt. Wenn Sie es unbedingt so ausdrücken wollen."

„Mmmh. Ich denke darüber nach."

„Sie sollten nicht zu hoch pokern. Hier wartet außerdem noch eine Überraschung auf Sie."

„Ich mag keine Überraschungen."

„Diese wird Ihnen gefallen. Ich stehe hier vor zwei Leichen, die mir gewaltige Rätsel aufgeben."

„Klingt nicht besonders aufregend."

„Auch nicht, wenn ich Ihnen sage, dass ich in den Taschen der Toten Firmenausweise von Kryotec gefunden habe?"

„Okay, das ist ein Argument."

„Dann setzen Sie Ihren Hintern in Bewegung. Wissen Sie, wo die Ruine des Asklepios-Sanatoriums in Bad Ems liegt?"

„Ich habe darüber gelesen. Sollten die Gebäude nicht abgerissen werden?"

„Ja, aber die Stadt hat das Gelände verkauft. Drei Mal dürfen Sie raten, wer der Käufer ist."

„Doch nicht van Dyk?"

„Genau der", sagte Frenck.

Wolzow war wie elektrisiert. „Schicken Sie mir die Adresse auf mein Handy."

„Das kann Matuschek erledigen. Kommen Sie her. So schnell es geht."

Er schnappte sich seinen Autoschlüssel, machte einen Bogen um Emmy, die neugierig den Kopf aus der Haustür steckte, und fuhr an der Lahn entlang westwärts nach Bad Ems.

Das abbruchreife Sanatorium lag in den Hügeln über der Kurstadt, in der es eine Vielzahl von Rehazentren, Kurkliniken und Bädern gab. Die Asklepios-Klinik hatte vor mehr als zwanzig Jahren ihren Betrieb eingestellt und stand seitdem leer. Wolzow ließ die Serpentinenstraße nördlich der Stadt hinter sich und bog in den verwilderten Kurpark des Klinikgeländes ein. Zwei wuchtige Steinpfeiler schmückten die Einfahrt und zeugten vom einstigen Glanz des Hauses.

Vor dem baufälligen Hauptgebäude standen drei Streifenwagen und Frencks BMW, außerdem ein Leichenwagen und ein Dienstfahrzeug der Mainzer Pathologie. Wolzow ließ sich von einem uniformierten Beamten den Weg zeigen.

Er durchquerte die Eingangshalle, folgte einem Gewirr aus Korridoren und erreichte einen quadratischen Innenhof, der von weiteren Gebäuden umgeben war. Verwilderte Blumenrabatten, Unkraut und eine verrostete Springbrunnenfigur zeugten von einem ehemaligen Garten. Zwischen wuchernden Ziersträuchern und hölzernen Ruheliegen stieß er auf ein Team der Spurensicherung, mehrere Beamte der lokalen Polizei und Professor Klemm.

Frenck stand abseits der Gruppe, rauchte und telefonierte. Als er Wolzow sah, beendete er das Gespräch und sah sich nach einer Möglichkeit um, seine Kippe loszuwerden. Schließlich drückte er sie auf dem Unterarm einer Marmorfigur aus und steckte die halb gerauchte Zigarette in die Packung zurück.

„Endlich sind Sie da."

„Sagen Sie bloß, Sie freuen sich, mich zu sehen."

„Ich war's nicht, der Sie loswerden wollte."

„Das leuchtet ein, schließlich mach ich Ihre Arbeit."

„Haben Sie etwa nicht davon profitiert? Niemand im Präsidium hat so viel Narrenfreiheit wie Sie. Aber Sie mussten den Bogen ja unbedingt überspannen. Ich habe Sie mehr als einmal gewarnt."

„Okay. Was wollen Sie von mir?"

Frenck rang sich ein Grinsen ab. „Das, was wir die ganze Zeit gemacht haben. Sie ermitteln, wie es Ihnen passt, und ich halte Ihnen den Rücken frei, wenn Sie Ihre große Klappe nicht halten können. Wir sind beide nicht schlecht damit gefahren. In zwei Monaten tausche ich meine Dienstwaffe gegen eine Angel ein. Ich hab mir eine hübsche kleine Laube auf dem Campingplatz in Dausenau gesichert, direkt an der Lahn."

„Aber?", fragte Wolzow.

„Da gibt's ein kleines Problem."

„Ihnen sind zwei Leichen dazwischengekommen."

Frenck nickte. „Je schneller ich diese Sache aufgeklärt habe, desto eher setze ich mir meinen Anglerhut auf. Helfen Sie mir, und Sie bekommen die Chance, ein bisschen bei Kryotec und in der Virchow-Klinik herumzuschnüffeln, und zwar ganz offiziell."

Wolzow zog den Reißverschluss seines Parkas hoch. „Hört sich nach einem fairen Deal an. Okay, schauen wir uns mal um."

Er folgte Frenck durch den verwilderten Garten. In der Mitte des kleinen Parks lagen in zwei flachen Gruben die Leichen, ein Mann und eine Frau, beide etwa vierzig Jahre alt. Sie ruhten nebeneinander auf dem Rücken, an Händen und Füßen mit Draht gefesselt. Jemand hatte ihnen mit brutaler Gewalt faustgroße Steine in die Mundhöhlen gepresst. Professor Klemm schien eben eine erste Untersuchung zu beenden.

Er blickte auf. „Ah, Wolzow. Spielen Sie wieder mit?"

„Wurde gerade eingewechselt. Wer hat die Toten gefunden?"

„Ein Bauarbeiter hat sie entdeckt. Er gehört zu einem Trupp, der mit den Vorarbeiten zur Sanierung der Anlage beginnen soll."

Wolzow sah sich die Leichen genauer an. „Sie liegen dort wie aufgebahrt", stellte er fest.

„Der Arbeiter fand sie auf dem Bauch liegend", antwortete Frenck, „und drehte sie um, weil er dachte, die beiden könnten vielleicht noch leben. Dabei bekam er den Schock seines Lebens."

„Und die Todesursache?"

„Genaueres weiß ich erst nach der Obduktion", sagte Klemm, „die Leichen weisen Verletzungen auf, die von Schlägen mit einem stumpfen Gegenstand stammen. Hier an den Armen, dort an Kopf, Nacken und Hals." Er schob das T-Shirt des Mannes hoch. „Auch hier, am Brustkorb und in der Bauchgegend. Ich bin sicher, wenn sie auf meinem Tisch liegen, werde ich noch weitere Prellungen und Knochenbrüche entdecken. Wer immer sie auf dem Gewissen hat, hatte eine irrsinnige Wut im Bauch."

„Sie tragen keine Schuhe", sagte Wolzow.

Der Professor deutete auf die nackten Füße der Frau. „Der Täter hat ihnen die Fußsehnen durchgeschnitten."

„Sie konnten also nicht mehr laufen?"

„Die Verletzungen wurden ihnen postmortal zugefügt. Tote laufen nicht."

„Warum hat er es dann gemacht?", überlegte Wolzow. „Das ergibt doch überhaupt keinen Sinn."

„Begreifen Sie jetzt, warum ich Sie gerufen habe?", fragte Frenck. „Sie hatten doch früher beim LKA öfter mit solchen Irren zu tun, mit Ritualmördern und andere Spinnern."

„Tote laufen nicht", wiederholte Wolzow nachdenklich. „Und sie stehen auch nicht wieder auf."

„Hä?", machte Frenck.

„Ich hab nur laut gedacht. Wie lange liegen die Leichen schon hier?"

„Schätzungsweise zwei bis drei Tage", antwortete Klemm.

„Und sie wurden hier ermordet?"

„Nein. Bei der Vielzahl von Verletzungen müssten wir dann mehr Blutspuren entdeckt haben." Er wies auf die flache Grube zwischen den Sträuchern. „Sieht so aus, als ob der Täter versucht hätte, die Leichen zu vergraben, aber dabei gestört worden wäre."

Frenck deutete auf eine offene Glastür. „Ich will Ihnen noch etwas zeigen. Kommen Sie mit."

In der Eingangstür zur Klinik fehlte eine Glasscheibe, nur ein paar Zacken steckten noch im Rahmen. Auf dem verdreckten Linoleumboden in dem Korridor dahinter führten verwischte Spuren ins Innere des Labyrinths aus vergessenen Räumen.

„Schleifspuren", sagte Wolzow.

„Wir sind in einem der Räume auf getrocknetes Blut gestoßen, und zwar auf eine ganze Menge", erklärte Frenck.

„Er hat sie also hierhergeschleppt. Aber warum?", überlegte Wolzow.

„Sie haben doch gehört, was Klemm gesagt hat. Es sieht so aus, als hätte der Täter die Leichen vergraben wollen."

„Um sie zu verbergen? Er muss doch gewusst haben, dass hier kein Stein auf dem anderen bleibt. Was hatten die beiden hier eigentlich zu suchen?"

Frenck reichte ihm einen Asservatenbeutel mit Firmenausweisen von Kryotec. „Wenn wir diese Frage beantworten können, sind wir ein gutes Stück weiter. Wir haben da noch etwas verdammt Merkwürdiges entdeckt."

„Da bin ich aber gespannt."

Wolzow folgte ihm in die verrotteten Eingeweide des alten Sanatoriums. Farbe blätterte in großen Flocken

von den vergilbten Wänden, der Fußboden war so ver-
schmutzt, dass das ursprüngliche Muster kaum noch
zu erkennen war. Sie kamen an leeren Zimmern und
ehemaligen Behandlungsräumen vorbei, in denen
noch verrostete Bettgestelle und veraltete medizinische
Untersuchungsgeräte standen.

Am Ende eines Korridors im Kellergeschoss stießen
sie auf einen modernen Dieselgenerator zur Stromer-
zeugung. Frenck schob eine Tür auf. Dahinter befand
sich ein etwa vier mal fünf Meter großer Raum. Im Gegensatz zum Rest der Ruine war er sauber gestrichen
und neu eingerichtet. Es gab einen frisch verlegten
grauen PVC-Boden, ein modernes Krankenhausbett
mit Nachttisch und zu Wolzows Überraschung einen
Flachbildfernseher an einer Wand. In einer Ecke standen mehrere Sixpacks mit Mineralwasserflaschen. Das
schmale Fenster unter der Decke war vergittert.
Wolzow trat neugierig näher. Das Gitter war an drei
Punkten fest in der Wand verankert. Die vierte Befesti-
gung war mit roher Gewalt aus dem Putz gerissen worden.

„Ich habe im Knast schon miesere Zellen gesehen",
sagte er.

„Denken Sie, was ich denke?", fragte Frenck.

„Und das wäre?"

„Hier wurde jemand festgehalten."

„Zumindest sieht es so aus, als hätte jemand eine Zeit
lang hier gelebt."

Er sah sich um. Ihm fiel noch mehr Gewalteinwir-
kung auf – zertrümmerte Möbel, abgeplatzter Putz und
Kratzspuren in den Wänden, die aussahen, als hätte ein
Raubtier sie mit seinen Krallen erzeugt.

„Ich glaube, das ist ein Krankenzimmer", sagte Frenck.

„Wie kommen Sie denn darauf?"

„Ich zeige es Ihnen."

Der angrenzende Raum war vollgestopft mit Medikamentenschränken, medizinischen Geräten, einem Elektroenzephalografen und einem Standfahrrad, wie man es für ein Belastungs-EKG benutzte.

„Bitte sehr", sagte Frenck, „die Teeküche fürs Personal."

Er öffnete eine Verbindungstür. In dem kleinen Raum dahinter gab es eine Kochplatte, eine Kaffeemaschine und einen Kühlschrank, in dem noch Lebensmittel lagerten. Auf dem Tisch lagen ein Kartenspiel und ein MP3-Player.

Wolzow ging zurück in das vermeintliche Krankenzimmer.

„Sehen Sie sich die Tür an", sagte er.

Die massive Feuerschutztür war nachträglich eingebaut und mit zwei schweren Stahlriegeln versehen worden. Das Blech war verbeult, als hätte ein Verrückter von innen mit einem Hammer darauf eingeschlagen, um auszubrechen.

„Wen haben die hier untergebracht? Frankensteins Monster?"

„Kommen Sie", sagte Frenck. „Ich kriege hier drin eine Gänsehaut."

„Sie haben doch eine Theorie, oder nicht?", fragte Wolzow.

Frenck zuckte mit den Schultern und zündete sich eine Zigarette an. „Verraten Sie mir zuerst, was Sie davon halten."

„Die haben hier illegale Experimente durchgeführt", sagte Wolzow, „und scheinen die Kontrolle darüber verloren zu haben."

„Experimente ... aber an wem und wozu?" Frenck blies eine Qualmwolke aus. „Mann Wolzow, vielleicht hatten Sie die ganze Zeit recht. Denken Sie an die Todesfälle in der Virchow-Klinik."

„Die Verstorbenen wurden ihren Familien übergeben. Die haben hier nicht mit Toten herumgespielt, sondern mit Lebenden. Und dennoch gibt es da eine Verbindung, die wir übersehen haben. Ich glaube mehr denn je, dass Jonah Grothe eine Riesensauerei aufdecken wollte und deshalb sterben musste."

„Haben Sie den alten Grothe noch mal dazu befragt?"

„Er weiß nichts. Der Junge wollte ihn einweihen, aber er kam nicht mehr dazu."

Frenck schüttelte den Kopf. „Jedenfalls liegen dort zwei tote Mitarbeiter von Kryotec – auf dem Gelände, das van Dyk gekauft hat. Leider können wir ihn nicht mehr dazu befragen, weil er überraschend das Zeitliche gesegnet hat. Verstehen Sie jetzt, warum ich den Polizeipräsidenten umstimmen konnte, was Sie betrifft? Bei der neuen Faktenlage hat der Staatsanwalt sofort seine Zustimmung für neue Ermittlungen gegeben. Sie waren auf der richtigen Spur."

„Haben Sie die Firmenleitung schon informiert?"

„Nein."

„Okay, ich übernehme das."

Frenck warf seine Kippe in eine Pfütze und grinste. „Offiziell leite ich natürlich die Ermittlungen. Aber Sie können mir gerne assistieren. Nehmen wir diese Gefriermeister auseinander."

25

Lisa war sicher, dass das Klopfen und Hämmern des Regens auf den verwinkelten Dachflächen niemals verstummt war, seit sie das Haus als Vincents Ehefrau betreten hatte. Doch nun war es zum ersten Mal totenstill. Auch das unheimliche Eigenleben aus Schattenspielen und Echos war verschwunden, als wäre das Haus gemeinsam mit seinem Erbauer gestorben. Es war vorbei.

Sie breitete die Arme aus, drehte sich im Kreis und begann zu kichern. Verhalten noch, als könne sie damit die Geister im Haus wecken, brach sie bald in schallendes Gelächter aus. Die Worte des Notars hallten noch immer in ihrem Kopf wider.

„Ganz recht, auch die Firmenanteile Ihres Mannes gehen an Sie über, Frau van Dyk. Das Gesamtvermögen beläuft sich auf etwa 27 Millionen Euro, das Haus in Limburg nicht mitgerechnet."

Sie war reich. Reich und frei. Sie konnte bis zu ihrem Lebensende tun und lassen, was sie wollte.

Sie war zwar davon ausgegangen, dass sie Vincent beerben würde, doch sie hatte nur mit einem Pflichtteil gerechnet, schließlich waren sie erst ein paar Wochen verheiratet gewesen. Vor einer Stunde hatte der sauertöpfische Notar ihr eröffnet, dass Vincent vor vier Wochen ein neues Testament hinterlegt und sie als Alleinerbin eingesetzt hatte. Offenbar hatte er nie über seine Familie gesprochen, weil es keine gab.

Einen Augenblick regte sich ihr Gewissen. Hatte sie ihn falsch eingeschätzt? Vielleicht hatte er sie auf seine Weise wirklich geliebt, aber seine wahnhaften Ängste und seine extreme Persönlichkeit hatten es ihm unmöglich gemacht, seine Gefühle zu zeigen. Wäre alles anders gekommen, wenn er die Hilfe eines Therapeuten in Anspruch genommen hätte? Aber sie verwarf den Gedanken wieder. Vincent hätte niemals zugegeben, dass er psychisch krank war. Er hatte die Erbfolge wie jedes Detail in seinem Leben akribisch geplant.

Ein einzelner schwerer Regentropfen klatschte auf das Oberlicht der Halle. Binnen Sekunden setzte ein Hagelschauer ein, der als ohrenbetäubendes Crescendo von den Wänden widerhallte. Als wolle das Unwetter sie daran erinnern, welche Höllenqualen sie in diesen Mauern ausgestanden hatte.

Die vergangenen Wochen hatte sie wie paralysiert in dem verhassten Haus verbracht. Nun, da die Besitzrechte geklärt waren, würde sie es so schnell wie möglich verkaufen.

Eigentlich brauchte sie keine weitere Nacht darin zu verbringen. Sie besaß genug Geld, um sich eine Suite im teuersten Hotel von Limburg zu mieten oder rastlos um die Welt zu reisen – solange sie Lust dazu hatte. Aber zuvor gab es noch etwas zu erledigen. Sie musste einen letzten Kampf mit Vincent ausfechten. Sie würde alles, was an ihn erinnerte, aus diesem Haus entfernen. Sie würde die Hinterlassenschaften dieses Mannes völlig aus ihrer Umgebung und ihrem Inneren herauskratzen, um frei zu sein. Es war ein Exorzismus, zu dem sie keinen Priester brauchte, nur ihren eigenen Mut.

Sie durchquerte die Eingangshalle, die mit der geköpften Kryotec-Skulptur wie ein leeres Mausoleum wirkte. Achtlos warf sie ihre Winterjacke auf den Boden und streifte ihre Stiefeletten von den Füßen.

Im Wohnzimmer schaltete sie die Stereoanlage ein, suchte einen Sender, der keine verknöcherte Klassik, sondern Popmusik spielte, und drehte die Lautstärke bis zum Anschlag auf. Wie still es in diesem Haus gewesen war, als Vincent noch lebte. Die laute Musik hätte ihn schon nach wenigen Takten zu einem Tobsuchtsanfall getrieben.

„Du konntest dich einfach nicht entspannen, Vince. Niemals hast du dich gehen lassen", murmelte sie zu sich selbst. „Nur beim Sex. Weil du auch da die Kontrolle über mich hattest. Was ich fühlte, war dir völlig gleich."

Sie begann, eine Spur aus Kleidungsstücken zu hinterlassen und das Haus systematisch in Unordnung zu bringen. Dabei malte sie sich das Entsetzen aus, das ihn angesichts des Chaos befallen hätte. Nur ein heilloses Durcheinander konnte seinen Geist aus diesem puristischen Gemäuer vertreiben. Sie würde all das tun, was sie niemals hatte tun dürfen, weil es ihn in den Wahnsinn getrieben hätte.

Lisa schenkte sich einen doppelten Wodka ein, so wie es seine Gewohnheit gewesen war. Sie probierte ihn, verzog den Mund und kippte das Glas auf dem Perserteppich aus, der Vincent 50.000 Euro gekostet hatte. Sie durchstöberte die Bar und öffnete eine Flasche Champagner, trank den Ice Impérial aus der Flasche und begann zur Musik von Shakira zu tanzen, wobei sie ausgiebig Champagnerspuren um sich herum verteilte.

Lisa bewegte sich mit kleinen, federnden Schritten durch die Halle, bemüht, ihren angegriffenen Knöchel nicht zu sehr zu belasten. Selbst den stechenden Schmerz genoss sie, weil er zur Heilung gehörte.

In der Küche riss sie eine Tafel Schokolade auf, stopfte sich einen Riegel in den Mund und warf die Verpackung auf den Boden. Dann tanzte sie zum Eingangsbereich und schaltete die verfluchte Alarmanlage aus, das Symbol für Vincents Kontrollwahn. Sie trank noch einen Schluck und ging dann hinauf ins Obergeschoss. Während sie laut schmatzend das linke Bein nachzog, sangen Coldplay *Something just like this*.

Lisa summte die Melodie mit, biss Schokolade ab und weichte sie in ihrem Mund mit Champagner auf, der prickelnd und kitzelnd auf ihrer Zunge explodierte. Wie leicht konnte das Leben sein ohne Vincent. Sofort morgen früh würde sie ihren Mädchennamen Lisa Wegener wieder annehmen. Keinen Tag länger wollte sie den hochtrabenden Namen van Dyk tragen.

Im Bad stellte sie die Flasche ab, drehte den Wasserhahn über dem Whirlpool auf, gab ein Schaumbad dazu und begann, sich ihrer Unterwäsche zu entledigen. Dann sank sie in das sprudelnde, warme Wasser, trank Champagner, aß Schokolade und fühlte sich großartig.

Sie ließ sich tiefer in die Wanne sinken, bis das blubbernde Wasser über ihrem Kopf zusammenschlug. Der Traum, der sie Nacht für Nacht genarrt hatte, raste in flackernden Einzelbildern hinter ihren geschlossenen Augenlidern vorbei – Strömung, kaltes Wasser, ein ausgestreckter Arm, den sie nicht erreichen konnte, dann das milchige Eis über ihr, die Atemnot … und dann die

Dunkelheit. Er würde bald verblassen und dann ganz verschwinden, dessen war sie nun sicher. Die Toten vermochten die Lebenden nur zu beeinflussen, wenn sie es zuließen. Und sie war entschlossen, dem Ganzen ein Ende zu machen.

Irgendwo im Haus fiel ein Gegenstand um, wie ein nasser Sack, der klatschend auf den Boden trifft. Das Geräusch drang verzerrt und dumpf an ihre Ohren, war aber laut genug, um das Blubbern des Whirlpools zu übertönen. Sie streckte den Kopf aus dem Wasser und hielt den Atem an. Hatte sie tatsächlich etwas gehört oder narrte sie nur eine Luftblase in den Heizungsrohren? Sie lauschte angestrengt. Im Wohnzimmer sang Billy Joel über seinen Job als Piano Man. Lisa wünschte sich, sie hätte die Stereoanlage ausgeschaltet, bevor sie in den Pool gestiegen war. Bewegungslos verharrte sie und spitzte die Ohren, aber das Geräusch wiederholte sich nicht.

Langsam entspannte sie sich wieder. Sie tastete nach der Champagnerflasche, trank einen Schluck und schob sich das letzte Stück Schokolade in den Mund. Eine Weile genoss sie mit halb geschlossenen Augenlidern die Wärme des Wassers und das Prickeln der zerplatzenden Kohlensäurebläschen auf der Zunge.

Ein Schatten huschte an der offenen Tür zum Schlafzimmer vorbei, nur ein kurzes Flackern in ihrem Augenwinkel, das nicht einmal Sekundenbruchteile währte. Lisa fuhr auf, schaumiges Wasser spritzte aus der Wanne auf die Fliesen. Es war inzwischen kurz vor sechs. Die Dämmerung des trüben Januartages war rasch heraufgezogen, vor den Fenstern herrschte tiefschwarze Dunkelheit. Nur aus dem Erdgeschoss drang ein matter Lichtschein herauf. Lisa war sicher, dass das Licht vor ein paar Minuten noch nicht gebrannt hatte. Die Villa war mit einem Netz aus Sensoren ausgestattet, die automatisch die nächste Beleuchtungsquelle aktivierten, wenn sie eine Bewegung wahrnahmen. Daher musste sich das Licht längst ausgeschaltet haben, nachdem sie nach oben gegangen war, es sei denn ... jemand hatte es aktiviert.

Die Musik verstummte und machte einem leisen, schleifenden Geräusch Platz, wie Stoff, der über den Marmorboden gezogen wurde. Ihre Jacke. Jemand hob ihre Jacke auf!

Aber außer ihr war niemand im Haus. Und keinem Einbrecher würde es gelingen, Vincents ausgeklügelte Alarmanlage zu umgehen ... wenn sie die verdammte Anlage nicht ausgeschaltet hätte, weil sie sich von seiner verfluchten Paranoia nicht anstecken lassen wollte.

Die Beleuchtung in der Halle erlosch wieder. Lisa hörte ein feines Klingeln, eine kaum wahrnehmbare Melodie, die ihr allzu vertraut war. Sie rührte von dem Windspiel über der Terrassentür her, dessen hohle Messingstäbe, von einem Luftzug bewegt, gegeneinanderschlugen.

Sie setzte sich in der Wanne auf und lauschte. Das Geräusch verstummte allmählich. Hatte sie vergessen, ein Fenster zu schließen? Nein, sie war auf direktem Weg hinauf ins Bad gegangen. Ihr Herzschlag beschleunigte sich. Das Haus war vollgestopft mit Kunstgegenständen und kostbarem Krimskrams, den Vincent zusammengetragen hatte. Sein plötzlicher Tod musste sich schnell herumgesprochen haben. Wahrscheinlich bot das Haus jetzt ein verlockendes Ziel für Einbrecher.

Leise stieg sie aus dem Wasser, schlüpfte in ihren Bademantel und schlich zur Schlafzimmertür. Als sie über die Schwelle trat, schaltete der Bewegungsmelder das Deckenlicht ein. Nichts hatte sich verändert, der Raum erschien ihr so, wie sie ihn verlassen hatte. Sie ließ ihre Blicke über die vertrauten Gegenstände wandern – das Bett, eine Kommode, der Spiegel und die Schneekugelsammlung. In einer der Kugeln schneite es winzige weiße Plastikflocken. Es war die Kugel, die Vincent ihr geschenkt hatte.

Sie schrie erstickt auf und wich vor der harmlosen Schneekugel zurück, bis sie mit dem Rücken an die Balustrade stieß. Einer der Ledersessel, die vor dem runden Fenster am Ende der Empore standen, knarrte unter dem Gewicht eines Besuchers, der es sich in ihm bequem machte. Vincent hatte oft dort im Dunkeln gesessen. Er behauptete, die Dunkelheit, das Fehlen jedes Sinneseindrucks, schärfte den Verstand. Einige seiner genialsten Einfälle für Kryotec waren ihm in diesem Sessel gekommen.

Lisa näherte sich langsam dem Fenster. Nacheinander sprangen die in den Wandpaneelen versteckten Leuchten an, bis die Sitzgruppe vor dem Panoramafenster erhellt wurde. In dem Sessel saß Vincent van Dyk.

26

Das Firmengebäude von Kryotec lag in einem Indust-
riegebiet in Limburg-Offheim, in unmittelbarer Nähe
zur B 49. Die nüchterne Halle aus Fertigbetonteilen
glich den anderen Industriebetrieben ringsum. Nichts
deutete darauf hin, dass eines der innovativsten medi-
zinisch-technischen Unternehmen Europas hier seinen
Sitz hatte. Einzig das pyramidenförmige Dach über
dem eingeschossigen Büroanbau hob sich von den anderen Zweckbauten ab und trug die Handschrift von
van Dyk. Hinter der gläsernen Eingangstür, auf der das
Logo von Kryotec klebte, führte ein kurzer Korridor zu
einem Empfangsbereich, der zentral unter dem gläsernen Pyramidendach lag. Hinter einem futuristisch anmutenden Tresen saß eine perfekt gestylte Blondine.
Sie schaute Wolzow und Frenck mit einem strahlenden
Lächeln an.

„Was kann ich für Sie tun?“

Wie immer in Gegenwart einer attraktiven Frau reagierte Frenck hypernervös. Er nestelte an den Taschen
seines leberwurstfarbenen Regenmantels herum und
ließ den Dienstausweis fallen. Rasch bückte er sich danach und stellte sich vor.

„Wer leitet dieses Unternehmen seit dem Tod von
Vincent van Dyk?“, fragte er.

„Professor Nolte.“

„Dann melden Sie uns bitte an.“

„Wenn Sie keinen Termin haben, weiß ich nicht, ob er Zeit für Sie hat."

„Er hat." Wolzow grinste breit. Im Gegensatz zu Frenck fühlte er sich ganz und gar nicht befangen.

Die Mitarbeiterin griff zum Telefon, drückte eine Taste und wartete, dann legte sie auf.

„Tut mir leid, ich kann den Professor nicht erreichen. Er ist vermutlich in einer der Forschungsabteilungen."

„Dann gehen Sie ihn bitte suchen", sagte Wolzow.

„Um welche Angelegenheit handelt es sich?"

„Wir ermitteln in zwei Mordfällen", sagte Frenck. „Wir können ihn auch vorladen, wenn ihm das lieber ist."

Die Blondine verschwand ohne ein weiteres Wort in einem der Korridore. Wolzow sah sich um. Der Empfangsbereich war in kühlen Weiß- und Grautönen gehalten, genau wie van Dyks seltsames Haus. Offenbar hatte er kein Faible für Farben gehabt. Frenck in seinem grauen Mantel hob sich kaum vom Hintergrund ab.

An den Wänden hingen schwarz-weiße Porträtbilder, die Menschen verschiedenen Alters zeigten. Wolzow betrachtete die Bilder interessiert. Offenbar sollten sie auf künstlerische Weise die Reise von der Geburt bis zum Tod darstellen, ein Thema, das ihn ebenfalls faszinierte und das er in seinen eigenen Fotografien verarbeitete. Doch wer immer diese Aufnahmen gemacht hatte, war ein Dilettant gewesen. Die Bilder wirkten so steril und kalt wie die übrige Einrichtung. Technisch waren sie gut gemacht, aber Wolzow erkannte auf den ersten Blick, dass die dargestellten Alterungsprozesse aus dem Computer stammten. Kein Vergleich zu der Porträttechnik, die er benutzte.

Die Empfangsdame kehrte zurück. In ihrer Begleitung befand sich ein Mann um die fünfzig mit kurz geschnittenem, streng gescheiteltem weißem Haar, einem sauber getrimmten Schnurrbart und einer markanten Hakennase. Seine Augen waren von einem Netz aus Krähenfüßen umgeben, das sich hell von der gebräunten Haut abhob. Er trug Jeans und darüber einen weißen Arztkittel.

„Ich bin Professor Nolte." Er reichte Frenck die Hand. „Was führt Sie zu uns?"

Wolzow hielt sich bewusst abseits und gab vor, die Kunstdrucke und Fotografien zu studieren. Frenck warf ihm Hilfe suchende Blicke zu. Es war Wolzow rätselhaft, wie Frenck es bis zum Leiter der Kriminalinspektion Limburg-Weilburg geschafft hatte. Er mochte ein guter Verwalter sein, aber kriminalistischer Spürsinn ging ihm völlig ab.

„Es geht um zwei ihrer Mitarbeiter", hörte er Frenck sagen, „Claudia Keller und Rolf Buchner."

Nolte nickte. „Die beiden sind bei uns angestellt, richtig."

Während Frenck seinen Standardfragenkatalog abspulte, ließ Wolzow Noltes Erscheinung auf sich wirken und beobachtete ihn aus dem Augenwinkel. War er nervös, weil er etwas zu verbergen hatte, oder nur ungehalten, weil sie ihn bei der Arbeit störten? Als Frenck die Namen der Toten nannte, zuckte ein Nerv in Noltes Mundwinkel und verzerrte seine Lippen für einen Augenblick zu einem schiefen Ausdruck des Missfallens. Vielleicht nur eine Marotte, vielleicht mehr.

„Dann können Sie uns sicher auch sagen, was Ihre Mitarbeiter auf dem Gelände des alten Asklepios-Sanatoriums in Bad Ems zu suchen haben", sagte Frenck.

„Wir haben die Gebäude gekauft. Unser Unternehmen expandiert, der Limburger Standort wird zu klein und wir haben hier keine Möglichkeit, zu erweitern. Keller und Buchner arbeiten an einem Projekt, das Herr van Dyk leider nicht mehr beenden konnte."

„Worum geht es bei dem Projekt?"

Nolte zögerte. „Ich darf keine Firmengeheimnisse ausplaudern, auch nicht gegenüber der Polizei."

„Dann erklären Sie uns ganz allgemein, womit er sich zuletzt beschäftigte", sagte Frenck.

„Es geht um die Weiterentwicklung unserer Kernkompetenz – der Kryonik. Genauer gesagt, um ein neues Verfahren, vitrifiziertes Gewebe ohne Zellschäden wieder aufzutauen."

„Nach meinen Informationen sind Sie dazu doch längst in der Lage", sagte Wolzow.

„Jedes Verfahren lässt sich weiterentwickeln und verbessern. Mehr kann ich dazu nicht sagen."

„Bisher ist es Ihnen nur gelungen, einzelne Organe unbeschadet aufzutauen, nicht wahr?", fragte er weiter. „Vielleicht probieren Sie es ja inzwischen mit kompletten menschlichen Körpern."

Nolte kniff die Lippen zusammen. „Tut mir leid, wie ich schon sagte, handelt es sich dabei um Betriebsgeheimnisse."

„Und was hat van Dyks geheimnisvolles Projekt mit dem alten Sanatorium zu tun?"

„Nun, die Gebäude sind kaum mehr als Ruinen. Es wird noch mindestens ein Jahr vergehen, bis wir die Anlage nutzen können."

„Zu welchem Zweck?", fragte Frenck.

„Wir planen eine Anlage zur Kryokonservierung. Die Nachfrage von Kunden, deren Wunsch es ist, ihren Körper nach dem Tod in einer Stasis zu halten, wächst stetig."

„Das Aufbewahren von tiefgefrorenen Leichen ist in Deutschland verboten", sagte Wolzow.

„Bisher, ja. Aber wir gehen davon aus, dass das Gesetz bald entsprechend geändert wird."

„Sie müssen sich dessen ziemlich sicher sein."

„Ja, wir sind sehr zuversichtlich. Herr van Dyk verfügte über sehr gute Kontakte. Er steckte seine ganze Energie in das Vorhaben und war davon überzeugt, die gesetzlichen Zulassungen dafür zu erhalten. Das Projekt wird viele neue Arbeitsplätze hier in der Region schaffen."

„Ich hörte, dass die Börsenkurse von Kryotec nach dem Tod von van Dyk in den Keller gerauscht sind", sagte Wolzow.

„Das stimmt. Aber sie haben sich wieder erholt, nachdem wir die Aktionäre davon überzeugen konnten, dass ich die Firma ebenso gut leite, wie es Herr van Dyk getan hat. Und wir konnten, äh, neue Investoren gewinnen."

„Hält nicht seine Witwe jetzt über fünfzig Prozent der Anteile, nachdem sie ihren Mann beerbt hat?", fragte Wolzow.

Nolte nickte bedächtig, als wolle er Zeit gewinnen.

„Ich hörte, sie ist eine gute Ärztin. Hat sie nicht früher bei Kryotec eigene Projekte geleitet?"

„Sie sind gut informiert, aber Sie scheinen dennoch die neueste Entwicklung nicht zu kennen. Frau van Dyk hat ihre Anteile verkauft."

Damit war Frencks ohnehin wackelige Theorie zusammengebrochen. Wenn Lisa van Dyk etwas über illegale Praktiken bei Kryotec wusste, hätte sie keine bessere Gelegenheit bekommen können, ihre Nase in die Bücher zu stecken. Stattdessen hatte sie sich zurückgezogen. Die Firma interessierte sie offenbar nicht, nur das Geld. Sie musste nun eine reiche Frau sein und konnte machen, was sie wollte. Wolzow zog eine Werbebroschüre aus einem Edelstahlständer und studierte sie.

„Und obwohl Sie noch keine Genehmigung haben, bieten Sie Ihren Kunden bereits an, sich einfrieren zu lassen", sagte er. „Wo werden die Körper denn in der Zwischenzeit gelagert?"

„Das genau ist zurzeit unser Problem", antwortete Nolte. „Wir haben mehr Anfragen, als wir bearbeiten können. Mit der Möglichkeit, die Kunden hier lagern zu können, würde eine Vitrifikation sehr viel kostengünstiger werden. Im Augenblick sind wir gezwungen, die Leichen in Länder zu transportieren, in denen die Lagerung erlaubt ist, wie zum Beispiel die USA oder Russland. Eine sehr kostspielige Angelegenheit, die sich nur wenige Kunden leisten können."

Frenck lachte glucksend. „Russland, wie? In Sibirien etwa?"

„Der Tod ist kein Thema, über das man Witze machen sollte", antwortete Nolte pikiert. „Darf ich nun endlich den Grund Ihres Besuchs erfahren?"

„Es gibt Hinweise darauf, dass sich jemand dauerhaft auf dem Gelände des Sanatoriums aufgehalten hat", antwortete Frenck, „und dass er unter medizinischer Überwachung stand. Möglicherweise war er nicht ganz freiwillig dort."

„Ausgeschlossen." Nolte schüttelte heftig den Kopf. „Darüber wäre ich informiert. Wir haben gerade erst mit den Vorarbeiten auf dem Gelände begonnen. Es wird noch mindestens ein Jahr vergehen, bevor wir die Voraussetzungen für unser Projekt geschaffen haben."

Wolzow ließ sich in einen der Sessel fallen. „Vielleicht dauert Ihnen das ja zu lange. Sie haben nicht zufällig ein paar illegale Experimente dort durchgeführt? Vielleicht *Kunden* eingefroren und wieder aufgetaut, um Ihre Verfahren zu verbessern? Und weil Sie es sich nicht leisten konnten, diese Versuche hier durchzuführen, wo Sie jederzeit mit einer Kontrolle durch die zuständigen Behörden rechnen müssen, sind Sie nach Bad Ems ausgewichen. Haben sich Buchner und Keller darum gekümmert?"

„Ich weiß nicht, wovon Sie sprechen."

„Wirklich nicht?", fragte Frenck. „Kannten Sie die beiden gut?"

„Kannten?"

Wolzow riss sich von der Betrachtung der Bilder los. „Sie sind tot. Wir gehen davon aus, dass sie ermordet wurden."

„Er...mordet?"

Nolte erbleichte. Der Nerv in seinem Mundwinkel zuckte noch heftiger als zuvor. Er wusste offenbar nichts vom Tod seiner Mitarbeiter, so viel stand fest.

„Und zwar auf äußerst brutale Weise", bestätigte Frenck. „Gibt es jemanden, der einen Grund gehabt hätte, sie umzubringen? Jemanden, der sehr wütend auf sie war? Mehr als das, der sie vielleicht … hasste?"

Nolte schüttelte den Kopf. „Nein … nein … oh, mein Gott."

Mit unsicheren Schritten ging er zu der Sitzgruppe im Empfangsbereich und ließ sich kraftlos in die Polster fallen. Seine Erschütterung war nicht gespielt.

„Da es sich um zwei Mitarbeiter von Kryotec handelt, besteht möglicherweise ein Zusammenhang zwischen Ihrer Arbeit hier und dem Mord", sagte Wolzow.

„Wie meinen Sie das?"

„Sie haben es eben selbst erwähnt. Kryotec hütet jede Menge Betriebsgeheimnisse – Informationen, die für die Konkurrenz sehr wertvoll sind. Hatten Keller und Buchner Zugang zu solchen Geheimnissen?"

„In gewissem Sinne – ja. Wissen Sie, hier ist eigentlich fast jeder Mitarbeiter mit Forschungsarbeiten betraut. Aber es sind immer nur Teilbereiche. Lediglich Herr van Dyk hatte den vollen Überblick – und ich natürlich."

„Es gibt Anzeichen, dass die Opfer gefoltert wurden. Vielleicht wollte man ihnen auf diese Weise Firmeninterna entlocken", sagte Wolzow.

Nolte antwortete nicht. Sein Mundwinkel zuckte jetzt unentwegt, seine Hände zitterten.

„Sie bleiben also bei Ihrer Aussage, dass Kryotec auf dem Gelände keinerlei Forschungen durchgeführt hat?"

Nolte nickte und stand auf. „Kommen Sie mit, ich möchte Ihnen etwas zeigen."

Der Professor führte sie durch die angrenzende Halle in einen separaten Anbau.

Frenck schlug den Kragen seines Mantels hoch.

„Verflucht kalt hier", sagte er.

„Die Tanks sind zwar sehr gut isoliert, geben aber trotzdem Kälte nach außen ab", sagte Nolte.

Er deutete auf vier aufrecht stehende runde Edelstahlbehälter. Sie hatten etwa einen Meter Durchmesser und waren über zwei Meter hoch.

„Dort sehen Sie einen der Transportbehälter, mit denen unsere Kunden in die USA überführt werden."

Der sargartige Kasten ähnelte dem Ding in van Dyks Keller.

Nolte öffnete eine weitere Tür und bat sie, einzutreten. Der Raum erinnerte Wolzow an einen Operationssaal. In der Mitte stand eine Art OP-Tisch, umgeben von Stickstofftanks und komplizierten technischen Apparaten, deren Funktion Wolzow schleierhaft war.

„Hier werden unsere Kunden vorbereitet."

Frenck schnaufte. „Ich höre immer ‚Kunden'."

„Wir bevorzugen diese Bezeichnung", antwortete Nolte. „Streng genommen haben wir es hier nicht mit Toten zu tun, sondern mit Lebenden, die sich in einem Zustand zwischen Leben und Tod befinden, wenn Sie so wollen. Um einen Menschen erfolgreich einzufrieren, ist ein erheblicher technischer Aufwand nötig.

Man kann einen Körper, der auf -196 Grad heruntergekühlt und dessen Blut und Zellflüssigkeit durch eine Art Frostschutzmittel ersetzte wurde, nicht einfach im Keller einer Ruine auftauen. Das ist es, was ich verdeutlichen will."

„Mmmh", brummte Frenck, „das leuchtet ein. Und Sie haben keine Vermutung, was Ihre Mitarbeiter dort getrieben haben?"

„Vielleicht."

„Dann lassen Sie mal hören", sagte Wolzow.

„Nun, Herr Buchner hatte private Probleme. Ich könnte mir denken, dass er vorübergehend dort ... gewohnt hat."

„Hatten Keller und Buchner ein Verhältnis?", fragte Frenck.

„Davon weiß ich nichts." Noltes Mundwinkel zuckte. „Wie sind die beiden denn ums Leben gekommen?"

„Jemand hat sie zu Tode geprügelt", erklärte Wolzow. „Anschließend hat er ihnen faustgroße Steine in den Rachen geschoben und ihnen die Fußsehnen durchgeschnitten."

Nolte wurde kalkweiß. Er tupfte sich mit einem Taschentuch die Stirn ab. „Das ist ja ... entsetzlich."

„Finden wir auch. Wenn Ihnen etwas einfällt, das uns weiterhelfen könnte, melden Sie sich bitte bei uns."

Frenck reichte ihm eine Visitenkarte. Sie ließen den Professor bei seinen ‚Kunden' zurück.

Frenck zündete sich eine Zigarette an und lehnte sich an die Motorhaube seines BMWs. „Die sind total bekloppt hier. Glauben die wirklich, sie könnten in hundert Jahren einen Ihrer ... *Kunden* ... wieder auftauen?"

„Sie scheinen davon überzeugt zu sein."

„Pffh", machte Frenck. „Und wir sind keinen Schritt weiter."

„Doch, sind wir. Sie werden pünktlich Ihre Dienstmütze mit dem Anglerhut tauschen können."

„Hab ich was verpasst?"

„Sieht so aus. Ist Ihnen nicht aufgefallen, dass Nolte kreidebleich wurde, als ich ihm gesteckt habe, wie seine Leute gestorben sind?"

„Vielleicht kann er kein Blut sehen", sagte Frenck.

„Er weiß mehr, als er zugibt. Wir sollten ihn zwei Tage schmoren lassen und dann vorladen. Nach spätestens einer Stunde verrät er uns alles, was er weiß."

„Was macht Sie so sicher? Ich hatte den Eindruck, dass er überhaupt nicht weiß, was passiert ist."

Wolzow tippte sich an die Nase. „Instinkt. Ich schätze, er kennt den Mörder. Und er hat eine Scheißangst, er könnte sein nächstes Opfer werden."

27

„Hast du wirklich geglaubt, du wirst mich so einfach los?"

Vincent hob den Arm und schnippte mit den Fingern. Die Bewegung löste den Sensor des Punktstrahlers über der Sitzgruppe aus. Hartes, weißes Licht enthüllte jede Einzelheit seines Gesichts – die rastlosen Augen, die hohlen Wangen und die scharfen Falten entlang seiner Mundwinkel. Er war noch hagerer geworden, so als hätte ihn ein Fieber ausgezehrt. Aber das war schließlich kein Wunder, wenn man seit zwei Wochen tot war.

Der Schrecken lähmte Lisa. Starr wie eine Puppe stand sie auf der Empore, unfähig, zu antworten oder sich zu bewegen. Was sie sah, war unmöglich. Vincent war tot, niemand kehrte aus dem Grab zurück. Sie hatte seine Leiche berührt, nach seinem Puls getastet und sich vergewissert, dass er nicht mehr lebte. Sie hatte ihn in der Kühlkammer gesehen, kalt und steif gefroren wie ein Eisblock. Der Gerichtsmediziner hatte ihn von oben bis unten aufgeschnitten, und doch stand er vor ihr. Ihr Verstand suchte verzweifelt nach einer Erklärung. Vincent war tot, also konnte er nicht hier sein. Und doch saß er dort, so wie er es immer getan hatte, wenn er etwas ausheckte. Der Sessel knarrte leise unter seinem Gewicht. Gespenster wogen nichts. Oder war das auch eine Lüge?

„Du scheinst nicht besonders erfreut zu sein, mich zu sehen."

Seine Stimme war noch dieselbe, etwas rauer, staubig und trocken wie Asche. Und blass war er, kalkweiß wie die Wand hinter ihm.

„Das ... kann nicht sein", stammelte Lisa. Sie schloss die Augen und öffnete sie wieder.

„Buh!"

Vincent lachte und stemmte sich federnd hoch. Seine Bewegungen waren elastisch und schnell, wie sie es von ihm gewohnt war. Tot zu sein war anscheinend nicht besonders anstrengend.

„Du hast mir eine Menge Unannehmlichkeiten bereitet." Er breitete die Arme aus und blickte an sich herab. „Schau, was du aus mir gemacht hast. Ich bin ein lebender Toter, ein Zombie."

Lisa hörte ein klapperndes Geräusch. Es dauerte eine Weile, bis sie begriff, dass ihre Zähne aufeinanderschlugen. Jedes Gefühl von Angst, das sie bisher erlebt hatte, war ein Spaziergang im Sonnenschein gewesen im Vergleich zu dem abgrundtiefen Horror, den sie jetzt empfand.

„Nein, nein. Du bist nicht real."

Sie schüttelte den Kopf und wich zurück. Es war Vincent. Sie kannte jedes Zucken seiner Muskeln, seinen Geruch und die bedrohliche Aura unterdrückter Wut. Aber es war unmöglich.

„Sterben ist wie eine Reise auf einem langen, ruhigen Fluss", erklärte er in seiner herablassenden Art. „Man gleitet sanft hinüber und spürt kaum, wie man ankommt." Er schwankte leicht und fuhr sich mit der

Hand über das Gesicht, als wolle er Spinnweben vertreiben, die seine Haut berührten. Er blinzelte, einen Wimpernschlag lang lag unsäglicher Schmerz und Angst in seinem Blick, die kalter Zorn wieder verdrängte.

„Nicht mit der Rückkehr zu vergleichen", fuhr er fort. „Sie ist wie der Ritt auf einem Baumstamm über Stromschnellen."

„Wie hast du das geschafft? Ich kann es nicht glauben."

Er ging weiter auf sie zu. Je näher er kam, desto ohnmächtiger fühlte sie sich, desto deutlicher wurde, dass er kein Trugbild war. Seine Nähe stieß sie zurück in die Lethargie, aus der sie sich befreit zu haben glaubte.

„Du wirst bald spüren, dass ich kein Gespenst bin", sagte er. „Du wirst es bald verstehen, Lisa."

Vincent van Dyk war von den Toten auferstanden. Davon hatte er immer geträumt. Und nun war es ihm gelungen. Er legte den Kopf schief und sah sie an, wie er es oft getan hatte. Doch diesmal funkelte kein körperliches Verlangen in seinen Augen, keine Gier nach Sex. Es war pure Mordlust.

„Ich weiß, was du denkst. Du bist beeindruckt. Er hat es geschafft! Vincent van Dyk hat die letzte Grenze überschritten und sich aus dem Reich der Schatten befreit."

Er runzelte die Stirn und senkte den Blick, als quäle ihn eine Erinnerung. „Schatten gibt's genug, dort, wo ich herkomme. Ich sehne mich nach Licht. Die Unsterblichkeit fühlt sich nicht besonders angenehm an. Hab's mir ein bisschen anders vorgestellt. Ihr werdet für das bezahlen, was ihr mir angetan habt ... Kerkhoff, Nolte und du!"

„Ich wollte dich nicht töten."

Seine Augen trübten sich und wurden glasig. „Wollte dich nicht töten", wiederholte er mechanisch. „Mitgefangen, mitgehangen." Er grinste und entblößte blutendes Zahnfleisch.

Lisa bezwang ihre grauenvolle Furcht und konzentrierte sich auf das, was sie sah. Etwas stimmte nicht mit ihm. Er schien kurze geistige Aussetzer zu haben wie ein Absence-Epileptiker; Augenblicke, in denen er nichts weiter war als eine ferngesteuerte, seelenlose Hülle. Vielleicht lag darin die einzige Chance, die sie bekommen würde.

Sie musste ihn beschäftigen, ablenken, bis sie wusste, wie sie mit der unwirklichen Situation umgehen sollte. Währenddessen zog sie sich mit sparsamen Bewegungen weiter zurück zur Treppe.

„Wie ist es denn ... drüben?"

„Du wirst es bald erfahren. Denn du wirst sterben, Lisa. Und *du* wirst niemals zurückkehren."

Er stierte auf einen Punkt hinter ihrer Schulter und sein Gesicht verwandelte sich in eine Grimasse des Schreckens.

„Stromschnellen", flüsterte er heiser, „weißes Wasser."

Er war verrückt. Sie hatte keine Ahnung, wie er das Kunststück fertiggebracht hatte, die Überdosis Propofol und das Skalpell des Pathologen zu überstehen. Aber eins war ihr klar: Wenn er sie zu fassen bekam, würde er sie umbringen. Und niemand würde ihn anklagen, denn einen Toten konnte man nicht vor Gericht stellen. Sie drehte sich um und rannte.

Lisa hörte, dass er ihr folgte, schnell und zielsicher wie ein Panther, der auf Beute aus war. Auf halbem Weg zur Treppe riss sie ein jäher Ruck herum. Ihr Bademantel hatte sich an der Klinke der Schlafzimmertür verfangen. Sie befreite sich hastig und sah aus dem Augenwinkel, dass Vincent aufholte. Blindlings lief sie ins angrenzende Bad, schlug die Tür hinter sich zu und verschloss sie. Er schrie und tobte und warf sich mit seinem ganzen Gewicht gegen die dünne Barriere. Das Türblatt knirschte und ächzte im Rahmen. Lange würde sie ihn nicht aufhalten können.

Aber es gab keine weitere Tür und keinen Fluchtweg. Das einzige Fenster befand sich unerreichbar für sie in der Decke – ein großes achteckiges Oberlicht in der schrägen Dachfläche, durch das die Dunkelheit sickerte wie schwarzes Löschpapier. Sie saß in der Falle.

Vincent rannte gegen die Tür an. In seiner Wut schien er keine Schmerzen zu spüren, vielleicht war er dazu auch gar nicht mehr in der Lage. Es war nur eine Frage der Zeit, bis er am Ziel war.

Lisa blickte sich gehetzt um. Das Waschbecken, ihr bleiches Ebenbild im Spiegel darüber – der weiße Bademantel war an der Schulter eingerissen, der Ärmel baumelte herab –, der Whirlpool, in dem noch immer lustige Luftblasen aufstiegen … und die halb leere Champagnerflasche. Sie fasste die Flasche am Hals und schlug sie gegen den Wannenrand. Der Boden brach ab und hinterließ eine gezackte, scharfe Bruchkante.

Holz splitterte krachend, Vincents Hand erschien in dem Spalt zwischen Tür und Rahmen. Bevor sie ihn zurückdrängen konnte, hatte er die Tür ganz aufgestoßen. Hypnotisiert starrte er Sekunden auf das schäumende Wasser in der Wanne. „Stromschnellen", flüsterte er.

Sie schätzte ihre Chancen ab, doch selbst in dem kurzen Augenblick, in dem er in ein düsteres Zwischenreich seines Bewusstseins abtauchte, würde sie nicht an ihm vorbeikommen. Sie packte die Flasche mit beiden Händen und hielt sie mit ausgestreckten Armen vor sich.

Sein Blick löste sich von dem wirbelnden Wasser und heftete sich auf Lisa. Langsam begannen sie sich zu umkreisen. Vielleicht bemerkte er nicht, dass sie sich auf diese Weise der Tür näherte, während er gebannt die improvisierte Waffe fixierte. Doch dann riss er ein Badetuch von der Haltestange, schwang es blitzschnell wie ein Lasso und schlug nach der Flasche. Wasser schwappte aus dem Whirlpool, das Tuch verfing sich in den Glaszacken. Er zog mit aller Kraft daran und entwand ihr die zerbrochene Flasche. Sie schlitterte über die Ablage neben dem Pool, fegte Shampooflaschen und Cremedosen zur Seite und blieb in einer Ecke liegen.

Lisa rutschte auf dem nassen Boden aus und verlagerte ihr Gewicht ungewollt auf den verletzten Knöchel, der unter ihr einknickte, als wäre er aus Papier. Der Schmerz brachte sie an den Rand einer Ohnmacht. Sie prallte mit der Stirn gegen die Kante der Wanne und drohte das Bewusstsein zu verlieren.

In Sekundenschnelle war Vincent über ihr, vergrub seine Finger in ihrem Haar und presste seine kalten Lippen auf ihre Ohrmuschel.

„Gute Reise, Lisa!"

Er zerrte sie über den Wannenrand und drückte ihren Kopf unter Wasser. Der Drang, zu atmen, wurde übermächtig. Sie tastete panisch umher, aber in dem schäumenden Wasser konnte sie nichts sehen. Ihre Finger stießen gegen einen scharfen Gegenstand und griffen instinktiv zu. Das musste die Champagnerflasche sein. Lisa schlug blind um sich. Aus weiter Ferne hörte sie Vincent aufschreien, der Druck auf ihren Nacken ließ plötzlich nach. Sie tauchte auf und holte gierig Luft. Das Wasser im Pool färbte sich rot.

Vincent wimmerte vor Schmerz wie ein Kind, das sich das Knie aufgestoßen hat. Sein rechtes Hosenbein war blutdurchtränkt.

Lisa stemmte sich hoch und humpelte auf die Empore hinaus. Jeder Schritt verursachte Höllenqualen in ihrem Knöchel, aber wenn sie stehen blieb, war sie verloren. Die unmittelbare Todesangst mobilisierte ihre letzten Reserven. Aus dem Badezimmer drang wütendes Gebrüll. Lisa stützte sich auf der Balustrade ab und hüpfte einbeinig die Stufen hinab.

Vincent erschien auf der Empore. Er blutete heftig, schien aber die Schmerzen in seiner Wut kaum zu spüren, denn er nahm sofort die Verfolgung auf.

Auf der drittletzten Stufe erwischte er einen Zipfel ihres Bademantels und brachte sie zu Fall. Sie geriet aus dem Gleichgewicht und landete bäuchlings auf dem Boden der Halle. Vincent heulte triumphierend auf. Lisa drehte sich auf den Rücken und war sich ihrer

Nacktheit bewusst. Sie fühlte sich ausgeliefert und noch verletzlicher, als sie es ohnehin war.

Vincent hatte das untere Ende der Treppe erreicht.

„Du hast mit ihm geschlafen, hast einen Narren aus mir gemacht."

„Ich habe dich niemals betrogen."

„Dafür schick ich dich auf die andere Seite, Lisa. Du wirst nette Leute kennenlernen ... Leute ... und andere ... *Dinge.*"

Sie suchte panisch nach einem Ausweg oder einem Gegenstand, den sie zur Verteidigung benutzen konnte. Die Eingangshalle war leer bis auf ihre Stiefeletten, die sie achtlos von den Füßen gestreift hatte, und den Brunnen mit der gläsernen Eiskristallskulptur.

Vincent blieb stehen, runzelte die Stirn und betrachtete die zerbrochene Figur. Es schien, als versuchte er sich zu erinnern, was an jenem Abend geschehen war, als er gestorben war, ohne wirklich zu begreifen, was er sah. Lisa nutzte seine Verwirrung, sprang auf und rannte blindlings von ihm weg. Als sie ihren verletzten Fuß belastete, schrie sie gepeinigt auf. Der Schmerzensschrei holte Vincent aus seiner Abwesenheit. Plötzlich schien er wieder im Hier und Jetzt zu sein und genau zu wissen, warum er gekommen war.

„Du kannst dich nicht vor mir verstecken. Nicht hier, nirgendwo. Ich werde dich finden und töten."

Die Terrassentür stand einen Spalt weit offen, um das Schloss herum war der Rahmen verbogen und gesplittert. Auf diesem Weg war er also ins Haus gelangt. Das Geräusch, das sie vorhin unterschwellig wahrgenommen hatte, war das Nachgeben des Türrahmens gewesen, als er sich gewaltsam Zutritt verschafft hatte.

Lisa lief auf die Glasfront zum Garten zu, bedacht, möglichst viel Raum zwischen sich und Vincent zu bringen. Als sie die Skulptur in der Mitte der Halle erreicht hatte, holte er sie ein. Er erwischte ihren linken Unterarm und riss sie herum. Aus der Nähe bemerkte sie die Veränderungen an ihm, die ihr im Halbdunkel auf der Empore entgangen waren. Seine Haut war von einem Schleier überzogen, der von innen heraus an die Oberfläche zu drängen schien. Auf seinen Wangen, unterhalb der Kieferknochen und seitlich am Hals schimmerten weiße Stellen, als hätte er sich Erfrierungen zugezogen. Nur in seinen Augen brannte das gleiche aggressive Feuer, das sie so gut kannte. Und noch ein Detail fehlte: Die winzige dreieckige Narbe in seinem linken Auge war verschwunden.

Die Berührung seiner Hand verursachte ihr Brechreiz. Sie fühlte sich schmierig und eiskalt an, wie die Finger eines Toten.

„Lass mich los!"

Aber Vincent dachte nicht daran. Er versuchte, ihren freien Arm unter seine Kontrolle zu bringen, aber Lisa wehrte sich verbissen und prügelte auf ihn ein.

Er steckte den planlosen Angriff klaglos ein und schlug ihr ins Gesicht. Von der Wucht des Schlages getroffen, stolperte sie rückwärts. Vincent setzte nach, schlug nach ihr und traf sie am Kinn. Ihre Unterlippe platzte auf, Blut strömte über ihr Kinn. Der nächste Hieb traf sie in den Magen. Sie brach in die Knie und krümmte sich vor Schmerz zusammen. Ihr war so übel, dass sie glaubte, sich augenblicklich übergeben zu müssen. Kaum lösten sich ihre verkrampften Muskeln, als sie ein Tritt an der linken Niere traf. Sie bekam keine

Luft mehr, alles drehte sich und wurde schwarz. Sie würde sterben, Vincent würde sie umbringen. Seiner brutalen Kraft war sie nicht gewachsen. Sie schloss die Augen und betete, dass sie rasch das Bewusstsein verlieren würde.

„Stromschnellen", stieß er heiser hervor. „Weißes Wasser. Sie lauern im weißen Wasser. Du musst aufpassen, dass sie dich nicht erwischen."

Er drehte sie grob auf den Rücken, kniete sich auf sie und schlug ihr ins Gesicht. Blut lief ihr in die Augen und nahm ihr die Sicht. Seine Hände näherten sich ihrer Kehle.

Der melodische Klang des Türgongs unterbrach den tödlichen Angriff. Jemand hämmerte gegen die Eingangstür. Endlich bekam Lisa wieder Luft. Sie schrie um Hilfe.

Der unbekannte Besucher antwortete, rief ihren Namen und läutete Sturm. Vincent zögerte. Dann ließ er von ihr ab und schlüpfte durch den offenen Spalt der Terrassentür ins Freie, wo ihn die Dunkelheit verschluckte.

Halb tot, zitternd und erschöpft von dem Abwehrkampf, streifte Lisa den Bademantel über ihre Schultern und kroch auf die Tür zu. Mit letzter Kraft erreichte sie den Eingangsbereich und streckte die Hand nach der Klinke aus.

28

„Lisa! Um Gottes willen, was ist passiert?"

Kerkhoffs massige Gestalt füllte den Türrahmen aus. Lisa schwankte und brach in seinen Armen zusammen. Sie spürte, dass er sie hochhob und ins Wohnzimmer trug.

„Kommen Sie. Es wird Ihnen gleich besser gehen."

Er legte sie auf der Ledercouch ab, hinter der sie Vincents Ende beobachtet hatte, und watschelte in die Halle zurück. Die Gummisohlen seiner Schuhe quietschten auf dem nassen Marmorboden. Kurz darauf kam er wieder, stellte einen Verbandskasten auf dem Couchtisch ab und begann, ihre Wunden zu versorgen.

„Was ist denn geschehen?"

Er sprühte ein Desinfektionsmittel auf den Riss über ihrer Augenbraue und klebte ein Pflaster über die Wunde.

„Sieht aus, als müsste das genäht werden. Ich rufe besser einen Krankenwagen."

„Wenn Sie mich endlich zu Wort kommen lassen, werden Sie es erfahren", sagte sie. „Ich ... ich möchte etwas trinken."

„Jaja, natürlich." Er leckte sich die Lippen. „Nach diesem Schreck wäre ein Cognac angebracht."

Er stöberte in Vincents Bar und goss Rémy Martin in zwei Cognacschwenker. Lisa bemerkte, wie er einen verstohlenen Blick ins Arbeitszimmer warf, sein Interesse schien dem Wandsafe zu gelten.

„Nun berichten Sie doch."

Sie probierte den Cognac, ließ ihn dann aber stehen, denn ihre verletzte Unterlippe brannte wie Feuer.

„Ich wurde ... überfallen."

„Ein Einbrecher? Oh, Lisa, dieses Haus ist zu abgelegen und viel zu groß für Sie. Sie sollten es verkaufen."

„Es war Vincent."

Kerkhoff kippte seinen Cognac und schenkte sich nach. Erst nach einigen Sekunden schien er zu begreifen, was sie gesagt hatte.

„Was meinen Sie damit?", fragte er.

„Er war hier. Und er wollte mich umbringen."

Er glotzte sie an, als hätte sie den Verstand verloren.

„Ich weiß, was Sie denken. Aber ich bin nicht verrückt. Es war Vincent. Er lebt. Und er will sich rächen. An mir, an Nolte und ... an Ihnen."

„Lisa. Die Ereignisse der vergangenen Wochen haben Sie sehr mitgenommen. Das ist ganz normal. Aber Sie müssen begreifen ... Vincent ist tot."

„Nein, das ist er nicht. Er war hier."

Er tätschelte ihren Unterarm und maß ihren Puls.

„Ich mache mir Sorgen um Sie, Lisa. Es war alles ein bisschen viel für Sie, erst Vincents Tod, dann die polizeilichen Ermittlungen ... eine Veränderung würde Ihnen guttun. Ich kann Ihnen eine kleine Privatklinik in Bad Ems empfehlen, der Chefarzt ist ein alter Freund von mir. Wenn Sie wollen ..."

Sie schüttelte seinen Arm ab. „Ich bin nicht verrückt. Versuchen Sie nicht, mich in die Klapsmühle zu stecken."

„Aber das will ich ja gar nicht." Er seufzte. „Also gut. Jemand ist ins Haus eingedrungen und hat Sie angegriffen. Und er sah Vincent ähnlich."

„Er ähnelte ihm nicht, er war es. Rufen Sie die Polizei an."

Kerkhoff erhob sich und ging langsam auf und ab, das Doppelkinn in die Hand gestützt.

„Ich würde das an Ihrer Stelle nicht tun."

„Warum nicht?"

„Wie wollen Sie denn belegen, dass Sie von einem Gespenst angegriffen worden sind?"

„Das Bad ist voller Blut, Vincents Blut. Mittels einer DNA-Analyse wird man feststellen, dass ich die Wahrheit sage."

Der Doktor blieb stehen. „Und wenn nicht? Wenn Sie sich irren? Wenn Ihre überreizten Nerven Ihnen nur einen Streich gespielt haben? Das könnte Ihre Glaubwürdigkeit ziemlich erschüttern, nicht wahr?"

Sie presste ein Taschentuch auf die blutende Lippe. „Was kümmerte es Sie, wenn ich mich lächerlich mache?"

Er ließ sich auf das Sofa plumpsen. „Viel, Lisa, sehr viel. Sehen Sie … der immense Stress, der durch den Tod eines nahen Angehörigen entsteht, kann zu Halluzinationen führen. Es ist nicht ungewöhnlich, wenn die Hinterbliebenen glauben, den Verstorbenen zu begegnen. Ich selbst sah meine Mutter zwei Tage nach ihrem Tod so deutlich, wie ich Sie jetzt sehe." Sein Arm beschrieb einen Bogen. „Das leere Haus, der Verlust und die Umstände von Vincents Tod, all das hat Sie ein bisschen durcheinandergebracht."

„Vergessen Sie den Vorfall", sagte Lisa. „Die Polizei wird sich darum kümmern. Was führt Sie zu mir?"

Kerkhoff runzelte die Stirn. „Wie ich schon sagte, ich sorge mich um Sie und dachte, Sie könnten vielleicht meine Hilfe benötigen."

„Sie haben ein ausgesprochenes Talent, im richtigen Augenblick zu erscheinen. Warum ausgerechnet jetzt? Warum nicht früher?"

„Nun, Sie wissen, ich war mit Vincent befreundet, habe mich um alles gekümmert und sein Begräbnis organisiert. Ich wollte einige Zeit verstreichen lassen, damit Sie zur Ruhe kommen. Vielleicht habe ich zu lange gewartet. Gott sei Dank entschloss ich mich heute zu einem Besuch – eine glückliche Fügung, wenn Sie so wollen."

„Ich habe Sie nicht um Hilfe gebeten."

„Dennoch sollten Sie meinen Rat befolgen und sich untersuchen lassen." Er schielte wieder zur offenen Tür von Vincents Arbeitszimmer hinüber.

Sie folgte seinem Blick. „Suchen Sie etwas Bestimmtes?"

„Nun, ich frage mich, warum Sie das Haus nicht aufgeben. Es ist ohnehin zu groß für Sie. Und, wie sich herausgestellt hat, gefährlich. Die Nachricht von Vincents Tod hat sich rasch verbreitet und könnte in der Tat Diebe anlocken."

„Es war kein Dieb."

„Lisa, ich ..."

„Er wird wiederkommen. Zu mir, zu Nolte und zu Ihnen."

Zum ersten Mal flackerte Angst in Kerkhoffs Augen auf.

„Sie wissen, dass ich die Wahrheit sage. Was haben Sie getan?"

„Ich weiß nicht, wovon Sie sprechen."

„Wirklich nicht? Vincent will sich rächen für das, was Sie ihm angetan haben. Vielleicht wartet er schon in Ihrer Praxis."

Ein Schweißtropfen rann an Kerkhoffs Wange herab.

„Ich werde Sie jetzt in die Virchow-Klinik bringen", sagte er.

„Ist das nicht sehr leichtsinnig?", fragte sie spöttisch. „Die Alarmanlage ist ausgeschaltet, die Terrassentür zerstört. Wer weiß schon, welche Geheimnisse in Vincents Safe liegen und Beute von Einbrechern werden könnten."

Ein Nerv zuckte in seinem Mundwinkel.

„Sie haben recht. Ich rufe einen Krankenwagen, der Sie nach Limburg bringt. In der Zwischenzeit werde ich hier die Stellung halten. Ihre Verletzungen sind vielleicht ernster, als Sie vermuten. Sie sollten das wirklich untersuchen lassen."

Lisa biss die Zähne zusammen und stand von der Couch auf. Kerkhoffs Fürsorge kam ihr verdächtig vor. Warum tauchte er ausgerechnet jetzt auf? Er hatte mit Vincent gemeinsame Sache gemacht … tat er das auch jetzt noch? Plötzlich kam ihr das leere Haus weniger gefährlich vor als Kerkhoff. Selbst Wolzow, der sie des Mordes verdächtigte, erschien ihr vertrauenswürdiger. Wenigstens setzte die Polizei sie nicht unter Drogen.

„Mir fehlt nichts weiter. Ich danke Ihnen für Ihre Hilfe. Bitte gehen Sie jetzt. Ich muss mich um die Terrassentür kümmern und die Polizei alarmieren."

Kerkhoff zögerte. „Sie können mich jederzeit anrufen, wenn Sie Hilfe brauchen. Vincent war mein Freund, und ich fühle mich Ihnen ebenfalls verpflichtet."

„Danke. Lassen Sie mich jetzt bitte allein."

Sie wartete, bis er umständlich die Halle durchquert hatte, nicht ohne zuvor noch einen letzten Blick auf den Wandsafe zu werfen. Dann fiel die Außentür ins Schloss.

Lisa kämpfte gegen den sich immer schneller drehenden Kreisel aus Angst und Panik an. Der Albtraum war nicht zu Ende, er hatte gerade erst begonnen. Sie humpelte ins Schlafzimmer hinauf und schlüpfte in eine Jeans und ein frisches Sweatshirt. Krampfhaft versuchte sie, ihre Gedanken zu ordnen, was ihr gründlich misslang. Der Drang, sich in einen dunklen Winkel zu verkriechen, wurde übermächtig. Als Kind hatte sie sich ein Nest aus warmen Wolldecken und weichen Kissen gebaut, wenn sie in der Dunkelheit Angst vor Monstern unter ihrem Bett bekam. Aber Vincent ließ sich nicht mit kindlich-magischen Beschwörungen vertreiben. Er würde sie finden, egal, wohin sie gehen würde, und sie töten. Auch ihr neuer Reichtum und die damit verbundene Freiheit würde sie nicht retten. Das Leben in ständiger Angst ging weiter.

War Vincent wirklich auf der anderen Seite gewesen und zurückgekehrt? Aber wie hatte er das geschafft? Wohl kaum, indem er sich aus seinem Sarg befreit und sich wie ein Maulwurf an die Oberfläche gewühlt hatte. Aber wenn *er* nicht auf dem Hauptfriedhof lag, *wen* hatte man dann dort begraben? Wo hatte er sich in der Zwischenzeit versteckt? Warum tauchte er gerade jetzt auf? Und vor allem ... wo war er in diesem Augenblick? Hinter alldem konnte nur Kryotec stecken, Nolte und Kerkhoff. Warum interessierte er sich so sehr für den Wandsafe? Hatte Nolte ihn angestiftet, sich bei ihr einzuschleimen und sich heimlich Zugang zu Forschungsunterlagen zu verschaffen, die Vincent im Tresor aufbewahrte? Hing dieses Wissen mit seiner missglückten Wiederbelebung zusammen?

„Du hast mit ihm geschlafen, hast einen Narren aus mir gemacht."

Wen hatte Vincent damit gemeint? Zuletzt hatte sie ihn gehasst, aber sie hatte ihn niemals mit einem anderen Mann betrogen.

Hatte Nolte die Gerichtsmediziner bestochen oder Vincents Leiche aus der Pathologie gestohlen und versucht, ihn wiederzubeleben? Selbst wenn es so abgelaufen war, gab es bei alldem ein Problem, das niemand, auch Nolte nicht, hätte lösen können. Vincent war eindeutig tot gewesen, keine Atmung, kein Puls. Vielleicht hätte man ihn unter klinischen Bedingungen ins Leben zurückholen können, jedoch nicht, nachdem die notwenigen Maßnahmen viel zu spät angelaufen waren.

Dennoch lebte er – wenn man seinen bedauernswerten Zustand so nennen konnte. Offiziell war Vincent tot und begraben. Er konnte Rache nehmen, ohne befürchten zu müssen, dass ihm die Polizei auf die Spur kam. Denn wer verdächtigte schon einen Toten des Mordes?

Ihr wurde klar, dass sie in noch größerer Gefahr schwebte, als sie angenommen hatte. Zwar hatte sie Vincent verletzt, aber er konnte jeden Moment zurückkehren. Außerdem war er nicht mehr mit herkömmlichen Maßstäben zu messen. Hatte er schon zu Lebzeiten einen außergewöhnlichen Charakter besessen, so war er nun völlig unberechenbar.

Sie brauchte Polizeischutz. Aber was sollte sie sagen?

„Mein verstorbener Mann hat heute Abend versucht, mich zu erwürgen. Ich will ihn anzeigen."

Die Vorstellung war absurd. Dennoch war Wolzow vielleicht der Einzige, der ihr glauben würde. Aber selbst wenn sie ihm die ganze Geschichte beichten würde, konnte er sie dann überhaupt noch eines Verbrechens bezichtigen? Das Opfer lebte ... und war zuvor durch ihre Schuld gestorben. Es war verrückt.

Sie hinkte in die Halle hinunter. Auf dem weißen Marmorboden glänzten halb getrocknete Blutflecken ... Vincents Blut. Wenn sie alles gestand, würde Wolzow eine DNA-Analyse veranlassen. Vergleichsmaterial fand sich genug im Bad. Vincents Rasierzeug, seine Kämme und Bürsten waren noch da. Das Ergebnis würde beweisen, dass sie nicht den Verstand verlor.

Was verbarg Kerkhoff? Konnte es sein, dass er mit Nolte zusammen Vincents Spur aufgenommen hatte und ihn hier in der Villa vermutete? Weil sie ihn zurück in das Kryotec-Labor bringen wollten? Plötzlich war sie sicher, dass Kerkhoffs zeitgleiches Auftauchen kein Zufall gewesen war. Wenn ihre Vermutungen richtig waren, drohte ihr noch von einer zweiten Seite Gefahr – von Kryotec.

Zu ihrem Schutz könnte sie eine private Sicherheitsfirma engagieren. Sie war reich genug, um Bodyguards einzustellen, die sie rund um die Uhr bewachen würden. Aber ihr fehlte die Zeit, um all das zu organisieren.

Außerdem wollte sie ein solches Leben nicht führen. Sie war gerade Vincents goldenem Käfig entronnen und verspürte keine Lust, ihn gegen einen anderen zu tauschen. Nein, lieber setzte sie alles auf eine Karte.

Sie suchte nach der Visitenkarte, die Wolzow ihr zugesteckt hatte, und wählte seine Handynummer. Da nur seine Mailbox ansprang, rief sie bei der Limburger Polizei an. Dort informierte man sie darüber, dass er heute nicht mehr ins Büro kommen würde, versprach aber, ihn über ihren Anruf in Kenntnis zu setzen.

Lisa drehte die Visitenkarte in den Fingern. Auf die Rückseite hatte er zusätzlich zu seiner Handynummer eine Adresse aufgeschrieben. Um keinen Preis der Welt würde sie eine Minute länger in diesem unheimlichen Haus verbringen! Sie streifte ihre Jacke über, lief in den Regen hinaus und machte sich auf den Weg.

29

Kurz vor Mitternacht steuerte Lisa ihren Peugeot 207 über regennasse Straßen nach Osten. Immer wieder blickte sie in den Rückspiegel. Die Angst vor dem Monstrum, das einmal ihr Mann gewesen war, war so übermächtig, dass es sie nicht gewundert hätte, wenn sie sich auf dem Rücksitz als schwarzer Schatten manifestiert hätte. Auf einer tiefen, unbewussten Ebene spürte sie, dass Vincent nach ihr suchte und nicht ruhen würde, bis er sie gefunden hatte.

Das Navigationsgerät empfahl ihr, noch vor dem Ortsschild von Eschhofen zu wenden. Stirnrunzelnd überprüfte sie die Adresse auf der Visitenkarte, fuhr weiter in den Ort hinein und drehte auf dem Hof einer Autowerkstatt. Einen Kilometer hinter dem Ortsausgang bog ein asphaltierter Wirtschaftsweg von der Landstraße ab. Auf einem verwitterten Schild stand: Hofgut Drei Eichen.

Der holperige Pfad endete vor einem parkähnlichen Grundstück. Eine niedrige Mauer umgab das Gelände. Bruchsteinpfeiler erhoben sich in regelmäßigen Abständen und dienten als Anker für einen rostigen Zaun mit spatenförmigen Spitzen. Die Flügel eines schmiedeeisernen Tores standen offen, sie sahen aus, als wären sie seit vielen Jahren nicht mehr bewegt worden.

„Sie haben Ihr Ziel erreicht."

Das Navi musste sich irren, oder die Adresse auf der Visitenkarte war falsch. Lisa zögerte, aber sie wollte jetzt nicht mehr zurück. Also steuerte sie den Peugeot die von Bäumen gesäumte Zufahrt entlang. Vielleicht befand sich hinter dem Park ja tatsächlich ein alter Gutshof.

Zwei Minuten später stoppte sie vor einem wuchtigen, mit spitzen Giebeln und verspielten Türmchen versehenen Haus. In der Einfahrt parkte ein mit Rostflecken und Beulen übersäter Pick-up. Bis auf ein Fenster über dem Garagentor, von dem in großen Flocken die braune Farbe abblätterte, war das Haus dunkel.

Es regnete noch immer wie aus Gießkannen. Lisa stieg aus und lief gebückt auf eine steile Treppe zu. An ihrem oberen Ende führte ein schmaler Betonweg auf der Rückseite des Gebäudes zu einer Tür. Auf dem vergilbten Klingelschild stand kein Name. Lisa läutete und wartete. Im Innern des Hauses flammte Licht auf, ein Schatten näherte sich, die Tür wurde geöffnet.

„Warum überrascht es mich nicht, dass Sie gekommen sind?"

Wolzow trug eine schlabbrige Jogginghose und ein schwarzes T-Shirt mit der Aufschrift „Ich muss gar nix". Sein dunkles, lockiges Haar war noch zerwühlter, als sie es in Erinnerung hatte, und sein Bart wucherte seit mindestens vier Tagen. Aus der Wohnung roch es nach kaltem Zigarettenrauch und Bier. Im Hintergrund lief Bluesmusik. Die Arme vor der Brust verschränkt, lehnte er sich an den Türrahmen und musterte sie neugierig.

Augenblicklich bereute sie, überhaupt gekommen zu sein.

„Ich bin nicht hier, um ein Geständnis abzulegen, falls Sie das erwartet hatten. Am besten verschwinde ich gleich wieder."

Sie drehte sich auf dem Absatz um. Wie hatte sie nur hoffen können, dass er ihr helfen würde? Hastig lief sie auf die Treppe zu und stolperte. Ihr verletzter Knöchel schickte Schmerzwellen durch ihr Bein. Sie stützte sich am Geländer ab, zog eine schmerzhafte Grimasse und rieb sich das Fußgelenk.

„Nun kommen Sie schon rein, bevor Sie sich den Hals brechen", sagte Wolzow.

„Warum müssen Sie immer auf mir herumhacken?"

„Tue ich das?"

„Ja, die ganze Zeit."

„Vielleicht haben Sie sogar recht. Aber das ist nun mal ..."

„Ich weiß, ich weiß. Es ist Ihr Job. Verschonen Sie mich mit Ihren Sprüchen."

„An diese Tür klopfen nur Leute, die verdammt verzweifelt sind. Sie wären nicht gekommen, wenn Sie eine andere Wahl hätten", sagte Wolzow.

„Diese Bruchbude sieht aus, als ob seit Jahrzehnten niemand mehr angeklopft hätte. Bei Ihrem Einfühlungsvermögen wundert mich das überhaupt nicht."

„Ja, das kann gut sein. Was haben Sie jetzt vor?"

Sie richtete sich auf, belastete vorsichtig den Knöchel und zuckte vor Schmerz zusammen.

„Ich kann gut auf mich selbst aufpassen."

„Ich seh's Ihnen an." Er deutete auf die Pflaster in ihrem Gesicht. „Wer hat das getan?"

„Das ist ... nicht einfach zu erklären."

„Dann versuchen Sie es. Ich habe Zeit. Das Fernseh-programm ist öde und meine Plattensammlung kenne ich auswendig."

„Ich glaube ... es ist besser, wenn ich gehe." Sie wandte sich um.

„Was immer Sie jetzt vorhaben, Sie sollten es nicht allein durchziehen", rief er ihr nach.

„Woher wollen Sie wissen, was ich zu tun gedenke?"

„Etwas ist geschehen, das Sie dazu zwingt, Ihr Leben aufzugeben und neu anzufangen. Ich schätze, Sie haben genug Kohle, um sich jeden Wunsch zu erfüllen, und trotzdem kommen Sie zu mir. Daraus schließe ich, dass Sie ein gewaltiges Problem haben."

„Und wenn schon."

Wolzow warf einen skeptischen Blick in den Nacht-himmel. „Wenn Sie noch länger überlegen, ob Sie mir trauen können, werden Sie sich eine Lungenentzün-dung holen. Meine bescheidene Bleibe ist nicht so ele-gant eingerichtet wie van Dyks Haus, aber besser als ein einsames Hotelzimmer."

Konnte er ihre Gedanken lesen? Vorsichtig näherte sie sich ihm.

Er hielt ihr die Tür auf. „Ich habe keine Lust, mir Ihre Geschichte im Regen anzuhören. Nun kommen Sie endlich rein, bevor wir beide völlig durchnässt sind. Ich verspreche auch, Sie nicht wieder zu fragen, ob Sie Ih-ren Mann umgebracht haben."

Zögernd folgte sie ihm in das winzige Appartement. Es herrschte ein unbeschreibliches Chaos aus Umzugs-kartons, Möbeln und Regalen, die auf ihre Montage warteten. In einer Ecke türmte sich ein Stapel leerer Bierkisten auf.

Wolzow fuhr sich durch die Haare und stellte die Musik ab. „Ich bin nicht gerade auf Besuch eingestellt. Eigentlich wollte ich nicht lange in Limburg bleiben, aber mein Aufenthalt hat sich durch unvorhergesehene Ereignisse in die Länge gezogen." Er räumte zwei Kartons mit Büchern und Schallplatten von einem grässlich geblümten Ohrensofa. „Kann ich Ihnen etwas anbieten? Einen Tee vielleicht?"

„Ja, danke. Ein Tee wäre nicht schlecht."

Er ging zu einer Küchenzeile, die aus einer Spüle, einer Mikrowelle und einem kleinen Kochfeld bestand, und füllte einen Wasserkocher.

Lisa setzte sich auf das Sofa und fühlte sich unbehaglich. Während er den Tee zubereitete, klappte sie neugierig den Deckel eines Kartons auf. Erstaunt zog sie eine Augenbraue hoch. Wolzow las Steinbeck und Dickens. Das hatte sie nicht von ihm erwartet.

Als er mit einem Tablett, einer Kanne und zwei Tassen zum Sofa kam, schloss sie hastig den Deckel. Überrascht nahm sie zur Kenntnis, dass er den Tee in hauchdünne chinesischen Porzellantassen eingoss. Er schien eine seltsame Mischung aus Chaot, Einsiedler und Philosoph zu sein, der zwischen Umzugskartons und Bierkisten lebte.

„Das ist richtiger grüner Tee, nicht der Dreck aus Beuteln", murmelte er. „Wird Ihnen guttun. Es ist verflixt kalt draußen."

„Sie bringen es immer wieder fertig, mich zu überraschen. Offenbar stecken Sie voller Gegensätze." Lisa probierte den Tee, er war wirklich gut und wärmte sie.

„Ich habe nicht immer in diesem Loch gehaust. Gewisse Umstände ... nun, zwingen mich dazu. Aber wir wollten über Sie reden. Verraten Sie mir nun endlich, wer Sie verprügelt hat?"

Sie schüttelte den Kopf. „Sie würden mir nicht glauben."

Er zuckte mit den Schultern und setzte sich in einen abgenutzten Ledersessel, der nicht zum Sofa passte.

„Versuchen Sie es."

„Sie haben mir auch nicht geglaubt, als ich Ihnen von der Nacht erzählt habe, in der ich die Felsen hinabgestürzt bin."

„Stimmt. Weil Sie gelogen haben."

Sie stellte die Tasse ab. Ihre Hände zitterten, das Porzellan klapperte leise.

„Ich ... weiß nicht, wo ich anfangen soll."

„Beginnen Sie mit jener Nacht."

„Vielleicht belaste ich mich damit selbst."

„Die Untersuchungen zum Tod Ihres Mannes sind eingestellt. Auch wenn Sie nun neue Erkenntnisse beisteuern, bedeutet das nicht unbedingt eine Wiederaufnahme der Ermittlungen. Darüber würde im Zweifelsfall ein Staatsanwalt entscheiden. Bis dahin ist es ein langer Weg. Dieses Gespräch ist kein offizielles Verhör. Alles, was Sie mir anvertrauen, können Sie jederzeit widerrufen."

Sie schwieg und trank Tee, um Zeit zu gewinnen und ihre rasenden Gedanken zu ordnen. Schließlich begann sie zu erzählen, von ihrer eigenen Hilflosigkeit, der Lethargie, in die sie gefallen war, und Vincents Fürsorge; und von seiner Wandlung zum Hypochonder mit der Neigung zu Tobsuchtsanfällen. Sie schloss ihren Bericht mit der Beobachtung des Mordes in dem alten Sanatorium.

„Warum sind Sie nicht früher zu mir gekommen?",
fragte Wolzow.

„Ich hatte keine Beweise für den Mord. Vincents An-
wälte hätten ihn rausgehauen. Sie haben Sierks doch
selbst erlebt."

„Wir hätten die Ruine durchsucht und Spuren gefunden. Wir finden immer etwas, glauben Sie mir. Manchmal ist es nur ein Haar, das einen Mörder überführt."

„Vielleicht. Vielleicht auch nicht. Können Sie nicht
verstehen, dass ich Angst hatte? Ich lebte mit einem
Mann zusammen, der so beiläufig einen Menschen ermordet hat, wie man eine Fliege totschlägt. Er hätte
auch mich in blinder Wut umgebracht."

„Und genau das hat er versucht, nicht wahr?"

„Der alte Grothe war in jener Nacht nicht im Garten,
er hat mit alldem nichts zu tun. Vincent wusste, dass
ich ihn im Sanatorium beobachtet hatte. Ich fuhr in Panik nach Limburg zurück, aber er erwischte mich, bevor ich verschwinden konnte. Er verfolgte mich durch
den Garten bis zu der Treppe zwischen den Felsen. Ich
glaube nicht, dass er mich töten wollte, er hatte andere
Pläne mit mir. Er hasste Ärzte und Untersuchungen
und hatte zugleich eine furchtbare Angst, zu sterben,
weil er ein Symptom übersehen könnte. Aber dann
rutschte ich aus und stürzte in die Tiefe. Nun war er es,
der in Panik geriet."

„Darum hat er Sie also in die Klinik gebracht und wieder mitgenommen", sagte Wolzow.

„Ja. Als ich aufwachte, lag ich in meinem Bett. Kerkhoff hatte mich mit Propofol betäubt, aber vergessen,
den leeren Beutel gegen einen neuen auszutauschen."

„Er hängt also mit in der Sache drin?"

„Ja, und Matthias Nolte auch, der wissenschaftliche Leiter von Kryotec. Kerkhoff erledigte vermutlich die Drecksarbeit für Vincent. Ich weiß nicht, weshalb er so abhängig von ihm war."

„Und dann?"

„Das Team von Kryotec weckte mich, Vincent war tot."

„Lisa? Sie versprachen, mir die Wahrheit zu sagen."

Sie bemerkte, dass sie steif wie eine Puppe auf der Sofakante hockte und auf einen Punkt hinter Wolzows Schulter starrte. Ohne Vorwarnung wurde sie von einem Heulkrampf geschüttelt. Die Bilder jener Nacht schossen aus den Tiefen ihrer Seele empor. Sie spürte, dass sie ihr Geheimnis mit jemandem teilen musste, und sehnte sich nach der ungeheuren Erleichterung, die Last abstreifen zu können.

„Ich hatte niemals vor, ihn zu ermorden, aber ich brauchte einen Vorsprung. Ich hatte solch schreckliche Angst, dass er mich umbringen würde. Er ... er hat mich überwacht und kontrolliert wie eine seiner Laborratten. Verstehen Sie das denn nicht?"

„Was haben Sie getan, Lisa?"

„Auf dem Nachttisch stand eine angebrochene Packung Propofol. Vincent war im Keller und kontrollierte seine verfluchte Kammer. Das Narkotikum war die einzige Chance, die ich hatte. Also schlich ich nach unten und kippte es in seinen Wodka, den er jeden Abend trank. Es wirkte, nur leider war die Dosis zu hoch. Als ich ihn später im Wohnzimmer fand, atmete er nicht mehr. Sein Herzschlag hatte ausgesetzt, er war tot. Ich konnte mir das nicht erklären, weil die Dosis auch bei oraler Verabreichung nicht stark genug gewesen wäre, um ihn umzubringen. Aber sie hätte mir ausreichend Zeit verschafft, um das Haus zu verlassen. Als Ärztin kannte ich seinen Medikamentenplan, den ich ja selbst erstellt hatte. Ich konnte das Risiko also einschätzen. Erst nach seinem überraschenden Tod fand ich in seinem Schreibtisch die anderen Medikamente. Ich wusste nichts von den Mitteln, die er zusätzlich nahm, das müssen Sie mir glauben. Bin ich jetzt ... eine Mörderin?"

Wolzow sah sie lange an. „Nein. Sie haben nicht in der Absicht gehandelt, ihn zu töten. Ein Staatsanwalt würde wahrscheinlich auf Körperverletzung mit Todesfolge plädieren. Aber meiner Erfahrung nach würde es zu keiner Verurteilung kommen, weil Sie unter enormem psychischem Stress standen und nur versucht haben, Ihr Leben zu schützen. Ein guter Strafverteidiger würde Sie raushauen."

„Aber ... Sie ... halten mich für eine Mörderin."

„Ganz sicher nicht. Dennoch hätten Sie von Anfang an die Wahrheit sagen müssen."

„Eine Stunde später tauchte dann das Team von Kryotec auf", fuhr Lisa fort. „Ich hatte Vincents Notfallarmband ganz vergessen, das sofort Alarm schlug, als sein Herzschlag aussetzte." Sie lachte auf. „Sagt man nicht, jeder Mörder macht einen Fehler?"

„Verraten Sie mir, warum das Team die Leiche in der Kühlkammer fand und nicht im Wohnzimmer, wo Ihr Mann gestorben war?"

„Ich geriet in Panik und sah mich schon mit einem Bein im Gefängnis. Ich konnte den Gedanken nicht ertragen, für seinen Tod verantwortlich gemacht zu werden. Dabei war er es doch, der mir das Leben zur Hölle gemacht hatte."

„Sie schafften die Leiche in die Kühlkammer, damit es so aussah, als ob er nach einer Überdosis Schlafmittel bewusstlos geworden und erfroren wäre."

Sie nickte krampfhaft.

„Was passiert jetzt?", fragte sie.

Wolzow trank seinen Tee aus. „Nichts. Wie ich schon sagte, die Ermittlungen wurden eingestellt. Belassen wir es dabei."

„Sie ... Sie verurteilen mich nicht?"

„Warum sollte ich? Sie denken, ich wäre darauf fixiert, Ihnen einen Mord nachzuweisen, aber das bin ich nicht. Ich hab mir die Geschichte schon vorher zusammengereimt. Und nun verraten Sie mir, warum Sie solche Angst haben. Sie haben das Vermögen Ihres Mannes geerbt, das Haus, Firmenanteile. Sie sind finanziell gut abgesichert und können tun und lassen, was Sie wollen. Van Dyk kann Sie nicht mehr daran hindern."

„Das ist nicht ganz richtig", erwiderte Lisa.

Wolzow sah sie fragend an.

„Er war es, der mich so zugerichtet hat. Vincent ist von den Toten zurückgekehrt. Fragen Sie mich nicht, wie er es geschafft hat. Aber nun kennt er nur ein Ziel: Rache. Er will mich und alle anderen töten, die ihn zu dem gemacht haben, was er ist: ein Monster."

30

Lisa beendete ihre Schilderung des Angriffs in der Villa.

„Ich brauche etwas Stärkeres als Tee", sagte Wolzow.

Er nahm sich ein Bier aus dem Kühlschrank und schnippte den Schnappverschluss von der Flasche. Eine Weile starrte er aus dem Fenster in die Regennacht hinaus und verdrängte die Vorstellung von eingefrorenen Leichen und aufgetauten Zombies. Er trank das eiskalte Bier und zwang seine wild hin und her springenden Gedanken in eine gerade Bahn. Wenn Lisa recht hatte und van Dyk noch lebte, könnte er immer noch die Wahrheit über Manuela erfahren – auch wenn er sie aus ihm herausprügeln musste. Aber stimmte diese unglaubliche Geschichte überhaupt? Lisa hatte ihn schon mehr als einmal belogen. Aber ihre Angst war nicht gespielt, sonst hätte sie nicht alles auf eine Karte gesetzt und wäre zu ihm gekommen. Doch von den Toten war noch niemand zurückgekehrt ... andererseits, wenn es jemanden gab, der dieses Kunststück vollbringen könnte, dann war es van Dyk.

„Wenn Sie mit dem Zählen der Regentropfen auf der Fensterscheibe fertig sind, können wir dann weitermachen?"

Wolzow fuhr herum. Lisa stand im Türrahmen und musterte ihn verärgert.

„Tut mir leid. Diese Geschichte, muss ich erst mal verdauen."

Sie ließ ihre Blicke über das Chaos schweifen und entdeckte die gerahmten Schwarz-Weiß-Fotografien, die unter dem Fenster an der Wand lehnten. Neugierig trat sie näher und nahm das vorderste Bild in die Hand.

„Das ist … eine sehr ungewöhnliche Aufnahme. Woher haben Sie die?"

„Hab ich selbst gemacht."

Wolzow nippte verlegen an seinem Bier. Er hatte die Bilder noch nie jemandem gezeigt. Aufmerksam studierte sie das Foto und fuhr mit dem Zeigefinger die Konturen des Porträts entlang.

„Seltsam. Ich sehe das Gesicht eines Greises und glaube doch, das Kind dahinter zu erkennen. Ein Kind, das längst nicht mehr lebt."

Wolzow verlor sich in ihren grünen Augen. Seine Mutter war bei seiner Geburt gestorben, er kannte sie nur von farbstichigen alten Polaroidfotos. Wenn sein Vater genug Schnaps in sich hineingeschüttet hatte, hatte er stets von ihren grünen Augen geschwärmt. So lange, bis er seine Wut über den Verlust auf seinen Sohn gerichtet hatte. Dann hatte er ihn einen Mörder geschimpft, gesoffen, bis er nichts mehr gespürt hatte, und ihn verprügelt. Vielleicht rührte Wolzows Vorliebe für grüne Augen daher, dass sie ihn an seine Mutter erinnerten. Er selbst hatte die eisblauen Augen seines Alten geerbt. Da konnte man nichts machen.

„Was ist? Warum starren Sie mich so an? Hab ich was Falsches gesagt?"

Wolzow kehrte in die Gegenwart zurück.

„Nein. Sie erinnern mich an jemanden, das ist alles."
Er riss sich zusammen und deutete mit der Flasche in

der Hand auf das Porträt. „Es ist eine Überlagerung aus mehreren Aufnahmen, eine Art Doppelbelichtung."

Er stellte sich neben sie und roch den schwachen Vanilleduft, den er auch wahrgenommen hatte, als er ihr Schlafzimmer betreten hatte.

„Der alte Mann besaß Fotos aus seiner Kindheit und späteren Lebensabschnitten. Ich fotografierte ihn und mischte die Aufnahme am Computer mit den anderen Bildern."

„Es ist eine Reise", sagte Lisa.

„Ja."

„Die Reise eines Lebens."

Sie stellte das Bild ab und nahm ein anderes in die Hand. Es zeigte eine Greisin, die auf die gleiche Weise fotografiert worden war.

„Kannten Sie diese Leute?", fragte sie.

„Nein. Ich bin ihnen nur ein einziges Mal begegnet. Kurz vor ihrem Tod."

Lisa stellte die Bilder nebeneinander. „Sie sind außergewöhnlich. Haben Sie nie daran gedacht, sie auszustellen?"

„Wozu soll das gut sein?"

„Sie könnten eine Menge Geld damit verdienen."

Wolzow packte die Fotografien zusammen und verstaute sie in einem der halb zusammengebauten Schränke. „Ich will mich an diesen Menschen nicht bereichern. Man muss nicht alles zu Geld machen."

Sie zuckte mit den Schultern. „Sie scheinen ja nicht gerade darin zu schwimmen. Es war nur ein Vorschlag."

„Danke für den Tipp", sagte Wolzow. „Geldmangel ist wohl eine Sorge, mit der Sie sich nicht herumschlagen müssen."

„Sie mögen keine reichen Leute, stimmt's?"

„Wie kommen Sie darauf?"

„Ich hab es gespürt, als Sie zum ersten Mal in unserem Haus waren. Sie blickten sich um, als wollten Sie die Villa am liebsten anzünden. Haben Sie sich deshalb so in Vincents Tod verbissen?"

„Ich hab nur meinen Job ..."

„Ja, ich weiß. Sie haben nur Ihren Job gemacht. Und Sie wollten ihm nicht nebenbei noch eins auswischen? Seinen Plan zerstören, den Tod zu besiegen ... für diese Art von Forschung benötigt man sehr viel Geld."

„Wenn Sie mich für einen Neidhammel halten, sollten Sie sich vielleicht woanders Hilfe suchen." Er trank das Bier aus und knallte die leere Flasche in einen Kasten.

„Nein, das sind Sie nicht", sagte Lisa. „Jemand, der so wunderbare Fotografien macht, ist nicht neidisch. Aber Sie ... sind so wütend. Da ist etwas, wonach Sie suchen ... und Sie können es nicht finden."

„Unsinn."

Er hatte das irritierende Gefühl, dass Lisa mit einem Schlüssel in dem rostigen Schloss herumstocherte, mit dem er sein Herz verschlossen hatte. Sie stand kurz davor, es zu öffnen, und das gefiel ihm nicht.

„Immerhin sind Sie Polizist. Ist es wirklich die Wahrheit, die Sie suchen? Oder versuchen Sie zu verstehen, warum Menschen Verbrechen begehen?"

Er zündete sich eine Zigarette an, um seine Finger zu beschäftigen, und rauchte schweigend.

Nach einer Weile sagte er: „Meine Frau starb vor drei Jahren bei einem Autounfall."

„Oh, das tut mir leid."

„Sie hatte kurz vor ihrem Tod Sex mit van Dyk."

Sie starrte ihn an, als hätte er den Mond vom Himmel geangelt. Ungläubig hörte sie zu, wie er von den Spuren berichtete, die darauf hindeuteten, dass ein Fahrzeug Manuelas Wagen von der Straße abgedrängt hatte. Von der Obduktion und dem Schock, dass sie eine Affäre gehabt hatte, und der Übereinstimmung der DNA mit den Blutspuren an Jonah Grothes Helm.

„Sind Sie deshalb nach Limburg gekommen?", fragte sie. „Um den Mörder Ihrer Frau zu suchen?"

Er nickte. „Dass es van Dyk ist, habe ich nicht gewusst."

„Das ist ... ein merkwürdiger Zufall", sagte sie.

„Das Leben steckt voller Zufälle. Van Dyk ist der einzige Mensch, der die Wahrheit kennt. Es gibt nur ein Problem."

„Welches?"

„Er hat ein Alibi für die Tatzeit."

„Aber die DNA-Probe? Hat man im Labor einen Fehler gemacht?"

Er zuckte mit den Schultern. „Ich weiß es nicht. Eigentlich hatte ich mich gerade damit abgefunden, dass ich die Wahrheit nie erfahren werde. Haben Sie eben ernsthaft behauptet, Ihr verstorbener Mann hätte versucht, Sie umzubringen?", fragte er.

„Ja."

„Sie müssen sich irren."

„Nein. Er war es."

„Nennen Sie mir einen Grund, warum ich Sie nicht für verrückt halten sollte", sagte Wolzow.

„Wenn Ihre Frau plötzlich vor Ihnen stünde, dann würden Sie sie doch sofort erkennen, nicht wahr?"

Er drückte die Zigarette aus. „Okay, der Punkt geht an Sie. Und wie sind Sie ihn losgeworden? Haben Sie ihn weggezaubert oder ...?"

„Das ist nicht komisch", fauchte sie. „Kerkhoff kam gerade noch rechtzeitig, um ihn zu verjagen. Wahrscheinlich haben Nolte und er darauf gewartet, dass Vincent in der Villa auftaucht."

„Ich kann mir eine Menge verrückte Sachen vorstellen, aber Sie müssen zugeben, dass Sie ziemlich dick auftragen."

„Ich kann es beweisen."

Er lehnte sich zurück und prostete ihr zu. „Da bin ich aber gespannt, wie Sie dieses Kunststück fertigbringen wollen."

„Ich habe ihn mit der zerbrochenen Champagnerflasche verletzt, er blutete stark. Können Sie nicht eine Probe des Blutes nehmen? Ein DNA-Abgleich wird zeigen, dass ich die Wahrheit sage."

Er nickte. „Das werden wir gleich morgen früh erledigen. Aber versprechen Sie sich nicht zu viel davon. In frühestens achtundvierzig Stunden wissen wir mehr."

„Dauert ein DNA-Test immer so lange?"

Er zuckte mit den Schultern. „Schneller habe ich noch nie ein Ergebnis bekommen. Gibt es sonst noch etwas, das ich wissen sollte?"

„Ja, da ist noch eine Sache."

„Dann heraus damit."

„Ich weiß nicht, ob es wichtig ist."

„Sonst hätten Sie es wohl nicht erwähnt", sagte er.

„Es ist … ziemlich merkwürdig. Und es lässt mich nicht gerade als verlässliche Zeugin erscheinen."

„Das zu beurteilen überlassen Sie ruhig mir."

Sie strich sich nervös eine Haarsträhne zurück.

„Als Vincent von der Tagung zurückkam, war er verändert, wie ausgewechselt. So, als stecke ein anderer in seiner Haut. Verstehen Sie, was ich meine?"

„Nicht ganz." Vielleicht ist sie ja wirklich nicht ganz dicht, dachte er. Erst sieht sie Tote herumlaufen und nun haben böse Aliens sich im Kopf ihres Mannes eingenistet. Er sollte wohl doch lieber die Finger von der Sache lassen.

„Es ist schwer zu beschreiben. Er sah aus wie Vincent, er redete und verhielt sich so, und doch war er nicht derselbe Mann. Eines Abends entdeckte ich eine kleine dreieckige Narbe in seinem Auge."

„Was ist daran so ungewöhnlich?"

„Vincent hat keine solche Narbe."

„Sie haben recht, Sie tischen mir eine Gruselgeschichte nach der anderen auf. Könnte er sich die Verletzung zugezogen haben, während er auf der Tagung war?"

„Nein, es war eine Narbe, keine frische Wunde."

Wolzow trank einen Schluck Bier. „Vielleicht ist sie Ihnen vorher nicht aufgefallen."

„Erinnern Sie sich daran, wie viele Narben Ihre Frau hatte?"

„Ja, ziemlich genau sogar."

„Ich habe Ihnen alles gesagt, was ich weiß. Wenn Sie es nicht glauben … kann ich das nicht ändern."

„Sie sind davon überzeugt, dass Ihr toter Mann Sie angegriffen hat – okay. Die Sache hat nur einen Haken."

„Und der wäre?"

„Vincent van Dyk ist so tot, wie man es nur sein kann. Er wurde obduziert, es gibt einen Pathologiebericht. Sie sind Ärztin und kennen sich in Anatomie aus. Wissen Sie im Detail, wie bei einer Obduktion vorgegangen wird?"

„Nein."

„Ich kann Ihnen versichern, dass der Gerichtsmediziner van Dyk von oben bis unten aufgeschnitten, seine Organe entnommen, gewogen und untersucht hat. Dann hat er sie in einem Plastikbeutel wieder in die Bauchhöhle gestopft. Anschließend wurde sein Schädel mit einer Säge geöffnet und das Gehirn herausgeholt. Vier Tage später ist er auf dem Limburger Hauptfriedhof beerdigt worden. Selbst wenn er auf wundersame Weise die Obduktion überlebt hätte, kann ich mir kaum vorstellen, dass er sich aus einem fest verschlossenen Eichensarg befreit und durch zwei Meter Erde an die Oberfläche gebuddelt hat. Verstehen Sie jetzt, was ich meine? Wenn die Typen von Kryotec ihn in flüssigen Stickstoff gepackt hätten, sähe ich zumindest eine Chance, dass an Ihrer Geschichte etwas dran ist. Aber Sie wissen so gut wie ich, dass das nicht geschehen ist. Also, haben Sie eine Erklärung?"

Sie schüttelte den Kopf. „Nein."

„Ich auch nicht."

„Und wenn er gar nicht obduziert wurde? Wenn er gar nicht in dem Sarg lag? Ich habe die Leiche nicht mehr gesehen, nachdem sie aus dem Haus gebracht worden ist. Sie etwa?"

Wolzow seufzte. „Ich bin seit fünfzehn Jahren Polizist, davon acht bei der Mordkommission. Ich hab allerhand seltsames Zeug erlebt und eine Menge Tote gesehen. Aber ich hab noch nie davon gehört, dass in einer gerichtsmedizinischen Abteilung eine Leiche abhandengekommen ist. Glauben Sie mir, Professor Klemm hat seinen Laden im Griff, und käuflich ist er auch nicht."

Sie schloss die Augen und lehnte den Kopf an die Wand. Ihre Hände zitterten. Wolzow verspürte einen Anflug von Mitleid.

„Ich habe Angst", flüsterte sie. „Entsetzliche Angst. Sie waren nicht dabei, haben ihn nicht gesehen. Ich weiß, dass er lebt und mich töten will. Er wird mich finden, egal, wohin ich gehe. Was ich Ihnen erzählt habe, ist schwer zu verstehen, aber wenn es jemand fertigbringen kann, aus dem Jenseits zurückzukommen, dann Vincent. Wenn Sie mir nicht helfen, weiß ich nicht, was ich tun soll."

„Ich habe nicht behauptet, dass ich Sie fortschicke. Hat er gesagt, warum er Sie töten will?"

„Er will sich rächen. Er sagte: ,Sieh doch, was ihr aus mir gemacht habt. Du steckst mit ihnen unter einer Decke, mit Kerkhoff, Nolte und den anderen.'"

„Hmm."

„Okay, ich werde woanders Hilfe suchen."

„Geben Sie immer so schnell auf?", fragte Wolzow.

„Wenn es um mein Leben geht, vertrödele ich ungern meine Zeit."

„Das sollten Sie auch nicht. Heute Morgen haben Bauarbeiter auf dem Gelände eines alten Sanatoriums in

Bad Ems zwei Leichen gefunden, Angestellte von Kryotec – Claudia Keller und Rolf Buchner. Sie wurden ermordet. Kannten Sie die beiden?"

Kryotec ... das Sanatorium, Kerkhoff, Nolte und Vincent, der eine Injektionsnadel in die Kehle eines Mannes rammt. War sie nicht die Einzige, die wusste, dass
in der Ruine ein Mord geschehen war? Die Ahnung,
dass etwas Schreckliches dort vor sich ging, verdichtete
sich.

„Oh, mein Gott. Sie waren Mitarbeiter meines Mannes", sagte Lisa. „Ich ... kannte sie flüchtig."

„Sie wissen, dass Kryotec das Gelände gekauft hat?",
fragte Wolzow.

„Ja."

„Könnte es sein, dass die beiden dort Versuche vorgenommen haben, von denen man bei Kryotec nichts
weiß?"

„Vincent kannte nur ein Ziel, er war von nur einer
Idee besessen gewesen: den Tod zu besiegen. Aber er
deckte seine Karten nie ganz auf. Nein, außer ihm besitzt niemand in der Firma genug Informationen, um
das Lazarus-Projekt auf eigene Faust voranzutreiben."

„Das Lazarus-Projekt? Ein passender Name – wir haben Hinweise darauf gefunden, dass in der Ruine jemand festgehalten wurde."

Wolzow berichtete ihr von den sonderbaren Verletzungen der Leichen, von durchschnittenen Fußsehnen
und den gewaltsam in die Mundhöhlen gepressten Steinen.

„Haben Sie eine Erklärung dafür?"

Sie schüttelte den Kopf. „Das ist entsetzlich."

„Wie war van Dyks Verhältnis zu Buchner und Keller?"

„Das weiß ich nicht. Fragen Sie Nolte."

„Haben wir schon. Fällt Ihnen etwas zu den Steinen ein?"

Lisa schüttelte den Kopf. „Das klingt nach einer Art Ritual. Aber Vincent war in keiner Weise religiös, sondern ein nüchtern denkender Wissenschaftler. Was er nicht anfassen, untersuchen oder messen konnte, existierte für ihn nicht." Sie schlang die Arme um den Körper. „Ich habe Angst. Er war extrem in allem, was er tat, aber der Mann, der mich heute Abend überfallen hat, war mehr als das – er war wahnsinnig."

„Ich vermute, Sie wollen heute Nacht nicht mehr in Ihr Haus zurück."

„Nein, auf keinen Fall. Ich bin dort nicht sicher. Und ich fürchte mich davor, in ein Hotel zu gehen. Es ist so ... anonym. Was ist, wenn er mich verfolgt und dort überfällt?"

„Er ist nicht allwissend."

„Vincent ist klug und gerissen. Er findet immer einen Weg, zu bekommen, was er will."

Wolzow hatte eine Idee. „Hätten Sie etwas dagegen, hierzubleiben? Ich meine, nicht hier, sondern bei Emmy."

„Wer ist Emmy?"

„Meine Vermieterin. Ihr gehört das Anwesen. Emilia Wollbeck, eine alte Dame, die sich nachts in dem großen Haus fürchtet. Sie freut sich bestimmt über Gesellschaft, außerdem hat sie jede Menge freie Zimmer."

Lisa lachte erleichtert. „Ja, das ist ein guter Vorschlag."

„Okay, kommen Sie mit."

Wolzow glaubte, einen Funken Eifersucht in Emilias Augen zu erkennen, als er ihr Lisa vorstellte. Nachdem er ihr erklärt hatte, er müsse eine Klientin in Sicherheit bringen, die von ihrem gewalttätigen Ehemann verfolgt wurde, öffnete Emmy jedoch ihr Herz und überschlug sich vor Hilfsbereitschaft. Die Aussicht, an einem echten Kriminalfall mitarbeiten zu können, elektrisierte sie.

Wolzow versuchte, sich so schnell wie möglich loszueisen. Er kehrte in seine Wohnung zurück und beschloss, endlich aufzuräumen und seine Habe aus den Umzugskartons zu holen. Dabei wusste er genau, warum es ihm widerstrebte, sich einzurichten: Er wollte hier nicht bleiben. Und er hätte gerne die Illusion aufrechterhalten, dass sein Aufenthalt in dem alten Haus nur vorübergehend war. Er trank einen Schluck Bier, kippte den Rest aber in den Ausguss. Es schmeckte ihm plötzlich nicht mehr. Diese ganze Sache schmeckte ihm nicht.

Wenn Lisas Geschichte stimmte, legte er sich mit einem Zombie an. Das war kein Zeitvertreib, den er sich wünschte.

31

9. Januar

Wolzow verließ Emmys Küche erst nach drei Tassen Kaffee, einem Croissant mit selbst gemachter Marmelade und zahlreichen Ermahnungen, mehr zu essen. Zum ersten Mal seit Monaten nahm er überhaupt ein Frühstück zu sich. Während Lisa bereits auf dem Weg zu seinem Pick-up war, hielt Emmy ihn zurück.

„Passen Sie auf Lisa auf. Sie ist ein gutes Mädchen."

„Das habe ich vor."

„Manchmal sind die Toten gefährlicher als die Lebenden."

Wolzow stöhnte. „Sagen Sie mir nicht, dass Sie Ihr Ouijabrett ausgepackt haben."

„Es braucht keine Magie, um zu erkennen, dass sie sich entsetzlich fürchtet. Ich habe geträumt heute Nacht."

Er trat unbehaglich von einem Fuß auf den anderen. „Wir müssen los."

Emmy krallte ihre knochigen Finger in den Stoff seines Parkas.

„Ich sah den Tod, er war weiß wie Schnee und kalt wie Eis. Jemand wird sterben."

„Nicht, wenn ich es verhindern kann. Sie sollten nicht so viel Sherry am Abend trinken und keine Gruselromane lesen."

Er befreite sich sanft aus ihrem Griff.

„Passen Sie auf Lisa auf!", rief sie ihm nach.

Wolzow winkte über die Schulter und beeilte sich, seinen Wagen zu erreichen.

„Wohin fahren wir?", fragte Lisa.

„Nach Limburg. Ich werde eine Probe des Blutes nehmen und sie in der Pathologie untersuchen lassen. Sehen Sie es als Zeichen meines guten Willens, denn ich fürchte, Sie werden anschließend ziemlich enttäuscht sein."

„Warten wir es ab", antwortete sie trotzig.

„Ich habe mir die ganze Sache durch den Kopf gehen lassen. Jemand hat Sie überfallen, aber es war sicher nicht Ihr Mann."

„Woher wollen Sie das wissen? Sie waren nicht dabei. Emmy hat …"

Wolzow fiel ihr ins Wort. „Gehen Sie nicht gleich wieder in die Luft. Bevor ich bereit bin, zu glauben, dass jemand aus dem Grab zurückkehrt, muss ich alle anderen Möglichkeiten ausschließen. Darum fahren wir nach Mainz zu Professor Klemm. Er leitet das pathologische Institut, in dem Ihr Mann obduziert wurde. Vielleicht kann er Sie davon überzeugen, dass van Dyk tot ist."

Er stieg in den Wagen. Lisa nahm auf dem Beifahrersitz Platz und lehnte den Kopf an die Nackenstütze. „Also gut."

Wolzow ließ den Motor an und fuhr die Zufahrt entlang.

„Und was Emmy betrifft …"

„Was hat sie gesagt?", fragte Lisa.

„Sie hat den Helden vor finsteren Mächten gewarnt, bevor er auf Abenteuerfahrt geht."

„Sie sollten ihre Warnung nicht in den Wind schlagen. Ich glaube, dass sie wirklich das zweite Gesicht hat."

„Diese Nummer mit dem Ouijabrett zieht sie mit jedem Besucher ab. Mit den Verstorbenen Kontakt aufzunehmen, ist nichts weiter als eine fixe Idee von ihr. Haben Sie ein Foto von Ihrem Mann?"

„Auf meinem Handy sind mehrere Aufnahmen. Wozu brauchen Sie die?"

„Das werden Sie bald erfahren."

Nachdem Wolzow in der Villa einen Abstrich des getrockneten Blutes genommen hatte, fuhren sie weiter nach Mainz. Eine Stunde später parkte er den Ford Ranger auf dem Parkplatz vor dem Gebäude der Rechtsmedizin. Er stellte Lisa Professor Klemm vor.

„Wir haben den Verdacht, dass in Ihrem Institut merkwürdige Dinge vorgehen", sagte er.

Klemms Miene verdüsterte sich. „Was soll das heißen?"

„Wenn Sie mir ein paar Fragen beantworten, verrate ich es Ihnen."

„Sie sind ein Quälgeist, Wolzow, aber zumindest nie langweilig. Also gut, fünf Minuten. Kommen Sie in mein Büro."

Der hagere Professor mit dem schütteren grauen Haar und den tief liegenden Augen ließ sich mürrisch in den Ledersessel hinter seinem Schreibtisch fallen und bat sie, ebenfalls Platz zu nehmen.

„In meinem Institut gibt es keine Unregelmäßigkeiten", sagte er, „schon der Verdacht ist ungeheuerlich.

Ich warne Sie. Wenn mir Gerüchte zu Ohren kommen, dass Sie etwas in der Art in die Welt gesetzt haben, lernen Sie mich von einer anderen Seite kennen."

„Abwarten. Vor vier Wochen wurde Vincent van Dyk hier obduziert. Er starb an einer Überdosis Propofol."

„Sie haben doch den Obduktionsbericht erhalten, oder nicht?", sagte Klemm.

„Hab ich. Ich will wissen, ob wirklich van Dyk auf Ihrem Tisch gelegen hat."

„Wie bitte? Ich verstehe die Frage nicht."

„Sie erinnern sich also nicht?", fragte Wolzow.

Klemm lehnte sich zurück. „Natürlich entsinne ich mich an den Fall. Aber ich nehme Untersuchungen nur noch zu Lehrzwecken oder in besonders außergewöhnlichen Fällen selbst vor. Wir haben hier ein Team von hervorragenden Gerichtsmedizinern."

„Wer hat die Autopsie durchgeführt?", fragte Wolzow.

„Dr. Tott, ein sehr zuverlässiger Mitarbeiter."

„Und die Leichenöffnung verlief nach dem üblichen Muster?"

„Selbstverständlich. Die inneren Organe wurden entfernt und untersucht, das Blut auf toxische Substanzen getestet und so weiter, das volle Programm eben. Tott konnte Medikamente in hoher Konzentration nachweisen – Antidepressiva, Angsthemmer, Beruhigungsmittel und eben Propofol. Das Narkosemittel hat ihm den Rest gegeben." Er lehnte sich zurück und legte die Fingerspitzen aneinander. „Und jetzt will ich wissen, was diese Fragerei soll."

„Einen Augenblick noch", sagte Wolzow. „Sie würden also behaupten, nach so einer Prozedur steht niemand auf und marschiert quicklebendig aus dem Sektionssaal?"

Klemm beugte sich vor. „Was soll das? Ich kenne Ihren Sinn für schwarzen Humor, ab und zu kann ich sogar darüber lachen, aber alles hat seine Grenzen."

„Es steht also zweifelsfrei fest, dass mein Mann tot ist?", fragte Lisa.

„Tut mir leid, das sagen zu müssen, aber er ist so tot, wie man es nur sein kann", antwortete Klemm.

„Haben Sie die Leiche gesehen?", fragte Wolzow.

„Nein. Ich war am Tag der Autopsie nicht im Institut, sondern hielt einen Vortrag in Köln. Jetzt heraus mit der Sprache!"

Wolzow beugte sich ebenfalls vor, bis seine Nasenspitze die von Klemm beinahe berührte. „Wie erklären Sie sich dann, dass van Dyk gestern Abend seine Frau angegriffen und fast erwürgt hat?"

Klemms Blicke streiften Lisas Verletzungen, die Platzwunde an der Unterlippe und das Pflaster über ihrer Augenbraue.

„Das ist vollkommen unmöglich", sagte er. „Sie müssen sich täuschen."

„Ich würde gerne mit Dr. Tott sprechen", sagte Wolzow.

„Wozu soll das gut sein?"

„Ich will mich vergewissern, dass es sich bei dem Mann, den er obduziert hat, tatsächlich um van Dyk handelt. Das dürfte auch in Ihrem Interesse sein. Denn wenn sich herausstellen sollte, dass er quicklebendig herumläuft und außerdem gewalttätig und gefährlich ist, wird Ihr Institut in die Schlagzeilen kommen. Sie wissen doch, dass van Dyks Forschungen auf dem Gebiet der Kryonik für große Medienaufmerksamkeit gesorgt haben."

Klemm blickte Lisa an, dann schüttelte er energisch den Kopf. „Unmöglich. Ich kann mich nur wiederholen: Sie müssen sich irren."

„Ich weiß, dass Vincent der Täter war."

„Wir wollen nur sichergehen", sagte Wolzow.

Der Professor stemmte sich aus seinem Sessel hoch. „Also gut, in Gottes Namen, kommen Sie mit."

Sie trafen Dr. Tott im Sektionssaal an. Klemm stellte ihn als seinen zuverlässigsten Mitarbeiter vor. Tott war ein schlaksiger Mann mit Glatze und hervorstehenden Wangenknochen. Er schien bei diesen wohlwollenden Worten einige Zentimeter zu wachsen, denn Klemm war bekannt dafür, dass er mit Lob geizte.

„Wir untersuchen den Tod von Vincent van Dyk", erklärte Wolzow. „Wenn Sie uns rasch berichten, was mit der Leiche geschah, sind wir schnell wieder weg."

Tott runzelte nachdenklich die Stirn. „Van Dyk ... ja, ich entsinne mich. Aber da gab es keine besonderen Vorkommnisse, alles lief routinemäßig ab. Sein Leichnam wurde am 10. Dezember spätabends eingeliefert und am nächsten Tag obduziert."

„Warum erinnern Sie sich so genau an das Datum?", fragte Wolzow.

„Weil es Freitagabend war und im Fernsehen ein Fußball-Länderspiel lief. Die zusätzliche Arbeit hat mir ein freies Wochenende versaut. Das Telefon klingelte und man bat mich, in die Pathologie zu kommen, um den Eingang einer Leiche zu bestätigen."

„Ist das so üblich?"

„So kurz vor Weihnachten waren wir dünn besetzt", sagte Klemm.

„Ist Ihnen an jenem Abend etwas Ungewöhnliches aufgefallen?", fragte Wolzow.

„Nein", sagte Tott. „Ich quittierte den Empfang der Leiche und unterzog sie einer ersten äußeren Untersuchung. Dann schob ich sie in eine freie Kühlbox."

„Und van Dyk war eindeutig tot?"

„Ja. Ich machte vorschriftsmäßig ein EEG. Es gab kein Anzeichen von Hirnaktivität mehr, keinen Herzschlag, keine Atmung. Die Körpertemperatur war, gemessen am Todeszeitpunkt, außergewöhnlich niedrig. Aber das klärte sich dann am nächsten Morgen."

„Er hatte eine Stunde in der Kühlkammer in seinem Haus gelegen", sagte Wolzow.

Tott nickte. „Richtig."

Er bat Lisa, dem Gerichtsmediziner ein Foto von Vincent van Dyk zu zeigen.

„War es dieser Mann, den Sie untersuchten?"

„Ja, das war er. Kein Zweifel."

„Sie schoben die Leiche also am Abend in die Kühlbox. Warum warteten Sie mit der Obduktion bis zum nächsten Morgen?"

„Ich hatte eine Zehn-Stunden-Schicht hinter mir. Sogar Pathologen müssen irgendwann mal schlafen. Oder wäre es Ihnen lieber gewesen, ich hätte aus Übermüdung meine Arbeit schlampig erledigt?"

„Niemand macht Ihnen einen Vorwurf, Dr. Tott."

Klemm sah ungehalten auf seine Armbanduhr.

„Wäre es denkbar, dass jemand die Leiche im Lauf der Nacht ausgetauscht hat?", fragte Wolzow.

„Nein. Das Gebäude ist mit einer Alarmanlage gesichert. Hier kommt keiner ungesehen rein oder raus. Ich sage es noch einmal: Der Mann, den ich obduziert habe, war derselbe wie auf dem Foto. Ein Irrtum ist ausgeschlossen."

„Warten Sie einen Augenblick."

Klemm verschwand kopfschüttelnd. Nach einer Weile erschien er wieder und blätterte in einem Aktendeckel.

„Sie wissen doch, dass es zum Standardprozedere gehört, den Zustand der Leiche zu dokumentieren." Er reichte Wolzow die Akte. „Ist das van Dyk?"

Lisa warf einen flüchtigen Blick auf das Foto, nickte und wandte sich ab.

„Sind Sie jetzt endlich zufrieden?", grollte Klemm.

„Nicht ganz." Er reichte dem Professor das Glasröhrchen mit der Blutprobe. „Würden Sie bitte die DNA bestimmen und mit dem Blut von van Dyk vergleichen? Sie würden uns einen großen Gefallen erweisen."

Klemm schnappte sich das Röhrchen. „Sie geben ja sonst doch keine Ruhe."

„Ich danke Ihnen, dass Sie sich die Zeit genommen haben."

Lisa folgte Wolzow nach draußen. Am klaren, eisblauen Himmel zogen grauweiße Schleierwolken auf.

„Sie glauben denen doch nicht etwa?"

„Sagen Sie nur, Sie sind noch immer nicht überzeugt", seufzte Wolzow. „Warum sollten Klemm oder Tott lügen?"

„Ich weiß, was ich gesehen habe. Ich habe seinen Atem gespürt und seine Stimme gehört, er war es."

„Und was ist mit dem Foto?"

„Ich gebe zu, der Mann darauf sieht aus wie Vincent. Aber heutzutage gibt es eine Menge Möglichkeiten, eine Fotografie zu manipulieren."

„Okay. Dann fahren wir jetzt zu dem Bestatter, der van Dyk unter die Erde gebracht hat." Wolzow stieg in den Pick-up und ließ den Motor an.

„Ich weiß nicht, welches Unternehmen damit beauftragt war", sagte Lisa. „Kerkhoff hat sich um alles gekümmert. Ich war erleichtert, nicht in alle Einzelheiten involviert zu sein."

„Dann rufen Sie ihn an. Fragen Sie ihn nach dem Namen des Bestatters."

„Was wollen Sie denn damit erreichen?"

„Ich will, dass Sie begreifen, *wie tot* Ihr Mann ist."

„Und wer hat mich dann beinahe umgebracht?"

„Das weiß ich nicht, jedenfalls nicht Vincent van Dyk. Aber erst, wenn Sie das akzeptieren, werden Sie Ihre Gedanken in andere Richtungen lenken können – was uns möglicherweise auf eine Spur des Täters bringt."

„Dann lassen Sie Vincent eben wieder ausgraben und wir werden sehen, dass ich recht habe."

„Sie sind verdammt hartnäckig", sagte Wolzow. „Aber zum gegenwärtigen Zeitpunkt bekommen weder Frenck noch ich eine Exhumierung durch. Bei der Sachlage reicht Ihre Behauptung dazu nicht aus. Los, rufen Sie schon Kerkhoff an."

Lisa nahm ihr Smartphone aus der Jackentasche und sprach mit dem Doktor. Nach ein paar Minuten legte sie auf. Sie sah Wolzow besorgt an.

„Was ist? Ist van Dyk ihm etwa auch erschienen?", fragte er.

Sie ging nicht auf seinen Spott ein. „Ich kenne Kerkhoff nicht besonders gut. Aber ich weiß, dass ihn nur selten etwas aus der Ruhe bringt. Er wollte wissen, warum ich nach dem Namen des Bestatters fragte. Erst klang er ärgerlich, dann erschrocken, fast einer Panik nahe. So, als ob er bereits geahnt hätte, was passieren würde. Erst als ich ihm erklärte, es gäbe nur ein Problem mit der Rechnung, schien er sich zu beruhigen. Dennoch, da war etwas in seiner Stimme, was ich bei ihm nie zuvor bemerkt habe: Er hat Angst."

„Langsam werden alle hysterisch", brummte Wolzow.

„Vielleicht ist Vincent wirklich bei Kerkhoff aufgetaucht. Er hat mich gewarnt, dass er sich an allen rächen will, die mit seinem Tod zu tun hatten."

„Hat er Ihnen die Adresse des Bestatters gegeben?"

„Ja."

„Okay, ich hoffe, er kann Sie endlich überzeugen." Wolzow ließ den Motor an. Er hatte die Nase voll von wandelnden Toten und leeren Gräbern.

Der Bestattungsunternehmer Dieter Weyrich war ein Mann um die sechzig mit traurigen, feuchten Augen und einem schlaffen Händedruck. Er trug einen schwarzen Anzug, dessen zugeknöpftes Jackett sich über einem Kugelbauch spannte, ein weißes Hemd und eine silberfarbene Krawatte. Er sprach Lisa noch einmal sein Beileid aus, führte sie in sein Büro und bat sie, Platz zu nehmen. Wolzow versank in einer weichen Ledercouch und fühlte sich unbehaglich. In Glasvitrinen und Schaukästen standen Urnen, in einem angrenzenden Schauraum mehrere offene Särge.

Besorgt musterte der Bestatter Lisas Blessuren. „Darf ich fragen, was passiert ist? Ich hoffe, Sie sind nicht ernsthaft verletzt."

„Nein, alles in Ordnung, danke."

„Was kann ich für Sie tun, Frau van Dyk?"

„Ich möchte wissen, ob Sie ganz sicher sind, dass es mein Mann war, den Sie für die Beerdigung vorbereitet haben."

Weyrichs Blicke flogen zwischen ihnen hin und her. „Ich fürchte, ich verstehe nicht ganz."

„Frau van Dyk hat Grund zu der Annahme, es könnte zu einer Verwechslung gekommen sein", sagte Wolzow.

„Das ist eine sehr ernste Anschuldigung."

„Nur ein Verdacht, den wir gerne ausräumen möchten."

„Darf ich fragen, in welcher Funktion Sie Frau van Dyk begleiten?"

Wolzow zog seinen Dienstausweis aus der Jackentasche. „Ich untersuche diesen Fall."

„Was für einen Fall?", fragte Weyrich misstrauisch.

„Frau van Dyk wurde von einem Mann angegriffen, bei dem es sich möglicherweise um ihren Ehemann handelt."

Der Bestatter starrte ihn an, als hätte Wolzow ihn tödlich beleidigt.

„Ich kann Ihnen versichern, dass kein Irrtum vorliegt. In den fünfunddreißig Jahren, in denen ich in diesem Beruf tätig bin, ist so etwas noch nie vorgekommen. Völlig ausgeschlossen."

„Was macht Sie so sicher? Fehler passieren überall."

„Nicht bei uns. Und in diesem besonderen Fall schon gar nicht."

„Was machte den Tod von van Dyk denn so einzigartig?", fragte Wolzow.

„Nun, es wäre immerhin denkbar ... aber ich wiederhole, nur denkbar ... dass es zu einer Namensverwechslung kommt. Aber nicht bei Ihrem Mann, Frau van Dyk. Durch seine Arbeit und sein Engagement war er eine stadtbekannte Persönlichkeit. Er hat viel für Limburg getan. Und infolgedessen war mir sein Äußeres natürlich geläufig. Wenn die Pathologie in Mainz tatsächlich den falschen Leichnam geschickt hätte, wäre mir das sofort aufgefallen."

„Haben Sie die Präparation selbst vorgenommen?"

Weyrich nickte. „Ja, das habe ich."

„Dann haben Sie auch die Spuren der Autopsie bemerkt?", fragte Lisa.

„Auch das."

„Können Sie die Schnitte beschreiben?", fragte Wolzow.

„Ich verstehe nicht, warum das für Sie von Interesse sein könnte."

„Antworten Sie einfach."

„Da war ein v-förmiger Schnitt, der vom Schlüsselbein abwärts verlief." Er warf Lisa einen fragenden Blick zu.

„Weiter", drängte sie.

„Und da waren natürlich die Spuren von der Schädelöffnung zu sehen. Sehr saubere Arbeit, wenn ich das bemerken darf."

Wolzow stand auf. „Okay, das war's dann wohl."

Weyrich erhob sich umständlich. „Es muss ein furchtbarer Schock für Sie gewesen sein, zu glauben, Ihr Mann lebe noch. Es tut mir aufrichtig leid. Aber ich kann Ihnen versichern, dass hier kein Irrtum vorliegt." Er wandte sich an Wolzow. „Ich hoffe, Sie finden den Mann. Herr van Dyk kann es auf keinen Fall gewesen sein."

„Danke."

Lisa folgte Wolzow nach draußen. Als sie ins Freie traten, hatte es wieder zu regnen begonnen.

„Sind Sie jetzt endlich überzeugt?"

„Es fällt mir schwer zu glauben, dass ich mich getäuscht haben soll. Er wusste Dinge, die nur Vincent wissen konnte. Seine Stimme klang genauso hoch und heiser, er sah aus wie Vincent und bewegte sich so."

„Weder Klemm noch Tott lügen. Und auch nicht der Bestatter. Warum sollten sie auch?"

„Ich weiß es nicht", sagte Lisa.

Plötzlich hatte Wolzow eine Eingebung. „Hat Ihr Mann einen Bruder, einen Zwilling vielleicht?"

„Er sprach nie von seiner Familie. Aber einen Zwillingsbruder hat er nicht, da bin ich ganz sicher. Allerdings sagte er etwas sehr Sonderbares. Er warf mir vor, mit einem anderen Mann geschlafen zu haben. Aber sosehr ich ihn am Ende auch gehasst habe, ich habe ihn nie betrogen. Ich frage mich, woher dieser Verdacht kam."

„Sie sagten doch, er hätte einen verwirrten Eindruck gemacht."

„Zeitweise, ja. Dann war er wieder klar. Die Ausfälle erinnerten mich an die Absencen eines Epileptikers. Was wollen Sie nun unternehmen?"

„Sie glauben, dass er versuchen wird, zu Ende zu bringen, was er begonnen hat. Ich schätze, um Klarheit zu erhalten, müssen wir es darauf ankommen lassen. Aber diesmal werden wir vorbereitet sein. Wir stellen ihm eine Falle.“

Lisa zog den Schal um ihren Hals enger und blickte ihn ängstlich an.

„Ich werde schon auf Sie aufpassen“, sagte Wolzow.

Lisas Handy klingelte. „Das ist wieder Kerkhoff.“ Sie wischte über das Display und meldete sich, hörte zwei Minuten zu und legte dann auf.

„Was wollte er?“, fragte Wolzow.

„Er will sich mit mir treffen. Er behauptet, ich sei in Gefahr, ebenso wie er selbst. Kerkhoff erwartet mich in einer Stunde vor der Villa in Limburg.“

„Okay, das schaffen wir.“

Achtundfünfzig Minuten später stoppte Wolzow den Pick-up vor Lisas Haus. Vor dem Bronzetor der Zufahrt stand ein dunkelroter Kombi.

„Da ist sein Wagen“, sagte Lisa. „Aber ich sehe ihn nirgendwo.“

Wolzows Handy klingelte. Er zog es aus der Innentasche seines Parkas und warf einen schnellen Blick auf das Display.

„Das ist Frenck. Gehen Sie schon mal rein, ich komme sofort nach.“

Lisa stieg aus dem Wagen, öffnete eine Klappe im Steinpfeiler neben dem Eingangstor und zog eine Chipkarte durch den Schlitz eines Lesegeräts. Die Pforte sprang summend auf und schloss sich hinter ihr wieder. Als sie sich dem Haus näherte, kehrte das unheimliche Gefühl zurück, dass sie es nie wieder würde verlassen können, wenn sie die Schwelle übertrat.

Die Eingangstür öffnete sich summend, Lisa betrat den Windfang und zögerte. Sie blickte zur Straße hinunter, Wolzow lief auf und ab und telefonierte. Er sah sie und winkte. Wenn wirklich eine Gefahr im Haus lauerte, würde er in wenigen Augenblicken bei ihr sein. Trotzdem klemmte Lisa den schweren, gusseisernen Schirmständer zwischen Rahmen und Tür. Einigermaßen beruhigt, ging sie in die Halle.

„Hallo Frenck, was gibt es so Dringendes?"

„Wir haben einen toten Taxifahrer unweit der Ruppertsklamm bei Lahnstein. Er wurde mit seinem Wagen seit zwei Tagen vermisst. Die Kollegen vom ZKI Koblenz vermuteten zunächst ein Familiendrama, was sich aber nicht bestätigt hat. Heute Morgen fand ein Wanderer dann die Leiche des Mannes, von dem Taxi fehlt jede Spur."

„Und was hat das mit unserem Fall zu tun?"

„Der Taxifahrer wurde genauso zugerichtet wie die beiden Kryotec-Leute – die gleiche irrsinnige Wut, die gleichen Verletzungen. Der Täter hat ihm die Fußsehnen durchgeschnitten und einen Stein in seinen Mund gepresst. Anschließend wurde die Leiche hastig verscharrt. Sie lag in einer flachen Mulde auf dem Bauch. Warum zur Hölle macht der Kerl das?"

Wolzow behielt nervös das Haus im Auge. Der Regen fiel dicht wie ein grauer Schleier. Erleichtert bemerkte er, dass die Haustür einen Spalt offen stand. Wo steckte Kerkhoff?

„Kommen Sie zu van Dyks Villa", sagte er. „Dieser fette Doktor ist hier und will auspacken, weil er eine Scheißangst hat. Ich vermute, er weiß, was hinter alldem steckt."

„Glauben Sie etwa diese verrückte Geschichte, dass van Dyk aus dem Reich der Toten zurückgekehrt ist?"

„Nein", antwortete Wolzow. „Aber ich wette, Kerkhoff befürchtet, dass er das nächste Opfer sein wird, ebenso wie Nolte. Und darum wird er uns alles sagen, was er weiß. Er will, dass wir ihn schützen."

„Ich komme." Frenck legte auf.

Aus dem Haus drang ein gellender Schrei.

32

Durch das Oberlicht fiel trübgelbes Zwielicht, im Haus herrschte Totenstille. Nur das Trommeln des Regens auf den verwinkelten Dachflächen lärmte wie ein verrücktes Orchester durch die verlassene Villa. Von Bewegungsmeldern aktiviertes Licht floss aus versteckten LED-Strahlern und vertrieb die Schatten.

Vor der zerstörten Eiskristallskulptur lag eine leblose Gestalt. Langsam näherte sich Lisa dem Fleischberg, der einmal Rolf Kerkhoff gewesen war.

Die Beine gespreizt, die Arme ausgebreitet wie ein Gekreuzigter, ruhte der Doktor leblos in einer Blutlache. Sein Gesicht war von Schlägen entstellt. Die glänzend weißen Bodenfliesen, der Brunnen und die Wände ringsum waren mit Blut bespritzt. Auf Kerkhoffs tonnenförmiger Brust lagen fünf kreisförmig angeordnete Steine, in seiner Mundhöhle steckte ein weiterer Stein.

Lisa kniete sich neben ihn und tastete mit den Fingerspitzen nach seinem Pulsschlag, obwohl sie kaum Hoffnung hegte, dass noch Leben in ihm war. Kerkhoff war tot, seine Haut jedoch noch warm, das Blut rings um ihn noch frisch. Er war vor höchstens zehn Minuten ermordet worden.

Sie stand auf und drehte sich im Kreis. Die Tür zum Arbeitszimmer stand offen, jemand hatte den Wandtresor geöffnet. Niemand außer Vincent kannte den Sicherheitscode. Sie bezweifelte nicht, dass er

Kerkhoff getötet hatte, auf die gleiche brutale Weise wie Buchner und Keller. Die Raserei und die rohe Gewalt, mit der er zugeschlagen hatte, stimmten mit den anderen Morden überein. Möglicherweise war er noch im Haus und wartete auf eine Chance, seine Rache an ihr zu vollenden.

Sie drehte sich um, rief nach Wolzow und lief auf den Windfang und die Eingangstür zu.

Aus der Nische, in der sich die Bedientafel der Alarmanlage befand, stürzte ein Schatten auf sie zu, schlang einen Arm um sie und presste ihr einen Lappen mit einer widerlich süßlich riechenden Flüssigkeit auf Mund und Nase.

Wolzow rüttelte an der Pforte, kletterte schließlich über die Einfassungsmauer und rannte auf das Haus zu. Er zog seine Waffe aus dem Holster am Gürtel und schlüpfte durch den Türspalt.

„Lisa?"

Der Regen prasselte auf das Dach und verschluckte alle anderen Geräusche.

„Lisa, ist alles okay?"

Er durchquerte den Windfang und betrat die Eingangshalle. Überall war Blut, auf dem Boden, an den Wänden, selbst an der Decke. Die Einrichtung war in irrsinniger Wut zerstört worden, Scherben und Bruchstücke von Möbeln lagen herum, als hätte sich ein tollwütiger Bison ausgetobt. Auf dem Boden lag Kerkhoff. Er war tot.

„Lisa? Wo sind Sie?"

Wolzow drehte sich im Kreis und behielt die von der Halle abzweigenden Korridore und die Empore im

Auge. In ihm erwachte das Gefühl, angestarrt zu werden, ein unheimliches Prickeln im Nacken, das ihn jedes Mal befiel, wenn er dieses Haus betrat.

Er spürte die Bedrohung, obwohl er den Gegner weder sehen noch hören konnte. Von einem antrainierten Überlebensinstinkt getrieben, fuhr er herum und brachte die Walther in Anschlag.

Der tödliche Schlag, der seinem Hinterkopf gegolten hatte, traf nur die Schulter, reichte aber aus, um ihn an den Rand einer Ohnmacht zu bringen. Der Schmerz raste wie ein Stromschlag seine Nervenbahnen entlang und erfasste den rechten Arm. Die Waffe entglitt seinen tauben Fingern.

Die Wucht des Schlags schleuderte Wolzow zu Boden. Er landete auf Kerkhoffs Leiche und rollte sich angewidert von ihr weg. Ein blutbeschmiertes Kantholz traf klatschend das Gesicht des toten Doktors. Wolzow drehte sich auf den Rücken und wirbelte herum. Was er sah, konnte nicht existieren. Aber als die scharfkantige Holzlatte zum zweiten Mal auf ihn niedersauste und ihn um Haaresbreite verfehlte, begriff er, dass ihn kein Gespenst heimsuchte.

Van Dyk sah verändert aus, dennoch erkannte Wolzow ihn sofort wieder. Lisa hatte nicht fantasiert, der verrückte Wissenschaftler lebte. Seine Haut war teigig und blass, nur in den eisgrauen Augen brannte noch immer ein kaltes Feuer aus Wut und Hass.

„Ich beobachte euch schon eine ganze Weile. Du hast mir meinen Schatz genommen. Meinen Schatz, den ich sicher verwahrt hatte."

Seine Stimme war rau und heiser, wie Wolzow sie in Erinnerung hatte, etwas tiefer und kratziger vielleicht, als leide er an einer Halsentzündung. Van Dyk packte das Kantholz mit beiden Händen und zielte auf Wolzows Schienbeine. Die rohe Waffe streifte seine Wade und hinterließ ein heftiges Brennen.

Van Dyk wankte und fuhr sich mit der Hand über die Augen. Offenbar konnte er nur schlecht sehen und noch miserabler zielen. Er atmete schwer und stierte abwesend ins Leere. Lisa hatte von seinen geistigen Aussetzern berichtet. Von den Toten aufzuerstehen, war wohl ziemlich anstrengend.

Wolzow kam auf die Beine und versuchte sich van Dyk vom Leib zu halten. Rasch überschlug er, wie lange Frenck von der Limburger Dienststelle hierher-brauchte. Sofort wurde ihm klar, dass er ein Problem hatte. Selbst mit eingeschaltetem Blaulicht war Frenck nicht gerade als draufgängerischer Fahrer bekannt. Er arbeitete wie ein Buchhalter und fuhr auch so, langsam und pedantisch. Irgendwie musste er diesen vernebel-ten Zombie in Schach halten, bis Hilfe eintraf.

„Wo ist Lisa?", krächzte van Dyk. „Ich will Lisa. Sie ge-hört mir."

Hatte van Dyk sie umgebracht und erinnerte sich nicht mehr daran, weil sein Hirn so matschig war wie ein aufgetauter Blumenkohl? Zwischen Lisas Hilferuf und seinem Eintreffen waren nur wenige Augenblicke vergangen. Wo zum Teufel hatte dieser Irre sie ver-steckt?

Wolzow entdeckte seine Waffe in der Nähe des Vor-hangs, der die Halle vom Windfang trennte, weit au-ßerhalb seiner Reichweite. Langsam begannen sie, sich zu umkreisen. Der Brunnen plätscherte leise dazu.

Van Dyk holte mit dem Kantholz aus und traf den Stumpf der Kryotec-Skulptur, der klirrend zerbarst. Glassplitter fetzten durch die Luft.

„Wo ist Lisa?", fragte Wolzow. „Was haben Sie ihr angetan?"

Van Dyk stierte ihn an, er schien kein Wort zu begreifen.

Nolte musste es gelungen sein, van Dyks Leiche unbemerkt ins Labor zu schaffen und ihn dort ins Leben zurückzuholen. Leider war bei der wundersamen Totenerweckung etwas schiefgegangen. Van Dyks Gehirn hatte Schaden genommen, und nun machte er alle Beteiligten für seinen bedauernswerten Zustand verantwortlich – Kerkhoff, Nolte und Lisa, die seiner Meinung nach wohl die Hauptschuld traf, denn sie hatte ihn ja vergiftet. Er schien tatsächlich nicht zu wissen, wo sie sich befand. Das konnte nur bedeuten, dass noch jemand seine Finger im Spiel hatte.

Van Dyk schien einen klaren Moment zu haben. „Ich weiß, dass du sie fickst. Ich bin euch nachgefahren. Ich weiß, wo du wohnst und was du machst. Ich weiß alles. Der alten Saatkrähe hab ich schon den dürren Hals umgedreht. Und du bist der Nächste, den ich in die Hölle schicke." Seine Augen wurden glasig. „Die ist gar nicht so heiß, wie die Leute glauben. Es ist kalt dort. Kalt wie Eis."

„Was hast du mit Emmy gemacht?"

Van Dyk grinste. Sein Zahnfleisch blutete, ein Schneidezahn fehlte.

„Sie wollte mir nicht sagen, wo Lisa ist ...", er runzelte die Stirn und schien angestrengt nachzudenken. „...

Lisa ist", wiederholte er. „Und dann ... konnte sie nichts mehr sagen. So ein Pech."

Bei dem Gedanken daran, dass van Dyk die alte Dame, die nur zufällig im Weg gewesen war, getötet hatte, packte Wolzow kalter Zorn.

„... Lisa ist ..."

Als wäre van Dyk aus einem Traum aufgeschreckt, riss er plötzlich die Arme hoch und ließ das Kantholz auf Wolzow niederfahren. Der wich zur südlichen Fensterfront zurück und versuchte, den Hieben auszuweichen. Irgendwann musste diesen Zombie doch die Kraft verlassen.

Van Dyk schlug um sich und zertrümmerte alles, was in die Reichweite seiner Arme gelangte. Ein wütender Schlag fetzte das Telefon vom Stehtisch, ein zweiter traf eines der raumhohen Glasfenster zum Garten, das in einem Scherbenregen zerbarst. Der Wind fegte kalten Regen in die Halle und wirbelte die Scherben durcheinander wie Herbstlaub.

„Liiiiisa", schrie er.

Wolzow flüchtete auf die Terrasse hinaus. Windböen klatschten ihm mit Eisnadeln gespickten Regen ins Gesicht. Er kniff die Augen zusammen und versuchte, sich zu orientieren. Er war schon einmal hier gewesen, aber da hatte stockdunkle Nacht geherrscht. Nach rechts öffnete sich ein parkähnliches Gelände, etwa so groß wie das Anwesen der alten Emilia. Doch damit endete die Ähnlichkeit auch schon. Nichts war dem Zufall überlassen worden, der Garten war ein Spiegelbild des Hauses und damit von van Dyks zwanghafter Seele. Er hatte die Natur in geometrische Formen und mathematisch exakte Anordnungen gepresst. Wolzow flüchtete auf die quadratische Rasenfläche.

Van Dyks Verstand schien nur noch auf einer tierischen, rudimentären Ebene zu funktionieren, aber sein Körper war davon offenbar nicht betroffen. Er bewegte sich schnell und effektiv und holte auf.

Wolzow rannte um sein Leben. Jeder Atemzug brannte wie Feuer in seiner Brust, sein rechter Arm hing herab, als gehöre er nicht mehr zu ihm. Gehetzt versuchte er, sich in dem strömenden Regen zu orientieren. Der einzige Weg aus dem Garten hinaus führte zwischen den würfelförmigen Findlingen hinab zum Lahnufer.

Als er den Rand des Abgrunds erreichte, rutschte er auf dem nassen Gras aus, stürzte auf grobem Schotter und schürfte sich das Kinn auf. Van Dyk war dicht hinter ihm. Wolzow spürte den Luftzug eines Schlags, aber das Kantholz verfehlte ihn um Millimeter. Er griff nach einem faustgroßen Stein und schleuderte ihn auf van Dyk. Der wich geschickt aus und näherte sich katzenhaft.

Wolzow bombardierte ihn mit Kieselsteinen und traf ihn an Hüfte, Bauch und Schulter. Van Dyk grinste und schwang das Kantholz wie einen Baseballschläger. Sein Schmerzempfinden schien beeinträchtigt zu sein, oder er konnte mehr einstecken als die meisten Menschen. In seinen nackten Unterarmen steckten Glassplitter. Er blutete aus mehreren tiefen Schnittwunden, die er sich beim Zerschlagen des Terrassenfensters zugezogen hatte, aber die Verletzungen schien ihn nicht zu stören.

Wolzow sprang auf die Füße und hetzte auf die Stufen zu, die ins Tal hinunterführten. Wo zum Teufel blieb Frenck?

Als er seinen Fuß auf die fünfte Stufe setzte, holte van Dyk ihn ein, stieß ihm die Latte zwischen die Beine und brachte ihn zu Fall. Wolzow schlitterte die rutschigen Stufen hinab, knallte mit der Stirn gegen eine Geländerstütze und verlor für Sekunden das Bewusstsein. Er schlug benommen die Augen auf und sah den Schlag kommen, war aber nicht schnell genug, um dem Angriff ganz auszuweichen. Das Kantholz traf ihn in der Seite und trieb ihm den Atem aus den Lungen. Van Dyk hatte so hart zugeschlagen, dass das Holz splitterte und der Länge nach riss.

Er knurrte wütend und stürzte sich in besinnungsloser Wut auf Wolzow, der keine Luft mehr bekam und nach Atem rang. Van Dyk packte ihn am Kragen seiner Jacke und schickte sich an, seinen Schädel an den Felsen zu zerschmettern.

Endlich löste sich Wolzows Krampf und frische Luft strömte in seine Lungen. Er senkte den Kopf und stieß mit der Stirn zu. Van Dyk krümmte sich keuchend zusammen, ließ aber nicht los und setzte seinen Angriff fort. Wolzow prallte mit der Schulter gegen das morsche Holzgeländer und durchbrach es. Bevor er in die Tiefe stürzen konnte, schloss sich seine linke Faust um einen rostigen Eisenpfahl. Nichts auf der Welt würde ihn dazu bewegen, das Ding je wieder loszulassen.

Van Dyk schlitterte an ihm vorbei und krallte seine Finger in Wolzows Jacke. Unter dem Gewicht der beiden Männer begann sich die Verankerung des Pfostens aus dem Untergrund zu lösen. Er verpasste van Dyk einen Tritt und verbiss sich in dessen Handgelenk. Van Dyk brüllte vor Wut, lockerte seinen Griff und rutschte ab.

„Aufhören!"

Ein Schuss hallte von den Felsen wider. Wolzow legte den Kopf in den Nacken. Am oberen Ende des Abhangs stand Frenck. Der alte Kommissar fasste die Waffe mit beiden Händen und stieg wachsam die Treppe hinab. Wolzow versuchte aufzustehen, doch plötzlich drehte sich alles um ihn. Er sank zurück und holte keuchend Atem. Die Stufen unter ihm waren leer, van Dyk war verschwunden wie ein Gespenst zum Ende der Geisterstunde.

Er biss die Zähne zusammen und streckte Frenck die Hand entgegen. „Helfen Sie mir!"

Frenck kam die Stufen herab, packte ihn an beiden Handgelenken und zog ihn in Sicherheit. Dann verschwand er hinter der Biegung der Treppe. Nach wenigen Minuten kehrte er zurück.

„Er ist weg. Wer war das und was wollte er von Ihnen?"

Wolzow hustete. „Mir die Lichter ausdrehen, was sonst? Das war van Dyk. Haben Sie ihn nicht erkannt?"

Frenck steckte seine Waffe ein und musterte ihn misstrauisch. „Ich konnte ihn von dort oben nur schlecht sehen. Vielleicht ... er hätte es sein können, vielleicht auch nicht."

„Er war es. Und er ist verdammt lebendig und hat miese Laune." Wolzow wischte sich Blut von der aufgeplatzten Lippe. „Wen rufen Sie an?", fragte er.

„Den Notarzt."

„Quatsch. Das sind nur ein paar Schrammen." Er zog sich am Geländer hoch und sackte wieder zusammen. Alles drehte sich um ihn.

„Okay", sagte er. „Ein Sanitäter wäre nicht schlecht."

33

Das Team der Spurensicherung schleppte Koffer und Gerätschaften in die Villa. Wolzow ließ im Notarztwagen die Behandlung des Arztes über sich ergehen. Frenck hatte bereits jeden Winkel der Villa durchsuchen lassen, ohne eine Spur von Lisa zu finden. Wolzows Verdacht, dass eine dritte Partei im Spiel war, erhärtete sich. Da Kerkhoff tot war, blieb nur noch Nolte übrig.

„Sie haben Glück gehabt, es scheint nichts gebrochen zu sein", sagte der Notarzt. „Morgen werden Sie in allen Regenbogenfarben schillern. Sie haben jede Menge Prellungen." Der Arzt deutete auf eine blutunterlaufene Stelle unter Wolzows Rippenbogen. „Sie sollten Ihren Thorax röntgen lassen und die Schulter gleich mit."

Wolzow streifte sich sein Sweatshirt über, griff nach dem Parka und stöhnte. Er fühlte sich, als wäre er mit einem Bus zusammengestoßen.

„Geben Sie mir etwas gegen die Schmerzen, das genügt."

Der Arzt reichte ihm eine Novalgintablette, die Wolzow mit einem Schluck Wasser hinunterspülte.

Frenck verließ in diesem Augenblick das Haus.

„Sind Sie noch an einem Stück?", rief er.

Wolzow stieg aus dem Rettungswagen und humpelte ihm entgegen. „Nur ein paar Kratzer."

„Passen Sie demnächst besser auf Ihre Dienstwaffe auf. Die Spurensicherung hat sie im Haus gefunden."

Wolzow nahm die Walther wieder in Besitz und verstaute sie im Holster. „Haben Sie Lisa van Dyk zur Fahndung ausgeschrieben?"

„In der Villa ist sie jedenfalls nicht. Sämtliche Streifen in der Umgebung von Limburg halten die Augen offen. Mehr kann ich Augenblick nicht tun." Er steckte sich eine Zigarette zwischen die Lippen. „Das ist 'ne merkwürdige Geschichte. Und sie wird immer undurchsichtiger."

„Lisa war keine zwei Minuten im Haus, als ich sie schreien hörte", sagte Wolzow. „Ich bin sofort hinterher und fand Kerkhoff, aber von ihr fehlte jede Spur. Da war jemand verdammt schnell, er muss sie erwartet haben. Oder er hat gewusst, dass van Dyk hier auftauchen würde. Es wird Zeit, dass wir uns noch mal mit Nolte unterhalten."

„Wir werden sie finden. Und auch den Kerl, der Sie verprügelt hat."

„Es war Van Dyk. Er lebt. Schreiben Sie ihn ebenfalls zur Fahndung aus."

„Fangen Sie auch noch damit an?", fragte Frenck kopfschüttelnd. „Ich mache mich doch nicht lächerlich ... Fahndung nach einem Toten."

„Ich bin ihm mehrfach begegnet. Ich irre mich nicht. Fragen Sie mich nicht, wie er es angestellt hat. Aber auf dem Hauptfriedhof liegt jemand anderes. Lassen Sie das Grab öffnen. Dann werden wir ja sehen, wer recht hat."

„Das kriege ich niemals durch."

„Ich schätze, da irren Sie sich. Inzwischen gibt es zwei verlässliche Zeugen, die van Dyk identifiziert haben. Daran kann selbst der Staatsanwalt nichts ändern."

„Davon wird er sich kaum beeindrucken lassen", erwiderte Frenck.

„Lassen Sie van Dyks Foto vervielfältigen, die Streifen sollen die Augen aufhalten."

„Sie geben keine Ruhe, was?"

„Je schneller wir diesen Fall gelöst haben, desto eher sitzen Sie an der Lahn und angeln."

Frenck seufzte. „Also gut, ich gebe die Fahndung raus."

„Hat sich die Streife aus Eschhofen gemeldet?", fragte Wolzow.

Frenck nickte. „Tut mir leid, schlechte Nachrichten, Sie hatten den richtigen Riecher. Ihre Vermieterin ist tot. Sie wurde mit einem Kerzenleuchter erschlagen."

„Hat er sie so zugerichtet wie die anderen Opfer?"

„Nein. Das war nicht der Irre, der die Kryotec-Leute ermordet hat. Jemand war Lisa van Dyk auf den Fersen, und ihre Spur hat ihn nach Eschhofen geführt. Wahrscheinlich musste die alte Dame sterben, weil der Täter nicht die Informationen bekommen hat, die er haben wollte, und er keine Zeugen gebrauchen kann."

„Informationen ...", überlegte Wolzow. „Ob van Dyk seiner Frau Geheimnisse anvertraut hat, die nun für einige Leute einen Haufen Geld wert sind?"

Frenck stutzte. „Sie meinen ... über Kryotec?"

„Sie ist Ärztin. Vielleicht weiß sie mehr über die Arbeit ihres Mannes, als sie mir gegenüber zugegeben hat. Zum Beispiel, wie er es geschafft hat, aus dem Grab zurückzukehren. Dieses Wissen wäre unbezahlbar. Nolte hat angedeutet, dass neue Investoren bei Kryotec eingestiegen sind. Wir sollten uns mal anschauen, wer Geld in diese Firma gesteckt hat. Lassen Sie uns reingehen. Ich will mir die Leiche genauer ansehen."

Frenck trat seine Kippe aus. „Wenn's Ihnen Spaß macht."

Rolf Kerkhoff war übel zugerichtet. Während Wolzow seine Zeit im Notarztwagen vertrödelt hatte, war Dr. Tott aus Mainz eingetroffen. Er grüßte ihn mit einem Kopfnicken und richtete sich auf.

„Er starb durch stumpfe Gewalteinwirkung. Ich würde sagen, er wurde mit einem Vierkantrohr erschlagen oder ..."

„Es war ein Kantholz. Die Tatwaffe finden Sie hinten im Garten auf der Treppe, die zu dem Bootshaus am Lahnufer hinunterführt", sagte Wolzow.

„Die Schläge wurden mit großer Kraft ausgeführt", fuhr Tott fort. „Der Täter hatte entweder völlig die Kontrolle über sich verloren oder war irrsinnig wütend. Welcher Hieb zum Tod geführt hat, kann ich erst nach der Obduktion sagen. Er hat Knochenbrüche und Einblutungen am ganzen Körper. Und er ist noch keine Stunde tot."

„Was ist mit dem Stein in seinem Mund?", fragte Wolzow.

„Der scheint aus dem Garten zu stammen. Er wurde ihm postmortal in die Mundhöhle gepresst. Die Fußsehnen wurden mit einem großen Fleischmesser durchschnitten, das vermutlich aus der Küche stammt." Er hielt einen durchsichtigen Asservatenbeutel hoch.

Wolzow betrachtete den Toten eingehend. Auf der Brust lagen fünf im Kreis angeordnete Steine.

„Stammen die auch aus dem Garten?", fragte er.

Tott zuckte mit den Schultern. „Wahrscheinlich. Fragen Sie mich bloß nicht, was das Ganze soll. Sieht mir nach einer Art Ritual aus."

„Aber das passt nicht zu van Dyk. Er war Wissenschaftler, ein nüchtern denkender Mann und ein brillanter Kopf dazu."

Wolzow schlenderte durch die Halle, machte einen Bogen um das Team der Spurensicherung und betrat van Dyks Arbeitszimmer. Es war penibel sauber und aufgeräumt, beinahe steril. Der Wandsafe stand offen. Er war leer.

„Da hat jemand aber gründliche Arbeit geleistet", sagte Frenck, der ihm gefolgt war.

Ein Durchgang führte in einen weiteren, würfelförmigen Raum mit hoher Decke, in der ein Glaseinsatz für Tageslicht sorgte. An den Wänden befanden sich raumhohe Regale aus dunkelrotem Holz, vollgestopft mit Büchern. An jedem Regal hing in einer Schiene eine Aluleiter, mit deren Hilfe man die obersten Buchreihen erreichen konnte. Wolzow überflog die Buchtitel. Van Dyk schien kein großer Liebhaber von Belletristik gewesen zu sein, in den Regalen stand ausschließlich Fachliteratur – medizinische Abhandlungen, Bände über Physik, Biologie und Chemie. Über den Büchern entdeckte er an den Regalbrettern kleine Zahlen aus Messing. Wahrscheinlich existierte irgendwo eine Art Inventarliste. Alles strahlte zweckmäßige Ordnung aus.

„Bei so viel Schlauheit muss man ja überschnappen", stöhnte Frenck. Er zündete sich eine Zigarette an.

Wolzow fuhr mit dem Finger an den Buchrücken entlang und zog einen zerfledderten Einband heraus.

Frenck blickte ihm über die Schulter.

„Ein nüchtern denkender Wissenschaftler, was?" Wolzow blätterte in dem alten Folianten. Die vergilbten Seiten strömten einen muffigen Geruch aus. „Alchemie des Mittelalters", sagte er. „Wenn Sie mal einen Tipp brauchen, wie man aus Blei Gold macht, sollten Sie in van Dyks Bibliothek stöbern."

Er stellte das Buch zurück und griff nach einem anderen Band, dessen Deckel mehrfach mit Klebeband geflickt worden war. Zwischen den Seiten steckten Dutzende Notizzettel und Lesezeichen.

Frenck reckte den Kopf vor. „Germanische Mythologie und Dämonenglaube des Mittelalters", murmelte er. „Merkwürdige Lektüre für einen Wissenschaftler."

„Sieht so aus, als hätte sich van Dyk nicht nur mit Trockeneis beschäftigt, wie?"

„Glauben Sie etwa, er hat sich aus dem Grab gezaubert wie Harry Potter? Mann, das wird ja immer verrückter."

Wolzow trug das Buch zu einem Lesepult in der Mitte der Bibliothek, schlug es an einer markierten Stelle auf und begann zu lesen.

Nach einer Weile sagte er: „Es kommt nicht darauf an, was ich glaube, sondern was van Dyk glaubt." Er drehte das Buch um. „Lesen Sie."

Frenck kniff die Augen zusammen. „Ohne Brille kann ich das nicht entziffern. Schießen Sie schon los, was steht da?"

„Das Buch scheint ziemlich alt zu sein", sagte Wolzow, „auf jeden Fall wurde es oft benutzt. Dieses fett markierte Kapitel beschäftigt sich mit dem Aberglauben an Wiedergänger. Wissen Sie, was das ist?"

„Warten Sie mal ... das ist doch ..."

Wolzow nickte. „Richtig. Ein Wiedergänger ist ein Verstorbener, der als körperliche Erscheinung in die Welt der Lebenden zurückkehrt, meistens in böser Absicht. Diese Untoten kommen wieder, weil sie Dinge nicht zu Ende gebracht haben, weil Rache oder Hass sie antreibt – so zumindest der Volksglaube. Ihre Wiederkehr gilt als eine Art Bußzeit auf Erden."

„Van Dyk", sagte Frenck.

„Wir wissen nicht, wie er es geschafft hat, uns zum Narren zu halten, aber wenn Kryotec dahintersteckt, könnte man ihn tatsächlich als eine moderne Form eines Untoten betrachten."

„Das ist nicht Ihr Ernst, Wolzow. Habe ich etwa einen Zombie zur Fahndung ausgeschrieben?"

„Klemm hat es mir erklärt. Der Tod ist kein Zustand, der augenblicklich eintritt, es ist ein allmählicher Prozess. Stoppt man ihn früh genug, indem man den Organismus einfriert und einer speziellen Behandlung unterzieht, dann besteht zumindest theoretisch die Möglichkeit, ihn wieder zum Leben zu erwecken."

„Das hat Nolte auch gesagt", antwortete Frenck. „Aber er sagte auch, dass noch niemand versucht hat, einen Verstorbenen zu reanimieren."

„Ich bin sicher, dass van Dyks Leiche nie in der Gerichtsmedizin gelandet ist und stattdessen auf schnellstem Weg in die Labors seiner Firma gebracht wurde."

„Dann muss er Hilfe gehabt haben. Von Nolte und seinen Mitarbeitern zum Beispiel. Irgendjemand hat ihnen Zutritt zur Pathologie verschafft und wurde vermutlich gut dafür bezahlt."

„Glauben Sie wirklich, Professor Klemm ist bestechlich?"

„Nein. Aber er hat die Leiche nie gesehen." Wolzow blickte in die Halle hinüber. Leise fuhr er fort: „Was ist mit Tott? Haben Sie ihn überprüft? Vielleicht hat er Schulden oder ist aus anderen Gründen erpressbar."

„Äh ... nein", antwortete Frenck. „Dazu bestand bisher ja kein Anlass."

„Dann sollten Sie das schleunigst nachholen. Durchleuchten Sie Kerkhoff und die Anwaltskanzlei, die van Dyk rechtlich beraten hat. Vergessen Sie nicht, dass dem Doktor und den Anwälten ein Haufen Geld winkt, wenn sie sich an van Dyks Plan halten."

„Und was hat das mit den entstellten Leichen in dem alten Sanatorium zu tun?", fragte Frenck.

Wolzow tippte auf die Buchseite. „Man hat in mittelalterlichen Gräbern Skelette gefunden, die auf dem Bauch liegend begraben wurden, genauso wie die beiden Kryotec-Leute und der Taxifahrer. Die Menschen glaubten, dass so der Mund für immer verschlossen war und die Seele nicht mehr entweichen konnte. Und hier: Man fand in Gräbern Knochen, an denen Schnittspuren zu erkennen waren. Man hat den Toten die Fußsehnen durchgeschnitten, damit sie sich nicht aus dem Grab erheben und herumlaufen können."

„Und die Steine in den Mundhöhlen?"

„Auch das diente dazu, die Verstorbenen im Grab zu halten. Man legte Steinplatten auf die Leichen oder nagelte sie im Sarg fest, um zu verhindern, dass sie sich aufrichten konnten."

„Was für ein irres Zeug."

Wolzow ging in die Halle hinüber und betrachtete Kerkhoffs Leiche, Frenck folgte ihm.

„Sehen Sie die Steine auf seiner Brust? Genau wie in dem Buch beschrieben. Man legte dem Toten Steine oder Kies ins Grab, mindestens vier Stück."

„Warum vier?"

„Weil der Teufel angeblich nur bis drei zählen kann. Man glaubte, der Untote würde immer wieder von vorn beginnen, weil er über die Zahl drei nicht hinauskam. So war er beschäftigt und dachte nicht daran, in der Welt der Lebenden herumzuspuken."

Frenck suchte vergeblich einen Aschenbecher und drückte seine Kippe in einem Blumenkübel aus.

„He, was ist das?"

Er zog einen Kugelschreiber aus der Manteltasche und spießte ein leeres Glasfläschchen auf. Misstrauisch begutachtete er das Etikett. „Propofol. Das ist doch das Zeug, das van Dyk den Rest gegeben hat." Plötzlich hellte sich seine Miene auf. „Jemand muss es dort versteckt und vergessen haben, es zu beseitigen. Mensch, Wolzow, Sie hatten von Anfang an recht. Lisa van Dyk hat ihren Mann umgebracht."

„Nein, das hat sie nicht."

„Was? Wieso ...?"

„Ich erklär's Ihnen später."

Frenck reichte das Fläschchen einem Mitarbeiter der Spurensicherung. „Nehmen wir mal an, van Dyk ist der

Täter. Wir wissen, dass er ein rational denkender Mensch ist, ein Mann der Wissenschaft. Warum sollte er seine Opfer diesem abergläubischen Ritual unterziehen, bevor er sie tötet?"

„Das", sagte Wolzow, „müssen wir herausfinden." Er ging in die Bibliothek zurück und blickte sich um. „Mögen Sie Bücher?"

Frenck schüttelte den Kopf. „Ich hab in meinem Leben keine drei Stück besessen und schon gar nicht gelesen."

„Dann haben Sie jetzt Gelegenheit, damit anzufangen."

„Das ist nicht Ihr Ernst. Soll ich mich etwa durch diesen Papierberg wühlen?"

Wolzow griff wahllos nach einem Buch. „Lesen bildet, schon mal davon gehört? Ich schätze, der Schlüssel zu van Dyks wahnhafter Persönlichkeit steckt irgendwo hier zwischen all den Büchern."

Frenck drehte sich im Kreis und stöhnte. Offenbar hatte er gerade überschlagen, wie lange es dauern würde, sich durch die Bibliothek zu arbeiten. Er stieß gegen das Lesepult. Das Buch rutschte vom Tisch und fiel zu Boden. Wolzow verkniff sich eine Bemerkung und hob eine Polaroidfotografie auf, die aus den Seiten gerutscht war. Sie zeigte einen Mann und eine Frau um die dreißig. Der Mann hatte seinen Arm um die Schulter der Frau gelegt und lächelte. Die Frau strich sich das blonde Haar zurück, sie sah glücklich aus. Vermutlich waren die beiden ein Paar. Sie saßen auf dem Rand eines gemauerten Zierbrunnens. Es war Frühling, Osterglocken und Schneeglöckchen blühten auf dem spärlichen Rasen vor einem schlichten Reihenhaus. Wolzow drehte das Foto um. Auf der Rückseite stand ein Datum:

Ellendorf, 05. April 1983.

„Was wissen wir eigentlich über van Dyks Vergangenheit?", fragte er.

„Hatte noch keinen Grund, in seinem Leben herumzustochern", brummte Frenck.

Wolzow deutete mit dem Kinn auf Kerkhoffs Leiche. „Jetzt haben Sie einen. Besorgen Sie uns seine Daten vom Einwohnermeldeamt. Wo ist er aufgewachsen? Wer sind seine Eltern? Hat er Geschwister, einen Bruder vielleicht? Ist er irgendwann mal aufgefallen? Hat er als Kind Tiere gequält oder ins Bett gepinkelt? Ich will alles über ihn wissen."

„Da muss ich erst einen Antrag auf Akteneinsicht stellen. Das kann dauern."

„Dann machen Sie ein bisschen Druck. Schließlich geht es um Mord", antwortete Wolzow ungeduldig. Frencks Faulheit ging ihm auf die Nerven.

Matuschek schob die Terrassentür auf. Sein feistes Gesicht war gerötet. „Keine Spur von Lisa van Dyk", sagte er.

„Setzen Sie Nolte unter Druck", sagte Wolzow zu Frenck. „Nehmen Sie diese verdammte Firma auseinander, bis sie Lisa gefunden haben. Matuschek soll sich die Bibliothek vornehmen."

Frenck stemmte die Hände in die Hüften und reckte das Kinn vor. „Wer leitet hier eigentlich die Ermittlungen?"

Wolzow grinste. „Na ich. Haben wir doch immer so gemacht." Er steckte das Polaroid ein und durchquerte die Eingangshalle.

„He! Wo wollen Sie hin?", rief der Kommissar ihm nach.

„Nach Ellendorf."

34

Lisa erwachte mit stechenden Kopfschmerzen. Der Lappen, der ihren Mund verstopfte, erzeugte Brechreiz. Wenn sie sich übergeben müsste, würde sie ersticken. Sie versuchte, die Beine auszustrecken, um die verkrampfte Wadenmuskulatur zu lockern, und stieß in der Dunkelheit auf Widerstand. Das Zischen von Autoreifen und das Brummen eines Motors füllten den engen Raum aus, in dem sie lag. Jemand hatte sie in den Kofferraum eines Autos gesperrt.

Der Wagen rumpelte über eine mit Schlaglöchern übersäte Straße und kam schließlich zum Stillstand, das Motorengeräusch verstummte. Lisa zerrte an dem zähen Gewebeklebeband, mit dem ihre Hände auf dem Rücken fixiert waren. Sie hörte Schritte und leise Männerstimmen. Auch wenn ihre Situation gefährlich und ungewiss war, reagierte sie auf die Stimmen erleichtert. Wer immer sie entführt hatte, es konnte nicht Vincent sein. Er handelte allein und planlos, besessen von dem Gedanken, sich zu rächen. Die Männer dort draußen hatten etwas anderes vor. Vielleicht wussten sie von ihrer Erbschaft und wollten Geld erpressen.

Der Kofferraumdeckel wurde geöffnet, das Licht einer Taschenlampe blendete Lisa. Kräftige Hände packten sie an den Armen und zogen sie aus dem Wagen. Sie versuchte zu sprechen, aber der Knebel in ihrem Mund behinderte sie.

Einer der Männer hatte breite Wangenknochen, eine schiefe Nase und kurz geschnittenes, blondes Haar. Der andere war glatzköpfig und muskelbepackt wie ein Bodybuilder. Sie stellten sie grob auf die Füße und stießen sie vorwärts. Vor ihr erhob sich das baufällige Portal des vergessenen Sanatoriums in Bad Ems.

Die Männer führten sie in einen hell erleuchteten Kellerraum und drückten sie auf einen Stuhl. Ein dritter Mann stand mit dem Rücken zu ihr vor einem vergitterten Fenster.

Als er hörte, wie Stuhlbeine über den staubigen Boden scharrten, drehte er sich um. Es war Matthias Nolte.

„Nehmt ihr die Fesseln ab, ihr Dummköpfe. Ich habe euch doch gesagt, ihr sollt sie anständig behandeln."

Einer der Männer schnitt das Klebeband durch und entfernte den Knebel.

„Lasst uns allein", sagte Nolte. „Ich rufe euch, wenn ich euch brauche."

„Sind Sie verrückt geworden?" Ihre Worte gingen in einen Hustenanfall über.

Nolte schraubte den Verschluss von einer Mineralwasserflasche und reichte sie Lisa.

„Es tut mir aufrichtig leid, Frau van Dyk. Menschen zu entführen, gehört normalerweise nicht zu meinen Gepflogenheiten. Aber mir blieb keine andere Wahl. Die überstürzten Ereignisse zwangen mich dazu."

Sie trank hastig das Wasser. „Dafür werden Sie ins Gefängnis gehen."

Nolte lehnte sich an einen Tisch mit einer zerkratzten, grauen Resopalplatte und weißem Stahlrohrgestell, typisches Klinikmobiliar. Rasch erfasste Lisa den

Zweck des Kellerraums. Die stabile Stahlblechtür war nachträglich eingebaut worden und mit einem Zahlenschloss und zwei zusätzlichen Querriegeln gesichert, als hätte man hier ein wildes Tier eingesperrt. Die restliche Einrichtung entsprach der eines Krankenzimmers: ein modernes Klinikbett, medizinische Überwachungsgeräte wie EKG und EEG und ein Flachbildschirm an der Wand gegenüber dem Bett. Das Gitter vor dem Fenster war beschädigt, als hätte jemand versucht, es mit roher Gewalt zu entfernen. Die Glasplatte des Fernsehers war gesplittert.

„Sie werden mich bald verstehen, glauben Sie mir", sagte Nolte. „Die Aktion dient auch Ihrem Schutz."

„Schutz vor wem? Vor Vincent?"

Nolte blickte sie mitleidig an. „Vincent ist tot und begraben. Sie haben ihn doch höchstpersönlich ins Jenseits geschickt. Mein Respekt übrigens. So viel Draufgängertum hätte ich Ihnen gar nicht zugetraut."

Er begann, unruhig auf und ab zu laufen. „Es war wohl unausweichlich, dass es so kommen musste. Ich kann Ihre Verzweiflungstat gut nachvollziehen, Frau van Dyk. Vincent war ein Scheusal, ein egomanischer Psychopath." Er blieb stehen und runzelte nachdenklich die Stirn. „Aber leider auch unentbehrlich für unser Projekt. Wie Sie sich denken können, wirft sein Tod eine Menge Probleme für Kryotec auf."

„Er ist nicht tot. Er lebt."

„Nein. Der Mann, der Sie angegriffen hat, ist nicht Vincent."

„Ich erkenne meinen Mann, wenn ich ihn sehe. Wer soll es denn sonst gewesen sein?"

„Besser, Sie wissen es nicht. Zu viele Informationen können gefährlich sein."

„Glauben Sie wirklich, Ihre Gorillas können mich ungestraft in einen Kofferraum sperren und entführen?" Sie erhob sich und stand auf wackeligen Beinen, die verkrampften Muskeln schmerzten. „Ich werde diesen Ort jetzt verlassen, und niemand wird mich daran hindern."

Sie drehte sich um und riss wütend die Blechtür auf. Der Mann mit der schiefen Nase füllte den Türrahmen aus.

„Setzen Sie sich, Frau van Dyk." Nolte gab dem Bewacher ein Zeichen. „Alles in Ordnung."

Die Tür wurde wieder geschlossen. Nolte holte ein Päckchen Zigaretten aus der Jackentasche. Seine Finger zitterten.

„Glauben Sie mir, ich bin auf Ihrer Seite, Frau van Dyk. Ich versuche, Sie zu schützen, und ich bin wahrscheinlich der Einzige, der dazu in der Lage ist. Trotzdem kann ich Ihnen nur raten, zu kooperieren. Die Investoren, mit denen wir zusammenarbeiten, können zwar nicht auf mich verzichten, aber das bedeutet nicht, dass ich frei entscheiden kann, was passiert. Gewisse Leute verlieren schnell die Geduld. Mit Ihnen zum Beispiel."

„Von wem reden Sie?"

„Kryotec stand vor der Pleite. Vincent hatte Geldgeber aufgetrieben, sonst hätten wir aufhören müssen. Er überzeugte zwei russische Geschäftsleute, drei Millionen Dollar in das Lazarus-Projekt zu investieren. Aber dazu musste er weitreichende Zugeständnisse machen. Ich erfuhr dies alles erst nach seinem Tod, sonst hätte ich mich niemals darauf eingelassen. Wir müssen nun mit der Entscheidung Ihres Mannes leben."

„Was wollen Sie von mir?"

Nolte sog hastig an seiner Zigarette und stieß den Rauch durch die Nasenlöcher wieder aus. „Sie wissen, wie misstrauisch er war. Nie gab er seine Geheimnisse völlig preis. Uns fehlen daher entscheidende Daten über das Lazarus-Projekt. Ohne diese Informationen stehen wir vor dem Scheitern. Ich vermute, dass sie sich in seinem Arbeitszimmer im Safe befanden."

„Befanden?"

„Kerkhoff sollte sie besorgen. Darum wollte er sich mit Ihnen in der Villa treffen. Jemand öffnete ihm die Tür, aber Sie waren es nicht, Lisa."

Sie sah den toten Arzt in der Halle liegen und erinnerte sich an den leeren Safe im Arbeitszimmer.

Nolte warf die Kippe auf den Betonboden und trat sie mit der Schuhspitze aus. „Danken Sie den beiden Gorillas vor der Tür, dass sie ihre Aufträge gewissenhaft ausführen, sonst lägen Sie jetzt neben Kerkhoff, mit durchschnittenen Fußsehnen und einem Stein im Mund."

„Sie lügen. Niemand außer mir und Vincent kann dieses Haus betreten."

„Das ist falsch", antwortete Nolte. „Es gibt noch jemanden. Er hat sich die fehlenden Unterlagen beschafft, und Sie werden ihn für uns finden."

„Warum sollte ich das tun?"

„Sie sind so schwer von Begriff, Lisa? Niemand von uns verlässt das alte Sanatorium lebend, wenn Sie sich weigern, mir zu helfen. Oder haben Sie Lust, in flüssigem Stickstoff darauf zu warten, bis jemand Sie aufweckt?"

„Sie sind Wissenschaftler, Professor Nolte, kein Mann, der Menschen ermordet."

Er fuhr herum. „Ich habe Buchner und Keller nicht umgebracht, und auch Kerkhoff nicht. Das müsste Ihnen inzwischen eigentlich klar sein."

„Sie sind nicht freiwillig in diese Sache hineingeraten. Vertrauen Sie sich Wolzow an, er wird Ihnen helfen. Aber dazu müssen Sie mich gehen lassen."

Nolte lachte und zündete sich noch eine Zigarette an.

„Wolzow. Ja, der kann ziemlich hartnäckig sein." Er rauchte und starrte gedankenverloren aus dem vergitterten Fenster. „Aber auch er kann Sie nicht schützen. Die Männer, mit denen Vincent sich eingelassen hat, bekommen immer, was sie wollen." Er blickte auf seine Armbanduhr. „Genug geplaudert. Sie haben noch zehn Minuten, um sich zu entscheiden."

„Und wenn ich mich weigere?"

„Ich dachte, das wäre Ihnen inzwischen klar, Frau van Dyk. Dann werden Sie sterben."

35

Der kleine Weilburger Vorort Ellendorf bestand aus einer Handvoll Straßen, einer Tankstelle und einem Bäckerladen. Wolzow verglich die Umgebung mit dem vergilbten Polaroidfoto. Systematisch suchte er eine Straße nach der anderen ab und bog am nördlichen Rand des Ortes in einen gepflasterten Weg ein. Baugleiche Einfamilienhäuser aus den sechziger Jahren des letzten Jahrhunderts reihten sich aneinander wie Perlen auf einer Schnur. Gepflegte Vorgärten, pfannengedeckte Walmdächer mit Gauben und weißer Rauputz. Im Garten eines Hauses auf der rechten Seite stand ein Zierbrunnen aus gebrannten Ziegeln, wie er auf dem Foto zu sehen war. Wolzow stieg aus und ging den Kiesweg zur Haustür entlang.

Auf dem Schild neben der Türklingel stand in ausgeblichenen Buchstaben der Name André van Dyk. Er drückte zweimal auf die Klingel, bevor ein Schatten hinter dem Glaseinsatz der Eingangstür auftauchte. Ein untersetzter Mann mit schütterem, grauem Haar öffnete. Er trug eine Lesebrille, die ihm auf die Nasenspitze gerutscht war, und stützte sich auf einen Gehstock.

„Ja bitte?"

Wolzow wies sich aus.

„Ich möchte Ihnen ein paar Fragen über Vincent van Dyk stellen."

Der Alte rückte seine Brille zurecht und studierte eingehend den Dienstausweis.

„Ist das Vincent?", rief eine Frau mit hoher, dünner Stimme. „Kommt er uns besuchen?"

„Nein. Das weißt du doch", rief der Mann.

Er gab ihm den Ausweis zurück.

„Vincent ...", er warf einen raschen Blick über die Schulter und senkte die Stimme, „Vincent ist tot. Lassen Sie uns bitte in Ruhe."

„Sie könnten mir helfen, ein Verbrechen aufzuklären ... und Menschenleben zu retten."

„Ich wüsste nicht, wie ich das bewerkstelligen sollte."

„Wenn Sie mir die Gelegenheit geben, werde ich es Ihnen erklären", sagte Wolzow. „Es könnte sein, dass er noch lebt."

Der alte Mann zögerte einen Augenblick. Dann nickte er und machte die Tür weiter auf. „Kommen Sie bitte herein."

Wolzow folgte ihm in ein kleines Wohnzimmer.

„Ich will ihn sehen", rief die Frau wieder aus einem der hinteren Zimmer.

„Es ist nicht Vincent. Jemand hat sich in der Tür geirrt", antwortete van Dyk.

„Nehmen Sie Platz", sagte er. „Entschuldigen Sie, meine Frau ist sehr krank."

Wolzow teilte sich das Sofa mit einer feuerroten Katze, die ihm widerwillig Platz machte.

„Sie kennen van Dyks Ehefrau?"

„Nein. Wir haben seit vielen Jahren keinen Kontakt mehr zu Vincent. Aber wir wissen, dass er eine Ärztin geheiratet hat. Es stand in der Zeitung. Von allem, was er erreicht hat, weiß ich nur aus der Presse. Aber wie sollte Vincent noch leben? Er wurde doch beerdigt. Auch das habe ich gelesen. Wissen Sie, wir waren nicht auf dem Friedhof. Meine Frau hätte es nicht verstanden, und der Rummel hätte sie nur unnötig aufgeregt. Ich wollte hingehen, aber ich kann sie nicht lange allein lassen."

„Brach er den Kontakt zu Ihnen ab?", fragte Wolzow.

„Ja. Schon bevor er studierte, da war er Anfang zwanzig. Bereits als er zu uns kam, war er ein schwieriges Kind. Was nicht verwundert, nach dem, was er durchmachen musste. Darf ich Ihnen etwas anbieten?"

Wolzow verneinte. „Was meinen Sie damit?"

„Er war nicht unser leiblicher Sohn."

„Sie haben ihn adoptiert?"

„Ja, wir konnten keine Kinder bekommen. Es war eine glückliche Fügung – zunächst. Aber wir waren schnell überfordert mit ihm. Er war verschlossen und strapazierte unsere Geduld mit extremen Stimmungsschwankungen und Tobsuchtsanfällen. Vincent litt unter Albträumen und Angstzuständen. Schließlich waren wir gezwungen, mit ihm einen Psychiater aufzusuchen."

„Fand er den Grund für die Probleme heraus?"

„Nun, er diagnostizierte das, was wir ohnehin schon ahnten. Vincent war das Opfer von Missbrauch und Gewalt in physischer und psychischer Form geworden. Er war tief traumatisiert, litt unter der Angst, verlassen zu werden, und fürchtete sich auf extreme Weise vor Krankheiten."

„Er hatte Angst, er könnte früh sterben", sagte Wolzow.

„Ja. Für ein Kind in seinem Alter – er war elf, als wir ihn zu uns holten – war das mehr als ungewöhnlich."

„Aber was war die Ursache? Was hatte er erlebt?"

„Wir wissen nichts Genaues. Der Psychiater brach die Therapie ab, weil sie keinen Erfolg zeigte. Im Gegenteil, Vincents Ängste steigerten sich noch, wenn der Arzt sich bemühte, verdrängte Erinnerungen in ihm zu wecken. Bei dem Versuch einer Hypnosesitzung kam es beinahe zu einer Katastrophe. Er fantasierte von Stromschnellen und weißem Wasser, in dem Monster lauerten, die von der anderen Seite kamen. Niemand weiß, was er damit meinte."

„Wer waren seine leiblichen Eltern?"

„Seine Mutter starb, als Vincent acht Jahre alt war. Sein Vater, der Verhaltensforscher Rainer Bukowski, zog ihn allein auf. Er kam zwei Jahre später bei einem Brand ums Leben."

„Ein Verhaltensforscher?"

Der Alte nickte. „Er war in Fachkreisen schlecht angesehen, seine Arbeitsmethoden umstritten. Es hieß, dass er ethische Grenzen überschritt, um seine Thesen zu belegen."

„Woran arbeitete Bukowski?"

„Er beschäftigte sich mit der Erforschung von Zwillingen, glaube ich."

„Haben Sie nie versucht, herauszufinden, was damals passiert ist?", fragte Wolzow.

„Doch, natürlich. Aber die volle Wahrheit haben wir nie erfahren. Bukowski lebte nach dem Tod von Vincents Mutter mit einer Frau namens Freya Anderson zusammen, aber seit dem Unglück ist sie spurlos verschwunden. Die Polizei vermutete, dass sie ebenfalls verbrannte. Das Feuer hatte eine so große Hitze entwickelt, dass kaum noch Spuren menschlicher Überreste zu identifizieren waren. Aber es konnte nie bewiesen werden, dass sie ums Leben gekommen war."

Der alte Mann stützte sich schwer auf seinen Gehstock, erhob sich und ging zu einem Schrank hinüber. Er öffnete eine Klappe und kehrte mit einem Schuhkarton zurück. Darin befanden sich Erinnerungsstücke und Fotografien. Sie ähnelten dem Bild, das Wolzow in dem alten Buch entdeckt hatte. Van Dyk durchsuchte den Karton und reichte Wolzow einen vergilbten Zettel.

„Das ist die Adresse des Pfarrers, der uns den Jungen damals vermittelte. Er kannte Bukowski und nahm Vincent auf, bis die rechtlichen Probleme einer Adoption geklärt waren. Damit verhinderte er, dass der Junge vorübergehend in einem Heim untergebracht wurde. Ich habe Liebermann später mehrmals aufgesucht. Es ist mir nie gelungen, ihm zu entlocken, was Bukowski mit dem Kind angestellt hatte. Wenn ich das Thema anschnitt, weigerte er sich, darüber zu sprechen, und regte sich entsetzlich auf. Er sagte, ich solle die Toten ruhen lassen. Es wäre besser, ich wüsste von diesen Dingen nichts. Wenn Ihnen jemand weiterhelfen kann, dann ist es Hans Liebermann."

Wolzow drehte den Zettel in den Fingern. Es war immerhin eine Spur. Je mehr er über van Dyks Vergangenheit erfuhr, desto besser konnte er sein Handeln einschätzen. Und das würde ihn zu Lisa führen. Er musste sie finden. Seit sie verschwunden war, hatte ihn eine tiefe Unruhe erfasst. Ihm wurde plötzlich klar, dass er Angst um sie hatte, und zwar viel mehr, als er sich bisher eingestanden hatte.

Van Dyk brachte ihn zur Tür. Seine Frau rief wieder nach Vincent.

„Sie hat den Jungen sehr geliebt, trotz aller Schwierigkeiten", sagte der Alte, „und sie hat es nie verwunden, dass er den Kontakt zu uns abbrach."

„Gab es einen konkreten Grund dafür?"

„Nein. Er verließ uns einfach. Wir haben immer gehofft, sein Vertrauen gewinnen zu können, aber das ist uns nie wirklich gelungen. Ich glaube inzwischen, dass Vincent überhaupt nicht in der Lage war, echte Gefühle für andere Menschen zu empfinden. Er spielte sie nur vor, wenn er einen Vorteil darin sah. Was hat er seiner Frau angetan?"

„Wie kommen Sie darauf, dass er gewalttätig ihr gegenüber geworden ist?"

„Es würde mich nicht wundern, wenn es so wäre. Wie kommen Sie darauf, dass er noch lebt?"

„Seine Frau schwört, dass er sie angegriffen hat – nach seinem angeblichen Tod."

„Das ist schwer vorstellbar."

„Ich habe ihn gesehen, er hat auch mich attackiert. Er scheint sich rächen zu wollen. Wissen Sie, womit er sich beruflich beschäftigt hat?", fragte Wolzow.

„Ja. Er litt früh unter der Wahnvorstellung, seinem eigenen Tod entkommen zu können. Er wollte nie akzeptieren, dass keiner von uns hier lebend rauskommt." In van Dyks Augen flackerte Angst auf. „Glauben Sie, dass er auch uns angreifen könnte?"

„Ich weiß es nicht. Seien Sie wachsam." Wolzow reichte ihm seine Visitenkarte. „Wenn Ihnen etwas ungewöhnlich oder bedrohlich erscheint, rufen Sie mich sofort an."

Mit einem miesen Gefühl im Bauch ging er zu seinem Wagen zurück.

36

„Treib alles auf, was du über den Verhaltensforscher Rainer Bukowski finden kannst", sagte Wolzow. „Woran hat er gearbeitet? Check sein Umfeld und besorg mir Adressen von Leuten, die ihn persönlich gekannt haben. Finde heraus, ob es Akteneinträge über ihn gibt, und wenn es nur ein Strafzettel wegen Falschparken ist, ich will es wissen."

Matuschek stöhnte. „Was ist 'n das? Ein Verhaltensforscher?"

„Jemand, der erklären kann, warum du so faul bist. Jetzt fang an, das ist verdammt wichtig."

„Ich wollte gerade Feierabend machen."

„Vergiss es. Gibt es etwas Neues über den Verbleib von Lisa van Dyk?"

„Nee."

„Konzentrier dich auf Bukowski. Ich brauche so schnell wie möglich Ergebnisse. Ruf mich in einer halben Stunde auf dem Handy an."

Wolzow legte auf. Er spürte, dass ihm die Zeit davonlief. Inzwischen war es dunkel geworden, es goss wie aus Eimern, in den kalten Regen mischten sich Schneeflocken. Ungeduldig scherte er immer wieder aus der Autoschlange aus. Ein monströser Holztransporter kroch die kurvenreiche Straße am Fluss entlang, jedes Überholmanöver glich einem Selbstmordversuch. Zehn Minuten später kam der Verkehr vollends zum

Erliegen. Das gelbe Licht dutzender Warnblinkanlagen erhellte die Nacht. Wolzow stieg aus dem Wagen und lief durch den strömenden Regen. Die Lahn führte seit Tagen Hochwasser und war über die Ufer getreten. Es gab kein Durchkommen mehr, und er war gezwungen, den Umweg über die Höhenzüge nördlich des Flusses in Kauf zu nehmen. Der Wetterdienst warnte vor einer Flutwelle, deren Scheitelpunkt man für die Abendstunden erwartete.

Die Adresse, die van Dyk ihm gegeben hatte, lag in Nassau an der Lahn, eine knappe Stunde südwestlich von Weilburg. Er war noch fünfzehn Minuten von seinem Ziel entfernt, als sich Matuschek wieder meldete.

„Habt ihr sie gefunden?", fragte Wolzow.

„Eine Zeugin hat einen schwarzen Ford Mondeo beschrieben, der mit überhöhter Geschwindigkeit durch die Straße vor van Dyks Villa gerast ist. Sie hat sich das Kennzeichen gemerkt. Wir wissen inzwischen, dass der Wagen einer Autovermietung gehört. Er wurde vor drei Tagen von einem Milan Petrovic gemietet. Der Name ist wahrscheinlich falsch, wir arbeiten daran."

„Gibt es eine Verbindung zu Kryotec?"

„Bisher nicht. Frenck ist nach Bad Ems gefahren. Sie wollen die Ruine des Sanatoriums durchsuchen."

„Was hast du über Bukowski herausgefunden?"

„Dass er ein Arschloch war."

„Geht es ein bisschen präziser?"

Das Rascheln von Papier drang aus dem Lautsprecher.

„Rainer Bukowski, geboren am 3. Dezember 1946 in Berlin, gestorben am 18. Januar 1983 in Nassau an der Lahn. Er war Verhaltensforscher und Biologe, genoss aber zeitlebens in Fachkreisen einen zweifelhaften Ruf. Bei seinen Kollegen galt er als Spinner und Choleriker, rechthaberisch und unbelehrbar."

„Woran arbeitete er?", fragte Wolzow.

„Er machte seinen Abschluss in Biologie und Psychologie an der Universität in Frankfurt am Main. Zunächst beschäftigte er sich mit der menschlichen Evolution und der Entwicklung des Bewusstseins. Aber er geriet ziemlich schnell ins Abseits, weil er abwegige Theorien vertrat und sie aggressiv verteidigte. Gerne warf er schon mal mit Briefbeschwerern nach Kritikern. Bukowski war davon besessen, die Existenz der menschlichen Seele zu beweisen, und schreckte auch vor illegalen Experimenten nicht zurück. Dazu benutzte er einen Deprivationstank. Frag mich bloß nicht, was das ist. Nach dem Tod seiner ersten Frau heiratete er eine Psychiaterin namens Freya Anderson, eine Schwedin, die ihn für seine extremen Sichtweisen verehrte. Zusammen veröffentlichten sie mehrere Bücher, die sehr umstritten sind. Es ging darin um ...", Matuschek blätterte wieder, „... nordische Mythologie, germanische Totenkulte und mittelalterliche Dämonologie. Das war wohl ihr Steckenpferd."

„Interessant", sagte Wolzow. „Erzähl weiter."

„Nachdem Bukowski die halb verrückte Anderson geheiratet hatte, zog er sich aus der Forschung zurück und ließ sich in Nassau nieder. Immerhin verkauften sich seine Bücher so gut, dass er von den Tantiemen ein altes Gutshaus in der Nähe der Lahn kaufen konnte. Von da an gibt's bis zu seinem Todestag nichts mehr zu berichten. Bukowski zog sich völlig aus der Öffentlichkeit zurück. Das nährte Gerüchte, er würde seine Experimente im Geheimen fortsetzen. Im Volksmund nannte man das alte Haus bald Frankensteins Labor. Er kam übrigens nie mit dem Gesetz in Konflikt, es gibt noch nicht mal einen Strafzettel wegen einer Geschwindigkeitsübertretung. Er starb durch ein Feuer, das in seinem Labor ausbrach."

„Brandstiftung?"

„Das konnte nicht eindeutig geklärt werden."

„Und was wurde aus der Frau?", fragte Wolzow.

„Ich hab einen alten Bericht aufgetrieben, in dem steht, dass sie und der Sohn bei dem Brand ums Leben gekommen sind. Aber wirklich bewiesen wurde das nie, weil durch die enorme Hitze so gut wie alles zerstört wurde. Beide tauchten nach dem 18. Januar nie wieder auf, also ging man davon aus, dass sie ebenfalls verbrannt waren. Von Bukowski fand man nur ein Fragment des Kiefers. Anhand von Zahnbefunden konnte er identifiziert werden.

„Aber Vincent hat überlebt", sagte Wolzow. „Er wurde adoptiert." *Vielleicht ist bei der Adoption nicht alles legal abgelaufen*, dachte er. Der alte van Dyk hatte das bereits angedeutet.

„Ich hab hier noch was aus der Pathologie."

Wolzow hörte gespannt zu.

„Die DNA ist identisch", sagte Matuschek. „das Blut aus der Villa passt zu dem, das am Motorradhelm des Jungen sichergestellt wurde. Was heißt das jetzt?"

„Das bedeutet, dass da draußen ein Toter herumläuft."

„Hä?"

„Wenn es etwas Neues von Frenck oder Lisa van Dyk gibt, will ich das sofort wissen."

„Okay", seufzte Matuschek. „Ich halte die Stellung."

„Du bist ein Schatz."

„Küsschen."

Wolzow beendete das Gespräch. Das Navi dirigierte ihn zu einer auf einem Hügel oberhalb von Nassau gelegenen Kirche. Der Kirchhof war auf zwei Seiten von Rasenflächen umgeben, auf einer umlaufenden Mauer erhob sich ein windschiefer Zaun. An der westlichen Längswand der Kirche ragten verwitterte Grabsteine aus dem Boden wie faule Zähne.

Wolzow parkte den Pick-up vor einem Tor im Zaun und überquerte den Kirchhof. Hinter einer mit Lorbeerbüschen bewachsenen Grünfläche stand ein einstöckiges Pfarrhaus mit weit herabgezogenem Dach. Er klingelte und wartete. Kurz darauf öffnete ihm ein Mann Mitte dreißig die Tür. Er trug eine randlose Brille, eine schwarze Stoffhose und einen gelben Pullunder.

„Ja bitte?"

„Ich suche Pfarrer Liebermann", sagte Wolzow.

„Hans Liebermann ist seit vier Jahren im Ruhestand. Vielleicht kann ich Ihnen helfen? Seit seiner Pensionierung leite ich diese Pfarrei."

„Ich brauche keinen geistlichen Beistand. Wo kann ich Herrn Liebermann finden? Ich muss ihn dringend sprechen."

Der junge Pfarrer beschrieb ihm den Weg. Wolzow bedankte sich und lief zu seinem Wagen.

Das Mietshaus, in dem Liebermann wohnte, lag einen knappen Kilometer entfernt am Fuß des Hügels. Der alte Pfarrer kehrte gerade von einem Spaziergang zurück, begleitet von einem zotteligen Bobtail.

Wolzow präsentierte seinen Dienstausweis. „Herr Liebermann?"

„Das bin ich. Die Polizei will zu mir? Wie kann ich Ihnen helfen?"

„André van Dyk schickt mich."

Liebermann beförderte umständlich seinen Wohnungsschlüssel aus der Manteltasche und ließ den Bobtail ins Haus.

„Alte Geschichten", murmelte er, „längst verjährt, wenn ich mich nicht irre."

„Mich interessieren keine illegalen Adoptionen", sagte Wolzow. „ich möchte etwas über Vincent van Dyks Vergangenheit wissen."

„Ich habe ihn seit vielen Jahren nicht mehr gesehen. Was sollte ich Ihnen berichten können? Außerdem hörte ich, dass er verstorben ist."

„Das war er", antwortete Wolzow.

Der alte Pfarrer zog fragend eine buschige Augenbraue hoch. „War? Wenn ich nicht ganz falsch informiert bin, ist bisher nur ein einziger Mensch von den Toten zurückgekehrt."

„Sie vergessen Lazarus."

Liebermann lächelte. „Eins zu null für Sie. Vincent also, sagen Sie ... er ist wieder da. Nun, es überrascht mich nicht, dass Sie davon überzeugt sind. Aber vermutlich irren Sie sich. Also gut, kommen Sie herein."

Wolzow folgte ihm und dem Bobtail in eine kleine Wohnung. Liebermann bat ihn, auf einem Küchenstuhl Platz zu nehmen, und begann, Kaffee zu kochen.

„Soso, der alte van Dyk hat Sie geschickt", sagte er. „Dann erzählen Sie mir mal die ganze Geschichte."

Liebermann hörte schweigend zu, wartete, bis der Kaffee durchgelaufen war, und schenkte zwei Tassen ein.

„Der DNA-Vergleich ist positiv. Es war definitiv der Leichnam von Vincent van Dyk, der in der Mainzer Gerichtsmedizin obduziert wurde. Und dennoch lebt er. Ich suche nach einer Erklärung", schloss Wolzow.

„Die ich Ihnen geben kann", antwortete Liebermann. „Mir wird wohl nichts anderes übrig bleiben, als Ihnen die Wahrheit zu berichten. Ich fürchte, ich weiß, wer die Morde begangen hat. Und es verwundert mich nicht, dass selbst Vincents Frau sich täuschen ließ."

37

„Bevor ich Ihnen helfe, will ich wissen, wer der Mann ist, der mich angegriffen hat, und was er von mir will", sagte Lisa.

„Jemand, der denkt und handelt wie Vincent", antwortete Nolte. „Jemand, der aussieht wie er. Das muss genügen."

„Und wenn ich mehr über ihn erfahren will?"

Er unterbrach seine Wanderung, stützte sich auf den Armlehnen des Bürostuhls ab, auf dem Lisa saß, und blickte sie eindringlich an.

„Ich will Sie schützen, Lisa", sagte er. „Je weniger Sie wissen, desto besser. Die Leute, mit denen Vincent sich eingelassen hat, gehen über Leichen. Es sind schon genug Menschen gestorben. Ich will nicht auch noch an Ihrem Grab stehen."

„Was haben Sie getan? Was ist in diesem provisorischen Labor hier passiert?"

Nolte ging zur Tür hinüber. Lisa drehte sich in ihrem Stuhl um und verfolgte ihn mit ihren Blicken. Er lauschte mit angehaltenem Atem und tupfte sich mit einem Taschentuch den Schweiß von der Stirn.

„Sie hatten recht, wir hätten die Finger vom Lazarus-Projekt lassen sollen. Aber Sie kennen ja Vincent … kannten ihn." Er blickte nervös auf seine Armbanduhr. „Wir haben keine Zeit mehr. Helfen Sie mir oder nicht?

Lisa, ich beschwöre Sie. Die Männer dort draußen haben Mittel und Wege, um Sie zum Reden zu bringen."

„Ich wüsste nicht, wie ich Ihnen helfen könnte." Sie konnte beinahe sehen, wie sich die Rädchen in Noltes Kopf hektisch drehten.

„Sie wissen so gut wie ich, dass Vincent am liebsten allein arbeitete", sagte er, „vor allem, wenn er sich in einer Planungsphase befand. Gab es einen besonderen Ort, an den er sich zurückzog, um nachzudenken? Einen Platz, von dem ich nichts weiß? An dem er völlig ungestört war?"

Lisa dachte nach. Vermutlich hatte Vincent mehr als ein Geheimnis vor ihr gehabt. Doch plötzlich glaubte sie zu wissen, wovon Nolte sprach.

„Die Hütte", sagte sie.

„Was für eine Hütte?"

„Ein Wochenendhaus, das er kurz nach unserer Hochzeit kaufte. Ich war nur zweimal dort. Vincent hasste Müßiggang. Er wurde unerträglich, wenn er seinen Verstand nicht mit irgendeinem Problem beschäftigen konnte. Wenn er nach einer Lösung suchte, verschwand er für ein, zwei Tage, manchmal auch länger. Er zog sich in die Hütte zurück, schaltete das Handy aus und war für niemanden zu erreichen."

„Wo liegt diese Hütte?"

„Oberhalb der Ruppertsklamm auf einem großen Grundstück mitten im Wald."

Nolte ging nach draußen. Lisa hörte, wie er mit den Männern sprach, die sie hergebracht hatten. Sie sah sich nach einem Fluchtweg um, aber es gab nur einen Zugang zu dem Kellerraum. Das schmale Fenster unter der Zimmerdecke war vergittert und unerreichbar für sie.

Wenige Augenblicke später kehrte Nolte zurück. „Machen Sie es sich bequem. Sie werden noch eine Weile unser Gast sein. Kann ich Ihnen etwas anbieten? Wir sind hier bestens ausgestattet, müssen Sie wissen."

„Einen Kaffee vielleicht oder einen Tee, wenn Sie haben."

Sie musste Zeit gewinnen. Vermutlich würden die Männer überprüfen, ob Vincent in der Hütte war. In der Zwischenzeit würde sie mit Nolte allein sein. Auf ihrem Weg hierher hatte sie außer den beiden Männern niemanden bemerkt. Nolte war klein und schmächtig, ein Nerd mit Brille und wenig Muskeln, dafür umso mehr Hirn und Sitzfleisch. Auf jeden Fall ein schwächerer Gegner als die Schlägertypen, die sie hergebracht hatten. Sie würde mit ihm fertigwerden. Nolte war Wissenschaftler, er hatte keinerlei Erfahrung mit der Überwachung von Gefangenen.

Er öffnete eine Nebentür und schaltete das Deckenlicht ein. Dahinter befand sich eine Teeküche mit Kaffeemaschine, Mikrowelle und einer Sitzecke. Er griff nach einer Thermoskanne und schüttelte sie.

Sie würde keine zweite Chance wie diese bekommen. Lisa schob das Klinikbett zur Küchentür und blockierte die Öffnung. Dann fixierte sie die Feststellbremse und floh auf den Korridor hinaus. Nolte tobte und hämmerte mit den Fäusten gegen das Türblatt.

„Sie machen einen Fehler, Lisa! Ich bin der Einzige, der Sie beschützen kann."

Lisa ignorierte seine Warnung und rannte den Gang entlang, ohne auf die Richtung zu achten. Inzwischen war die Dämmerung hereingebrochen, mit jeder Minute wurde es dunkler. Zwar bot die Nacht ihr Schutz, erschwerte ihr aber zugleich auch, den Ausgang zu finden. Das alte Sanatorium erwies sich als Labyrinth aus Korridoren, Treppenfluchten und verwaisten Operationssälen. Noltes Gebrüll hallte geisterhaft von den Wänden wider. Seine Wut verwandelte sich schlagartig in Furcht, dann in Todesangst. Er rief gellend um Hilfe, bis seine Schreie plötzlich verstummten.

Es war totenstill. Wenn Nolte die Wahrheit gesagt hatte und Vincent tot war, wer verfolgte sie dann mit abgrundtiefem Hass? Wer sonst hatte einen Grund, sich an Kerkhoff, Nolte und ihr zu rächen? Wer immer hinter den Angriffen steckte, er war ihr hierher gefolgt. Jede Sekunde, die sie zögerte, konnte ihr zum Verhängnis werden.

Immer tiefer drang sie in das lichtlose Labyrinth vor und musste sich bald eingestehen, dass sie sich verirrt hatte. Weit entfernt fiel rauschend ein Vorhang aus Regen herab, Wasser fand seinen Weg durch Spalten, Löcher und Ritzen und tropfte rhythmisch auf den Betonboden. Lisa hielt den Atem an. Da war noch ein anderes Geräusch, das Platschen von Stiefeln auf nassem Boden. Es näherte sich schnell.

Sie hastete in einen Gang hinein, an dessen Ende sie auf einen Treppenschacht stieß. Stufen führten hinab in die undurchdringliche Finsternis der Kellerräume, nach oben verlor sich der Weg in der Dämmerung, die schnell pechschwarzer Nacht wich. Aber nur dort oben würde sie einen Ausgang finden. Vorsichtig setzte sie den Fuß auf die unterste, baufällige Treppenstufe. Die morschen Dielenbretter ächzten, schienen sie aber zu tragen.

Die vierte Stufe brach unter ihr ein. Lisa klammerte sich an den verrosteten Handlauf, um ein Haar wäre sie ins Bodenlose gestürzt. Ihr Gewicht lastete auf dem verletzten Knöchel, der sie kaum noch tragen konnte. Sie biss sich auf die Lippen, um einen Schmerzensschrei zu unterdrücken, und kehrte um, vorsichtig einen Fuß vor den anderen setzend.

Durch einen leeren Aufzugsschacht fiel ein letzter Rest Tageslicht. Vor der verdreckten Glastür, durch die sie gekommen war, stand eine hochgewachsene, schlanke Gestalt. Ihre Silhouette hob sich von dem Zwielicht ab wie ein nachtschwarzer Scherenschnitt.

Lisa floh tiefer in die verrotteten Eingeweide des alten Sanatoriums, vorbei an leeren Krankenzimmern, Operationssälen und Wirtschaftsräumen. Durch Kellerfenster und Oberlichter drang noch genügend Licht, um den Weg zu finden, aber die Nacht brach rasch heran.

In den modrigen Gestank nach Schimmel und uraltem Staub mischte sich plötzlich der kupferne Geruch von Blut. Lisa verlangsamte ihre Schritte. Der Gang vor ihr knickte nach rechts ab, dann noch einmal nach links. Er endete vor einer weiteren Tür, deren Flügel halb offen standen. Das Wort *OP-Bereich* war auf der staubigen Milchglasscheibe noch zu erkennen. Hinter ihr hallten klickende Echos durch die Dunkelheit.

Auf dem Linoleumboden vor ihr zog sich eine Schleifspur entlang, in die sich blutige Schlieren mischten. Sie folgte der Spur bis zu einem Raum, in dem auf rostigen

Gestellwagen mehrere Zinksärge ruhten. In der Längswand gähnten quadratische Öffnungen, die Klappen
davor standen offen. Dies musste der ehemalige Totenkeller der Klinik sein.

Eine Türangel quietschte, gefolgt von einem hohlen
Scheppern und Schleifen. Die Geräusche schienen weit
entfernt zu sein, aber die geisterhaften Echos konnten
sie auch in die Irre führen.

„Ich weiß, dass du hier bist. Komm zu mir, Lisa, damit
ich dich auf die Reise schicken kann."

Es war Vincents Stimme. Ganz nah.

„Stromschnellen", flüsterte er. „Weißes Wasser."

Lisa zog sich panisch in den stockdunklen Keller zurück. Sie schätzte, dass er höchstens noch zwanzig Meter entfernt war, er musste sich jetzt ungefähr bei der
Glastür befinden. Jedes Geräusch vermeidend, drückte
sie sich an die Wand und riskierte einen Blick auf den
Gang hinaus. Die verdreckten Scheiben der OP-Tür
spiegelten matt Vincents verzerrtes Abbild wider. Er
schleifte ein rostiges Eisenrohr hinter sich her, dessen
Ende über den Boden scharrte und die kratzenden
Laute erzeugte. Er hob es an und klopfte damit rhythmisch auf den Boden.

„Lisa, Lisa, sad Lisa, Lisa", sang er heiser.

Sie wandte sich um und suchte nach einem Versteck.
Wenn er sie entdeckte, würde er sie töten. Sie fasste einen verzweifelten Plan, vor dem ihr graute, aber ihr
blieb keine andere Wahl. Lautlos schlich sie auf den
vordersten der Zinksärge zu und hob vorsichtig den Deckel an. Mühsam unterdrückte sie einen Schrei. In dem
Sarg lag einer der beiden Männer, die sie entführt hat-

ten. In seiner Mundhöhle steckte ein schmutziger Lappen. Seine Schuhe fehlten, oberhalb der Fersen klafften tiefe Schnitte in der blutleeren Haut. Er schwamm in seinem eigenen Blut, Vincent hatte ihm die Kehle durchgeschnitten. Der Gestank von Blut und Exkrementen nahm ihr den Atem.

Aus seiner Hosentasche ragte der Griff einer Taschenlampe. Lisa nahm sie an sich und ließ den Deckel herab. Dann näherte sie sich dem zweiten Sarg und überprüfte ihn, er war leer. Der Gestellwagen darunter stand dicht an der hinteren Wand, kein Lichtschimmer drang bis dorthin vor. Sie stieg auf einen Hocker und kletterte in den Sarg. Vincents Gesang und das hohle Klopfen des Rohrs auf dem Boden übertönten die Geräusche, die sie dabei erzeugte.

„Lisa, Lisa, sad Lisa. Komm her, kleine traurige Lisa. Ich befreie dich von deinem Leid. Ich schicke dich auf eine lange Reise ... über Stromschnellen ... und weißes Wasser ... auf die andere Seite der Nacht."

Leise scharrend glitt der Blechdeckel in die Nut des Unterteils. Es stank nach Tod und Verwesung. In der fugenlosen Dunkelheit drohte sie in Panik zu geraten. Wie lange reichte die Luft in dieser klaustrophobischen Enge? Sie stemmte den Deckel hoch und klemmte ihr Handy in den Spalt, um nicht zu ersticken. Außerdem konnte sie so den Totenkeller beobachten. Wenn er allerdings das Telefon entdeckte, saß sie in der Falle.

„Lisa, Lisa, sad Lisa."

Das Eisenrohr schleifte über den Boden, Vincents heisere Stimme war ganz nah. Sie hörte seinen rasselnden Atem, er gab sonderbare, erstickte Laute von sich und murmelte zusammenhangloses Zeug. Nolte hatte gelogen. Und wenn er Vincent wirklich ins Leben zurückgeholt hatte, war sein Verstand dabei auf der Strecke geblieben.

Langsam entfernten sich die schlurfenden Schritte, er ging an dem Kellerraum vorbei. Lisa wartete und zählte die Sekunden. Alles blieb still, nichts rührte sich. War er noch da oder schon weitergezogen? Sie drückte den Sargdeckel nach oben und spähte durch den Spalt. Das Handy fiel scheppernd zu Boden. Vincents bleiches Gesicht tauchte aus der Finsternis auf. Er blickte in ihre Richtung, stieß das Eisenrohr auf den Boden und sang: „Lisa, Lisa, sad Lisa, Lisa."

Langsam kam er näher.

38

„Was ist damals bei dem Brand in Bukowskis Haus passiert?", fragte Wolzow.

„Die Brandursache konnte nie geklärt werden", antwortete Liebermann. „Das Feuer war im Labor im Keller ausgebrochen und hatte sich rasend schnell ausgebreitet. Bukowski konnte sich nicht mehr in Sicherheit bringen. Die Polizei hat seine spärlichen Überreste anhand eines Zahnabgleichs identifiziert. Das ist alles."

„Kein Hinweis auf Brandstiftung?"

Liebermann senkte den Kopf und schien in der Vergangenheit zu versinken. Nach einer Weile sagte er: „Es gab Gerüchte. Die Stahltür zum Labor war von der Hitze verbogen, das Schloss nur noch ein Klumpen geschmolzenes Metall. Die Feuerwehr musste die Tür aufbrechen. Einer der Männer sagte später aus, sie wäre von außen verschlossen gewesen und er hätte den Schlüssel in einer Ecke des Vorraums gefunden. Allerdings ging der Schlüssel während der hektischen Löscharbeiten verloren."

„Dann ist Bukowski ermordet worden."

„Der Fund des Schlüssels konnte nie bewiesen werden", sagte Liebermann.

Wolzow studierte die Züge des alten Pfarrers. Er fand Schmerz in ihnen und eine nervöse Unentschlossenheit. Vielleicht lange verdrängte Schuldgefühle, die sich nicht mehr unterdrücken ließen, nun, da die Geschichte ans Licht kam.

„Woran hat Bukowski in seinem Labor eigentlich gearbeitet? Nach meinen Informationen war er Verhaltensforscher und Biologe."

Liebermann trank einen Schluck Kaffee.

„Er war vor allem eins: wahnsinnig."

Der alte Pfarrer stützte die Ellenbogen auf den Küchentisch und verbarg das Gesicht in den Händen. Es dauerte eine Weile, bis er weitersprach. „Bukowski war davon besessen, die Existenz des Jenseits zu beweisen."

„Das ist nicht gerade das Fachgebiet eines Biologen, wohl eher das eines Priesters", sagte Wolzow.

„Es fällt in meine Kompetenz, das ist richtig. Und ich bereue zutiefst, dass ich ihn in seinem Wahn unterstützte. Er besaß einen rechthaberischen, aufbrausenden Charakter. Mir war nicht klar, wie weit er gehen würde, um seine Thesen zu belegen. Alles begann, als seine Frau an Brustkrebs erkrankte und ein halbes Jahr nach der Diagnose starb. Die Zwillinge waren zu diesem Zeitpunkt acht Jahre alt."

„Zwillinge?"

„Ja. Vincent hat einen Bruder."

Also doch! Die Erklärung für Vincents wundersame Auferstehung war kein missglücktes Kryonikexperiment, keine Wiederkehr aus dem Reich der Toten, sondern ein Zwillingsbruder, von dem niemand wusste.

„Bukowski geriet immer mehr unter den Einfluss von Freya Anderson."

„Van Dyk sprach von ihr", sagte Wolzow.

Liebermann nickte. „Ob die beiden bereits ein Verhältnis hatten, als seine Frau noch lebte, weiß ich nicht.

Kurz nach ihrem Tod wurden sie ein Paar. Freya eröffnete ihm eine ganz neue Welt. Sie beschäftigte sich mit absonderlichen germanischen Ritualen, Spiritismus und Mythologie. Bukowski stellte sie mir vor, aber ich mochte Freya nicht. Ich empfand sie als kalt und böse."

„Was meinen Sie mit böse?"

„Sind Sie ein gläubiger Mensch?", fragte Liebermann.

„Nein."

„Nun, ich bin es. Und ich sage Ihnen, wenn mir jemals das Böse begegnet ist, dann in Gestalt von Freya Anderson. Sie besaß einen unheilvollen Einfluss auf Bukowski. Und sie brachte ihn dazu, alle Tabus zu brechen."

„Sie haben mit den Kindern experimentiert", sagte Wolzow.

Liebermann nickte langsam, als wöge sein Haupt schwer wie ein Felsen.

„Aber wie? Auf welche Weise?"

„Ich war ein junger Priester mit einer Menge Zweifel", fuhr Liebermann fort. „Ich lernte Bukowski bei einem Pfarrfest kennen. Ein paar Tage später besuchte er mich und fragte mich nach den christlichen Vorstellungen von Himmel und Hölle aus. Seine Absicht, das Jenseits mit wissenschaftlichen Mitteln zu erforschen und zu beweisen, faszinierte mich. Wir freundeten uns an und diskutierten über seine Arbeit. Aber als ich erfuhr, auf welche Weise er sein Ziel zu erreichen suchte, war ich entsetzt und wandte mich von ihm ab."

„Was hat er mit den Jungen angestellt?"

„Genau weiß ich das nicht. Er benutzte zunächst die Psychotechniken, die Freya Anderson entwickelt hatte, um Bewusstseinszustände zu erzeugen, die völlig losgelöst von körperlichem Empfinden waren. In einer späteren Phase experimentierte er mit einer Deprivationskammer, in der er die Kinder stundenlang, manchmal tagelang einschloss."

„Können Sie das genauer erklären?", fragte Wolzow.

„Eine Deprivationskammer ist ein mit hochkonzentriertem Salzwasser gefüllter Tank. Der Proband empfindet Schwerelosigkeit und ist vollkommen von allen äußeren Reizen abgeschirmt. Er soll dadurch in einen Zustand gebracht werden, der mit herkömmlicher Meditation nicht zu erreichen ist, der völligen Loslösung des Geistes vom Körper."

„Aber wozu?"

„Nun, wir wissen, was mit dem physischen Körper nach dem Tod geschieht, nicht wahr? Er vergeht, während die Seele in einen neuen Zustand überführt wird, an einem Ort, der in den meisten Religionen als Jenseits definiert wird. Bukowskis Ziel war es, das Bewusstsein vom Körper abzukoppeln. Er unternahm Versuche mit starken Magnetfeldern und Infraschall und stimulierte so die Schläfenlappen des Gehirns. Dadurch kann man bei Versuchspersonen das Gefühl hervorrufen, außerhalb ihres Körpers zu treten. Man nennt diesen Zustand OBE – Out of Body Experience. Viele Probanden erzählen von religiösen Visionen, die den Berichten von Nahtoderfahrungen ähneln. Spötter behaupten, Gott wohnt im Schläfenlappen."

„Und ist Bukowski zu Ergebnissen gekommen?", fragte Wolzow.

Liebermann schüttelte den Kopf. „Nein, natürlich nicht. So einfach lässt sich das Geheimnis von Leben und Tod nicht lüften. Darum ging er einen entscheidenden Schritt weiter. Er ließ die Kinder unter kontrollierten Bedingungen sterben. Bukowski erzeugte wiederholt einen Herzstillstand und belebte sie dann wieder. Diese Zeiträume dehnte er immer länger aus und dokumentierte die Erfahrungsberichte der Kinder. Vincent sprach offenbar gut auf die Experimente an, sein Zwillingsbruder Erik nicht. Darum konzentrierte sich Bukowski auf Vincent. Der Junge berichtete lebhaft von seinen Jenseitserfahrungen. Allerdings waren sie geprägt von den Horrorerzählungen, die Freya Anderson den Kindern als Gutenachtgeschichten vorlas. In ihnen drehte sich alles um Wiedergänger, um Höllenqualen und Dämonen, die in den Schatten der Nacht lauern."

„Aber das alles ist doch kein Beweis für ein Leben nach dem Tod."

„Nein, das ist es nicht. Aber vergessen Sie nicht, dass Anderson und Bukowski wahnsinnig waren. Vor allem Bukowski verlor den Bezug zur Realität, er *wollte* glauben, dass er auf dem richtigen Weg war. Woher sein krankhafter Zwang rührte, die Existenz einer jenseitigen Welt beweisen zu wollen, weiß ich nicht. Es wird für immer ein Geheimnis bleiben."

„Was hat Vincent erzählt? Was hat er in der Deprivationskammer erlebt?"

„Ich weiß es nicht. Er sprach mit mir nie darüber. Aber er hatte schreckliche Albträume, in denen er von Wesen verfolgt wurde, die ihn auf die andere Seite ziehen wollten. Er schrie in seinen Träumen, schlug um sich und redete von Stromschnellen und weißem Wasser, in dem die Namenlosen lauern."

Zumindest wusste Wolzow nun, warum van Dyk panische Angst vor einem vorzeitigen Tod hatte. All das erklärte seine Besessenheit, ewig zu leben. Er befürchtete, irgendwann die wahnsinnige Welt der Freya Anderson betreten zu müssen.

„Wie kam es zu der Adoption?"

„Offiziell fand sie gar nicht statt. Vincent flüchtete in der Brandnacht zu mir, er war verstört und verängstigt. Ich war es auch, der die Feuerwehr alarmierte. Die Polizei ging davon aus, dass nicht nur Bukowski, sondern auch Freya Anderson und die beiden Jungen bei dem Brand ums Leben gekommen waren, denn ab dem 18. Januar waren sie spurlos verschwunden. Niemand wusste, dass Vincent bei mir war. Ich beschloss, dass er ein neues Leben verdient hatte. Also versteckte ich ihn ein paar Tage und vermittelte ihn dann an die van Dyks. Wir vereinbarten Stillschweigen."

„Warum die Geheimniskrämerei?"

„Hätte ich Vincent in die Obhut des Jugendamtes übergeben, wäre er in ein Heim gekommen. Ich wollte, dass er eine echte Chance bekommt – eine normale Familie, liebevolle Eltern. Die van Dyks hatten sich mehrfach für eine Adoption beworben, waren aber abgelehnt worden. Ich hielt es damals für die beste Lösung."

Wolzow dachte nach. Das war alles zu glatt und einfach. Es passte zu gut.

„Ist das die ganze Geschichte?", fragte er. „Gab es keinen anderen Grund für die illegale Adoption?"

„Nein."

„Ich glaube, Sie befürchteten, die Polizei würde die Wahrheit aus dem Jungen herausholen, eine Wahrheit, die für Sie gefährlich werden könnte. Haben Sie das

Feuer gelegt? Damit die schrecklichen Experimente endlich aufhörten?"

Liebermann schwieg und schüttelte den Kopf.

„Dann war es Vincent", sagte Wolzow, „und Sie wollten ihn schützen."

„Und wenn er es war? Er sollte das alles vergessen können. Wie hätten Sie an meiner Stelle gehandelt?"

Nun blieb Wolzow ihm eine Antwort schuldig. Wahrscheinlich hätte er das Gleiche getan wie Liebermann.

„Ich bin nicht hier, um Sie anzuklagen", sagte er. „Wenn Bukowski bei dem Feuer ums Leben kam und Vincent adoptiert wurde, was geschah dann mit seinem Bruder Erik?"

„Ich bin überzeugt davon, dass die Anderson mit ihm untertauchte, um die Versuche fortzusetzen. Beweisen kann ich es nicht. Ich hatte Angst, dass sie versuchen würde, auch Vincent in ihre Gewalt zu bringen. Also sorgte ich dafür, dass aus Vincent Bukowski Vincent van Dyk wurde. Was aus Erik wurde, kann ich Ihnen nicht sagen. Immerhin wissen wir nun, dass er noch lebt."

„Wie war das Verhältnis zwischen den Brüdern?", fragte Wolzow.

„Vincent war der Wortführer, derjenige, der Pläne ausheckte und das Kommando übernahm. Erik war stiller. Manchmal hatte ich den Eindruck, dass er im Schatten seines Bruders stand."

„Hasste er Vincent deswegen?"

„Nein, Erik akzeptierte die Führungsrolle seines Bruders, er hegte keinen Groll gegen ihn."

Liebermann trug seine Tasse zur Anrichte und spülte sie aus. „Ich hätte diesem Wahnsinn viel früher ein

Ende machen müssen. Aber ich hatte nicht den Mut dazu." Er stellte die Tasse ab und sah mit leerem Blick aus dem Fenster. „Vielleicht hatte Vincent den Mut, der mir fehlte. Aber ich gestehe, ich wollte nicht wissen, was er getan hat. Bitte, lassen Sie die Toten ruhen."

„Manchmal lohnt es sich, die Vergangenheit ans Licht zu holen", sagte Wolzow. „Danke, Sie haben mir sehr geholfen. Ich sehe nun vieles klarer."

„Werden Sie die Angelegenheit weiterverfolgen?", fragte Liebermann.

Wolzow trank seinen Kaffee aus. „Nein, werde ich nicht." An der Tür wandte er sich noch einmal um. „Sagen Sie, wie haben Sie die Zwillinge eigentlich auseinandergehalten? Gibt es ein Merkmal, das die beiden unterscheidet? Eine Narbe vielleicht?"

„Ja, die gibt es tatsächlich", antwortete Liebermann. „Erik verletzte sich im Alter von zehn Jahren beim Spielen. Ein Ast drang in sein linkes Auge ein und hinterließ eine Narbe auf seiner Netzhaut. Aber man bemerkt sie nur, wenn man danach sucht."

„Danke."

Auf dem Weg zu seinem Wagen hing Wolzow dunklen Gedanken nach. Lisa hatte ihren Mann umgebracht. Tott hatte ihn obduziert und Weyrich, der Bestatter, ihn begraben. Sie alle hatten die Wahrheit gesagt. Vincent van Dyk war tot und kehrte niemals zurück. Aber warum tauchte nach all den Jahren plötzlich sein Zwillingsbruder auf? Das konnte kein Zufall sein.

Der Regen fiel in dichten, silbrigen Bahnen vom Himmel. Wolzow blickte zu Liebermanns Küchenfenster hinauf. Der alte Pfarrer wusste mehr, als er zugab. Wolzow hatte genug Verhöre geführt, um ein Gespür dafür zu entwickeln, wann er einem Mörder gegenübersaß. Der ehemalige Pfarrer hatte ein Motiv und die Gelegenheit gehabt, Bukowski umzubringen: Er wollte die Zwillinge retten. Liebermann hatte das Feuer entfacht und die Tür zum Labor von außen verriegelt. Dennoch war er zu spät gekommen, Freya Anderson hatte seinen Plan zumindest teilweise vereitelt, indem sie mit Erik untergetaucht war. Wolzow beschloss, sein Wissen vorerst für sich zu behalten. Dem alten Mann Brandstiftung und Mord nachzuweisen, würde ohnehin nach all der Zeit nicht mehr gelingen. Außerdem brauchten die Lebenden ihn mehr, Lisa brauchte ihn.

Er wählte Matuscheks Handynummer, konnte ihn aber nicht erreichen. Wahrscheinlich hatte er längst Feierabend gemacht und ließ sich volllaufen. Stattdessen rief er Frenck an.

„Was gibt's schon wieder, Wolzow?", meldete Frenck sich. „Die Verbindung ist schlecht, ich kann Sie kaum verstehen."

„Sind Sie in der Ruine in Bad Ems?"

„Wir sind unterwegs und brauchen mindestens noch eine Viertelstunde."

Wolzow sah auf die Uhr am Armaturenbrett. Die Strecke war in der Zeit kaum zu schaffen. „Wir treffen uns in der alten Klinik. Treiben Sie Matuschek auf. Wir brauchen jemanden, der sich vor den Computer klemmt und recherchiert."

„Und wonach soll er suchen?"

„Vincent van Dyk hat einen Zwillingsbruder."

Wolzow hörte das Klicken eines Feuerzeugs.

„Wenn das stimmt", sagte Frenck, „... haben wir entweder zwei von der Sorte", beendete Wolzow den Satz, „oder sie haben den falschen van Dyk begraben."

Und plötzlich ergab alles einen Sinn. Nicht Vincent van Dyk hatte Manuela ermordet, sondern sein Bruder.

39

Lisas Versteck erwies sich als tödliche Falle. Nichts konnte Vincent jetzt noch aufhalten. Seine rot geränderten Augen schimmerten fiebrig, er grinste und entblößte blutendes Zahnfleisch. Das unwirkliche Dämmerlicht ließ seine Haut noch grauer erscheinen. Er bewegte sich eckig und ungelenk, war aber offenbar noch immer im Vollbesitz seiner Kräfte. Die Sehnen an seinen Unterarmen traten hervor, als er den Druck seiner Hände auf das Eisenrohr verstärkte. Wenn sie in den nächsten drei Sekunden keinen genialen Einfall hatte, wie sie ihm entkommen konnte, würde sie sterben.

„Weißes Wasser auf dem Styx", flüsterte er heiser.

Lisa spannte die Muskeln an, um den drohenden Schlag abzuwehren, und stieß reflexartig den Sargdeckel von sich. Er traf Vincent im Gesicht und fiel polternd zu Boden. Durch die Wucht ihres Angriffs rollte der Gestellwagen unter ihr zur Seite und löste eine Kettenreaktion aus. Der Sarg, in dem der Tote lag, kippte um und begrub Vincent unter sich. Lisa kletterte aus der Zinkwanne und humpelte auf das helle Rechteck des Ausgangs zu. Doch bevor sie die Tür erreichen konnte, packte Vincent ihren verletzten Knöchel und brachte sie zu Fall.

„Ich weiß, wer du bist. Du willst mich holen, aber ich komme nicht mit dir, hörst du? Ich schick dich über die Stromschnellen und du kommst nie zurück."

Er zerrte an ihrem Bein und zog sie zu sich heran, der Schmerz in ihrem Fußgelenk wurde unerträglich und brachte sie an den Rand einer Ohnmacht. Sie wehrte sich verzweifelt, drehte sich auf den Rücken und trat mit dem freien Bein nach ihm.

Dem ersten Schlag wich er aus, doch der zweite Tritt traf sein Nasenbein. Der empfindliche Knochen brach mit einem leisen Knacken. Vincent stöhnte und stieß pfeifend den Atem aus, Blut schoss aus seiner Nase. Lisa befreite sich aus seinem Griff, richtete sich auf und lief kopflos tiefer in die Katakomben der Anlage hinein. Als sie ihren Irrtum bemerkte, war es zu spät, um umzukehren. Vincent wankte aus dem Totenkeller und entdeckte sie sofort.

„Weißes Wasser. Ich schick dich in die Hölle, kleine Lisa."

Sie schaltete die Taschenlampe ein, die sie dem Toten abgenommen hatte, und rannte an den lichtlosen Öffnungen der ehemaligen Versorgungsräume vorbei, immer tiefer hinab in die Kellergewölbe. Der Lichtstrahl hüpfte und tanzte über Spinnweben, Schimmelflecken und verrottete Lüftungsrohre. Irgendwo in diesem Labyrinth musste es einen zweiten Ausgang geben, ein so großes Gebäude hatte aus Brandschutzgründen mehr als einen Zugang.

Vincent folgte ihr, schrie, tobte und drohte. Ihr Abstand schien sich zu vergrößern, denn sein Gebrüll verlor sich bald als verzerrtes Echo in der Dunkelheit.

Lisa erklomm die ersten Stufen einer hölzernen Treppe, nur um festzustellen, dass die morsche Konstruktion weiter oben zusammengebrochen war. Sie kehrte um und lief bis zur letzten Abzweigung zurück.

Der rasende Schmerz in ihrem Knöchel zwang sie zu einer Pause, es war nur eine Frage der Zeit, bis sie nicht mehr würde auftreten können.

Ein rhythmisches Pochen rollte die Wände entlang, Lisa leuchtete in den Gang hinein, durch den sie gekommen war. Vincent stand in der offenen Doppeltür und stampfte mit dem Eisenrohr auf den Boden.

So schnell es ihr schmerzendes Fußgelenk zuließ, humpelte sie weiter, bis sie an Stufen gelangte, die zur untersten Kellerebene hinabführten. Vom Licht und dem Lärm aufgescheuchte Ratten suchten quiekend Schutz in der Finsternis.

Am unteren Ende des Treppenschachtes stieß Lisa auf einen abfallenden Gang, der nach oben hin von einem Tonnengewölbe aus Ziegelsteinen begrenzt wurde und knöcheltief unter Wasser stand. Der Stollen war etwa fünfzig Meter lang und schien ins Freie zu führen, am unteren Ende tanzten Lichtpunkte in der Finsternis.

Lisa watete durch das eiskalte Wasser auf den Lichtschein zu. Es stank nach fauligem Abwasser und Verwesung. Endlich erreichte sie das untere Ende des Stollens, das mit einem vergitterten Tor versperrt war, das Wasser ging ihr inzwischen bis zur Brust. Eine Ratte schwamm zwischen den daumendicken Gitterstäben hindurch nach draußen. Lisa rüttelte an dem Gitter, aber es war fest verschlossen. Etwa zehn Meter unterhalb des Ausgangs schimmerte die Lahn im Licht der Natriumdampflampen auf der Uferpromenade vor der Spielbank.

Lisa presste das Gesicht gegen das Gitter und streckte den Arm durch die Stäbe, um den Riegel auf der anderen Seite zu erreichen. Widerstrebend ließ sich der

Griff zurückziehen, stieß dann aber auf Widerstand. Ein Vorhängeschloss blockierte den Verschlussriegel.

Ihre heftigen Atemzüge hallten von den Tunnelwänden wider, aber da war noch ein anderes, leises Geräusch, das sich langsam näherte. Unwillkürlich hielt sie den Atem an und lauschte. Ein mächtiges Rauschen erfüllte die Dunkelheit. Sie kniff die Augen zusammen und starrte angestrengt auf den glitzernden Fluss. Sie täuschte sich nicht, eine Flutwelle rollte die Lahn hinab und schob Treibgut und Unrat vor sich her. Wenn der Scheitelpunkt des Hochwassers auf den Abwasserkanal traf, würde er binnen Sekunden bis zur Decke volllaufen.

Wolzow trieb den Pick-up mit halsbrecherischem Tempo über Nebenstrecken und Schotterwege. Er konnte seine Unruhe nicht rational erklären, spürte aber, dass Lisa in großer Gefahr schwebte. Seit er Manuela verloren hatte, war er in einen Zustand stumpfsinniger Gleichgültigkeit gefallen. Er hatte die Suche nach ihrem Mörder zu seinem einzigen Lebenszweck gemacht, weil er nur so den Schmerz des Verlustes ertragen konnte. Verblüfft wurde ihm klar, dass er genauso von den Toten zurückgekehrt war wie van Dyk. Endlich war er bereit, die Vergangenheit hinter sich zu lassen und nach vorn zu blicken, und der Grund dafür war Lisa. Er wusste nicht, ob sie seine Gefühle jemals erwidern würde, aber es lohnte sich, um sie zu kämpfen.

Der Verkehrsfunk brachte neue Hochwasserstandsmeldungen. Durch die ergiebigen Regenfälle der ver-

gangenen Tage und eine unerwartet starke Schnee-
schmelze auf den Höhenzügen von Westerwald und
Taunus wälzte sich die bedrohliche Flutwelle schneller
als vermutet die Lahn hinab. Zu dem nicht enden wol-
lenden Regen hatte sich heftiger Wind gesellt, der
Bäume entwurzelte und Straßen unpassierbar machte.
Gegen 18:45 Uhr kam Wolzow endlich vor dem Gelände
des alten Sanatoriums an. Zwei Streifenwagen blo-
ckierten die Zufahrt.

Frenck lief nervös in dem ehemaligen Foyer auf und
ab, rauchte und telefonierte. Sein zerknitterter, grauer
Regenmantel hing nass und schwer wie ein Sack an
ihm. Er sah Wolzow kommen, beendete das Gespräch
und trat seine Kippe aus.

„Haben Sie sie gefunden?", rief Wolzow atemlos.

„Wir wissen nicht, wo Lisa van Dyk ist", antwortete
Frenck. „Aber im Keller liegt ein Toter, der aussieht, als
hätte ein wütendes Nilpferd auf ihm herumgetram-
pelt."

„Konnten Sie ihn identifizieren?"

„Wir haben einen rumänischen Pass bei ihm sichergestellt, der auf den Namen Miron Ionescu ausgestellt
wurde. Möglicherweise steckt er hinter der Entfüh-
rung. Aber wer seine Auftraggeber sind, wissen wir
nicht."

„Wir müssen jeden Winkel der Ruine absuchen. Lassen Sie das Gelände absperren. Die Leute sollen jeden
Stein umdrehen."

„Dazu habe ich zu wenig Leute. Haben Sie eine Vorstellung davon, wie verschachtelt diese Anlage ist? Die
Gebäude erstrecken sich über mehrere Ebenen, schon

das Kellergeschoss ist groß genug, um eine ganze Armee zu verbergen."

Wolzow zog seine Waffe und entsicherte sie.

„Sie wollen doch nicht etwa ohne Unterstützung da reingehen? Wenn sich dieser Wahnsinnige wirklich irgendwo dort drin versteckt, gleicht die Suche einem Himmelfahrtskommando."

„Dann kommen Sie mit."

„Den Teufel werde ich tun. Ich lass mich doch nicht kurz vor meiner Pensionierung von einem Verrückten abmurksen."

„Fordern Sie ein SEK an. Sie sollen sich beeilen."

Er holte eine starke Stabtaschenlampe aus dem Handschuhfach seines Pick-ups und stürmte auf den Eingang der Klinik zu, bevor Frenck ihn aufhalten konnte.

„Wolzow, Sie Idiot! Bleiben Sie hier! Warten Sie auf das SEK!"

„Schicken Sie die Männer rein, wenn sie da sind."

Er tauchte in das Labyrinth ein, bevor ihn die Vernunft zur Umkehr zwang. Frenck hatte recht, was er tat, war verrückt. Er redete sich ein, dass ihn die Angst um Lisa, die durch die dunklen Korridore vor van Dyk floh, alle Vorsicht vergessen ließ. Doch mit jedem Meter, den er tiefer in die Anlage eindrang, wurde die Stimme in seinem Kopf lauter, dass das Schicksal ihm die Chance bot, mit Manuelas Mörder abzurechnen.

Wolzow rannte, bis seine Lungen brannten. Atemlos stoppte er in einer runden Halle, von der ein halbes Dutzend Korridore abzweigten. Der Strahl seiner Lampe huschte über zerbrochene Fenster mit kunstvollen Rosetten, in denen Reste von Buntglas steckten, durch eine Öffnung in der Decke plätscherte Regen auf die rutschigen Bodenfliesen. Ausgetretene Steinstufen führten in die oberen Stockwerke und hinab in die Finsternis.

Wenn sich van Dyk wirklich hier verbarg, dann vermutlich im Erdgeschoss oder im Keller. Aus den höher gelegenen Ebenen konnten nur Fledermäuse entkommen.

Er schöpfte Atem, durchquerte den verwilderten Garten, in dem der Bauarbeiter die Leichen entdeckt hatte, und gelangte in einen Gebäudetrakt, der aus endlosen Zimmerfluchten bestand. Ein weiteres Treppenhaus verband die verschiedenen Ebenen miteinander. Von den Säulen und ehemals reich verzierten Wänden platzte der Stuck in schmutzig weißen Flocken ab. Wolzow blieb auf einem Treppenabsatz stehen. Aus den Tiefen der Ruine klang ein unheimlicher Singsang nach oben. Jemand sang mit heiserer Stimme: „Lisa, Lisa, sad Lisa, Lisa." Van Dyk!

Er lief die Treppe hinab und betrat einen grün gekachelten Korridor. Ratten huschten über seine Stiefel und suchten Schutz in der Finsternis. Der Lichtstrahl seiner Lampe wanderte über bis zur Unkenntlichkeit verrottete medizinische Apparaturen. In einem Kellerraum entdeckte er mehrere Zinksärge und einen weiteren Toten.

Ein geisterhafter Schrei hallte durch die Dunkelheit.
„Lisa!"

Er drehte sich im Kreis und wartete darauf, dass sich der Schrei wiederholte. Schließlich rannte er auf eine Glastür zu und erreichte nach mehreren Biegungen und Treppenfluchten einen große, leere Halle. Die

Stirnseite bestand nur noch aus skelettartigen Streben, durch die der Wind eisige Regenschauer blies.

Wolzow ging tiefer in die Halle hinein, bis der gekachelte Boden jäh vor ihm abfiel. Er stand am Rand des ehemaligen Schwimmbads.

Ein hohles, metallenes Scharren durchdrang die Stille. Das Licht der Lampe riss für Sekundenbruchteile van Dyks kalkweißes Gesicht aus dem Dunkeln. Lautlos wie ein Dämon war er aus der Finsternis aufgetaucht. Mit einem rostigen Eisenrohr schlug er Wolzow die Taschenlampe aus der Hand, die klappernd in der Finsternis verschwand. Sein linker Arm fühlte sich plötzlich taub und kalt an. Instinktiv warf er sich zur Seite und entging dem nächsten Angriff nur knapp. Van Dyk schlug Funken aus einer Leiter, die in das Becken hinabführte, scharfkantige Keramiksplitter bohrten sich in Wolzows Wangen. Van Dyk holte erneut aus und schmetterte die Eisenstange auf Wolzows rechten Oberschenkel. Er knickte ein, verlor den Halt und stürzte über den Beckenrand. Instinktiv streckte er die Hand nach der Leiter aus. Die Taschenlampe rollte über den Boden des Schwimmbads und malte blasse Lichtkreise in die Dunkelheit.

Van Dyk näherte sich dem Rand des Beckens, das kalte LED-Licht verzerrte sein Gesicht zu einer grotesken Maske. Toter, grauer Schorf bedeckte seine Wangen, nur seine Augen brannten wie glimmende Kohlenstücke. Van Dyk war kein Mensch mehr, nur noch eine von Hass und dem Wunsch nach Rache am Leben erhaltene Maschine. Er hob das Rohr und holte zum vernichtenden Schlag aus.

Wolzow klammerte sich an die wackelige Schwimm-badleiter, die in ihrer verrosteten Halterung ächzte, und zog die Waffe aus dem Holster. Das Eisenrohr traf den Leiterholm und streifte seine Schulter. Aus der Walther löste sich ein Schuss, der Fetzen aus dem schimmeligen Stuck riss und als Querschläger umher-sirrte.

Van Dyk prügelte wie ein Verrückter auf die Leiter ein, bis die Haltebolzen rissen und sie sich langsam nach hinten neigte. Wolzow verlor die Pistole und fiel ins Bodenlose.

Mit einem lauten Platschen landete er in einer stin-kenden Lache, die seinen Sturz abfederte. Der Aufprall trieb ihm die Luft aus den Lungen. Er suchte in dem wirbelnden Wasser nach Orientierung, bis sein Kopf endlich die Oberfläche durchbrach.

Durch die Tiefen des Labyrinths rollten die Echos mehrerer Stimmen, Schritte näherten sich, jemand rief seinen Namen. Van Dyk war verschwunden.

Wolzow begriff, das er unglaubliches Glück gehabt hatte. Er war in eine Vertiefung des Beckens gestürzt, in der sich Regenwasser gesammelt hatte. Die Lampe lag in dem erhöhten Nichtschwimmerbereich, unweit daneben auch die Walther.

Er kletterte aus dem Becken und traf im Zugang zum Schwimmbad auf vier SEK-Beamte, weitere Einsatz-kräfte durchsuchten die angrenzenden Kellerräume.

Wolzow rannte durch lichtlose Gänge und verirrte sich mehr als einmal in dem unterirdischen Labyrinth, bis er auf eine blutige Spur stieß. Der Querschläger hatte van Dyk erwischt.

Lisa spürte in dem eiskalten Wasser ihre Füße nicht mehr, ihre Kräfte erlahmten rasch. Das Gitter ließ sich von innen nicht öffnen, sie saß in der Falle. Zitternd vor Kälte machte sie sich auf den Weg zurück. Sie hatte kaum die Hälfte des Gewölbes durchquert, als sie Vincents heisere Stimme hörte.

„Komm zu mir, kleine Lisa. Wir gehen auf eine Reise.“

Er hatte in der Finsternis auf sie gewartet, das Rauschen der Strömung überdeckte alle anderen Geräusche. Blitzschnell streckte er die Hand aus, nutzte Lisas Überraschung und drückte ihren Kopf unter Wasser. Panisch kämpfte sie gegen Vincents brutale Kraft an. Wenn sie in den nächsten Sekunden keine Luft bekäme, würde sie sterben.

Plötzlich fegte eine noch größere Gewalt sie fort wie ein Stück Treibholz. Der Druck in ihrem Nacken ließ nach, Vincents bleiches Gesicht tauchte vor ihr auf und verschwand wieder in der Dunkelheit. Der Stollen schäumte und kochte, Wasser spritzte an den Backsteinwänden auf und wurde von der Decke zurückgeworfen. Lisa tanzte auf dem Wasser wie ein Korken und drehte sich im Kreis. Eine schäumende Welle aus Flusswasser rollte den Tunnel hinauf. Im nächsten Moment verwandelte sie sich in einen starken Sog, der sie nach unten auf das Absperrgitter zutrieb. Im Schein der Uferleuchten sah sie einen riesigen Baumstamm, der auf der Strömung hüpfte wie ein Papierschiffchen und auf den Ausgang des Kanals zusteuerte.

Wolzow folgte der Spur aus Blutstropfen, die ihn immer tiefer in das Labyrinth hineinführte. Die Schreie hatten aufgehört, dafür erfüllte ein mächtiges Rauschen die Gänge. Ohne Vorwarnung schoss eine schmutzige, braune Springflut auf ihn zu und riss ihn beinahe von den Beinen. Er klammerte sich an einen morschen Türrahmen und kämpfte gegen die mächtige Strömung an.

Die Flut erreichte ihren Scheitelpunkt und zog sich zurück. Wolzow folgte dem ablaufenden Wasser und gelangte an den Eingang eines Abwasserkanals. Am unteren Ende des Stollens entdeckte er Lisa. Sie kämpfte gegen den Sog der Strömung an und wurde gegen ein Absperrgitter gepresst. Van Dyk watete wie ein rachsüchtiger Wassergeist durch den Tunnel und stürzte sich auf sie. Wolzow fasste Waffe und Lampe mit beiden Händen und suchte sein Ziel, aber er hatte kein freies Schussfeld. Fluchend betrat er den Stollen und versank bis zu den Hüften im eiskalten Wasser. Der starke Sog drohte ihn fortzureißen.

Lisa wehrte sich verbissen gegen van Dyk. Wolzow stemmte sich gegen die Strömung und zielte. Bevor er schießen konnte, erzitterte der Tunnel, Mörtel rieselte von der Decke. Ein verwischter, dunkler Schatten krachte mit brachialer Wucht gegen das Gitter und wischte es fort wie ein Spinnennetz. Van Dyks kalkweißes Gesicht leuchtete im Schein der Lampe auf, seine brennenden Augen starrten Wolzow eine Sekunde lang an, dann riss ihn das Wasser in die aus den Fugen geratene Lahn.

„Lisa!"

Wolzow verlor den Halt und trieb auf die Öffnung des Tunnels zu. Lisa klammerte sich an die Reste des verbogenen Gitters und fing ihn auf. Starke Halogenstrahler erleuchteten den Kanal plötzlich taghell, zwei SEK-Beamte näherten sich vorsichtig, es war vorbei.

40

Frenck zündete sich eine Zigarette an, es war die vierte innerhalb der letzten halben Stunde. Er sah uralt und müde aus wie ein knorriger Baum, dessen Wurzeln zu faulen begonnen hatten.

„Ich hab die Schnauze voll von diesem Job. Ich schwöre Ihnen, dieser Fall ist mein letzter."

„Das sagen Sie jedes Mal."

Wolzow saß frierend in seinem Pick-up und wickelte sich in eine Wolldecke. In der Zufahrt stand ein Rettungswagen. Der Notarzt kümmerte sich um Lisa, zum Glück schien ihr außer Prellungen und einem Schock nichts zugestoßen zu sein.

„Irgendeine Spur von van Dyk?", fragte Wolzow.

„Welchen der beiden meinen Sie?"

„Zwillinge haben die gleiche DNA", sagte er. „Wenn wir ihn nicht lebend finden, werden wir nie eine Antwort darauf bekommen."

„Mit der Schusswunde hat er im eiskalten Fluss keine Chance", sagte Frenck. „Ich schätze, in den nächsten Tagen werden wir die Leiche an einem Wehr finden."

„Oder auch nie", entgegnete Wolzow. Er berichtete Frenck von dem Gespräch mit dem pensionierten Pfarrer.

„Heilige Scheiße", sagte Frenck. „Wenn nur die Hälfte davon stimmt, wundert es mich nicht, dass van Dyk ein

Psychopath ist. Und sein Zwillingsbruder ist vermutlich genauso durchgeknallt." Er deutete auf zwei Sanitäter, die eine Rollbahre durch die Eingangshalle des alten Sanatoriums schoben. „Wir haben übrigens Nolte gefunden. Zumindest das, was von ihm übrig ist."

Zwei Sanitäter schleppten eine Trage die Stufen des Eingangsportals hinunter. Nolte versuchte, auf sich aufmerksam zu machen.

„Ich ... will reden", krächzte er. „Bitte. Ich muss ... das alles loswerden, bevor es zu spät ist."

Der Notarzt schüttelte den Kopf und gab den Sanitätern ein Zeichen, den Verletzten in den Rettungswagen zu bringen. Nolte versuchte, sich an ihm festzuhalten, aber seine Finger rutschten kraftlos ab.

Wolzow stieg aus dem Pick-up. „Geben Sie ihm eine Minute", sagte er.

Nolte versuchte, zu lächeln. „Ich will nicht sterben, ohne mein Wissen zu teilen. Van Dyk war genial ... und besessen von der Idee, den Tod zu überlisten. Ich habe nie erfahren, warum." Er hob den Kopf und griff nach Wolzows Hand. „Ich habe Angst zu sterben ... wie alle Menschen. Aber wir müssen akzeptieren, dass unser Leben endlich ist."

„Aber van Dyk wollte sich nicht in das Unvermeidliche fügen", sagte Wolzow, „und setzte sich über den natürlichen Lauf der Dinge hinweg."

Der Wissenschaftler nickte schwach, Schweißtropfen perlten auf seinem bleichen Gesicht. „Er entwickelte eine Methode, um einzelne Gewebeproben einzufrieren und wieder aufzutauen, ohne dass die Zellstruktur durch Bildung von Eiskristallen zerstört wurde. Die ersten Versuche verliefen vielversprechend, aber wir brauchten bald immer größere Proben. Die besorgten wir uns aus Tierversuchslabors. Kleine Tiere zunächst, Ratten und Mäuse, später Hunde und Schweine. Aber van Dyk wollte mehr."

„Menschliche Organe."

„Er war nicht nur ein brillanter Kopf, er besaß auch ein angeborenes Talent, Menschen für sich einzunehmen und für seine Ideen zu begeistern. Er knüpfte Kontakte zu Professor Kohlmeyer, dem Leiter der Virchow-Klinik. Van Dyk überredete ihn, bei Kryotec einzusteigen. Die neue Methode, Organe über einen großen Zeitraum preiswert lagern und bei Bedarf auftauen zu können, versprach Millionengewinne."

„Besorgte Kohlmeyer ihm, was er wollte?", fragte Wolzow.

Nolte nickte. „Er lieferte uns Organe von Patienten, die bei Operationen verstorben waren."

„Darum weist die Klinik eine überdurchschnittliche Todesrate nach chirurgischen Eingriffen auf. Kohlmeyer hat nachgeholfen."

„Ich weiß es nicht. Weder er noch van Dyk redete darüber. Ich wagte nicht, zu fragen. Aber ich befürchte, dass Sie recht haben."

Das war es also gewesen, was Jonah Grothe herausgefunden hatte. Kein Wunder, dass er sterben musste. Van Dyk war ihm nachgefahren und hatte ihn zur Rede gestellt. Als der Junge darauf beharrte, alles aufzudecken, rastete der unbeherrschte van Dyk aus, verfolgte ihn mit dem Wagen und tötete ihn. Dass Lisa an der Unfallstelle auftauchte, musste für ihn ein Wink des Schicksals gewesen sein.

„Ich vermute, dass Kohlmeyer mit einem oder mehreren Bestattern zusammenarbeitete, die die Hand aufhielten und uns gegen Geld die Leichen *ausliehen.* Nachdem wir unsere Versuche durchgeführt hatten, erhielten sie die Verstorbenen zurück. Niemand bemerkte etwas."

„Bis auf Jonah", sagte Wolzow.

Er blickte sich zu Frenck um. „Ich will, dass jeder Todesfall in dieser verfluchten Klinik der vergangenen Jahre untersucht wird. Oder sind Sie immer noch der Meinung, dass die Exhumierungen überflüssig sind? Ich wette mit Ihnen um Ihre Pension, dass aus den Patientenakten, die der Junge gestohlen hatte, hervorgeht, dass in jedem Fall Kohlmeyer selbst operiert hat. Und wahrscheinlich hat keiner der Belegärzte es gewagt, sich mit ihm anzulegen."

Frenck trat seine Kippe aus. „Und wie wollen Sie beweisen, dass er bei den Operationen absichtlich den Tod seiner Patienten herbeigeführt hat?"

„Das ist Sache der Gerichtsmedizin. Ich bin sicher, dass Klemm bei keiner der Leichen innere Organe finden wird."

„Das reicht", sagte der Notarzt, „Abtransport."

Nolte wurde unruhig. „Nein! Ich muss ... will endlich alles erzählen!"

„Nachdem wir diese Entwicklungsphase hinter uns gelassen hatten, wagten wir uns an komplette Körper", sagte er schleppend. „Ein Pathologe aus Mainz versorgte uns mit Leichen. Aber das passierte nicht oft, denn die meisten waren einfach nicht zu gebrauchen, weil die Zersetzungsprozesse zu weit fortgeschritten

waren. Der Winter war immer eine gute Zeit für Kryotec – wir hatten gewissermaßen Hochsaison. Wenn die
Temperaturen unter null fallen, sterben immer wieder
Obdachlose, die im Freien übernachten. Dr. Tott über-
ließ uns die Leichen. Niemand vermisste sie."

Das wird Klemm gar nicht gefallen, dachte Wolzow.
Tott war also auch beteiligt.

„Wir machten Fortschritte", sagte Nolte, „dennoch
blieben unendlich viele Probleme zu lösen. Die modifi-
zierte Vitrifikation wurde immer zuverlässiger, das
Einfrieren bald zur Routine."

„Und ... haben Sie je einen Menschen wieder aufgetaut?" Wolzow musste diese Frage stellen, obwohl ihm
vor der Antwort graute.

Nolte atmete schwer.

„Ja, das haben wir. Die ersten Ergebnisse waren grau-
envoll. Zwar konnten wir die Körperfunktionen stabi-
lisieren, aber als wir die Probanden aus dem Tiefschlaf
holten ..." Er schloss die Augen und begann zu zittern,
fuhr dann aber fort.

„Zunächst schienen sie gesund zu sein, etwas verwirrt
und desorientiert, wie es nach langen Narkosen öfter
vorkommt. Aber die Symptome vergingen rasch. Ihre
Körper erholten sich, sie wurden kräftiger, konnten
das Bett verlassen und umhergehen. Sie verhielten sich
ganz normal, doch im Lauf der Zeit ließen ihre geistigen Fähigkeiten nach. Bei einigen waren sie sogar von
Anfang an stark eingeschränkt. Schließlich starben
ihre Gehirnzellen ab, so als litten sie an einer schnell
fortschreitenden Demenz. Wir fanden keine Erklärung
und auch kein Gegenmittel. Van Dyk nannte es den La-

zarus-Effekt. Er arbeitete Tag und Nacht an dem Problem, aber er fand keine Lösung. Wir kannten noch nicht mal ansatzweise die Ursache, doch wir begriffen, dass das Gehirn anders funktioniert als die restlichen Organe. Wahrscheinlich wurden die Neuronen und Synapsen beim Vitrifiktationsprozess zu stark beschädigt. Gehirnstrommessungen ergaben, dass in den Köpfen der Versuchspersonen alles durcheinanderfunkte wie bei einem Gewitter. Van Dyk bedrängte Kohlmeyer, ihm mehr Leichen zu besorgen, aber das gestaltete sich sehr schwierig. Nicht nur, dass er immer neue Wege finden musste, um uns mit frisch Verstorbenen zu versorgen – Sie haben ja in van Dyks Haus erlebt, wie schnell nach dem Ableben reagiert werden muss und wie kompliziert der Prozess der Konservierung ist –, die Gefahr einer Entdeckung wurde immer größer. Van Dyk sah sich nach anderen Möglichkeiten um."

„Und er fand sie?", fragte Wolzow.

„Er fand Investoren, steinreiche russische Industrielle. Sie versprachen Geld und stellten den Nachschub an Probanden sicher. Doch noch immer starben sie spätestens nach einem halben Jahr. Dann setzten irreversible Zersetzungsprozesse im Gehirn ein, die Testpersonen wurden extrem aggressiv und endeten im Wahnsinn. Manche brachten sich selbst um."

„Was haben Sie mit dem Leichen gemacht?"

„Wir begruben sie hier auf dem Gelände des alten Sanatoriums. Das war der Grund, warum van Dyk die Gebäude gekauft hatte ... und natürlich, um ungestört weiterarbeiten zu können. Um unser Geschäft mit den konservierten Organen überhaupt betreiben zu können, müssen wir uns ständigen Kontrollen unterziehen. Die Gefahr, mit den illegalen Experimenten aufzufliegen, wäre in Limburg viel zu groß gewesen. Und nicht jeder ist käuflich, das musste van Dyk irgendwann einsehen. Im Verlauf von zwei Jahren machten wir große Fortschritte. Vor einigen Monaten waren wir sicher, am Ziel zu sein. Es kam bei den Wiederbelebten kaum noch zu Beeinträchtigungen oder gar Todesfällen."

„Was ist mit diesen Leuten geschehen? Wo sind sie?"

„Sie lagern in Stickstofftanks in den Kellerräumen des Sanatoriums. Wir haben sie wieder eingefroren. Schließlich konnten wir sie nicht frei herumlaufen lassen."

„Wer war an den Versuchen beteiligt?"

„Nur van Dyk und ich. Buchner und Keller überwachten die Funktion der Stickstofftanks ... und sie mussten diejenigen beseitigen, die nicht überlebten."

Angewidert schüttelte Wolzow Noltes Hand ab. „Sie haben diese Menschen auf abscheuliche Weise benutzt."

Der Wissenschaftler lächelte. „Vielleicht. Aber sie haben die Chance auf ein zweites Leben. Wer kann das schon erhoffen? Stellen Sie sich nur vor, wir könnten den Tod besiegen, einen der größten Träume der Menschheit wahr werden lassen. Aber leider fehlt etwas, etwas sehr Wichtiges."

„Van Dyks überraschender Tod kam dazwischen."

„Er hatte ein Serum entwickelt, das die schnell fortschreitende Demenz aufzuhalten schien. Aber die Formel ist unvollständig, nur van Dyk kannte alle Bestandteile. Wenn wir die fehlenden Teile nicht finden, ist das Lazarus-Projekt gescheitert. Und unsere Geldgeber sind nicht gerade geduldige Zeitgenossen."

„Welche Rolle spielt van Dyks Zwillingsbruder? Ich weiß inzwischen, dass es ihn gibt", sagte Wolzow.

„Erik." Nolte hustete und verdrehte die Augen.

„Ich kann das nicht länger verantworten", sagte der Notarzt.

„Einen Moment noch."

Noltes Augenlider flatterten. „Er tauchte plötzlich in der Firma auf und gab sich als sein Bruder aus. Niemand bemerkte es. Ein paar Tage später zog Vincent mich ins Vertrauen. Ich erlebte ihn zum ersten Mal nervös. Er hatte Angst."

„Was wollte Erik?"

„Er muss jahrelang nach seinem Bruder gesucht haben. Aber da Vincent ja adoptiert worden war und einen neuen Namen trug, gelang es Erik nicht, ihn aufzuspüren. Als Kryotec dann in die Schlagzeilen geriet und Vincents Gesicht in den Medien erschien, war Erik am Ziel. Er nahm Kontakt zu Vincent auf und wollte an seinem Leben teilnehmen, ein Stück vom Glanz seines Zwillingsbruders abhaben. Es ging ihm finanziell schlecht, außerdem verhielt er sich ... sonderbar. Vor drei Jahren tauchte er zum ersten Mal auf. Dann verschwand er wieder, und vor einigen Monaten war er dann plötzlich wieder da. Es war mir unheimlich, wie er in der Firma herumschlich und sich einen Spaß daraus machte, mit seinem Bruder die Rollen zu tauschen. Vincent bot ihm Geld, um ihn loszuwerden, aber er ließ sich nicht vertreiben. Stattdessen nahm er immer öfter

Vincents Platz ein. Er hat sogar … sogar mit Lisa van Dyk geschlafen und vor seinem Bruder damit geprahlt."

„Ohne dass sie es bemerkt hat?"

Nolte nickte schwach.

Wolzow dachte an Lisas unheimliches Gefühl, dass sie plötzlich einem völlig Fremden gegenüberstand. Sie hatte sich nicht geirrt, sondern instinktiv gespürt, dass Erik mit seinem Bruder die Rollen getauscht hatte.

„Warum tat er das?"

„Um Vincent zu beweisen, dass er die Macht besaß, jederzeit dessen Leben zu führen. Van Dyk geriet in Panik. Und dann … hatte ich eine Idee."

Der Notarzt blickte skeptisch auf sein Blutdruckmessgerät und schüttelte den Kopf.

„Weiter", drängte Wolzow.

„Van Dyk ging es nicht nur um den geschäftlichen Erfolg, sondern vor allem um die Möglichkeit, im Fall einer überraschenden Krankheit oder eines unerwarteten Unfalls gewappnet zu sein. Aber er wollte kein Risiko eingehen. Also schlug ich ihm vor, Erik in das alte Sanatorium zu locken, ihn zu betäuben und dem Verfahren zu unterziehen. Er besitzt die gleiche DNA-Struktur. Einen besseren Probanden konnten wir nicht bekommen, um zu testen, ob van Dyk eine Wiederbelebung schadlos überstehen würde."

„Und wenn die Sache schiefgehen würde, wäre er den überraschend aufgetauchten Quälgeist los", sagte Wolzow.

Das war es also gewesen, was Lisa an dem Abend in der Ruine beobachtet hatte: ein Brudermord.

„Wir wollten ihn nicht töten", sagte Nolte. „Wir haben ihn eingefroren, aber nicht wieder aufgetaut. Es kam etwas dazwischen."

„Vincents unvorhergesehener Tod."

„Ja. Wir mussten improvisieren und haben die Absicherung der improvisierten Stromversorgung unterschätzt. Ein paar Wochen nach van Dyks Tod kam es zu einem Brand im Labor. Wir mussten Erik auftauen, sonst wäre sein Körper zerstört worden."

„Nun, Sie hatten ja offenbar Erfolg", sagte Wolzow.

„Zunächst schien es so", antwortete Nolte. „Der Auftauvorgang und die Wiederbelebung funktionierten reibungslos. Aber nach einigen Tagen veränderte er sich. Auch er litt an geistigen Aussetzern, Wahnvorstellungen und neigte zu extremen Tobsuchtsanfällen. Er behauptete, Vincent zu sein. Bald konnte er seine eigene Identität und die seines Zwillingsbruders nicht mehr trennen. Er begann, uns zu hassen, und steigerte sich immer mehr in einen Verfolgungswahn hinein. Dunkelheit konnte er nicht mehr ertragen, sie jagte ihm furchtbare Angst ein. In den Nächten tobte er und schrie: „Sie kommen von der anderen Seite, von der anderen Seite der Nacht, um mich zurückzuholen." Er war davon überzeugt, dass er eine Weile im Jenseits verbracht hatte und dass ihm von dort etwas gefolgt war."

„Ihm gefolgt? Was denn?"

„Ich weiß es nicht. Er sah Schattenwesen, die in der Dunkelheit der Nacht aus den Wänden flossen, um ihn mitzunehmen. Wir mischten ihm starke Sedativa ins Essen, weil es niemand mehr wagte, sich ihm zu nähern. Dadurch verfiel er in einen Dämmerzustand, in dem ich ihn untersuchen konnte. Seine Sehnerven waren durch die Vitrifikation und das Auftauen geschädigt. Sie begannen, sich zu zersetzen. Daher rührten seine Horrorvisionen von Schattenwesen, die am Rand seines Bewusstseins lauerten."

„Sie haben ein Monster erschaffen", sagte Wolzow.

„Nein, das steckte schon vorher in ihm. Wir haben es nur befreit."

„Es spielt keine Rolle mehr", sagte Wolzow. „Sie sind beide tot. Es ist vorbei."

41

„Sie sind ein schlimmerer Dickkopf als Frenck."

Wolzow reichte Lisa einen Becher mit heißem Tee. Sie saß, in eine warme Decke gehüllt, auf einer Rollbahre im Laderaum des Notarztwagens.

„Der Doktor wird Sie jetzt ins Krankenhaus bringen", sagte er.

„N... n... nein."

Sie versuchte, zu trinken, und zitterte so sehr, dass sie den Becher mit beiden Händen umklammern musste.

Der Notarzt nahm die Blutdruckmanschette von ihrem Oberarm.

„Sie sind unterkühlt und stehen unter Schock. Eine Nacht zur Beobachtung in der Klinik könnte Ihnen nicht schaden."

Lisa trank und hielt Wolzow den leeren Becher hin. „M... mehr."

Er suchte die Thermoskanne und füllte Tee nach. Lisa trank gierig und sog die Wärme auf.

„Sie sollten auf den Rat des Arztes hören", sagte er.

„Mir ge...eht es gut."

„Klar. Sie sehen aus, als hätten Sie zwei Wochen Mauritius hinter sich."

„K... kein Krankenhaus."

„Okay. Dann bringe ich Sie jetzt nach Hause."

Sie fuhr erschrocken auf. „Nein!"

„Also wollen Sie doch in die Klinik?"

„Ja ... n... nein.“

Wolzow blickte sie stirnrunzelnd an und nieste. Er fror in den nassen Sachen und sehnte sich nach einem heißen Bad.

„Es wäre hilfreich, wenn Sie sich entscheiden könnten, bevor ich mir eine Lungenentzündung hole.“

„Ich ... will nicht a... allein sein.“ Sie senkte den Kopf und strich das nasse Haar zurück. „Vielleicht kann ich bei Emmy ...“

Sollte er ihr in diesem Zustand erklären, dass die alte Dame zu van Dyks letzten Opfern zählte? Er entschied sich dagegen.

„Es wäre mir lieber, Sie würden auf den Notarzt hören und sich in eine Klinik begeben.“

„Oder kann ich ... nicht bei Ihnen ...?“

Wolzow lächelte schief. Vielleicht fasste Lisa ja doch noch Vertrauen zu ihm. „Wenn Sie das Chaos in meiner Wohnung nicht stört“, sagte er.

Er brachte sie zu seinem Wagen. Dann fuhr er los und drehte die Heizung auf. Eine Weile fuhren sie schweigend durch die Regennacht.

„Ich schätze, ich muss mich bei Ihnen bedanken“, sagte Lisa schließlich.

Wolzow lachte. Die Anspannung fiel langsam von ihm ab. „Frenck ist pensionierter Angler. Er hat mir alles beigebracht, was ich wissen muss, um einen Fisch aus dem Wasser zu ziehen.“

„Immerhin haben Sie mir das Leben gerettet.“

„Setze ich alles auf die Rechnung.“

„Na ja, ich kann's mir leisten.“

„Ich heiße Jan“, sagte er.

„Lisa.“

Wolzow empfand eine seltsame Scheu. Was sie gemeinsam durchgestanden hatten, schweißte sie zusammen. Obwohl ihm dieses Band fest und belastbar erschien, fürchtete er zugleich, er könne es mit einer unbedachten Annäherung zerreißen. Zum ersten Mal seit Manuelas Tod spürte er das altvertraute Flirren im Bauch. Da waren Millionen unsichtbare Sporen um sie herum, und sie atmeten sie ein, ohne sich dagegen wehren zu können. Es war ein seltsames Gefühl, neben ihr zu sitzen. Es kam ihm vor, als ob sie sich schon ewig kannten, sie brauchten keine Worte, um einander zu verstehen. Etwas war passiert. Als ob eine ansteckende Krankheit seinen Körper überschwemmte und sein Herz infizierte. Auf jeden Fall gefiel es ihm, es fühlte sich gut und richtig an. Ob Lisa genauso empfand? Er war sicher, ohne sagen zu können, warum.

„Haben sie Vincent gefunden?", fragte sie.

„Nein, die Strömung ist zu stark. Seine Leiche könnte inzwischen schon in den Rhein gelangt sein. Oder sie hängt an einem Wehr fest. Bevor das Hochwasser abgeflossen ist, werden wir keine Gewissheit haben. Vielleicht finden sie ihn nie."

„Also ist er tot."

„Davon gehe ich aus. Ich glaube nicht, dass er überlebt hat. Man verliert in dem kalten Wasser nach zehn Minuten das Bewusstsein."

„Dann ist es jetzt vorbei", sagte sie.

„Sieht so aus."

Er warf ihr einen Seitenblick zu und ging zum Du über. „Aber es war nicht Vincent, der dich angegriffen hat."

Er berichtete in knappen Worten, was er herausgefunden hatte.

„Ich bin also doch nicht verrückt", sagte sie.

„Nein. Du hast die subtilen Unterschiede zwischen ihm und Erik gespürt."

„Ich habe mit ihm geschlafen und geglaubt, es wäre Vincent."

„Es wird Zeit brauchen, um all das zu vergessen. Aber die hast du jetzt."

Er lenkte den Pick-up die Zufahrt entlang und stoppte vor den Garagen. Das große Haus war dunkel, an der Haustür klebte ein Polizeisiegel. Noch war der Tatort abgesperrt, aber die Gerichtsmedizin hatte die Leiche bereits abtransportiert. Die alte Emilia war von ihnen gegangen.

„Wir sollten der Natur nicht ins Handwerk pfuschen", sagte Lisa.

„Zumindest gewisse Grenzen nicht überschreiten."

Er brachte sie in sein Appartement. Während Lisa duschte, wechselte Wolzow seine Kleidung und setzte Tee auf, den er mit einer ordentlichen Portion Rum versah. Er fror noch immer. Lisa kam aus dem Bad und nahm dankbar eine Tasse entgegen. Sie trug eins seiner Sweatshirts und eine Jogginghose, die ihr zwei Nummern zu groß war.

„Ich werde deinen Koffer aus Emmys Haus holen", sagte er.

„Das hat Zeit bis morgen. Ich will nur noch schlafen. Aber ich werde wohl eine ganze Kanne von diesem Gebräu brauchen, um Ruhe zu finden. In meinem Kopf dreht sich alles."

„Mit der Zeit wird es besser werden", sagte er.

„Ich weiß nicht, ob es jemals aufhören wird", antwortete sie. „Wie geht es Nolte?"

„Die Ärzte wissen nicht, ob er durchkommen wird. Ich hoffe, er schafft es, denn wir brauchen seine Aussage. Er ist der einzige Zeuge, der die Vorgänge in der Virchow-Klinik aufdecken kann."

„Ich wusste von all dem nichts."

„Auf jeden Fall ist der Spuk nun vorbei. Van Dyk hat sein Geheimnis mit ins Grab genommen, der Wandsafe in der Villa war leer."

„Ich bin sicher, dass er Kopien der Formel versteckt hat, auf einer CD oder einem USB-Stick. Wir müssen die Hütte oberhalb der Ruppertsklamm durchsuchen."

„Lass die Finger davon. Diese Erfindung bringt nichts Gutes."

Sie schloss die Augen und lehnte den Hinterkopf an die Wand. „Ja, vielleicht hast du recht." Nach einer Weile fragte sie: „Glaubst du an ein Leben nach dem Tod?"

Wolzow war seit fünfzehn Jahren Polizist und hatte die hässlichen Gesichter des Todes gesehen. Niemals hatte er etwas erlebt, was ihn von der Existenz einer jenseitigen Welt überzeugt hätte. Vor allem gab es keine rachsüchtigen, ruhelosen Geister. Die Kugel aus einem Pistolenlauf, die Schädeldecke und Hirnmasse zerfetzte, löschte auch das aus, was man gemeinhin die Seele eines Menschen nannte. Die Visionen eines Sterbenden waren nichts weiter als ein Trick der Natur, der das Ende erleichtern sollte.

„Nein", sagte er.

„Hast du Angst zu sterben?", fragte sie.

„Ich war Millionen Jahre lang tot und es hat mir nicht das Geringste ausgemacht", antwortete er. „Ich fürchte mich vor Schmerzen und davor, mein Ich zu verlieren. Nicht vor dem Tod."

Lisa trank ihren Tee aus und fragte nach mehr. Er schenkte ihr nach und beobachtete sie stirnrunzelnd. Vielleicht hätte er weniger Rum nehmen sollen.

Sie schlenderte durch das Appartement und stöberte in den gerahmten Fotografien. Sie lehnten noch immer an den Wänden oder stapelten sich auf dem Fußboden.

„Vincent hatte recht", sagte sie. „Sterben ist ein sanftes Hinübergleiten. Es bereitet keine Schmerzen."

„Er war niemals auf der anderen Seite", sagte Wolzow. „Vorher hat er umgedreht. All die Nahtoderlebnisse sind nichts weiter als Produkte sterbender Gehirne."

Sie stellte das Foto einer alten Frau ab und betrachtete es nachdenklich. „Als Unfallärztin habe ich Dutzende Menschen zurückgeholt. Einige von ihnen waren länger als eine halbe Stunde tot gewesen, ertrunken in eiskaltem Wasser, das den Sterbeprozess verlangsamt hatte."

„Es war noch Leben in ihnen, sonst hättest du sie nicht retten können."

Sie nahm ein anderes Porträt auf, es war das Bild des alten Mannes. Sein Gesicht wurde überlagert und durchdrungen von der Aufnahme eines Kindes.

„Immer wieder erzählten mir Gerettete, was sie während der Zeit ihres Hirntods erlebt hatten, von dem Tunnel aus Licht und längst Verstorbenen, die ihnen begegnet waren und sie zurück ins Leben schickten", sagte Lisa. „Alle wurden durch ihre Sterbeerlebnisse verwandelt. Die meisten sprachen nur zögernd darüber. Sie glaubten wohl, ich würde sie für verrückt halten."

„Das ist kein Beweis für die Existenz einer jenseitigen Welt. Das Gehirn schüttet Endorphine aus und gaukelt dem Sterbenden tröstliche Szenen vor", sagte Wolzow.

„Ja, das weiß ich alles ... dennoch ..."

„Wir haben nur ein Leben", sagte er. „Es liegt an uns, etwas daraus zu machen."

„Dann bleibt uns nur der Augenblick? Glaubst du daran?"

Wolzow nickte. „Ja, daran glaube ich."

Sie stellte das Bild ab. „Fotografier mich."

„Jetzt?"

„Uns bleibt nur das Hier und Jetzt, oder? Nutzen wir es."

„Willst du dich nicht lieber ausruhen? Nach dem, was du durchgemacht hast, solltest du eigentlich vierundzwanzig Stunden lang schlafen wie eine Tote." Er fuhr sich durchs Haar. „Tut mir leid, das war kein besonders passender Vergleich."

Lisa nahm die Kamera, die auf dem Fensterbrett lag, und reichte sie ihm. Einen Wimpernschlag lag berührten ihre Finger die seinen.

„Nach all dem ... will ich leben. Ich will spüren, wie es in mir pulsiert. Vincent hat mir das Gefühl ausgetrieben, lebendig zu sein. Ich will nie wieder auf etwas verzichten."

Nach und nach schaltete sie alle Lichtquellen im Appartement an. „Und ich will keine Dunkelheit mehr um mich haben."

Sie blickte ihn erwartungsvoll an. Wolzow drehte die Kamera unschlüssig in den Händen, dann nahm er sie aus dem Futteral. Sie war nur ein Werkzeug, um den Augenblick festzuhalten, bevor er verging wie eine Schneeflocke, die auf warmen Boden fällt. Sein Auge war es, das die Magie dazu entfesselte.

Er blickte durch den Sucher. Die ersten Aufnahmen misslangen ihm, sie waren grob und steif. Lisa war es schließlich, die seine Anspannung löste. Entweder war sie ein Naturtalent, oder der Grog hatte sie von ihren Hemmungen befreit. Sie bewegte sich auf natürliche, anmutige Weise, deren Zauber er nur einzufangen brauchte. Zunächst war sie noch vollständig bekleidet, doch bald trug sie gar nichts mehr. Wolzow erschien es völlig normal. Er fotografierte, als hätte er niemals etwas anderes getan. Eine halbe Stunde später landeten sie im Bett. Er hatte das Gefühl, eine zweite Chance zu bekommen, noch einmal ganz neu zu beginnen. Er wusste, dass Lisa genauso empfand. Aus ihren vorsichtigen, zärtlichen Berührungen erwuchs rasch eine Leidenschaft, die sie daran erinnerte, was es bedeutete, zu leben. Er hatte das Gefühl, zu sterben ... und zu neuem Leben zu erwachen. Das Alte musste zerschlagen werden, damit Neues entstand. Ein neuer Tag brach an.

42

Lisa erwachte von einem Kratzen und Schaben, das die überwunden geglaubte Angst wachrief. Sie richtete sich im Bett auf, lauschte und bestimmte die Richtung, aus der das Geräusch kam. Vor dem Fenster, das auf den Zugang zum Appartement auf der Rückseite der Garagen wies, huschte ein Schatten vorbei, eine Spur schwärzer als die Nacht. Wolzow drehte ihr den Rücken zu und schnarchte leise. Bevor sie ihn weckte, ließ sie eine Minute verstreichen und glaubte fast, sich getäuscht zu haben. Doch dann hörte sie das Kratzen erneut. Es klang wie das Schaben winziger Krallen auf einer Schiefertafel. Jemand machte sich an der Tür zu schaffen.

„Jan."

Sie rüttelte ihn sanft, aber Wolzow schlief tief und fest, es gelang ihr nicht, ihn zu wecken. Lisa kroch aus dem Bett und schlang eine Wolldecke um ihren nackten Körper. Dann schlich sie durch das Appartement und näherte sich der Eingangstür. Die Geräusche waren wieder verstummt. Es war kurz nach vier, die Morgendämmerung noch weit entfernt. Vielleicht besaß die alte Emmy eine Katze, die ihre nächtliche Runde drehte.

Lautlos schob Lisa den Riegel der Vorlegekette in die Nut der Halterung und öffnete die Tür einen Spalt. Die Nacht war still und tiefschwarz, ein leiser Wind strich durch die Wipfel der alten Bäume in dem parkähnlichen Anwesen. Der Regen war zu einem leisen Flüstern abgeklungen, alles schien still und friedlich.

Plötzlich schoss aus dem Dunkel ein bleicher Arm durch den Spalt. Mit eiserner Kraft krallten sich blutverschmierte Finger in die Decke und rissen sie von ihren Schultern. Eine zweite Hand erschien, packte ihren Oberarm und zerrte sie an den Türspalt heran. Lisa schlug mit der Stirn gegen den Türrahmen, bunte Sterne tanzten vor ihren Augen. Als sich ihr Blick wieder klärte, spürte sie einen fauligen Atemhauch auf ihren Wangen.

„Komm zu mir, kleine Lisa."

Vincent war ihr ganz nahe. Deutlich sah sie seine entzündeten Augen, von der Narbe in der Pupille fehlte jede Spur. Sie schrie vor Schmerz und Angst auf und wehrte den Angriff ab.

„Lisa!"

Sie hörte, wie Wolzow aus dem Bett stieg. Vincents Griff löste sich, er tauchte in die Dunkelheit ein und verschwand wie ein Spuk.

„Was ist passiert?" Das Deckenlicht flammte auf. Wolzow war nackt bis auf seine Shorts und hielt eine Waffe in der Hand.

„Vincent. Er lebt."

Wolzow schlüpfte in Jeans und Stiefel. Er entriegelte die Eingangstür und trat ins Freie. „Bleib im Haus und verriegele die Tür."

Lisa legte die Kette vor und wartete. Nach zwei Minuten kehrte Wolzow zurück.

„Draußen ist niemand", sagte er.

„Aber er war da."

„Das ist mehr als unwahrscheinlich. Bist du sicher, dass du nicht geträumt hast?"

„Er hat mich angegriffen. Sieh doch!" Sie streckte die Arme aus. Deutlich waren Druckspuren auf ihren Unterarmen zu sehen.

„Selbst wenn er mehr Leben als eine Katze hat, kann er das Bad in der eiskalten Lahn unmöglich überlebt haben, nicht in seinem Zustand."

„Wir wissen nicht, wozu er in der Lage ist", sagte Lisa. „Vielleicht kann er überhaupt nicht mehr sterben."

„Unsinn. Gleichgültig, was er getan hat, er ist ein Mensch. Und Menschen sterben nun mal. Du warst es selbst, der sein Ende herbeigeführt hat."

„Du glaubst, dass es Erik war, der mich verfolgte?"

„Wer sonst?"

„Warum sollte er das tun? Er hat keinen Grund dafür. Vincent dagegen hasst mich. Er macht mich dafür verantwortlich, dass Nolte ihn in einen Zombie verwandelt hat."

„Aber du hast doch beobachtet, wie er seinen Bruder getötet hat", sagte Wolzow.

Sie lief unruhig auf und ab und bemühte sich, ihre rasenden Gedanken zu ordnen. Plötzlich sah sie klar.

„Die Narbe. Liebermann hat gesagt, dass Erik sich als Kind am Auge verletzt hat, nicht wahr? Daran kann man die beiden unterscheiden."

Wolzow nickte. „Und?"

„Der Mann, der mir gerade aufgelauert hat, hatte keine Narbe."

„Aber ... das kann nicht sein."

„Nur so ergibt es einen Sinn. Erinnerst du dich, was Nolte behauptete? Erik demütigte Vincent, indem er immer wieder seine Rolle einnahm", sagte sie. „Er könnte seinen Plan, ihn für seine Experimente zu missbrauchen, durchschaut haben. Ja, er hat den Spieß umgedreht. Nicht Vincent war es, den ich in der Ruine beobachtet habe, sondern Erik. Er war es auch, den ich vergiftet habe. Vincent ist noch dort draußen. Und er wird niemals aufhören, mich zu verfolgen."

„Warte, bis sie den Fluss abgesucht haben", sagte Wolzow.

„Sie werden ihn nicht finden." Sie sah ihn an. „Und es wird nie enden. Die Polizei wird ihn für tot erklären, dann hat er freie Hand. Ich werde mich nicht mein Leben lang vor jedem Schatten ängstigen ... wenn ich es verhindern kann."

„Was immer du jetzt planst, denke nicht mal daran", sagte Wolzow. „*Ich* bin Polizist, *ich* werde dich beschützen."

„Du kannst mich nicht ständig im Auge behalten. Ich würde ein Leben in Angst führen. Nein, ich muss beenden, was ich begonnen habe. Ich muss ihn töten. Wirst du mir helfen?"

„Du kannst nicht von mir verlangen, einen Mord zu begehen."

„Einen Mord? Oder Gerechtigkeit erlangen, die du sonst niemals erlangen wirst."

„Ich ... verstehe nicht."

„Wirklich nicht? Nolte sagte, Erik wäre vor drei Jahren zum ersten Mal aufgetaucht, zu dem Zeitpunkt, als deine Frau starb. Und wenn es Erik war, der den Vortrag in München gehalten hat? Zu Beginn machten sie sich einen Spaß daraus, die Rollen zu tauschen. Und wenn sie das auch an jenem Abend getan haben? Wenn es Vincent war, der deine Frau getötet hat? Dann läuft ihr Mörder frei herum und wird nie für seine Tat belangt werden. Denn er ist ja bereits tot, nicht wahr?"

Wolzow schwieg. Seine Züge verzerrten sich vor Schmerz. Sie sah ihm an, dass er in einen inneren Konflikt geriet.

„Was hast du vor?", fragte er.

„Es ist so einfach und naheliegend, dass ich mich frage, warum ich nicht schon früher darauf gekommen bin. Wir werden Vincent in eine Falle locken. Er ist verletzt und braucht medizinische Hilfe. Und die findet er …"

„In den Kryotec-Labors."

„Dort hat es begonnen, und dort wird es enden. Wir werden ihm eine Kugel in den Kopf jagen und ihn in einen der Stickstofftanks packen. Dann schicken wir ihn als tiefgefrorenen *Kunden* in die USA. Dort schläft er bis zum jüngsten Tag bei -196 Grad. Ich frage dich noch einmal: Wirst du mir helfen, das Schwein zu erledigen?"

Langsam schüttelte Wolzow den Kopf. „Das kann ich nicht."

„Dann muss ich es allein tun." Sie raffte ihre Sachen zusammen, die inzwischen getrocknet waren. „Eine Strafverfolgung habe ich ja nicht zu befürchten, denn einen Toten kann man schließlich nicht ermorden, nicht wahr?"

„Lisa, warte."

Sie zog sich hastig an und stürmte aus dem Appartement. Ihr Peugeot, mit dem sie gekommen war, stand noch immer am Ende der Auffahrt unter den ausladenden Ästen einer Kiefer. Sie aktivierte die Zentralverriegelung und öffnete die Fahrertür.

„Lisa."

Wolzow stand am Fuß der Treppe.

„Ich will dich nicht verlieren", rief er.

Sie zögerte und ging zum Haus zurück. „Aber das wirst du, wenn du nichts unternimmst. So wie du deine Frau verloren hast."

„Das ist nicht fair."

„Vincent ist es auch nicht. Er oder ich. Entscheide dich."

Sie drehte sich um und lief zu ihrem Wagen. Sie wartete, hoffte, dass Wolzow ihr folgen würde, aber er tat es nicht. Als sie die Zufahrt entlangfuhr, sah sie ihn im Rückspiegel. Er stand noch immer am Fuß der Treppe und sah ihr nach. Sie trat das Gaspedal durch und raste durch die Nacht, bis sie ihn aus den Augen verlor.

43

Eine halbe Stunde nachdem sie Wolzows Bleibe verlassen hatte, fuhr Lisa am Firmengebäude von Kryotec im Osten von Limburg vorbei. Nach Noltes Ausfall war das Unternehmen am Ende. Ohne Vincents Wissen war das Lazarus-Projekt zum Scheitern verurteilt. Die Investoren würden ihr Geld zurückverlangen, was unweigerlich zum Konkurs führen würde.

Sie blickte auf die Uhr am Armaturenbrett. Es war kurz nach fünf. Sie kannte den Rhythmus, in dem der Nachtwächter seinen Dienst versah, denn sie hatte den Plan gemeinsam mit Vincent ausgearbeitet – in besseren Zeiten. Wenn er sich an seine Routine hielt, war seine Schicht vor wenigen Minuten zu Ende gegangen. Bis die ersten Mitarbeiter eintrafen, blieben ihr zwei Stunden. Zeit genug, um Vincent auf eine Reise ohne Wiederkehr zu schicken.

Sie umrundete den Gebäudekomplex und stellte den Peugeot auf der Rückseite ab. Neben einer Stahlblechtür leuchteten die LEDs der Zugangssperre. Die Codekarte, mit der sich die Alarmanlage entriegeln ließ, lag im Handschuhfach. Lisa beugte sich vor, um die Klappe zu öffnen, als ihr ein schwacher Hauch von Fäulnis in die Nase stieg. Die Verriegelung der Rückbank klickte leise. Sie drehte sich um, war aber nicht schnell genug, um dem Angriff zu entgehen. Die Lehne klappte herunter und Vincent glotzte sie aus blutunterlaufenen Augen an. Offenbar hatte er in der Nähe der Villa gewartet und sich im Kofferraum versteckt, während sie mit Wolzow geredet hatte.

Seine Kleider hingen in Fetzen an ihm, verdreckt und durchnässt. Er stank nach Moder und Verwesung. Das Verlangen nach Rache hielt ihn am Leben. Heimtückisch und schnell wie eine Kobra schlängelte er sich zwischen den Sitzen hindurch und streckte die Hände nach ihrer Kehle aus. Seiner rohen Kraft hatte sie nichts entgegenzusetzen. Panisch tastete sie nach dem Zündschlüssel und startete den Motor. Sie legte den Rückwärtsgang ein und stemmte den Fuß auf das Gaspedal. Der Peugeot krachte mit dem Heck auf einen Müllcontainer.

Vincent wurde durch den Aufprall in den Kofferraum geschleudert. Lisa öffnete die Fahrertür, aber er war schneller. Bevor sie entkommen konnte, riss er sie an den Haaren zurück. Sie schrie vor Schmerz auf, rammte den Schalthebel nach vorn und presste den Fuß auf das Gaspedal. Der Peugeot schoss nach vorn und prallte mit voller Wucht gegen die Hallenwand. Die Airbags entfalteten sich explosionsartig und schützten Lisa vor dem tödlichen Zusammenprall mit dem Lenkrad. Vincent flog zwischen den Sitzen hindurch und knallte mit dem Kopf gegen das Armaturenbrett. Die Klappe des Handschuhfachs sprang auf und die Codekarte fiel ihm in die Hände. Er blutete aus Nase und Mund, aber er hatte noch immer nicht genug. Wutentbrannt schlug er ihr ins Gesicht. Lisa stieß mit dem Hinterkopf gegen die Seitenscheibe und verlor die Besinnung.

44

Das kalte Nieseln schwoll zu einem beständigen Landregen an. Wolzow spürte die Kälte nicht. Er stand am Fuß der Treppe neben den Garagen und starrte mit leerem Blick in die Dunkelheit.

Sie war die erste Frau, die ihm etwas bedeutete, seit er Manuela verloren hatte. Was hätte er an ihrer Stelle getan? Er wusste es, und es gefiel ihm nicht. Je länger er über ihre Argumentation nachdachte, desto plausibler erschien sie ihm. Offiziell lag van Dyk in seinem Grab auf dem Hauptfriedhof. Die Polizei würde keinen Toten jagen. Hatte er Manuela in einem sinnlosen Wutanfall getötet, wie er Jonah Grothe überfahren hatte? Kopflos und rasend vor Zorn? Vielleicht hatte sie die Affäre beenden wollen, damit seine Eitelkeit verletzt und ihr eigenes Todesurteil unterschrieben. Es war das gleiche irrationale, aggressive Verhalten, das er auch Lisa gegenüber gezeigt hatte.

Wenn er die Wahrheit herausfinden wollte, bot ihm das Schicksal nun eine allerletzte Chance. Lisa hatte recht, wenn er nichts unternahm, würde er sie verlieren. Entweder durch van Dyk oder durch seine eigene Weigerung, ihr beizustehen. War van Dyk denn überhaupt noch menschlich? Oder ein Racheengel, dessen Gehirn irgendwann endgültig seinen Betrieb einstellen würde; eine Hülle, die noch aussah wie ein Mensch, aber unter der ein wandelnder Toter steckte. Ja, sie mussten es beenden. Jetzt, endgültig. Für alle Zeit.

Er lief zu seinem Pick-up, knallte das Magnetblaulicht auf das Dach und raste nach Limburg. Während er den Ford durch die Regennacht steuerte, kroch die Angst in sein Herz. Auch wenn Lisa sich endlich von ihren Schuldgefühlen und ihrer Abhängigkeit befreit hatte, würde sie in einer direkten Konfrontation mit diesem Zombie den Kürzeren ziehen. Und sie wusste, dass van Dyk ihr körperlich überlegen war. Nur aus diesem Grund hatte sie ihn um Hilfe gebeten – eine Hilfe, die er ihr verweigert hatte. Aber er war nicht nur verpflichtet, zu reagieren, wenn er von einem geplanten Verbrechen Kenntnis hatte. Es war ebenso seine Pflicht, Menschen zu beschützen – vor allem, wenn sie sich selbst in Gefahr brachten.

Er bog von der Bundesstraße ab und suchte den Weg zu den Kryotec-Labors, vorbei an Fabrikhallen und menschenleeren Bürotürmen. Kurz darauf sah er das weiße Schneeflockenlogo in der Dunkelheit leuchten, von Lisas Peugeot 207 fehlte jede Spur. Hatte sie ihren selbstmörderischen Plan aufgegeben?

Er wendete am Ende der Straße und fuhr zurück. Sein Instinkt trieb ihn dazu, das Gelände noch einmal gründlich abzusuchen. Auf der Rückseite der Hallen, in der Nähe des Flusses, erstreckten sich unbebaute Grundstücke und Brachwiesen, die Straßenbeleuchtung war spärlich und hörte schließlich ganz auf.

Wolzow fuhr bis ans Ende der Sackgasse. Die Scheinwerfer schälten einen verbeulten Müllcontainer und Lisas Peugeot aus dem Dunkel. Der Wagen stand vor der Rückseite des Kryotec-Gebäudes, Putz und Steinsplitter waren von der Mauer abgeplatzt, Front und Motorhaube des Wagens von einem heftigen Aufprall eingedrückt. Die Fahrertür stand offen, die Airbags hatten ausgelöst.

Der Wind spielte mit einer Blechtür, die scheppernd gegen die Hallenwand krachte. Wolzow stieg aus dem Wagen, zog seine Waffe aus dem Schulterholster und schlich auf den Eingang zu. Kurz darauf hatte ihn die Dunkelheit verschluckt.

„Lisa, Lisa, sad Lisa, Lisa."

Leiser Gesang und das Brummen von Pumpen und Maschinen holten Lisa in die Wirklichkeit zurück. Sie schlug die Augen auf und kniff sie in dem grellen Licht sofort wieder zusammen. Ihr Schädel dröhnte wie eine gesprungene Glocke, ihr Hinterkopf fühlte sich feucht und klebrig an.

Langsam gewöhnte sie sich an das Licht, ihr Blick klarte sich. Sie lag auf einem der Edelstahltische, die Nolte für seine Experimente benutzt hatte, gefesselt mit Klebeband und einem Verlängerungskabel.

Vincent wandte ihr den Rücken zu. Mit eckigen Bewegungen durchquerte er das Labor und fuhr die Anlage hoch, die zum Austausch der Körperflüssigkeiten durch ein modifiziertes Frostschutzmittel diente. Leise summend tippte er Anweisungen in ein Computerterminal und bereitete einen der glänzenden Stickstofftanks vor. Dabei wirkte er so entspannt, als gehe er gerade seiner Lieblingsbeschäftigung nach.

„Was ... tust ... du da?", krächzte Lisa.

Ihre Zunge schien auf die doppelte Größe angeschwollen zu sein, ihre linke Schulter und Teile des Halses fühlten sich taub an – die Folgen von Vincents Faustschlag und des Zusammenpralls mit der Seitenscheibe.

Er drehte sich um und kam auf den Tisch zu. Seine Haut wies inzwischen größere Anteile grünlicher Verfärbungen auf, die Wangen und Unterarme waren mit weißlichem Schorf bedeckt. Es schien, als könne er seinem Schicksal letztlich nicht entgehen, Vincent starb stückweise, aber unaufhaltsam. Er baute zwei Dutzend Petrischalen um sie herum auf wie Kerzen auf einem Altar, goss eine farblose Flüssigkeit hinein und zündete sie an. Bläuliche Flammen züngelten empor.

„Du wirst auf eine lange Reise gehen, Lisa. Es ist kalt dort", sagte er. „Das Feuer wird dich wärmen." Seine Stimmbänder brachten nur noch ein heiseres, raues Flüstern hervor. „Nun weiß ich, was schiefgelaufen ist. Es war ein Fehler, erst aktiv zu werden, wenn der Tod eingetreten ist. Aber wir werden nicht so lange warten."

„Was hast du vor? Lass mich gehen."

Er beugte sich über sie und küsste sie auf die Stirn. Sein Atem stank nach Fäulnis. Lisa suchte in seinem Auge nach der dreieckigen Narbe, aber sie war nicht da. Es war der letzte Beweis, dass es Vincent war und nicht sein Zwilling.

„Gehen? Aber du wirst doch verreisen, Lisa. Auf die andere Seite der Nacht."

Er schob die Ärmel ihres Sweatshirts hoch und führte Injektionsnadeln in die Venen ein. Der scharfe Schmerz vertrieb ihre Benommenheit. Fieberhaft suchte sie nach Worten, um ihn von seinem Vorhaben abzubringen.

„Nolte kann dir helfen. Wir werden einen Weg finden, dich zu heilen."

Er lachte. „Ich komme mit auf die Reise, Lisa. Wir werden für immer vereint sein."

Er ging zum Steuerungspult der Kryonikanlage und blieb unvermittelt stehen. Seine Finger schwebten unsicher über den Konsolen, als hätte er vergessen, was er tun wollte.

Wolzow näherte sich einer Tür mit der Aufschrift Labor. Licht fiel durch den Türspalt auf den Boden des Ganges. Während er mit der Rechten die Walther hob, stieß er mit der Linken die Tür auf.

Das Labor war hell erleuchtet, Maschinen und kryotechnische Anlagen summten, Anzeigen blinkten. Lisa lag gefesselt auf einem Edelstahltisch in der Mitte des Raums, van Dyk stand neben ihr.

„Entfernen Sie sich langsam vom Tisch und bleiben Sie von den Bedienpulten weg, sonst sind Sie ein toter Mann, van Dyk. Und diesmal für immer."

Wachsam betrat Wolzow das Labor, die Walther im Anschlag.

Van Dyk beachtete ihn nicht und kontrollierte die Injektionsnadeln in Lisas Armbeugen.

„Legen Sie die Waffe in der Mitte des Labors auf den Boden und ziehen Sie sich zur Tür zurück", sagte er, ohne aufzublicken. „Warten Sie dort, bis ich Zeit finde, mich mit Ihnen zu beschäftigen."

„Sie sollen Ihre Hände von Lisa nehmen!", schrie Wolzow. „Verschränken Sie die Arme hinter dem Nacken und drehen Sie sich zu mir um, ganz langsam, ohne hastige Bewegungen."

Van Dyk hustete und ging unbeeindruckt zu einer der Konsolen hinüber. Blut tropfte aus seinen Mundwinkeln auf die Instrumente. Er legte seine Handfläche auf einen roten Schaltknopf.

„Wenn Sie meinen Anweisungen nicht folgen, wird Lisa sterben. Ich kann jederzeit mit dem Austausch des Blutes beginnen. Ist der Prozess erst in Gang gesetzt, kann er nicht mehr gestoppt werden. Wie entscheiden Sie sich?"

Wolzows Blicke flogen zwischen Lisa und van Dyk hin und her.

„Sag mir, was ich tun soll!", rief er.

„Gib sie ihm", sagte Lisa. „Das Glykol wird mich binnen weniger Augenblicke vergiften."

„Ich lasse nicht zu, dass er dich tötet."

Van Dyk lachte. „Kommen Sie doch mit, Wolzow. Es ist eine lange, ruhige Fahrt den Styx hinunter. Es wird Ihnen gefallen." Er blinzelte und starrte irritiert auf einen Punkt über Wolzows Schulter, plötzlich flackerte Angst in seinen Augen auf. Dann klarte sich sein Blick wieder. „Entscheiden Sie sich. Jetzt."

„Okay."

Wolzow legte die Waffe auf den Boden und bewegte sich mit ausgebreiteten Armen rückwärts auf den Ausgang zu.

Van Dyk hob die Pistole auf und richtete sie auf ihn.

„Weißes Wasser. Gute Reise!"

Wolzow suchte fieberhaft nach einem Ausweg. Es gab immer einen, es musste ihn geben. Er spannte jede Muskelfaser an, wirbelte herum und schlug auf den Lichtschalter neben der Tür. Das Labor versank in Dunkelheit, nur die glimmenden Alkoholflammen in den Petrischalen flackerten blau. Van Dyk feuerte blind um sich. Wolzow brachte sich hinter einem der Stickstofftanks in Sicherheit, aber er war nicht schnell genug, um einer Kugel zu entgehen. Das Geschoss streifte ihn und hinterließ eine brennend heiße Spur an seinem linken Oberarm.

Van Dyk hörte auf zu schießen. Es war totenstill im Labor, der Gestank von Kordit und Chemikalien brannte in Wolzows Nase. Das Magazin der Walther fasste fünfzehn Patronen. Er hatte sieben Schüsse gezählt, van Dyk blieben als noch sechs Kugeln.

Von seinem Versteck aus konnte er den Lichtschalter nicht erreichen, sah van Dyk aber im Schein der Alkoholflammen. Er stand paralysiert in der Dunkelheit, zitterte und starrte auf die Eingangstür. Welche Monster er wohl aus den Tiefen seiner zerstörten Psyche emporkriechen sah?

Wolzow bewegte sich auf den Tisch zu, van Dyk erwachte aus seiner Starre. Er hob fahrig die Waffe und drückte ab. Eine Kugel sirrte dicht an Wolzows Kopf vorbei, zwei weitere schlugen mit einem dumpfen Plopp in die Stickstofftanks ein.

Ein Zischen erfüllte die Luft im Labor. Der beißende Gestank von Ammoniak versengte Wolzows Lungen, etwas tropfte auf seine Jacke. Er zuckte zurück, stellte aber erleichtert fest, dass es Wasser war. Aus dem Augenwinkel sah er, dass Lisa an ihren Fesseln zerrte und eine der Petrischalen vom Tisch stieß. Der brennende Alkohol entzündete die ausgelaufenen Chemikalien und erzeugte eine Stichflamme, die bis zur Decke reichte. In dem feuerroten Licht sah er van Dyk. Der unter hohem Druck stehende flüssige Stickstoff musste aus dem Tank gespritzt sein und hatte sein Gesicht verätzt. Er schrie vor Schmerz, tappte im Kreis und schwenkte blind die Pistole. Wolzow riss einen Feuerlöscher aus seiner Halterung, schlug van Dyk die Waffe aus der Hand und zerschmetterte sie ihm auf den Schädel. Er brach in die Knie und kippte nach vorn auf den Boden.

In fieberhafter Eile begann er, Lisas Fesseln zu lösen. Das Feuer breitete sich rasend schnell aus und würde in wenigen Augenblicken die Tanks erreichen.

„Wir müssen hier raus!"

Er schlang ihren Arm um seinen Nacken und schleppte sie ins Freie.

„Ist er ... ist er tot?"

„Ja."

Fensterscheiben zerplatzten in der Hitze, Flammen züngelten zwischen den Dachsparren hervor.

„Ich muss noch mal zurück."

Sie sank auf den Beifahrersitz des Pick-ups.

„Soll er doch verbrennen", sagte sie, „Vincent und sein verfluchtes Laboratorium."

„Ich muss die Leiche bergen."

„Warum willst du dein Leben für einen Toten riskieren?"

„Wenn die Polizei ihn findet, wird es Fragen geben. Wie kommt er hierher? Wer hat ihm den Schädel eingeschlagen und warum? Es wird nicht aufhören, bis die Wahrheit ans Licht kommt."

„Aber *du* bist die Polizei", sagte Lisa.

„Nein. Heute Nacht nicht."

Er schnappte sich eine Decke vom Rücksitz des Pickups und tauchte sie in eine Pfütze. Dann wickelte er sich in die nasse Wolle und sprintete auf die Blechtür zu.

Das Labor brannte lichterloh. Die Stickstofftanks hielten der Hitze noch stand, konnten aber jeden Augenblick explodieren. Wolzow schützte sein Gesicht mit der Decke und atmete flach. Fetter, beißender Qualm füllte den Raum aus.

Van Dyk lag leblos am Boden. Wolzow packte ihn an den Armen und schleifte die Leiche in den Korridor. Seine Lungen brannten von den Rauchgasen und den brennenden Chemikalien, der Sauerstoffmangel zwang ihn in die Knie. Kaum hatte er das Labor verlassen, als eine Verpuffung die Eingangstür zuschlug. Plötzlich war Lisa da. Gemeinsam zogen sie die Leiche ins Freie, hoben sie auf die Ladefläche und wickelten sie in die Wolldecke.

„Wir müssen hier weg", keuchte Wolzow. „Wenn die Tanks Feuer fangen, fliegt die Halle in die Luft."

Zur Bestätigung zerplatzte eine weitere Glasscheibe, heiße Splitter spickten die Motorhaube.

Wolzow hämmerte den Rückwärtsgang ins Getriebe und setzte den Wagen auf die Straße zurück.

„Der Peugeot! Sie werden den Wagen hier finden", rief Lisa.

Er öffnete die Fahrertür einen Spalt, aber in diesem Moment explodierte der erste Stickstofftank. Eine grellrote Stichflamme schoss in den Nachthimmel und übergoss die Lahn mit brennenden Trümmern. Wolzow jagte den Pick-up in die Nacht hinaus.

„Du wirst ihn morgen als gestohlen melden", sagte er. „Was hast du jetzt vor?"

Er ließ die Seitenscheibe herab und sog die kalte, frische Luft in die brennenden Lungen.

„Wir fahren flussabwärts und suchen eine Stelle, wo wir die Leiche in den Fluss werfen können. Das Hochwasser wird sie in den Rhein spülen. Wenn wir Glück haben, finden sie sie erst in Rotterdam ... oder niemals."

45

Wolzows Plan drohte zu scheitern. Sie fuhren seit zwanzig Minuten mit der Leiche auf der Ladefläche durch die Januarnacht. Mit jedem Augenblick erhöhte sich das Risiko, aufzufliegen. Sie könnten in eine Polizeikontrolle geraten, in einen Unfall verwickelt werden oder auf der inzwischen spiegelglatten Landstraße ins Schleudern geraten. Die Temperatur war wieder unter den Gefrierpunkt gefallen, der Regen gefror auf dem Asphalt und verwandelte die Uferstraße in eine gefährliche Rutschbahn. Kurz vor Lahnstein versuchte Wolzow erneut, die Leiche loszuwerden.

„Da sieht's ziemlich gut aus", sagte Lisa.

Er bog in einen geteerten Weg ein, der an einem Campingplatz vorbei zum Flussufer führte. Der Pick-up rollte langsam an verwaisten Wohnwagen vorbei, bis sie ans Ende der Straße gelangten, die sich zur Lahn hinabneigte und im Fluss verschwand.

„Im Sommer lassen die Camper dort ihre Boote zu Wasser", sagte sie.

„Es ist perfekt."

Angestrengt blickte er in die Nacht hinaus. In keinem der Wohnmobile oder Vorzelte brannte Licht. In einiger Entfernung vom Ufer gab es eine Pizzeria, die Terrasse war mit einer dünnen Schneeschicht bedeckt, die Fenster dunkel. Wolzow wendete den Ranger und fuhr rückwärts an den Fluss heran. Im Schein der Rücklichter leuchtete das Wasser wie ein Strom aus Blut. Am Ufer hatte sich eine etwa zwei Meter breite Eisplatte gebildet.

„Du bleibst im Wagen", sagte er.

„Nein. Ich habe es begonnen und ich muss es zu Ende bringen."

Ohne eine Antwort abzuwarten, stieg sie aus dem Wagen und lief zum Heck.

„Lisa, warte!"

Sie rutschte auf dem eisglatten Asphalt aus, hangelte sich an der Ladekante entlang und öffnete die hintere Klappe. Dann wickelte sie die Leiche aus der halb gefrorenen Wolldecke. Bevor Wolzow aus dem Fahrerhaus gestiegen war, hatte sie den Toten über den Rand der Ladefläche gezogen. Er rutschte über die Kante und begrub Lisa unter sich, als wolle er noch immer Widerstand leisten gegen das unvermeidliche Ende. Sein Gewicht trieb ihr die Luft aus den Lungen. Sie landete in halb gefrorenem Matsch und blieb auf dem Rücken liegen. Vincent starrte sie aus toten Augen an, Blut und Fleischfetzen lösten sich von seinem vom Stickstoff zerstörten Gesicht. Angeekelt versuchte Lisa, sich zu befreien. Plötzlich spürte sie ein Zittern, das durch die Leiche lief wie ein Stromstoß. Vincent griff nach ihr und umklammerte ihr Handgelenk. Er stöhnte leise.

Er lebte! Vincent klammerte sich noch immer an den letzten Funken Leben, der in ihm glomm!

Sie schrie gellend auf, stieß ihn von sich und sprang auf die Füße.

Wolzow öffnete die Fahrertür und steckte den Kopf heraus. Er schien zu begreifen, ließ den Motor an und

hämmerte den Rückwärtsgang ins Getriebe. Die Rück-
fahrscheinwerfer flammten auf und der Ford Ranger
überrollte Vincent.

Mit klammen Händen schleifte Lisa ihn zum Fluss
hinunter.

„Stirb endlich! Stirb doch, verdammt!"

Sie weinte und schrie zugleich. Es würde nicht mehr
lange dauern. In wenigen Sekunden musste der Horror
zu Ende sein.

Sie ließ die Leiche fallen und trat nach ihr. Vincent
rührte sich nicht mehr.

„Verschwinde endlich aus meinem Leben! Für immer!"

Endlich kam er auf dem Hang ins Rutschen und rollte
auf den Fluss zu. Dort blieb er auf der Eisplatte liegen,
die sich am Rand der Lahn gebildet hatte.

Wolzow starrte ungläubig auf den Toten, der noch
immer nicht aufgeben wollte.

„Verfluchter Mistkerl!", schrie Lisa.

Wut und Verzweiflung über die Lebenszeit, die Vincent ihr geraubt hatte, über ihre verlorene Selbstach-
tung und den Käfig, in den er sie gesperrt hatte, bra-
chen aus ihr hervor. Ohne auf Wolzows Warnung zu
achten, rannte sie auf die Eisfläche und ließ sich auf die
Knie herab, um die Leiche in den Fluss zu schieben. Das
Eis knackte und ächzte, dann brach es. Lisa stürzte mit
Vincent in das eisige Wasser, die Strömung riss sie fort.

Binnen Sekunden spürte sie ihre Beine nicht mehr,
der Kälteschock lähmte ihren Kreislauf und trübte ihr
Bewusstsein. Sie kämpfte gegen das Gewicht der Leiche
an, deren Kleidung sich in ihrer Jacke verfangen hatte.
Reflexartig tauchte sie auf und schnappte nach Luft.

Die Strömung trieb sie auf die Flussmitte zu, doch bevor sie tiefes Wasser erreichte, zog Vincent sie unter das Eis. Er drehte sich schwerelos und wandte ihr sein zerstörtes Gesicht zu. Es sah aus, als ob er höhnisch grinste.

Lisa wehrte sich verzweifelt und schlug mit tauben Fäusten gegen das milchig trübe Eis, das sie von der Welt der Lebenden aussperrte.

Um sie herum gurgelte und toste der Fluss. Etwas stieß hart gegen ihre Schulter und trieb ihr die letzten Luftreserven aus den Lungen. Blasen stiegen empor und sammelten sich unter der Eisdecke, die unglaubliche Kälte versetzte sie in eine Schockstarre. Ihr Herz raste und pumpte wie verrückt Blut und Adrenalin durch ihren Körper, doch allmählich erlahmten ihre Bewegungen.

Sie hatte davon gehört, dass das Leben eines Ertrinkenden wie in einem Zeitrafferfilm an ihm vorüberzog. Doch alles, was sie spürte, war ein entsetzlicher Druck auf der Brust und der unwiderstehliche Drang, Luft zu holen.

Der Atemreflex kam plötzlich und unerwartet. Sie sog Wasser in ihre Lungen und hyperventilierte. So fühlte es sich also an, zu sterben. Plötzlich erschien alles so einfach und bedeutungslos. Ein bleicher Schatten trieb an ihr vorbei und verschwand in der Dunkelheit. Vincent? Es spielte keine Rolle mehr, er hatte gewonnen. Sein Hass hatte ihn überlebt und brachte ihr den Tod. Langsam sank sie auf den Grund des Flusses, Steine und Geröll bohrten sich in ihren Rücken. Ein diffuser Lichtschein fiel auf ihr Gesicht. War das der Eingang zur anderen Seite der Nacht, der Tunnel aus Licht, von dem diejenigen erzählten, die ihn gesehen hatten? Die Helligkeit umgab sie wie eine wärmende Decke und versprach Frieden und Ruhe. Ein ihr ganzes Selbst erfassendes, tiefes Glücksgefühl hüllte sie ein.

In dem kreisrunden, warmen Licht tauchte eine Gestalt auf. Es war Jonah. Sie war davon überzeugt gewesen, dass er sie hasste und ihr die Schuld an seinem Tod gab. Aber er schien nicht wütend zu sein. Seine Augen waren klar und hell, so wie sie sie in Erinnerung hatte, und strahlten Ruhe und Gelassenheit aus. Er lächelte und streckte seinen Arm aus, bis seine Fingerspitzen ihre Hände berührten. Er streichelte ihre Finger und begann, mit ihr zu tanzen. Tiefer. Und tiefer. Es war ein langes, sanftes Gleiten, so wie Vincent gesagt hatte, kein wilder Ritt auf einem Baumstamm die Stromschnellen hinab.

46

Wolzow stand hilflos am Ufer. Er sah, dass Lisa noch einmal auftauchte und mit der Leiche einen sinnlosen Tanz vollführte. Dann verlor er sie in der Dunkelheit aus den Augen.

Er rannte zum Pick-up, startete den Motor und trat das Gaspedal durch. Die Antriebsräder drehten auf dem rutschigen Untergrund durch. Er schaltete den Allradantrieb zu. Viel zu langsam arbeitete sich der Ranger den Hang hinauf, denn jede Sekunde zählte. In dem eiskalten Wasser hatte Lisa keine Überlebenschance. Länger als drei, vier Minuten würde sie nicht durchhalten. Er steuerte den Wagen auf den Uferweg zurück, blendete den Suchscheinwerfer an der Dachreling auf und versuchte, die Geschwindigkeit der Strömung abzuschätzen.

Nach einer Minute stoppte er und drehte den Scheinwerfer der Lahn zu. Verzweifelt suchte er die Dunkelheit ab, Treibholz und abgerissene Äste schwammen vorbei, dann sah er unter den ausgefransten Eisplatten am Rand des Flusses einen blassen Schatten. Instinktiv lenkte er den Pick-up die Böschung hinab in die Lahn. Es war Lisas letzte Chance.

Die Vorderräder des Rangers versanken im Eis. Die Strömung drohte den Wagen fortzureißen und verhinderte, dass er die Fahrertür öffnen konnte. Er fluchte und ließ die Seitenscheibe hinunter. Wasser und Eis-klumpen schwappten ins Innere, etwas stieß mit einem dumpfen Laut gegen den linken Kotflügel. Wolzow stemmte sich gegen die Tür und drückte sie langsam auf, nachdem das einströmende Wasser den Druck ausgeglichen hatte. Aus den schwarzen Fluten tauchte Lisas lebloser Körper auf. Wolzow sprang in den Fluss und zog sie mit letzter Kraft auf die Ladefläche.

Er kniete neben ihr, beatmete sie und massierte ihren Brustkorb. Plötzlich krampfte sie sich zusammen und spie Wasser aus. Sie hustete und zitterte vor Kälte, aber sie atmete und lebte. Wolzow konnte sich nicht erin-nern, jemals so glücklich gewesen zu sein.

47

„Was zum Teufel hatten Sie am Fluss zu suchen, Wolzow?"

Frenck stapfte nervös auf dem Korridor der Virchow-Klinik auf und ab und spielte mit einer Packung Zigaretten.

„Sie dürfen hier nicht rauchen", sagte Wolzow

„Weiß ich selbst", knurrte Frenck. „Ich will wissen, was passiert ist. Wie ist es zu dem Brand bei Kryotec gekommen? Wieso haben wir den Wagen von Frau van Dyk dort gefunden? Warum nehmen Sie ein nächtliches Bad in der Lahn?"

„Sie wollte sich nicht damit abfinden, dass ihr Mann tot ist", sagte Wolzow. „Ich bot ihr an, den Fluss abzusuchen."

Frenck blieb stehen. „Um fünf Uhr morgens in biblischer Finsternis? Wollen Sie mich verarschen?"

Wolzow zuckte mit den Schultern. „Ich habe wohl die Witterungsverhältnisse unterschätzt und bin von der Straße abgekommen. So was kommt vor."

Der alte Kommissar steckte sich eine Zigarette zwischen die Lippen, zündete sie aber nicht an.

„Es ist doch gar nichts passiert", sagte Wolzow.

„Nichts passiert?", echote Frenck.

„Schließen Sie den Fall ab. Die Zwillinge sind tot. Der eine liegt auf dem Hauptfriedhof, der andere schwimmt irgendwo im Rhein."

„Und die Toten in der Asklepios-Klinik? Der ermordete Taxifahrer?"

„Die gehen eindeutig auf das Konto von van Dyk. Und was Kohlmeyer betrifft – Nolte ist tot. Somit fehlt uns eine belastbare Aussage. Wir werden den Fall wohl schließen müssen. Nehmen Sie mich mal zum Angeln mit?"

Ein Arzt trat aus der Tür, die zur Notaufnahme führte. Wolzow ging ihm entgegen.

„Wie geht es ihr?"

„Sie hat großes Glück gehabt." Der Arzt reichte ihm ein Klemmbrett. „Würden Sie mir bitte den Unfallhergang schildern?"

„Hat Lisa Ihnen nicht erzählt, was geschehen ist?"

„Sie kann sich an die letzten Stunden nicht erinnern. Eine retrograde Amnesie ist nicht ungewöhnlich nach einem traumatischen Erlebnis."

„Wie lange wird dieser Zustand anhalten?", fragte Wolzow erschrocken.

„Schwer zu sagen. Ein paar Tage, einen Monat. Möglicherweise für immer."

„Kann ich zu ihr?"

Der Doktor nickte. Wolzow betrat das Krankenzimmer.

Lisas Augen waren geschlossen, sie schien zu schlafen. Er berührte sanft ihren Arm.

„Du hast mir einen ziemlichen Schrecken eingejagt", sagte er leise.

Sie schlug die Augen auf und betrachtete ihn lange.

„Wer sind Sie?", fragte sie. „Sind Sie auch Arzt? Können Sie mir sagen, was passiert ist? Wann komme ich hier raus?"

ENDE

Nachwort

Die Klinik oder *Jenseits der Nacht* – so lautete der Titel der Erstveröffentlichung – schrieb ich zu einer Zeit, in der meine Schriftstellerkarriere auf der Stelle trat. Ich hatte mich in verschiedenen Genres versucht, und den Zwängen des Buchmarktes angepasst, so weit ich es verantworten konnte, ohne mich selbst als Autor zu verlieren. Was nichts anderes heißt, als zu schreiben wie alle anderen auch. Der Erfolg wollte sich damals dennoch nicht recht einstellen. (Aus heutiger Sicht vermutlich, weil ich mich zu sehr verbogen hatte.)

Da ich mich mit Vorliebe immer wieder zwischen alle Stühle setze, schob ich die Überlegungen, welche Themen und Genres sich wohl am besten verkaufen lassen, zur Seite und besann mich auf meine Wurzeln und die Vorbilder, die in mir vor vielen Jahren den Wunsch weckten, Schriftsteller zu werden. Und das sind neben anderen Autoren Stephen King und Dean Koontz. (Auch wenn mich Koontz in letzter Zeit arg enttäuscht. Dean, was ist los mit dir?)

Ich befreite mich also aus dem Korsett, in das auch wir Autoren zuweilen gesteckt werden, und schrieb über ein Thema, das mich schon lange beschäftigte: Wird es eines Tages möglich sein, mithilfe der Wissenschaft den eigenen Tod zu überwinden?

Der Roman erwies sich als Türöffner für die Zusammenarbeit mit dem dp Verlag und entwickelte sich zu einem meiner Bücher, die sich bisher am besten verkaufen. Viele weitere folgten. Ich bin dp treu geblieben, werde es weiterhin und fühle mich als Autor bestens umsorgt. An dieser Stelle geht ein besonderer Dank an das Verlagsteam. Ihr seid spitze! Insofern freue ich mich sehr, dass es zu einer Neuauflage von *Die Klinik* kommt. Lange habe ich überlegt, den Roman zu überarbeiten, entschied mich jedoch (nicht nur aus Zeitmangel) dagegen. Er repräsentiert – wie alle meine Bücher – ein Zeitzeugnis meiner Entwicklung als Autor. Und als solches möchte ich ihn unverändert lassen.

Welche Fortschritte hat nun die Kryonik seit der Erstveröffentlichung des Romans im Jahr 2018 gemacht? Nüchtern betrachtet, muss man sagen: Keine. Noch immer lassen sich Menschen nach ihrem Tod in der Hoffnung einfrieren, eines schönen Tages in einer fortschrittlicheren Welt wiederbelebt zu werden. Ob dies gelingen wird, ist mehr als fraglich, denn niemand weiß, ob sich die Zellschäden, die durch das Einfrieren entstehen, in Zukunft reparieren lassen. Und so bleibt der Traum vom ewigen Leben in einem verjüngten Körper – zumindest auf diese Weise – vorerst eine Utopie. (Wobei noch völlig ungeklärt ist, wie die menschliche Psyche auf eine Lebensspanne von fünfhundert Jahren und mehr reagiert.)

Auch die Fragen nach dem Ursprung des Bewusstseins sind noch immer unbeantwortet. Haben die Materialisten recht und unser Ich entsteht im Gehirn? Oder liegen die Idealisten richtig, die behaupten, das komplizierteste Organ unseres Körpers sei nur eine Art Radio, welches eine Abspaltung eines universellen Bewusstseins empfängt? Wie dem auch sei, wenn nur eine einprozentige Chance besteht, die Prozedur des Einfrierens unbeschadet zu überstehen, wäre es einen Versuch wert. Die Alternative bedeutet unwiederbringlich das Ende des Lebens, wie wir es kennen.

Anders sieht es im Bereich der Bewusstseinsforschung und der Künstlichen Intelligenz aus. Die Forschung schreitet hier rasant voran. Wer weiß, vielleicht werde ich noch erleben, dass es gelingt, das menschliche Bewusstsein auf einen Computer zu übertragen. Ich habe diese Möglichkeit schon vor vielen Jahren in einem meiner ersten Romane beschrieben. *Das Prometheus-Projekt* ist inzwischen vergriffen, aber vielleicht werde ich die Idee noch einmal aufgreifen und in einer neuen Geschichte verarbeiten.

Ich mag Thriller, die sich mit wissenschaftlichen Grenzgebieten beschäftigen und die Möglichkeiten, die heute schon existieren, weiterspinnen. Dabei stelle ich immer wieder auf erschreckende Weise fest, wie schnell meine Fantasie von der Wirklichkeit ein- und überholt wird. Mein Roman *Morgen bist du tot*, der die Gefahren digitaler Überwachung und Manipulation aufzeigt, erscheint mir heute fast schon antiquiert. Nicht nur, dass ich ihn heute ganz anders schreiben würde (das geht mir mit all meinen Büchern so), die grundlegenden Fragen der Geschichte – ob es möglich sein wird, den eigenen Tod zu überleben und ob er wirklich das Ende ist, bleiben noch immer unbeantwortet. Sie bieten Raum für weitere Romane, die den Hintergrund aktueller Forschung miteinbeziehen.

Durch die unglaubliche Entwicklung von KI und Robotik eröffnen sich ganz neue, spannende Fragen über uns selbst.

Wenn mir zwischen der Arbeit an den Alderney-Krimis und der neuen Serie *Die rätselhaften Fälle von Cooper & Robinson* die Zeit bleibt, werde ich ganz sicher noch einmal einen Einzelroman im Stil von *Die Klinik* schreiben. Wann ich dazu kommen werde, steht allerdings in den Sternen.

Volker Dützer, April 2025

Danksagung

Vielen herzlichen Dank an das Team von dp DIGITAL PUBLISHERS für die gute Zusammenarbeit. Mein besonderer Dank geht an meine Lektorin Birgit Förster und natürlich – wie immer – an meine Agentin Anna Mechler von der Literaturagentur Lesen & Hören, Berlin.